ERIC BERG

Die Toten von Fehmarn

ERIC BERG

Die Toten von Fehmarn

Kriminalroman

LIMES

Den Mitarbeiterinnen und Mitarbeitern der Verlage Blanvalet und Limes, die seit zwanzig Jahren einen Weg mit mir gehen, und ohne die all das nicht möglich gewesen wäre.

MIX
Papier aus verantwortungsvollen Quellen
FSC® C014496

Klimaneutral*
Druckprodukt
ClimatePartner.com/14044-1912-1001

Verlagsgruppe Random House FSC® N001967

1. Auflage 2022

in der Penguin Random House Verlagsgruppe GmbH,
Neumarkter Straße 28, 81673 München
Redaktion: Angela Troni
Umschlaggestaltung: www.buerosued.de
Umschlagmotiv: GettyImages (ICHAUVEL),
mauritius images (Radius Images)
WR · Herstellung: sam
Satz: Uhl + Massopust, Aalen
Druck und Bindung: GGP Media GmbH, Pößneck
Printed in Germany
ISBN 978-3-8090-2726-3

www.limes-verlag.de

»Drei können ein Geheimnis bewahren,
wenn zwei von ihnen tot sind.«

Benjamin Franklin

»Forsche nie nach des Freundes Geheimnis.«

Johann Caspar Lavater

1

»Jan-Arne Asmus ist tot, und stell dir vor, er hat deinen Namen auf dem Totenbett geflüstert.«

Ich war von der Nachricht völlig überfordert, weshalb ich kein Wort erwiderte. Nicht nur, dass meine Mutter ohne ein »Hallo, ich bin's. Wie geht's?« ihre Neuigkeit ins Telefon gepustet hatte. Dass sie überhaupt anrief, war eine Sensation.

Wir hatten zuletzt vor drei oder vier Monaten gesprochen, immer war ich diejenige, die anrief, und immer wirkte sie so, als hätte sie den Tag auch gut ohne meinen Anruf bewältigt. Damit nicht genug. Den Namen Jan-Arne Asmus hatte ich eine kleine Ewigkeit nicht mehr gehört. Kaum, dass ich mich an sein Gesicht erinnerte. Er war in meinem Alter, allein deshalb traf mich sein Tod. Am meisten irritierte mich jedoch, dass er ausgerechnet an mich gedacht haben sollte, kurz bevor er gestorben war.

»Du sagst ja gar nichts«, stellte meine Mutter fest. »War ich zu unsensibel, Doro? Na ja, ihr habt ja mal miteinander poussiert.«

Dieser Ausdruck war schon zu der Zeit hoffnungslos veraltet, als ich Jan-Arne kennengelernt hatte. Mitte der Achtziger.

»Wir haben nie poussiert, Mama.«

Ich sagte die Wahrheit. Zwischen ihm und mir war nichts

gewesen, und wenn doch, hätte meine Mutter davon nichts mitbekommen. Dafür hatte sie sich viel zu wenig für mein Privatleben, ach, für mein ganzes Leben interessiert.

»Wenn du meinst. Aber von den Leuten aus der Fehmarn-Clique hattest du mit ihm am längsten Kontakt. Gib es doch zu.«

Allein diese Wortwahl! Ich sollte zugeben, mit jemandem über mein zwanzigstes Lebensjahr hinaus in Kontakt gestanden zu haben.

»Ja, das gebe ich zu«, sagte ich todernst.

»Siehst du. Siehst du.«

So wie sie es hinausposaunte, galt es weniger mir als jemandem, mit dem sie gewettet hatte. Ich vermutete, dass ihre Mitbewohnerin bei ihr war, Frau Rötel. Das war nicht schwer zu erraten. Wenn sie nicht gerade zerstritten waren, saßen die beiden eigentlich immer zusammen, also fünfzig Prozent ihrer Zeit.

»Du hast noch gar nicht gefragt, woran er gestorben ist.«

»Woran ist er denn gestorben?«

»Überfahren.«

»Schlimm. Auf der Straße?«

»Nein, nicht *so* überfahren. Ein Auto ist buchstäblich über seinen Brustkorb gerollt.«

Was für eine grausame Art zu sterben, dachte ich und unterdrückte meine Vorstellungsgabe mit aller Gewalt, sonst wäre mir übel geworden.

»Du meinst, er wurde ermordet?«, fragte ich.

»Ich kenne mich in diesen Dingen natürlich weniger gut aus als eine Expertin wie du, aber man muss sich schon ziemlich dämlich anstellen, um versehentlich jemandem einmal vorwärts und einmal rückwärts über den Oberkörper zu rollen, meinst du nicht?«

Dass jemand, den ich kannte, und sei es nur aus ferner Vergangenheit, auf diese beinahe an Mafiamethoden erinnernde Weise zu Tode gekommen sein sollte, war befremdlich und erschütternd zugleich.

»Was wirst du nun tun?«, fragte meine Mutter.

Ich dachte daran, für Jan-Arne im Geiste eine Kerze zu entzünden, am Abend bei einem Glas Chardonnay an ihn zu denken, ein paar alte Fotos auszukramen, Yim von ihm zu erzählen … So in der Art.

»Gib mir bitte seine Adresse, ich schreibe seiner Familie eine Karte … falls er eine hat. War er verheiratet und hatte Kinder?«

»Doro, der Mann ist mit deinem Namen auf den Lippen gestorben, herausgequetscht aus seiner zerdrückten Brust, das Gesicht des Mörders vor seinem geistigen Auge. Und du willst eine schwarzweiße Karte mit dem Aufdruck *In tiefer Trauer* hinschicken? Was wirst du tun, wenn ich sterbe? Versendest du dann auch eine Karte? Oder veranstaltest du ein Grillfest?«

»Nur wenn du im Sommer stirbst«, erwiderte ich flinkzüngig. Tatsächlich lief mir jedoch ein Schauer über den Rücken bei der erneuten Erwähnung von Jan-Arnes Tod und dessen Umstände. Auch wenn meine Mutter den Vorfall dramatisierte, was wahrscheinlich war – »mit deinem Namen auf den Lippen«, »das Gesicht des Mörders«, du lieber Himmel! –, irgendetwas war sicherlich an der Geschichte dran. Denn sie war zu blutig, als dass jemand sie sich komplett ausgedacht haben könnte.

»Du musst natürlich nach Fehmarn kommen, um der Sache auf den Grund zu gehen. Als Gerichtsreporterin bist du prädestiniert, Kriminalfälle zu lösen.«

Ich fiel aus allen Wolken. Ein absolutes Novum. Sie wollte, dass ich sie besuchte. Das war so unglaublich, dass ich in Erwägung zog, mich geirrt zu haben, dass vielleicht doch alles eine Erfindung von ihr war, zumindest die Sache mit meinem Namen auf dem Sterbebett. Möglicherweise war meine Mutter einsamer, als sie sich das eingestehen wollte. Vielleicht dachte sie, dass es ein Fehler gewesen war, mit Ludwina Rötel zusammenzuziehen. Oder sie verschwieg mir etwas, ihre Gesundheit betreffend.

Sie mit meinem Verdacht zu konfrontieren hätte mir nichts als weitere vier Monate Funkstille eingebracht, und auch wenn die Telefonate mit ihr anstrengend werden konnten und ich unmittelbar danach nicht gerade bester Dinge war, war ich am darauffolgenden Tag stets froh, ihre Stimme gehört zu haben.

Selbst wenn ich nach einem Grund hätte suchen wollen, ihren Vorschlag abzulehnen – es gab keinen. Die Pfingstferien waren vorüber, die Sommerferien hatten noch nicht begonnen, die Redaktion meines Wochenmagazins war gut besetzt und ich mit allen Aufträgen auf dem Laufenden. Eine Woche am Meer würde mir guttun.

Würde *uns* guttun, dachte ich und meinte damit nicht meine Mutter, sondern meinen Mann Yim. Sein Fischrestaurant hatte die Corona-Pandemie nicht überlebt. Das Schiff, das auf der Spree vor Anker lag, hatte ohnehin nur Platz für vierzehn Tische geboten, die Yim auf die Hälfte hatte reduzieren müssen. Trotz staatlicher Hilfen hatte es nicht gereicht, und bevor er in die Insolvenz gerutscht wäre …

»Also gut, ich komme. Übermorgen.«

An der zeitverzögerten Reaktion meiner Mutter bemerkte ich, dass sie nicht mit einer Zusage gerechnet hatte.

»Und Yim wahrscheinlich auch«, fügte ich hinzu.

»Muss er nicht kochen?«

»Mama, ich habe dir doch geschrieben, dass er die *Nixe* schließen musste.«

»Mit der Post?«

»Nein, per Brieftaube. In einer E-Mail natürlich.«

»Ach so. Ich komme in dieses Akkord-Dingsda nicht mehr rein, habe das Passwort vergessen.«

»Wenn ich bei dir bin, kümmere ich mich um deinen Account.«

»Frau Rötel richtet das Gästezimmer her. Ich erwarte dich … euch dann am Freitag.«

Sie beendete das Gespräch, wie sie es begonnen hatte, ohne einen Gruß.

Die Strecke von Berlin nach Fehmarn führte über ruhige brandenburgische und mecklenburgische Landstraßen, alle paar Kilometer von kleinen Dörfern unterbrochen. Wir fuhren mit meiner alten Karre, da Yim sein Cabrio verkauft hatte, um das Restaurant etwas länger über Wasser zu halten. Nun war beides weg, und das lag wie Blei auf der Fahrt, verlieh unserem Schweigen Schwere und unseren Worten einen

Beigeschmack. Sein Unglück war immer da. Selbst wenn es sich nicht offen zeigte, bestimmte es unser Zusammensein.

Als Yims betriebliche Rücklagen aufgebraucht waren, hatte er vor der Wahl gestanden, auch unsere privaten Ersparnisse einzubringen. Ich war dafür gewesen, er dagegen, und er hatte Recht behalten, denn sie wären mit allem anderen den Bach runtergegangen. Nun hatte er »nichts mehr«, wie er es formulierte, womit er darauf anspielte, dass die verbliebenen Ersparnisse zu einhundert Prozent aus meinen Honoraren resultierten. Selbstredend sah ich das anders, es war unser Geld. Aber ich wusste auch, dass es mir im umgekehrten Fall wie Yim gehen würde. Seit dem Abitur stand ich auf eigenen Füßen und hatte mich stets allein über Wasser gehalten. Diese Unabhängigkeit mit einem Mal zu verlieren und von dem Geld meines Mannes zu leben hätte mein Selbstverständnis auf den Kopf gestellt.

Während inzwischen die dritte Amy-Macdonald-CD lief, sah Yim nur wortlos aus dem Beifahrerfenster, wo ein Regenschauer über dem flachen sattgrünen Land mit seinen Kühen und Reihern niederprasselte. Natürlich war er enttäuscht und – viel schlimmer – orientierungslos. Gutes Essen war sein Leben. Er hatte immer entweder als angestellter Koch oder als selbständiger Gastronom gearbeitet, und beides war nun auf unabsehbare Zeit nicht mehr möglich.

Unvermittelt drehte er die Musik leiser.

»Was war das für ein Mann, der Tote?«

»Jan-Arne?« Ich war froh, dass Yim von sich aus seine ruinöse Gedankenspirale unterbrach. »Gesehen habe ich ihn zuletzt vor beinahe dreißig Jahren auf Fehmarn. Mein letzter

Kontakt zu ihm liegt an die zwanzig Jahre zurück, ich weiß also nicht wirklich, wie er war. Als wir uns kennengelernt haben … herrje, da kann ich nicht älter als neun gewesen sein.«

Natürlich kannte Yim die Geschichte, wie und warum ich als Kind nach Fehmarn gekommen war. Seit ich denken konnte, fuhr meine Familie im Sommer für drei Wochen auf die Insel, wo wir auf einem kleinen Bauernhof mit Gästezimmern wohnten, bei den Rötels. Irgendwann zerstritt meine Mutter sich mit Frau Rötel, und wir wechselten im darauffolgenden Jahr den Bauernhof, nicht aber die Insel. Fehmarn war fester Bestandteil unseres Jahres, auch weil dort die einzige deutlich ältere Schwester meines Vaters lebte, an der er sehr hing, weil sie ihn praktisch großgezogen hatte.

Der gewaltsame Tod meines wenige Jahre älteren Bruders Benny, der von einem Sexualverbrecher überfallen wurde, zerstörte meine Kindheit. Mein Vater brachte sich bald danach um, meine Mutter verbitterte. Sie und ich waren als Einzige übrig geblieben, doch mir kam es vor, als hätte ich auch sie verloren. Wir besprachen nur noch das Nötigste, meist praktische Dinge. Erst als sich mein Notendurchschnitt binnen eines Schuljahres von 2,2 auf 3,6 verschlechterte, bemerkte meine Mutter, dass außer ihr noch jemand litt. Was die Tode betraf, bekam ich Hilfe von einer Psychotherapeutin. An die einhundert Sitzungen schafften es tatsächlich, mich zu stabilisieren. Doch danach blieb ich mit meinen ganz normalen Kinder- und später Teenagerproblemen allein, weil sie, verglichen mit dem ungeheuren, nicht nachlassenden Schmerz meiner Mutter, geradezu lächerlich wirkten.

Die Sommer verbrachte ich von da an bei Tante Thea in Alt-

Petri im Nordwesten von Fehmarn. Sechs komplette Wochen. Mein elftes, mein zwölftes, mein dreizehntes, mein vierzehntes, mein fünfzehntes Lebensjahr. Anfangs fremdelte ich noch mit diesem Arrangement: ein weggeschicktes Kind, irgendwo geparkt, damit man es nicht um sich haben musste. Die alte, kinderlose ledige Tante, die ständig Probleme mit ihrem Hörgerät hatte, das nicht richtig eingestellt war. Der Labskaus, den sie immer zusammenrührte. Doch dadurch verbrachte ich viel Zeit außer Haus, konnte tun und lassen, was ich wollte. Thea war kein besorgter Mensch, und es war auch niemand da, der sich nach mir erkundigt hätte. Also ließ sie mir weitgehend freie Hand, was meine Freizeit anging. Schon im ersten Jahr lernte ich gleichaltrige Kinder kennen, aus Alt-Petri, Westermarkelsdorf, Schlagsdorf und von den vielen Höfen dazwischen. Mit einigen schloss ich Freundschaften.

»Es war toll damals auf Fehmarn«, sagte ich zu Yim. »Ich kam im Jahr darauf wieder, und es war, als wäre ich nie fort gewesen. Dazwischen schrieben meine neuen Freunde mir Briefe… na ja, nicht alle. Da waren auch ein paar Bauernlümmel dabei, sehr nette Bauernlümmel, die einen Stift nur in die Hand nahmen, wenn der Lehrer sie dazu zwang. Jan-Arne hat allerdings regelmäßig geschrieben. Kein Wunder, er ist später Journalist geworden, wie ich. Das war auch der Grund, weshalb wir den Kontakt so lange aufrechterhielten, während des ganzen Studiums.«

»Und danach?«

»Er schlug einen völlig anderen Weg ein als ich, wurde Reporter in Kriegs- und Krisengebieten. Irgendwann hörte er auf, meine E-Mails zu beantworten, und so verlief unsere

Freundschaft im Sand. Das Letzte, was ich von ihm gehört habe, war, dass er einen Job für CNN zu erledigen hatte. Im Kongo, glaube ich.«

»Was ist mit den anderen?«

»Keine Ahnung. Dieser letzte Sommer, der Sommer des Jahres … es muss 1990 gewesen sein, nein, 1991, der war irgendwie anders. Verrückt.«

»Du warst vierzehn, kein Kind mehr.«

Yim hatte Recht, das spielte eine Rolle. All die verwirrenden Gefühle … Aber da war noch etwas anderes.

Wieso musste ich ausgerechnet in diesem Moment an die Leiche denken? Jene Leiche, die ich und die anderen Kinder der Clique vor dreißig Jahren auf Fehmarn entdeckt hatten.

»Einer von uns war eines Abends, ziemlich am Anfang der Ferien, auf die Idee gekommen, an einem einsamen Weiher in der Nähe einer kleinen Kapelle ein Lagerfeuer zu machen«, schilderte ich. »Auf der Suche nach Brennholz teilten wir uns auf. Ich stapfte mit Maren Westhof durch Schilf und Unterholz. Ich weiß noch genau, dass Maren schnatterte und schnatterte und ich dachte: Du lieber Himmel, kann irgendetwas dieses Mädchen zum Schweigen bringen? Mit einem Mal standen wir vor dem leblosen Körper eines Mannes, der mit dem Kopf nach unten im Uferwasser trieb. Natürlich rannten wir sofort zum Sammelplatz zurück, laut schreiend, glaube ich. Ein paar von den anderen waren von ihren Exkursionen bereits zurück, doch keiner glaubte uns. ›Netter Versuch, gute Show, steigt mal besser von Wodka auf Buttermilch um, Mädels‹, das waren so die Sprüche. Ich ließ nicht locker, nahm Jan-Arne an der Hand und zog ihn hinter mir her. Zuerst fand ich die Stelle nicht mehr. Und als wir dort ankamen, war die Leiche nicht mehr da.«

»Sie war wirklich weg?«, fragte Yim.

»Wir haben überall gesucht, aber sie war verschwunden.«

»Waren du und diese Maren …?«

»Nein, wir waren nicht betrunken und auch nicht hysterisch. Jedenfalls nicht mehr, als unter solchen Umständen tolerabel ist.«

»Wart ihr euch sicher, dass der Mann tot war?«

»Hundertprozentig. Das lag daran, dass er … Na ja, er war eine Wasserleiche, mit allem, was dazugehört. Auch wenn er mit dem Gesicht nach unten schwamm, war das unübersehbar. Die Hände, weißt du, die Hände …«

Ich schluckte und fuhr schweigend durch einen Kreisverkehr.

»Überspring es einfach.«

»Ja, also … Maren und ich beharrten darauf, nicht zu spinnen, und am Ende gingen wir alle zusammen zur Polizei. Die schickte eine Streife dorthin, wo wir die Leiche gesehen hatten, aber da sie leider nicht auf wundersame Weise wiederaufgetaucht war … Ich erspare dir die Schilderung der feixenden Beamten. Zwei Tage lang waren Maren und ich das Gespött der Clique, sogar Jan-Arne glaubte uns nicht mehr. Zu guter Letzt war sich nicht mal mehr Maren sicher, ob wir doch einem Scherz zum Opfer gefallen waren.«

»Jetzt kommt die große Auflösung.«

»Teilweise, mein Schatz. Am dritten Tag nach unserem Erlebnis wurde eine Leiche aus dem Weiher geborgen, die einem Angler unter die Rute gekommen war.«

»Wer war der Tote?«

»Der Bolenda.«

»Was bitte?«

Um das zu erklären, musste ich ein wenig ausholen. Der Bolenda … Der Mann war ein Phänomen gewesen auf Fehmarn. Die Leute nannten ihn entweder bei seinem Nachnamen – sein voller Name war André Bolenda, doch niemand rief ihn so – oder einfach »Inselgeist«. Letzteres war durchaus zwiespältig gemeint. Zum Zeitpunkt seines Todes war der Bolenda Mitte zwanzig. Zuvor war er ein Jahrzehnt lang über die Insel gestreift, tauchte mal hier auf und mal da, und während die einen ihn für harmlos hielten und das mit dem Inselgeist eher humorig meinten, war er den anderen unheimlich. Das lag an seinem plötzlichen Erscheinen – er stapfte manchmal unerwartet aus irgendeinem Gebüsch hervor – und seinem Aussehen. Er war recht groß und schlaksig, trug einen ungepflegten Bart, einen ausgefransten Schlapphut und muffig riechende Kleidung. Man hätte ihn für einen Obdachlosen halten können, und ganz sicher schlief er bei seinen Streifzügen über Fehmarn nicht selten unter freiem Himmel. Dabei besaß er wohl irgendwo ein kleines Häuschen. Wo, darüber gingen die Meinungen der Insulaner auseinander. Die im Nordteil sagten, er wohne im Süden, und umgekehrt. Auch wenn er manchmal am Strand und an Kinderspielplätzen gesehen wurde, so sprach er doch niemals jemanden an, weder Alt noch Jung. Zweifellos lebte er eine ungewöhnliche Existenz, das allein war jedoch kein Vergehen – und schon gar kein Grund, ihn umzubringen.

»Ich bin dem Bolenda in den fünf Sommern, die ich bei meiner Tante auf Fehmarn verbracht habe, bestimmt ein halbes Dutzend Mal begegnet. Trotzdem habe ich ihn nicht gleich erkannt, als er vor mir im Wasser lag. Der Schlapphut war weg, die Klamotten waren nass… Ist ja auch egal. Ich weiß wirklich nicht, wie ich jetzt auf den Bolenda komme.«

»Da fehlt noch was an der Geschichte.« Yim sah mich ernst von der Seite an.

»So? Was denn?«

»Das Ende. Ohne Ende ist es keine Geschichte, sondern ein Ereignis.«

»Oh, Verzeihung, Herr Lektor«, scherzte ich und legte ihm kurz die rechte Hand aufs Knie.

Es stimmte, eigentlich fehlte fast alles, was das Ereignis zur Geschichte machte. Soviel ich wusste, war der Mord am »Inselgeist« nie aufgeklärt worden. Zwar verließ ich Fehmarn ein oder zwei Wochen später für lange, sehr lange Zeit, da sich die Gesundheit Tante Theas verschlechterte und ich überdies in der zehnten und elften Klasse einen festen Freund hatte. Doch Jan-Arne oder eines der Mädchen, mit denen ich anfangs noch Brieffreundschaften pflegte, hätte es mir gewiss berichtet. Nun denn, das war nicht das erste Verbrechen, bei dem der Mörder unentdeckt blieb, insofern also nichts Besonderes. Was ich jedoch bis heute nicht verstanden hatte, war die Tatsache, dass die Leiche erst zwischen dem Uferschilf lag und zehn Minuten später fort war. Eingeklemmt zwischen all den Halmen des Rieds, konnte sie unmöglich von allein auf den Weiher hinausgetrieben sein, wo man sie Tage später fand.

»Merkwürdig«, murmelte ich. »Ich habe die Insel kurz nach einem suspekten Todesfall verlassen, und nun betrete ich sie kurz nach einem zweiten.«

In den rund dreißig Jahren zwischen diesen beiden Verbrechen war ich zweimal auf Fehmarn gewesen: zur Beerdigung meiner Tante Thea vor siebzehn und anlässlich des Einzugs meiner Mutter in das geerbte Haus vor fünf Jahren. Sie hatte ihren eigenen Bungalow mit dem viertausend Quadratmeter großen Grundstück, in dem ich groß geworden war, gegen das leicht heruntergekommene Reetdachhäuschen mit dem Hobbit-Garten eingetauscht – ihre erste Entscheidung seit sehr langer Zeit, die ich nachvollziehen konnte. Das gesunde Klima, das Meer quasi vor der Tür, der Himmel, der manchmal zum Greifen nah schien, die Geräusche und Gerüche der Elemente … Nicht zu vergessen die Gelassenheit der Insulaner, die auf das oft gereizte Gemüt meiner Mutter mildernd wirkten. Und schließlich, dass sie mit Fehmarn die schönsten Stunden ihres Lebens verknüpfte. Das alles sprach für diesen Umzug. Thea hatte sie oft bedrängt, zu ihr zu ziehen, als ihre Gesellschafterin, aber ich glaube, meine Mutter mochte meine Patentante nicht besonders. Nun hatte sie ihrerseits eine Gesellschafterin ins Haus geholt, die nur wenige Jahre jünger war als sie selbst, um die siebzig. Ausgerechnet unsere frühere Pensionswirtin, mit der sie sich einst überworfen hatte.

Ich musste nur einen Blick auf die Namensschilder vor dem Haus in Alt-Petri werfen, und schon verstand ich den Sinn hinter dieser Maßnahme. Auf dem Klingelschild stand Kagel/Rötel, auf dem Briefkasten Rötel/Kagel. Mir war sofort klar, dass dem kein salomonisches Einverständnis zugrunde lag, sondern ein ausgiebiges, wahrscheinlich tagelanges Ringen. Was dem einen alten Menschen ein Haustier ist, dem zweiten ein ehrenamtliches Engagement, dem dritten das Malen von

Bildern oder die Pflege des Gartens, das war für meine Mutter der Streit – er gab ihr das Gefühl, lebendig zu sein.

Mit einem festen Tritt öffnete ich die Gartenpforte, während Yims skeptischer Blick über das kleine Anwesen schweifte. Er ahnte wohl, dass die Bewohnerinnen ihn bitten würden, das eine oder andere instand zu setzen. Etwa das zerbrochene Rosenspalier, das nur noch durch die trauernde Rose zusammengehalten wurde, den angeknacksten Tontopf mit der Hanfpalme, aus dem unten die Erde auslief, die man oben wieder einfüllte, oder das Küchenfenster, von dem die Farbe inzwischen so stark abgeblättert war, dass es weit mehr nackte als weiße Stellen aufwies. Yim war handwerklich recht geschickt und obendrein hilfsbereit. Aber wenn er das Gefühl bekam, dass jemand ihn ausnutzte oder seine Hilfe nicht wertschätzte, konnte er schnell bockig werden. Und meine Mutter war nicht gerade für ihren Charme und ihr Feingefühl bekannt.

Die beiden hatten sich nur ein einziges Mal gesehen, bei unserer Hochzeit. Ich will es mal so ausdrücken: Keiner hatte am anderen etwas auszusetzen. Damit ist ihre Beziehung hinreichend beschrieben. Sie sahen sich nie, sie sprachen sich nie. Bei jedem Telefonat mit meiner Mutter, also alle drei, vier Monate, richtete ich die Grüße aus, die er mir aufgetragen hatte, und danach übermittelte ich ihre Grüße an ihn, die sie mir keineswegs aufgetragen hatte.

Frau Rötel öffnete uns die Tür. Sogleich umarmte sie mich heftig, obwohl ich in beiden Händen schwere Taschen trug, und ließ mich nicht los, bis ich atemlos darum bat.

»Doro, die kleine Doro, wie gut du aussiehst. Aber ein bisschen mager, was? Als kleines Mädchen hattest du mehr auf den Rippen. Mal sehen, ob wir dich aufgepäppelt kriegen. Heute Abend gibt's Kaninchen. Magst du dir eins aussuchen? Sind hinterm Haus.«

»Also … ich …«

Sie lachte aus voller Brust, wobei sich diverse Lücken in der Zahnreihe zeigten. »Da leck mich doch am Ärmel, du hast dich völlig verändert.«

Was ich von Frau Rötel nicht sagen konnte. Sie ließ sich – was nur auf sehr wenige Menschen zutraf – mit einem einzigen Wort beschreiben: hemdsärmelig. Das galt für ihr Aussehen, ihre Wortwahl, ihr Auftreten, ihr Benehmen, ihre Stimme, ihren Händedruck, einfach alles. Oft zeichnen sich hemdsärmelige Menschen durch eine hintergründige Herzlichkeit aus, die dann und wann zum Vorschein kommt, und tatsächlich gehörte ich als Kind zu den Personen, die diese Charaktereigenschaft erleben durften. Ich wusste aber auch, dass es Menschen gab, denen Frau Rötel jene Seite nie zeigte.

»Darf ich Ihnen meinen Mann vorstellen? Yim Nan.«

Bin ich die Einzige, die nicht weiß, ob man Menschen, die man als Kind gesiezt hat, als Erwachsene einfach so duzen darf?

Frau Rötel jedenfalls half mir aus dieser kleinen Unsicherheit heraus, indem sie Yim, ohne zu fragen, duzte, womit die Sache entschieden war.

»Ludwina, ist Mama da?«

»Sie ist einkaufen. Habe Brot und Wurst zum Frühstück besorgt, aber Renate hat gesagt, dass du lieber Müsli isst. Yims, bring die Taschen gleich hoch, dann stehen sie nicht im Weg, ja? Erste Tür links.«

»Mache ich. Übrigens, ich heiße Yim.«

»Ich mache euch erst mal eine heiße Schoki. Die hast du früher so gern gemocht, Doro. Euer Auto kann da aber nicht so stehen bleiben, der muss ein paar Meter vor, man kommt sonst so schlecht durchs Gartentor. Ihr habt doch keinen Hund, oder?«

»Nein.«

»Hunde machen nämlich bloß Dreck und springen aufs Sofa. Die Leute machen ein Gewese um die Viecher, als hätten sie ein Baby dabei.«

»Wir haben keinen Hund.«

»Komm, Doro, setz dich da hin, ich koche gleich die Milch. Auf dem Gasherd geht das ganz schnell. Deine Mama wollte ihren Elektroherd behalten, Gas war ihr zu unsicher, aber du siehst ja, wer sich durchgesetzt hat. Yims muss den Wagen wegfahren. Wenn Renate den da stehen sieht …«

»Wenn es so dringend ist, parke ich ihn gleich um.«

»Probier mal die Kekse. Habe ich heute Morgen gebacken, mit extra viel Butter, so wie du sie magst.«

Sie beobachtete sehr genau, wie ich einen Keks anknabberte.

»Als Kind hast du sie mir aus den Händen gerissen, ich kam gar nicht hinterher mit backen.«

Sie hatte ein pausbäckiges Kind mit strahlenden Augen, fettigen Fingern und Krümeln in den Mundwinkeln erwartet und fand nun eine Frau vor, die nach fast einer Minute noch den halben Keks in Händen hielt.

»Aber die Zeiten ändern sich«, sagte sie, räumte die Schale vom Küchentisch und widmete sich dem Kakao.

»Sehr lecker«, rühmte ich das Backwerk ebenso ehrlich wie pflichtbewusst. »Aber Yim und ich haben uns vor einer

Stunde ein Sandwich geteilt. Ich werde nachher bestimmt noch einen essen.«

Dieses Zugeständnis beeindruckte Ludwina nicht. Sie rührte in der Milch, blickte dann und wann kopfschüttelnd aus dem Fenster, weil – wie ich vermutete – der Wagen noch nicht umgeparkt war, und kommentierte meinen Lobgesang auf die Insel, das Wetter und den hübschen Garten mit keinem Wort.

Als Yim den Fuß über die Küchenschwelle setzte, wurde er zeitgleich von zwei Frauen bestürmt. Ludwina sagte: »Der Wagen muss da weg.« Ich sagte: »Könntest du bitte das Auto ein paar Meter nach vorne fahren?«

»Na klar«, erwiderte Yim lachend, was Ludwina offenbar eine zu schwache Antwort war.

»Jetzt, ja?«

»Ja, jetzt«, erwiderte er, warf mir einen Blick zu und ging nach draußen.

Der Kakao war fertig. Serviert bekam ich ihn mit den Worten: »Da musste also erst jemand abkratzen, damit du uns mal besuchen kommst.«

Eine Armeslänge entfernt, stand sie vor mir, die Fäuste in die Seiten gestemmt, die Beine unnatürlich weit auseinander und den gewölbten Bauch vorgestreckt. Ich roch den Buttergeruch ihrer geblümten Kittelschürze. Sie blickte auf mich hinab, und ich begriff, das war kein lockerer Spruch.

Ich widmete mich dem Kakao und stellte mich taub, was ihren provokanten Tonfall betraf. »Armer Jan-Arne, er war immer so aufgeweckt und engagiert. Nichts hat ihn kaltgelassen, aber er war absolut kaltblütig, im Sinne von nervenstark.

Ich weiß noch, wie er mal erwähnte, dass er sich jede Woche etwas vornimmt, das er noch nie getan hat.«

»Wozu soll das gut sein?«

»Um das Leben auszuloten, Ludwina.«

Sie blies die roten, runden Backen auf. »Hat er sich am Anfang dieser Woche etwa vorgenommen, sich umbringen zu lassen?«, fragte sie und fügte hinzu: »Wie ist der Kakao?«

Er war mir zu süß, aber hätte ich ihr das gesagt, hätte sie mir die Tasse entwunden und in die Spüle geleert. Also war er genau richtig, so wie ich ihn mochte. Das versöhnte sie derart, dass sie Yim eine Tasse davon anbot, als er zurückkehrte.

»Ich habe den Motor gar nicht gehört«, sagte sie.

»Ich habe nur die Handbremse gelöst und den Wagen geschoben.«

»Aber mindestens zwei Meter, ja?«

»Drei.«

Sie ging zum Fenster und überzeugte sich selbst. »Dann hast du dir den Kakao verdient, Yims.«

Hilfesuchend sah er mich an, denn mit seinem feinen Gespür hatte er bereits verstanden, wie der Hase in diesem Haus lief und dass Berichtigungen und Ablehnungen nicht gut ankamen. Mit einer Stimme, die gerade so freundlich war, dass sie nicht als schleimig missverstanden werden konnte, sagte er: »Mein Name wird Yim ausgesprochen, und leider vertrage ich keine Milch, weil mir ein Enzym fehlt, wie den meisten Asiaten.«

Ludwina sah ihn mit großen Augen an, stemmte wieder die Fäuste in die Seiten, streckte den rundlichen Bauch heraus und rief: »Leck mich am Ärmel, ihr Chinesen habt einen ganz schön empfindlichen Magen, wie? Deswegen esst ihr auch so viel pappigen Reis.«

Ihr Gelächter über ihren eigenen Witz – oder was sie dafür hielt – unterbrach seine Korrektur: »Ich bin Kambodschaner. Aber es stimmt, wir essen viel Reis.«

»Aber Vegetaner bist du hoffentlich nicht.«

»Nein.«

»Heute Abend gibt's Kaninchen. Geh mal ums Eck und such dir zwei aus, ja?«

Ich war froh und dankbar, dass Yim mir diese Prozedur ersparte. Früher hatte es oft Kaninchen gegeben, mit denen ich mich zuvor angefreundet, die ich mit Rüben und Salat gefüttert hatte. Natürlich verweigerte ich dieses Essen stets, mir wäre schlecht geworden. Aber meine Eltern und meinen Bruder hielt das nicht davon ab, sich ab und zu die niedlichen Nager zu wünschen. Ludwina Rötel, in Polen geboren und aufgewachsen, bereitete sie wie Bigosch zu, mit reichlich Speck, Soße und Sauerkraut – genau das Richtige für einen warmen Juniabend. Dennoch, diesmal würde ich einen Teller davon essen, allein um es mir nicht gänzlich mit der Köchin zu verderben.

»Was hat es eigentlich damit auf sich, dass Jan-Arne meinen Namen auf dem Sterbebett geflüstert haben soll? Wer behauptet das?«

»Annemie«, antwortete Ludwina und setzte sich auf den frei gewordenen Platz am Küchentisch. »Sie ist Krankenschwester, unten in Eutin. Da haben sie ihn hingebracht. Ein Wunder, sagt Annemie, dass er überhaupt noch einen Tag lang gelebt hat. Er war völlig zerquetscht. Die Rippen haben sich in alles Mögliche hineingebohrt.«

Man durfte sich das wirklich nicht ausmalen, schon gar nicht mit vollem Magen am Küchentisch.

Annemie war Ludwinas Tochter. Sie war im gleichen Alter wie ich, und als meine Familie damals Urlaub auf dem Bauernhof machte, spielten wir viel miteinander. Jahre später war sie Teil meiner Fehmarn-Sommerclique, aber wie bei den meisten anderen auch verlief unsere Brieffreundschaft schon sehr bald im Sand, nachdem ich nicht mehr auf die Insel fuhr.

»Wie geht es Annemie?«, fragte ich.

»Na ja. Sie hat einen hässlichen Mann und eine Tochter, die nichts taugt. Sie lässt sich ausnutzen.«

»Von wem?«

»Von allen.«

»Aha. Weißt du, ob sie und Jan-Arne in Kontakt standen?«

»Ach, seit einer Ewigkeit nicht mehr. Der Jan-Arne war seit dem Studium fast gar nicht mehr auf der Insel. War immer dort, wo die Fetzen fliegen, in Afghanistan, Balkan, Sahara … Da hat es ihn auch erwischt, in Mali, glaube ich. Heißt das so? Mali?«

»Was meinst du mit erwischt?«

»Ein Splitter von einer Granatdingsbums. Vor zwei Jahren ungefähr, können auch drei sein. Seitdem war er gelähmt, von hier bis da.« Ludwina machte eine Handbewegung von der Hüfte abwärts. »Zuerst hat er allein gewohnt, ist völlig verlottert in der Zeit, hatte zu nichts mehr Lust, heißt es. Hier spricht sich so etwas schnell herum, weißt du? Ich glaube, vor Jan-Arne war noch kein Fehmarner in Mali, und wenn, ist er dort nicht zusammengeschossen worden. Vor einem Jahr oder so ist er wieder bei seinen Eltern eingezogen. An Geld hat es ihm anscheinend nicht gefehlt, er war gut versichert, was man so hört. Ich habe ihn mal im Bus getroffen. Der Fahrer hat eine Rampe ausgefahren, über die er dann reingekommen ist. Was für ein Umstand, sage ich dir. Zehn Minuten hatte der Bus am Ende Verspätung, so ein Mist. Aber er sah gut aus. Der Jan-Arne, meine ich. Gut für jemanden im Rollstuhl.«

Ich hörte davon zum ersten Mal. Wie hätte es auch anders sein können? Meine Mutter redete nie mit mir über die Vergangenheit, und obwohl sie wusste, dass Jan-Arne und ich früher befreundet waren, hatte sie es nicht für nötig gehalten, mir von seinem Schicksal zu erzählen. Na ja, bis zu seinem tragischen, ominösen Tod.

»Vor ungefähr einem halben Jahr hat Jan-Arne bei mir angerufen«, sagte Ludwina.

»Bei dir?« Ich staunte. »Wieso das?«

»Nicht direkt bei mir. Auf dem Hof von meinen Söhnen. Dort, wo ihr früher Urlaub gemacht habt, du, deine Mama, dein Papa und Benny.«

Mit Ludwinas Söhnen hatte ich damals nicht viel zu tun gehabt, sie waren einige Jahre älter als ich und Annemie. Ich wusste von ihnen nur, dass sie nach dem frühen Tod von Ludwinas Mann den Betrieb gemeinsam führten. Nachdem beide geheiratet hatten und ihre Enkel erwachsen geworden waren, war es Ludwina ein wenig zu eng auf dem Hof geworden, und so war sie letztendlich bei meiner Mutter gelandet.

»Weil meine Söhne Annemies neue Handynummer noch nicht hatten, haben sie ihm meine Nummer gegeben, und ich habe ihm dann Annemies Nummer gegeben. So war das.«

»Hast du ihn gefragt, warum er Annemie sprechen wollte?«

»Was denkst du denn? Nicht dass der sich an meine Annemie heranmachen will. So hässlich ist ihr Mann nun auch wieder nicht, als dass sie sich scheiden lassen und einen Krüppel heiraten müsste.«

Eine halbe Stunde mit Ludwina, und ich fühlte mich unwohl. Als Gerichtsreporterin war ich zwar ständig mit deftiger Sprache konfrontiert, aber das hier war etwas anderes. Das hier war privat, es war das Haus meiner Mutter.

»Was hat er denn als Grund genannt?«

»Den Bolenda. Die Leiche, die ihr damals gefunden habt. Er wollte Nachforschungen anstellen, wie er das nannte. Mein Gott, was gibt es denn da noch nachzuforschen? Das interessiert doch keinen Menschen mehr, dass vor dreißig Jahren ein bekloppter Gammler im Teich ersoffen ist. Außer seiner Mutter vielleicht, aber die ist ja selbst bekloppt. Überleg mal, das war vor dreißig Jahren, und die Frau rennt immer noch über die Insel und sucht ihren Sohn.«

»Sie sucht ihn?«

»Ich sag ja, die Frau ist dumm wie ein Schuh.«

Bis dahin hatte ich noch nie von Bolendas Mutter gehört. Er war für mich damals jemand gewesen, der einfach da war und über den man so gut wie nichts wusste. Ich hatte mir über ihn keine Gedanken gemacht, bevor ich seine Leiche fand, und danach wollte ich ihn so schnell wie möglich vergessen.

Plötzlich jedoch fand ich es spannend, mehr noch, ergreifend, dass es diese Mutter gab, die umherirrte und sich nach Jahrzehnten noch immer nicht mit dem Tod ihres Sohnes abgefunden hatte. Ganz sicher hatte Jan-Arne mit ihr gesprochen, und das würde ich wohl auch tun. Wenn selbst bei mir, die ich mich über einen Mangel an interessanten Fällen nicht beklagen konnte, journalistische Neugier aufkam, wie war es dann erst Jan-Arne ergangen? Für ihn, der seinen Beruf nicht mehr ausüben konnte – zumindest nicht in der Weise, wie er es viele Jahre lang getan hatte –, konnte so eine feine Schnüffelei ein echtes Lebenselixier sein.

»Was hat er Annemie gefragt, und was hat sie geantwortet?«, wollte ich wissen.

»Sie meinte nur, dass sie ihm nicht helfen konnte. Mehr weiß ich auch nicht. Frag sie doch selbst. Sie ist auf der Beerdigung von Jan-Arne. Jetzt gerade.«

Ich stellte es Yim frei, mich zum Friedhof zu begleiten oder sich mit Ludwina anzufreunden, während sie zwei Kaninchen das Genick brach. Er entschied sich für Letzteres, da er Friedhöfe hasste und als Koch wenig zimperlich war, was die Zubereitung tierischer Speisen anging. Außerdem fand er, dass einer von uns vor Ort sein sollte, wenn meine Mutter vom Einkaufen zurückkam.

Unter der angegebenen Adresse auf dem Festland fand ich den Eingang zu einem Friedwald, eine Begräbnisstätte, bei der die Urne ohne Grabstein oder Kreuz unter einem Baum vergraben wird. Das hauptsächlich von Buchen und Birken bestandene Areal war nicht größer als zwei Fußballfelder und glich eher einem Hain als einem Wald.

Als ich eintraf, kamen mir die Trauernden bereits entgegen. Ohnehin hatte ich nicht vorgehabt, an der Zeremonie teilzunehmen – mit dem cremefarbenen Etuikleid war ich unpassend gekleidet. Trotzdem war ich sofort losgefahren, um Annemie nicht zu verpassen. Dabei war ich mir nicht sicher, ob ich sie überhaupt wiedererkennen würde. Dreißig Jahre sind eine lange Zeit, auch für das Gesicht.

Tatsächlich kam mir bis auf Jan-Arnes Eltern niemand der gut zwei Dutzend Menschen bekannt vor, und hätte eine der Frauen in meinem Alter nicht eine weiße Krankenhauskluft unter dem geöffneten schwarzen Sommermantel getragen …

»Annemie Rötel?«

Sie blieb stehen und sah mich ratlos an. »Annemie Bertram, Rötel ist mein Mädchenname.«

»Wie dumm von mir. Deine Mutter hat mir gesagt, dass du verheiratet bist. Doro … Doro Kagel. Ich bin zwar auch verheiratet, habe aber meinen Namen behalten.«

»Doro!«, rief sie erfreut und schien einen Moment lang zu überlegen, mich zu umarmen, entschied sich jedoch dagegen, was auch meine Unschlüssigkeit zugunsten der Zurückhaltung vergrößerte. Als ich schon dachte, wir hätten uns geeinigt, fiel sie mir doch um den Hals.

»Doro, du meine Güte, ist das lange her. Du trägst die Haare ganz anders.«

Ich lachte. »Als Kind habe ich sie eigentlich gar nicht getragen, sondern nur mit mir herumgeschleppt.«

»Und in einer anderen Farbe.«

Annemies Haare waren schwarz und glatt wie eh und je, und vom Pony konnte sie offenbar auch nicht lassen. Sie verdeckte damit ihre hohe Stirn.

Ich erkundigte mich nach ihrem Leben, die üblichen Fragen nach Kindern, Job und Wohnort. Sie hatte Fehmarn gewissermaßen verlassen und wohnte im holsteinischen Oldenburg und damit nahe genug, um der Insel verbunden zu bleiben. Ich erzählte ihr meinerseits von Yim, meinem erwachsenen Sohn Jonas und meiner Arbeit als Gerichtsreporterin.

»Aber das weißt du sicher schon alles von deiner Mutter«, kürzte ich die höfliche Berichterstattung ab.

»Nein, nein, gar nicht. Ich sehe meine Mutter so gut wie nie. Wir … wir verstehen uns nicht besonders gut.«

Ich seufzte. »Das haben wir leider gemeinsam, ich besuche meine Mutter eigentlich auch nur, weil …« Ich warf einen Blick in den Friedwald. »Eine nette Geste von dir, an Jan-Arnes Beerdigung teilzunehmen. Befreundet wart ihr ja eigentlich nicht mehr, oder?«

»Ein wenig schon noch.«

»Dann war es ihm sicher ein Trost, dass du in seinen letzten Minuten bei ihm warst.«

»Ich werde das nie vergessen, Doro. Er lag im Sterben, er muss unsagbare Schmerzen gehabt haben, aber er hat mich definitiv angelächelt. Da war er noch bei Bewusstsein, etwas später nicht mehr. Und in dieser Minute hat er zweimal deinen Namen geflüstert. Nur ich habe das gehört, sonst niemand.«

Natürlich glaubte ich ihr. Welchen Grund könnte sie haben, eine solche Geschichte zu erfinden oder auch nur zu übertreiben? Mit Annemies Wesen verhielt es sich wie mit ihrer Frisur – sie hatte es beibehalten: eine leise Stimme, reservierte Gesten, die Augen in einem permanenten Ruhezustand. Kein Mensch, der etwas konstruiert, um Beachtung zu erhalten. Trotzdem kam es mir unglaublich vor.

Da Jan-Arne und ich privat nie über ein freundschaftliches Verhältnis hinausgekommen waren und uns zudem unser halbes Leben lang weder gesehen noch gesprochen hatten, konnte ich mir dieses Geschehnis nur mit unseren Jobs erklären. Er hatte im Fall Bolenda ermittelt, und ich hatte die Leiche zusammen mit Maren Westhof damals am Weiher gefunden. Na und? Das war es aber auch schon. Ich wusste nichts über diesen ominösen Todesfall, und Jan-Arne hatte nichts Gegenteiliges geglaubt, sonst hätte er mich längst kontaktiert. Wollte er, dass ich die Ermittlungen weiterführe? Wieso ich? Er hatte im Laufe seiner Karriere sicher dutzende, wenn nicht hunderte Journalisten kennengelernt, so wie ich auch, und es finden sich unter den Kollegen immer ein paar, mit denen man über die Arbeit hinaus befreundet ist.

Ich konnte es mir nicht erklären.

»Du, ich muss los«, sagte Annemie und streichelte mich am Arm, wie sie es früher oft getan hatte. Sie hatte immer schon körperliche Nähe gesucht, und zwar sowohl zu Jungs wie zu Mädels.

»Die Klinik hat mir nur für zwei Stunden freigegeben. Wie wär's mit heute Abend … irgendwo?«

»Meine Mutter erklärt mir den Krieg, wenn ich heute Abend weggehe.«

»Schade. Ruf mich an, wenn du Zeit hast. Sonntag habe ich frei und nächste Woche Frühdienst.«

»Das mache ich. Annemie, nur noch eine Frage.«

Sie öffnete die Autotür. Plötzlich wirkte sie hektisch, was gar nicht zu ihr passte. »Ich komme zu spät.«

»Hat Jan-Arne sonst noch irgendetwas gesagt?«

Sie zupfte an ihrer Uhr, biss sich auf die Lippe, sah mich an und sagte: »Das Geheimnisspiel. Das hat er noch gesagt: das Geheimnisspiel.«

Das Geheimnisspiel. Seit vielen, vielen Jahren hatte ich nicht mehr daran gedacht, und doch wusste ich sofort, was gemeint war. Etwa eine Woche bevor meine letzten Ferien auf Fehmarn endeten, trafen wir uns eines späten Abends. Wir, das war die komplette Insel-Clique, ich nannte uns damals die Achterbande: Annemie Rötel, Maren Westhof, Jan-Arne Asmus, Hanko Fennweck, Pieter Kohlengruber, Freya Popp und Lutz Meyerbeer. Lutz war neben mir der Einzige, der nur in den Ferien auf Fehmarn war, allerdings auch in den Oster- und den Herbstferien. Seine Mutter hatte dorthin geheiratet, während er bei seinem Vater in Münster lebte. Die anderen waren Kinder der Insel, deren Familien fast alle in der Landwirtschaft oder dem Tourismus verwurzelt waren.

Wir wollten eine Sonnenuntergangsparty machen, natürlich mit Alkohol. Von uns war aber noch keiner achtzehn, also versuchte jeder Einzelne, irgendwo etwas abzustauben. Ich war wenig erfolgreich. Tante Thea tat nur ab und zu einen Fingerhut voll Rum in ihren Tee, und die Flasche war fast leer. Überhaupt war die Ausbeute mager, ein bisschen was hiervon und davon. Nur Jan-Arne hatte mehr Glück. Weiß Gott wie, war er an eine Kiste mit sechs Flaschen französischem Johannisbeerlikör gekommen. Grässlich süßes Zeug, fünfzehn Prozent Alkohol. Dass es so etwas gab, war mir völlig neu, und den meisten anderen auch. Ich weiß noch, wie Hanko sich darüber lustig machte, dass wir ausgerechnet auf so ein »Weibergesöff« für unsere Party angewiesen waren. Aber er gab nur an. Er war fünfzehn Jahre alt und hätte nach einem Glas Gin feuchte Augen und einen Hustenanfall bekommen.

Wir tranken den klebrigen Crème de Cassis pur und natürlich nicht aus Likörgläsern, sondern Plastikbechern. Mit der Sonne ging auch unser Verstand unter.

Drei oder vier Flaschen waren ausgetrunken, als jemand die Idee vom Geheimnisspiel aufbrachte, eine Abwandlung von »Wahrheit oder Pflicht«. Jeder sollte ein Geheimnis auf einen Zettel schreiben, das ihn selbst betraf oder von dem er Kenntnis hatte, und in einen Becher werfen. Doch nicht irgendein langweiliges Geheimnis wie etwa: »Ich habe noch nie geknutscht«. Es sollte etwas sein, das erstens echt war, zweitens dunkel und drittens ein Hammer. Was mit dunkel und Hammer gemeint war, blieb offen.

Der gesamte Prozess von der ersten Erwähnung der Idee bis zur Umsetzung lag, was mich betraf, in dunstigem Cassis-Nebel verborgen. Ich war zu einem Drittel abgefüllt, doch ich war nicht so betrunken, dass ich gar nichts mehr mitbekommen hätte. Ein paar zierten sich, andere fanden die Idee blöd. Letztendlich setzten wir sie in die Tat um.

Es war stockfinster. Wir saßen um eine kleine Feuerschale, die Hitze schlug uns ins Gesicht, von hinten erfasste uns eine frische Meeresbrise. Die Falter schwirrten durch die erhellte Nacht, verschwanden zuckend wieder im Dunkel. Dann wurde es still. Acht junge Menschen saßen, über ihre Zettel gebeugt, da.

Jemand sagte: »Benutzt Blockbuchstaben, damit man eure Schrift nicht erkennt.«

»Und was passiert danach?«, wollte jemand wissen.

Wir einigten uns, die Zettel nacheinander zu ziehen und vorzulesen, anschließend wollten wir über jedes der Geheimnisse sprechen, ohne den Urheber zu kennen.

War das überhaupt möglich, acht dunkle Geheimnisse? Selbst wenn am Ende nur einer von uns ein solches Erlebnis hatte – warum sollte er oder sie es aufschreiben?

Ich kann nicht über die Motive der anderen sprechen, nur über meines. Warum schrieb ich damals auf, was ich vorher noch nie und niemandem preisgegeben hatte, nicht einmal meinem Tagebuch?

Es war eine Mixtur, bei der der Creme de Cassis die vielleicht auffälligste, aber nicht die wichtigste Zutat war. Gut, wir waren alle mehr oder weniger benebelt, aber der Tod des Bolenda hatte uns angerührt und verändert. Nach allem, was man hörte, war er ermordet worden, und wir hatten uns in den Jahren und den Monaten zuvor nicht selten über ihn lustig gemacht, was uns nun beschämte. Auch wenn ein Sonnenuntergangsbesäufnis meine Theorie scheinbar konterkariert – ich bin der Meinung, wir waren durch diesen grausamen Fund ernsthafter geworden, konnten jedoch, halb noch Kinder, halb schon erwachsen, nicht damit umgehen. Das Geheimnisspiel war dem Namen nach ein Spiel, und doch war es keins mehr. Es war ein Spiegelbild dessen, was in uns rumorte.

Ein dritter Punkt kam noch hinzu. Wir kannten uns seit mindestens fünf Jahren, einige sogar noch länger, und hatten ein gewisses Vertrauensverhältnis. Wir waren sehr unterschiedliche Typen, von schüchtern bis selbstbewusst, von still bis laut, von sanft bis ruppig. Wir waren Mädchen und Jungen, wir waren dreizehn, vierzehn, fünfzehn, zwei von uns sogar schon sechzehn, wir gingen auf die Hauptschule, die Realschule und das Gymnasium, Lutz sogar auf eine Privatschule. Trotzdem erinnere ich mich an keine Rangfolge, keinen Chef, keinen Underdog, dafür aber an viele gemeinsame Unternehmungen, sehr viel Abwechslung und Spaß. Ich dachte, ein geteiltes Geheimnis würde unsere Freundschaft noch vertiefen, sogar wenn nie herauskäme, was ich und die anderen aufgeschrieben hatten. Ich wollte, ich musste es einfach mal loswerden, was mir auf der Seele brannte, und ein anderer sollte es laut aussprechen, in die Nacht und das Feuer hinein.

»Ich mache den Anfang.« Hanko rührte im Becher.

Er war ein kleiner, kompakter Kerl mit Händen wie Schmirgelpapier, der älteste Sohn eines Bauern, weshalb er oft arbeiten musste, statt mit uns herumzustreunen. Ich glaube, er war Legastheniker, jedenfalls hatte er Probleme beim Lesen und Schreiben, was ihm peinlich war. Er lief dann immer rot an, so wie in jenem Moment, als er den Zettel zog, schluckte, noch mal schluckte und endlich laut vorlas: »ICH HABE EINE SCHWERE UNHEILBARE KRANKHEIT.«

Das war allerdings ein Klopper, und ich glaube, wir waren plötzlich alle hellwach. Wer bis dahin geglaubt hatte, das Spiel sei albern, und wir würden es schnell vergessen, der hatte sich geirrt und wusste es jetzt. Eine Sexbombe zu sein, über magische Kräfte wie Harry Potter zu verfügen, einen König zum Vater zu haben, sich im Zeugenschutzprogramm zu befinden – solche Dinge hätte keiner von uns für voll genommen. Wir hätten die Köpfe geschüttelt und darüber gelacht. Aber eine schwere, vielleicht sogar tödliche Krankheit dachte sich keiner aus.

»Okay, sprechen wir drüber«, sagte jemand.

Hanko verneinte: »Erst wenn alle Zettel gezogen sind, haben wir gesagt.«

Der Becher ging an Freya Popp weiter, die von allen nur Poppy genannt wurde, außer von ihren Eltern. Sie war ein aufgewecktes Mädchen, zog sich mit Vorliebe bunt an und machte für ihr Leben gern Späße. Unmöglich für sie, einfach nur einen Zettel zu ziehen, nein, sie machte eine richtige kleine Show daraus, bis wir sie mit Buhrufen oder Schimpfwörtern drängten. Mit spitzen Fingern angelte sie einen Zettel, faltete ihn auf, zog die Augenbrauen in die Höhe und las den Satz gewiss ein halbes Dutzend Mal, bis wir dem Spektakel mit weiteren Buhrufen und Schimpfwörtern ein Ende bereiteten.

Sie sagte: »Das ist ein Rätsel, was meint ihr? Hier steht: MEINE MUTTER HAT MICH NICHT GEBOREN.«

Ein Rätsel, in der Tat, und weit mehr nach unserem Geschmack als das vorherige Geheimnis. Es ließ der Fantasie viel Raum, und ich freute mich schon darauf, über diesen Satz zu diskutieren.

Der Becher ging an mich. Ich fürchtete, meinen eigenen Zettel zu ziehen, denn es war nicht das Gleiche, so etwas niederzuschreiben oder es selbst laut vorzulesen, auch wenn keiner wusste, dass ich die Verfasserin war. Glücklicherweise blieb es mir erspart.

Ich las und schmunzelte. Ja, das war ein hübsches Geheimnis, so gar nicht düster.

»ICH LIEBE JEMANDEN AUS DIESER RUNDE.«

2

Wie viel Zeit fünf Jahre waren – ich meine, was sie ausmachen –, bemerkte ich, als ich meiner Mutter gegenüberstand. Tiefe Furchen hatten sich von den Nasenflügeln bis zu den Mundwinkeln eingegraben, die Haare waren dünner, die Augen verschwommener, und ihre einst klaren, bestimmten Gesten, mit denen sie ihre Umgebung einschüchterte, waren nun von einem Zittern begleitet. Seltsamerweise hatte ich sie mir nie alt vorstellen können. Ihre Energie, die unbestritten war, und die unheimliche Kraft, mit der sie die Menschen zu kommandieren versuchte, hatten es mir jahrzehntelang unmöglich gemacht, ihr Verwundbarkeit zuzugestehen. Das änderte sich an diesem Spätnachmittag mit einem einzigen Blick.

Sie gab mir die Hand wie einer Fremden.

»Da bist du also.«

Bevor ich sie umarmen konnte, wandte sie sich ab.

»Wie du siehst, haben wir es uns in den letzten fünf Jahren gemütlich gemacht, Frau Rötel und ich.«

Sie warf mir einen prüfenden Blick zu. »Das war Ironie, liebe Doro. Die Rötel hat leider keinen Geschmack. Damit meine ich nicht, sie hätte einen schlechten. Sie hat überhaupt keinen. Alles muss praktisch sein.«

Sie stieß die Tür zum Wohnzimmer auf. »Nimm nur mal diesen Raum als Beispiel. Der Landhausstil deiner Mutter und der Unstil der Bäuerin im ewigen Kampf gefangen, wie Gut und Böse.«

Ein halbes Dutzend verschiedener Hölzer in verschiedenen Farben, eine antike Tischlerarbeit neben besseren Spanplatten, ein Orientteppich neben gekettelter Meterware.

»Die gute Stube«, sagte meine Mutter und ließ sich auf dem in die Jahre gekommenen Cordsofa nieder. »Der Sessel beißt nicht.«

Kaum saß ich, sah sie mich an wie eine Hausfrau den Versicherungsvertreter, so als wäre ich an der Reihe, etwas zu sagen.

»Wo ist Yim?«

»In der Küche mit seiner neuen Freundin Ludwina, polnische Kaninchenpampe zubereiten. Sie bricht den kleinen, zarten Geschöpfen mit ihren Walkürenhänden das Genick, als wären es Stangenbohnen. Wie ich höre, hast du keine Zeit verschwendet und die kleine Rötel schon aufgesucht. Dann wirst du ja wohl nicht lange bleiben, nehme ich an.«

»Ich bin gerade erst angekommen.«

»Was hat sie gesagt?«

»Annemie? Nicht viel. Wir wollen uns in den nächsten Tagen mal zusammensetzen.«

Ich hatte das Geheimnisspiel meiner Mutter gegenüber nie erwähnt, und das sollte auch so bleiben. Mal abgesehen davon, dass sie eventuell mehr darüber hätte erfahren wollen, was mir unangenehm gewesen wäre – es war eine Episode meiner Jugend, die ich mit ihr nicht teilen wollte. Sie hatte mich damals in den Ferien aus ihrer Nähe verbannt, deswegen gehörten diese Tage ganz alleine mir.

Meine Mutter schlug vor, dass ich den Tisch im Esszimmer gleich nebenan decken sollte, und während ich das tat, stellte sie mir eine Frage nach der anderen, von »Was macht die Arbeit?« bis hin zu »Gehst du noch zum Yoga?«. Kein Thema behandelten wir länger als zwei Minuten, und sobald ich in die Tiefe gehen wollte, wies sie mich darauf hin, dass ich eine Serviette falsch platziert oder einen unpassenden Teller gewählt hatte. Danach stellte sie mir einfach eine neue Frage. Es war eines von diesen Gesprächen, die ich schon in meiner Jugend hassen gelernt hatte. Sogar ein bisschen Smalltalk über das Wetter wäre mir lieber gewesen. Die zwanzig Minuten, die wir auf diese Weise verbrachten, kamen mir wie eine Stunde vor. Dann war endlich das Essen fertig.

Das Kaninchen-Bigosch schmeckte überraschend gut, wenngleich das Gericht viel zu schwer war und Ludwina die Angewohnheit hatte, einem viel zu viel auf den Teller zu tun.

»Was machen Sie denn da, Frau Rötel?«, schimpfte meine Mutter, und das gewiss nicht zum ersten Mal. »Man sieht ja vor lauter Kraut und Soße das Porzellan nicht mehr.«

»Essen Sie lieber Porzellan oder Soße?«, kam prompt die Gegenfrage.

»Es ist hoffnungslos, Sie kapieren es einfach nicht.«

So verliefen die meisten Gespräche der beiden Frauen. Mal war meine Mutter die Anklägerin, mal Ludwina. Bemerkenswert fand ich, dass sie sich nach fünf Jahren des Zusammenlebens immer noch siezten. Andererseits siezte meine Mutter eigentlich jeden, außer mich. Nicht einmal Yim wurde die Ehre des Du zuteil.

»Yim, sagen Sie mir … Jetzt, da Sie gescheitert sind, was haben Sie mit Ihrem Leben vor?«

Wir saßen um den ovalen Esstisch herum, die Standuhr aus Mahagoniholz tickte aufdringlich, und Ludwina unterdrückte mehr schlecht als recht ein Rülpsen.

Nach einer ungläubigen Pause ließ ich Gabel und Messer auf den Teller fallen. »Mama«, mahnte ich. »Yim ist nicht gescheitert. Er hat nur …«

»Pleite gemacht, oder? Das adäquate Wort dafür ist scheitern. Aber wenn es dir lieber ist, können wir auch von einem Schiffbruch sprechen, was bei einem Restaurantschiff vielleicht zutreffender wäre, ja sogar irgendwie komisch.«

»Sarkastisch«, korrigierte ich.

»Na, meinetwegen auch sarkastisch, darauf können wir uns einigen. Doch zurück zu meiner Frage, Herr Schwiegersohn.«

Yim stocherte in seinem Bigosch. Die meisten Menschen fangen in sorgenvollen Zeiten an, mehr zu essen und zu trinken. Bei ihm war es genau umgekehrt. Als das Restaurant nach seiner Eröffnung gut angenommen worden und er mit Lob überschüttet worden war, da hatte er in zwei Jahren sechs, sieben Kilo zugenommen. Nur mit viel Sport und einer jährlichen Fastenkur im März hatte er sein Gewicht annähernd halten können. Im letzten halben Jahr dagegen hatte er vier Kilo abgenommen.

»Ich habe nach einer Anstellung als Koch gesucht«, erklärte er. »Genau wie zehntausend andere ehemalige Restaurantbesitzer.«

»Bitter, keine Frage. Aber das Leben ist keine Krabbelgruppe, mein Bester. Solange Sie noch Schmalz im Kopf und Saft in den Muskeln haben, steht Ihnen die ganze Welt offen. Gehen Sie doch zurück nach China. Dort braucht man Köche, dort braucht man eigentlich alles.«

»Er ist als kleiner Junge hierhergekommen. Deutschland ist seine Heimat.«

»Eine Heimat ohne Arbeit ist ein Rattenloch. In China gibt es genug Arbeit.«

»Er war kein Chinese, sondern Kambodschaner, das weißt du sehr gut«, wies ich meine Mutter zurecht.

»Mein Gott, es war mir entfallen.«

»Und überhaupt, warum sollten wir woanders hingehen? Wir haben uns hier etwas aufgebaut.«

»Was soll das sein? Ihr lebt doch noch immer zur Miete.«

»Ich habe einen Job, den ich liebe, und Yim hatte sein Restaurant.«

»Hatte.«

»Diese Diskussion ist überflüssig«, sagte ich. »Wir werden weder nach China noch nach Kambodscha gehen.«

Sie tat, als hätte sie mich nicht gehört, und machte einfach weiter. »In der heutigen Zeit könntest du problemlos mit dem Flugzeug auf die Schnelle nach Deutschland kommen, um deine alte Mutter zu sehen. Wenn du den bisherigen Rhythmus beibehältst, wären das maximal noch zwei Besuche.«

»Ach, darum geht es also. Um mich zu kritisieren, weil ich eine schlechte Tochter bin, ist es nicht nötig, meinen Mann herabzuwürdigen. Ich habe dich fünf Jahre lang nicht besucht, weil ...«

»Unsinn. Es ist mir egal, dass du fünf Jahre lang nicht hier warst.«

»Ich weiß«, murmelte ich. »Das war ja der Grund.«

Ich stand auf, bedankte mich bei Ludwina für das Essen und ging vor die Tür.

Vom Haus meiner Mutter sind es nur fünfhundert Meter bis zur Küste. Die Sonne war bereits untergegangen, doch ihr Abglanz legte sich über die Weiden und sprießenden Kornfelder und schuf einen goldenen Frieden. Der Westwind trug das Meer an mich heran, noch bevor es zu sehen war. Rhythmisch schwoll das Geräusch an und ebbte wieder ab, als ich mich noch am Fuß einer Düne befand, um mir an deren Krone mit einem wohligen Donnern entgegenzuprallen. Da lag er vor mir, der Ozean mit seiner ganzen Kraft und Schönheit.

Ich näherte mich dem Ufer nicht weiter, sondern ließ mich an Ort und Stelle nieder, zwischen Büscheln von langem Gras, getrocknetem Tang und Muscheln. Zu meiner Rechten, ein Stück entfernt, erhob sich der Leuchtturm von Westermarkelsdorf, der damals nicht selten den Treffpunkt für uns Kinder gebildet hatte. Zur Linken die Windräder, die neu waren, keine Schönheiten zwar, aber im verblassenden Licht beinahe romantisch und beeindruckend. Das Ufer war steinig und felsig, das Meer im schwindenden Tag vom selben Grau wie die Steine.

Von irgendwo erklang ein Lied, geschmettert aus den Kehlen älterer Männer, gesungen in nordischem Platt. Als es zu Ende war, schwächte sich auch die Brandung ab, zumindest kam es mir so vor, und es wurde fast still.

Als Kind hatte ich die Stille der Insel am Abend nicht wahrgenommen. Sie hatte mir Angst gemacht, ohne dass ich wusste, dass es die Stille war, die mich ängstigte. Mein instinktives Gegenmittel war jegliche Form von Aktion, meistens die körperliche, gelegentlich die mit dem Kopf. Auf Fehmarn hatte ich meine ersten »Storys« geschrieben, kleine Reportagen ohne Bedeutung, über das Verhalten der Touristen an den Stränden und in den Restaurants, über Tante Theas Schnack mit der Nachbarin und auch über ein paar meiner Freunde. Eigentlich waren es eher Tagebucheinträge. Selbst wenn ich allein war, fühlte ich mich auf diese Weise in Gesellschaft. Das hatte mir ungemein durch die schwere Zeit geholfen.

Denn sie war schwer gewesen. Noch heftiger, als es von außen den Anschein hatte.

Yim setzte sich neben mich. Ich hatte ihn schon kommen hören und erschrak daher nicht.

Ich lächelte ihn an, als er den Arm um mich legte. »Wie hast du mich gefunden?«

»Ich habe von Weitem eine Silhouette im Restlicht erkannt, und mein Herz rief mir zu, das bist du«, sagte er augenzwinkernd und mit einer theatralischen Geste. »Leider ist es viel profaner. Ludwina meinte, ich könnte dich hier finden.«

»Tut mir leid, dass ich in deinem Beisein über dich geredet habe, als wärst du nicht da«, sagte ich. »Aber da du dich nicht selbst verteidigt hast …«

Yim erwiderte: »Ich sehe mich eher als Ringrichter. Einer muss den Job ja machen.«

Nach kurzer Überlegung stimmte ich ihm zu. »Was meine Mutter über dich gesagt hat …«

»Sie ist unsensibel und hat was von einem Biest, aber gelogen hat sie nicht. Ich bin tatsächlich gescheitert. Ich habe keine Arbeit mehr. Ich weiß nicht, was ich tun soll.«

Ich dachte darüber nach und fand seine Analyse schlüssig. Trotzdem ist es eine Unart, den Leuten ins Gesicht zu sagen, was man von ihnen hält, vor allem wenn es vom hohen Ross herunter passiert. Meine Mutter hatte nie wirklich gearbeitet, hatte nie einen normalen Job gehabt. Das Studium hatten ihre Eltern finanziert, sie hatte währenddessen meinen Vater kennengelernt, sehr bald meinen Bruder geboren und dann mich. Eine Haushaltshilfe kümmerte sich um den Bungalow, und die verschiedenen Babysitter sorgten dafür, dass sie regelmäßig mit meinem Vater ausgehen konnte. Seit sie Witwe war, lebte sie von dem Geld, das ihre Eltern und ihr Mann ihr hinterlassen hatten. Ihr stand es am wenigsten zu, Arbeitslosen Vorwürfe zu machen, vor allem in schlechten Zeiten.

»Fünf Jahre meiner Kindheit«, sagte ich, »habe ich mich in dem Haus da hinten wohlgefühlt. Tante Thea war langweilig, aber immer bemüht, und auf die Insel und meine Freunde konnte ich mich das ganze Jahr über freuen. Und nun bin ich ein paar Stunden hier und würde am liebsten schon wieder abreisen.«

»Du weißt, was das für ein Desaster gäbe? Ihr würdet euch vielleicht nie wiedersehen.«

»Ich sage ja nicht, dass ich es tun werde. Im Gegensatz zu meiner Mutter gebe ich nicht jedem Gedanken nach. Nur weiß ich nicht, wie ich mich ihr gegenüber verhalten soll.

Unsere Gespräche haben oft etwas Gezwungenes. Und wenn nicht, kommt irgendein Schlamassel dabei heraus.«

Wir wussten beide, dass er mir in dieser Sache keinen Rat geben konnte. Ein über vierzig Jahre gestörtes Verhältnis ließ sich nicht mit noch so gut gemeinten konfuzianischen Weisheiten heilen, und so blieb uns nichts anderes übrig, als dieses Thema ruhen zu lassen.

Er strich mir eine Locke aus der Stirn. »Erzähl mir von deinem Besuch auf dem Friedhof«, bat er, da ich noch nicht dazu gekommen war.

Ich berichtete ihm von meiner Begegnung mit Annemie, und was sie über Jan-Arnes Tod gesagt hatte. Als ich das Geheimnisspiel erwähnte, wurde er hellhörig. Das war ja auch eine verrückte Sache mit Seltenheitswert, die einen gefährlichen Reiz verströmte.

»Herrje, ich war damals fünfzehn«, war meine Erklärung, wie es dazu gekommen war.

»Und was war dein Beitrag?«, fragte er. »Welches Geheimnis hast du offengelegt?«

Dieser Moment, als ich den Becher an Maren Westhof weitergab und sie meinen Zettel zog, wird mir ewig im Gedächtnis bleiben.

Maren war ein schwieriges Kind gewesen, wie die Erwachsenen das nannten. Jeden Sommer, wenn ich nach Fehmarn kam, schien alles wie im Jahr zuvor: Tante Thea, das Wetter, die Freunde. Nur Maren nicht. In meinem zweiten Jahr auf der Insel war sie zur Raucherin geworden, so wie Poppy, in meinem dritten Jahr färbte sie sich die Haare bunt, so wie Jan-Arne, und in meinem vierten Jahr hatte sie drei Piercings im Gesicht, die ihr so gut standen wie mir eine Lederhose und gewiss nicht ihre eigene Idee gewesen waren. Sie machte einen auf taffes Mädchen, aber als wir den Bolenda im Weiher fanden, hatte sie bereits die Flucht ergriffen, bevor ich mich »Boah, ein Toter!« rufen hörte. Sie war schlecht in der Schule und schien stolz darauf zu sein, und sie roch zum Schluss ein bisschen muffig.

Als sie den Zettel auseinanderfaltete, wusste ich sofort, dass es meiner war. Es gab da einen kleinen Holzkohlefleck auf der Unterseite. Maren betrachtete das Stück Papier, klimperte mit den Augen, weil sie unmittelbar zuvor einen halben Becher Cassis-Wodka hinuntergekippt hatte, und rieb sich mit dem Handrücken die Nase …

»Also, Leute«, sagte sie.

Ich versuchte, gleichgültig zu wirken, obwohl alle Blicke auf Maren hafteten. Man konnte ja nie wissen. Ich schämte mich, dieses Geheimnis preiszugeben, und ich ärgerte mich, weil ein Geheimnis ein Schatz ist, der seinen Wert im Moment der Offenbarung verliert. Trotzdem hätte ich, wenn es möglich gewesen wäre, nichts ungeschehen machen wollen.

»ES GIBT JEMANDEN, DEN ICH ABGRUNDTIEF HASSE, OBWOHL ER MIR NICHTS GETAN HAT.«

Nach einem Moment des Schweigens fügte Maren hinzu: »Hey, cool. Grundloser Hass ist geil.«

Die Bemerkung war nicht nur flapsig, sondern auch falsch. Dass ich jemanden hasste, der mir nichts getan hatte, bedeutete nicht, dass mein Hass grundlos war. So wie es auf dem Zettel stand, war es die Wahrheit, und dass es da stand, hatte seine Richtigkeit. Erbärmlich fühlte ich mich trotzdem, und mir graute vor der Diskussion, die für den zweiten Teil des Geheimnisspiels geplant war. Ich lief Gefahr, mich dabei zu verraten – doch das ging sicherlich jedem so.

Nur ein paar Kilometer, jedoch dreißig Jahre von jenem Lagerfeuer entfernt, legte Yim mir die Baumwolljacke um die Schultern, die er mir vorsorglich mitgebracht hatte.

»Lass mich raten. Deine Mutter?«, fragte er.

Ich verneinte. »Es stimmt, ich war damals nicht gut auf sie zu sprechen, aber gehasst habe ich sie nie. Außerdem hat sie mir durchaus etwas getan, indem sie nämlich nichts getan hat. Was in mir vorging, hat sie null interessiert. Ein Roboter hätte das besser hinbekommen als sie.«

»Dann verstehe ich nicht, wer …«

Ich unterbrach ihn. »Nachdem mein Bruder ermordet und der Mörder gefasst und verurteilt worden war, verfielen meine Eltern in eine Lethargie. Ich machte ihnen das nicht zum Vorwurf, denn mir selbst ging es an manchen Tagen kaum anders. An anderen Tagen tobten allerdings die wildesten Gefühle in mir.«

Während sich die Nacht um Yim und mich legte, suchte ich nach Worten, um das zu beschreiben, was mich damals umtrieb.

»Mein Bruder war zu Lebzeiten das mehr geliebte Kind. Ich weiß, kleine Schwestern denken immer, ihre älteren Brüder würden bevorzugt. Mein Vater war ein sportlicher Mensch, Benny ebenso, und die beiden tobten bei jeder Gelegenheit herum, wohingegen ich lieber Bücher las und Flöte spielte. Was meine Mutter anging, so verzieh sie Benny alles, wofür sie mich tadelte. Natürlich liebten mich beide, nur konnten sie es mir gegenüber schwerer zeigen. Benny war da anders, er legte sich so richtig für mich ins Zeug, schenkte mir Dinge, die er gebastelt hatte …«

Ein Frösteln ging durch mich hindurch, und Yim, der es spürte, zog mich auf die Beine. Langsamen Schrittes traten wir den Rückweg an. Unzählige Sterne funkelten am Himmel, und am Horizont standen die Lichter der umliegenden Dörfer wie einsame Wegweiser in finsterer Nacht.

»Benny war ein absolut durchschnittlicher Junge, nicht übermäßig gut in der Schule und auch kein besonders talentierter Sportler, obwohl er das sicherlich anders sah. Aber er hatte Charme, und er lächelte viel öfter als ich. Er verstand es, die Menschen für sich einzunehmen, mich eingeschlossen. Ich fand ihn als großen Bruder ganz okay.«

»Ich höre irgendwo ein Aber im Busch.«

»Er ist gestorben«, sagte ich hart. »Auf die schlimmste Weise, die man sich vorstellen kann, aber nicht vorstellen will.«

Yim war natürlich darüber im Bilde, was damals passiert war. Wir hatten ein paarmal darüber gesprochen, so wie man im Laufe einer Beziehung die Geschichte des anderen nach und nach kennenlernt. Man braucht keine Fantasie, keine Fragen, um sich auszumalen, was ein solcher Schlag mit einer Familie macht. Daher waren Yim und ich nie ins Detail gegangen.

»Benny fehlte mir schrecklich, aber ich hoffte auch, dass ich nun, da es nur noch mich gab, mehr Aufmerksamkeit bekäme. Ich wusste, es war falsch, so zu denken, doch ich sehnte mich danach, meinen Vater zum Lachen zu bringen, ihn stolz auf mich zu machen und mit meiner Mutter Dinge zu tun, die kleine Mädchen nun mal mit ihren Müttern machen. Kleider kaufen gehen vielleicht oder neue Frisuren auszuprobieren. Ich wollte umsorgt werden. Das Gegenteil geschah. In der Trauer um Benny verloren meine Eltern mich gewissermaßen aus den Augen, emotional gesehen. Sie kapselten sich ein, jeder für sich, und ich stand auf einer Bühne, ohne dass mir jemand zusah.«

Eine Weile war nur das Knirschen von Kies unter unseren Schuhen zu hören. Wir waren nur noch zweihundert, dreihundert Meter von Alt-Petri entfernt.

»Kann sein, dass ich mich mit diesem Zustand arrangiert hätte«, fuhr ich fort. »Kann sein, dass meine Trauer um Benny seelenruhig neben meinem Wunsch nach Aufmerksamkeit und Zuneigung hätte existieren können. Wer weiß das schon. Dann aber zog es mein Vater vor, absichtlich und mit Vollgas gegen eine Wand zu fahren, und alles änderte sich. Damit hatte er sich für Benny und gegen mich entschieden. Das Leben mit der verbliebenen Tochter war ihm nichts wert gewesen. So empfand ich es, und ich glaube, bis heute bin ich nicht in der Lage, anders darüber zu denken. Nur tut es nicht mehr so weh wie damals.«

Still ergriff Yim meine Hand, während wir weiter nebeneinander herliefen. Er war sonst kein Händchenhalter, ich eigentlich auch nicht.

»Benny«, sagte er gedehnt. »Der auf dem Zettel, das war dein toter Bruder.«

Ich atmete tief durch und nickte.

»Ja. Ich war stinkwütend, dass er meinen Eltern selbst über ein Jahr nach seinem Tod noch wichtiger war als ich. So hat es angefangen. Und mit jedem gleichgültigen melancholischen Blick meiner Mutter, mit jeder genervten Geste, wenn ich um etwas bat, mit jeden Sommerferien, die sie mich fortschickte, steigerte ich mich mehr in den Hass auf meinen toten Bruder hinein. Benny ist daran völlig unschuldig. Aber so sind Gefühle nun einmal: in den seltensten Fällen vernünftig und gerecht.«

Wir waren am Haus angelangt und gingen hinein. Die Augen meiner Mutter tasteten mich ab, als hielten sie nach gefährlichen Dingen Ausschau.

»Hast du dich wieder beruhigt?«, fragte sie.

Ich ließ mir einen Lidschlag länger mit der Antwort Zeit, als nötig gewesen wäre.

»Ja.«

»Gut. Ich bin müde und gehe jetzt schlafen. Frau Rötel gibt euch, was ihr braucht. Darin ist sie unschlagbar. Gute Nacht.«

»Gute Nacht.«

Am nächsten Morgen war sie besserer Laune. Beim Frühstück, das Ludwina vorbereitete, betonte meine Mutter, welche Köstlichkeiten sie eigens für mich eingekauft hatte: Biomilch, Biojoghurt, Äpfel, Walnüsse, Sonnenblumenkerne, Cerealien … Dieses Wort sprach sie unter Betonung aller Vokale aus und führte dabei Daumen und Zeigefinger zusammen. Sie sagte, das Wetter sei gut, es regne nur ganz leicht.

»Was habt ihr heute vor?«, fragte sie.

»Wir könnten … Wir könnten nachher alle zusammen …«

Weiter kam ich nicht.

»Oh, lieber nicht. Es sind die Füße, weißt du. Nach ein paar hundert Metern wollen sie nicht mehr.«

Ich hatte zwar kein Trampolinspringen vorschlagen wollen, aber nun gut. Egal, was ich ins Spiel brachte, es gab immer einen Ablehnungsgrund. Eine Spazierfahrt und danach irgendwo einkehren? Ich kann doch Frau Rötel nicht allein zurücklassen. Frau Rötel nehmen wir mit. Frau Rötel kehrt nicht gerne ein. Dann fahren wir eben nur spazieren. Ich kenne doch schon alles. Ein Einkaufsbummel? Geht nicht, die Füße.

»Vielleicht eine Partie Schach heute Abend?«, fragte sie, und ich sagte zu.

Schach war wirklich das Einzige, was meine Mutter mir beigebracht hatte. Alles andere, sogar wie man Schnürsenkel bindet, hatte ich von Benny und meinem Vater gelernt. An die zwanzig Jahre hatte ich nicht mehr gespielt, und meine Mutter würde mich sicher plattmachen. Vielleicht war das die Absicht dahinter, vielleicht auch nicht.

Yim bot an, bei einigen »Problemchen« im Garten zu helfen, was Ludwina ohne Umschweife annahm. Ich hatte zuvor mit ihm darüber gesprochen, was zu tun sei, wenn der gemeinsame Ausflug nicht zustande käme – wovon ich ausgegangen war. Der Vorschlag, eine Charmeoffensive zu starten, war von ihm gekommen. Er meinte, was meine Recherchen auf der Insel anging, könne er doch nicht mehr tun, als gut neben mir auszusehen. Da mache er sich lieber als Handwerker nützlich und verbessere nebenbei das Verhältnis zu meiner Mutter.

Meine Mutter begleitete mich zum Auto. Es nieselte, und

der Horizont war blass und diesig, doch der auffrischende Wind machte mir Hoffnung. Ich kannte diesen herrlichen reinigenden Luftstrom aus Nordwest von früher.

»Könntest du mir einen Gefallen tun und herausbekommen, wo ich Frau Bolenda finde?«, bat ich sie. »Im Telefonbuch steht sie leider nicht.«

»Na ja«, sagte sie darauf nur, was alles bedeuten konnte. Wahrscheinlich würde sie den Auftrag an Ludwina delegieren.

»Verfahr dich nicht, Doro.«

»Das ist das Gute an Fehmarn, man kann sich eigentlich nicht verfahren. Außerdem habe ich ein Navi. Mal sehen, ich fange vielleicht bei Pieter Kohlengruber an. Sein Hof liegt irgendwo zwischen Gammendorf und Puttgarden.«

»Kohlengruber, sagst du? Moment mal, da war doch was. Ach ja. Hedwig Kohlengruber … seine Mutter, nehme ich an. Weißt du, die Familie war anscheinend recht bekannt, weil es keine alteingesessenen Leute waren. Aus der Lausitz oder so. Haben sich gleich nach dem Krieg hier niedergelassen. Ich habe sie nie kennengelernt, aber Ludwina ist besser als jede Dorfzeitung. Was ich jeden Tag an überflüssigen Dingen erfahre … «

»Was ist denn nun mit Frau Kohlengruber?«

»Tot«, sagte sie. »Vor zwei Wochen ungefähr. Stell dich also auf einen Freund in schlechtsitzender schwarzer Kleidung ein.«

Wenngleich Hedwig Kohlengruber ein hohes Alter erreicht hatte, stimmte mich ihr Tod traurig. In meinem ersten Sommer bei Tante Thea, ich war damals zehn Jahre alt, wusste ich nichts mit mir anzufangen und fuhr mit dem Fahrrad kreuz und quer über die Insel, als mich ein Ententeich in seinen Bann zog. Die Tiere waren äußerst zutraulich, sie ließen sich sogar von mir berühren, und so vergaß ich nicht nur die Zeit, sondern auch wo ich mich befand. Bis schließlich eine Frau mittleren Alters mit graubraun meliertem Haar und dem freundlichsten Gesicht, das ich seit Langem erblickt hatte, neben mir stand und fragte, ob ich Lust hätte, die Enten zu füttern. Schnell fasste ich Vertrauen zu ihr. Es dauerte nicht lange, und ich kehrte jeden Tag zu dem Ententeich zurück, der zum Hof der Kohlengrubers gehörte. Hedwig, wie ich sie nennen durfte, gab mir Limonade, kalten Kakao, und was man Kindern sonst so gibt.

Dass sie einen Sohn in meinem Alter hatte, erfuhr ich erst ein, zwei Wochen später. Pieter half seinem Vater bereits tüchtig, am Tage bekam man ihn in unmittelbarer Nähe des Hauses fast nie zu sehen. Doch die viele Arbeit war nicht allein daran schuld, dass wir zunächst nicht recht zusammenkamen. Er war unglaublich schüchtern, geradezu gehemmt, im Umgang mit Gleichaltrigen ebenso wie mit Erwachsenen. Selbst mit seinen Eltern und Großeltern, die ebenfalls auf dem Hof lebten, sprach er kaum, trotzdem spürte ich das herzliche Verhältnis, das sie zueinander hatten. Er war keineswegs zurückgeblieben oder dergleichen, sondern nur kontaktscheu und ohne jedes Selbstbewusstsein.

Seine Mutter Hedwig wusste diesen Mangel auszugleichen, indem sie ihn und mich Schritt für Schritt zusammenführte. Mal halfen wir ihr gemeinsam bei irgendeiner kleinen Arbeit, mal schickte sie uns für eine Besorgung los. Ab und zu gab ich Pieter Nachhilfe in Deutsch, Erdkunde und Geschichte.

Pieters zurückhaltende Art störte mich kein bisschen, im Gegenteil, sie machte mich neugierig, und ich bemühte mich sehr darum, seine Freundin zu werden. Doch da er so viel zu tun hatte, lernte ich auch andere Kinder kennen, zunächst Lutz und dann die übrigen. An meinem Geburtstag lud ich sie alle ein, allerdings nicht in das Haus von Tante Thea, die einen solchen Rummel nicht verkraftet hätte, sondern zu Hedwig. So brachte ich Pieter mit Lutz, Hanko, Maren, Annemie, Poppy und Jan-Arne zusammen.

Bis zum Ende der Ferien taute Pieter ein wenig auf, auch wenn er noch immer reservierter war als jedes andere Kind, das ich kannte. In den zehn Monaten bis zu unserem Wiedersehen schrieb er mir ein einziges Mal – ich ihm jeden Monat. Aber als ich im darauffolgenden Sommer zurückkehrte, schien er sich zu freuen, mich zu sehen.

Im Lauf der Jahre änderte sich unser Verhältnis kaum. Er blieb, wie er war. Manchmal, wenn er mich auf seine spezielle Art ansah, dachte ich, dass er mich etwas fragen wolle, das ihm auf dem Herzen lag. Doch er tat es nie. Mit dreizehn, vierzehn Jahren hielt ich es für möglich, dass er mehr sein wollte als nur mein Freund. Das war auch der Grund, weshalb ich mich zurückhielt, ihn zu einer Aussage zu bewegen. Ich hatte ihn sehr gern, und von allen Jungs der Fehmarn-Clique war er mir der sympathischste, noch sympathischer als Jan-Arne. Mal abgesehen von der großen Entfernung zwischen unseren Wohnorten – wir waren einfach zu verschieden.

Nach meiner Trennung von der Insel schrieb er mir nur noch einmal. Der Brief klang zwischen den Zeilen traurig. Mag sein, dass ich mir das nur einbildete.

Was war wohl aus ihm geworden? Nun denn, ich war auf dem Weg, es zu erfahren. Oft ist man ja enttäuscht, wenn man sich ein zu genaues Bild einstiger Weggefährten zurechtspinnt, und dreißig Jahre bieten wirklich verdammt viel Raum, um langweilig, rechthaberisch, aufdringlich, depressiv, eitel oder schlicht zum Spinner zu werden. Daher versuchte ich, mir nicht allzu viele Hoffnungen zu machen, einen alten Freund anzutreffen. Eine gewisse Vorfreude konnte ich mir trotzdem nicht verkneifen, auch wenn der Augenblick für ein Wiedersehen angesichts des Trauerfalles nicht der beste war. Doch vielleicht war er auch gerade günstig. Immerhin war es seiner Mutter zu verdanken, dass wir uns überhaupt kennengelernt hatten. Ein Anknüpfungspunkt, um alte Zeiten heraufzubeschwören.

Ich musste nicht lange suchen, um den Hof der Kohlengrubers wiederzufinden. Für mich sahen zwar Fehmarns Höfe alle gleich aus, jedoch erkannte ich ein mir vertrautes Gewässer sofort wieder: den Ententeich. Ich hatte ihn genau so in Erinnerung, rund, etwa zehn Meter Durchmesser, ein Entenhaus. Sogar die Teichbewohner schienen dieselben zu sein, was bei der durchschnittlichen Lebenserwartung der Vögel allerdings unwahrscheinlich war. Sie waren leider auch nicht mehr so zutraulich wie früher, jedenfalls suchten alle beide Zuflucht im Wasser, sobald ich mich ihnen näherte.

Der Hof schien gut in Schuss, und soweit ich erkennen konnte, hatte er sich baulich nicht verändert. Zur Scheune ging es geradeaus, zur Rechten wohnten traditionsgemäß die Altbauern in einem Nebengebäude, zur Linken war das Hauptgebäude. Ich erinnerte mich an das Küchenfenster, von dem aus Hedwig mir manchmal beim Spielen zugesehen und Kuchen oder Kekse gereicht hatte.

Die Frau, die aus der Scheune trat, bevor ich an der Haustür klingeln konnte, war tatsächlich schwarz angezogen, wie meine Mutter es vorausgesehen hatte. Ein Kleid trug sie jedoch nicht, sondern Jeans, ein ärmelloses Shirt und Gummistiefel.

»Frau Kohlengruber?«

»Tetzel. Warum?«

»Wohnt hier noch die Familie Kohlengruber?«

»Ja und nein.«

»Aha. Mein Name ist Doro Kagel. Ich suche ...«

»Kenne ich Sie?«

»Ich glaube nicht. Ich bin eine Jugendfreundin von Pieter und würde ihn gerne besuchen.«

»Dass er Jugendfreunde hatte, ist mir neu«, sagte sie mit dem Anflug eines Lächelns, das ihr ansonsten recht strenges Gesicht überzog.

Ich schätzte sie auf Mitte dreißig. Da sie Tetzel hieß, war sie vermutlich nicht Pieters Ehefrau, es sei denn, sie hätte ihren Familiennamen behalten. Womöglich war sie seine Lebensgefährtin.

»Doch, hatte er«, sagte ich ein wenig trotzig, mit dem diffusen Gefühl, ihn in Schutz nehmen zu müssen. »Ist er hier?«

»Ja und nein«, wiederholte sie die Phrase, die sie offenbar gerne verwendete.

»Dann entscheide ich mich für ja.«

»Geht nicht, er ist gerade mit seiner Verlobten unterwegs.«

»Oh«, entfuhr es mir. »Und dann sind Sie ...?«

»Seine Schwester.«

Vor dreißig Jahren war Pieter ein Einzelkind gewesen, und auch in seinem Brief, ein halbes Jahr nach unserem letzten Treffen, hatte er nichts von einer Schwangerschaft seiner Mutter erwähnt. Doch rein rechnerisch war es möglich. Hedwig war damals Mitte vierzig gewesen, dann war Pieters Schwester nun Ende zwanzig. Dass sie älter wirkte, war vielleicht dem arbeitsreichen Leben geschuldet, das sie führte. Sie sah mir arg gebeutelt aus, wenngleich von großer Zähigkeit.

»Mein Beileid zum Tod Ihrer Mutter«, sagte ich und hätte ihr die Hand gereicht, wenn sie sich nicht konsequent an zwei Eimern festgehalten hätte. »Ich habe sie vor langer Zeit als äußerst freundliche, gutherzige Frau gekannt.«

»Danke. Das war sie.«

»Und Ihr Vater ist ...?«

»... schon an die zehn Jahre tot. Ich bewirtschafte den Hof mit meinem Mann.«

»Ach so. Und Pieter?«

»Ist Tischler. Lebt im Wendland, seit er mit sechzehn dort eine Lehre gemacht hat.«

In diesem Moment kam die Sonne heraus und schien mir voll ins Gesicht. Ich hob abschirmend die Hand.

»Tischler im Wendland? Hat er demnach nicht den Hof übernommen?«

»Habe ich doch gesagt.«

»Ja, haben Sie«, gab ich ihr Recht.

Wie außergewöhnlich, dachte ich. Dass er Tischler geworden war, passte zwar zu ihm, denn in diesem Beruf arbeitet man viel allein. Nur man selbst und das duftende Holz.

Und doch war es eine für die Region sehr untypische Biografie, dass der älteste Sohn, noch dazu als Einzelkind, nicht den Hof der Eltern und Großeltern weiterführt, sondern ein Handwerk erlernt und fortzieht.

»Schön, dass der Hof in der Familie bleibt«, sagte ich.

»Wenn Sie wollen, können Sie hier auf ihn warten«, erwiderte sie und deutete mit dem Kopf in eine sonnige Ecke, in der eine urige, breite Holzbank stand, die Pieter womöglich seiner Mutter eigenhändig angefertigt und zum Geschenk gemacht hatte.

»Tja«, seufzte ich. »Hat er denn gesagt, wann ...?«

Doch da hatte sich die Frau, die sich leider nicht mit Vornamen vorgestellt hatte, bereits abgewandt und ein paar Schritte entfernt.

Ich gab Pieter fünf Minuten, in denen ich versonnen zum Ententeich blickte, aus dem die Vergangenheit vor meinem inneren Auge aufstieg. Schöne Erinnerungen, die guttaten. Aber auch der Gedanke an jenen Moment, als Maren den Becher mit den Geheimnissen an Pieter weitergereicht hatte.

Er hatte da schon sehr glasige Augen gehabt, was sich sogar im Schein des Feuers erkennen ließ. Mit Alkohol war er vorher nie in Berührung gekommen.

Ich sehe ihn noch vor mir, im Schneidersitz, und wie er zuerst den Becher und dann mich ansah, so als wolle er sich bei mir einen Schluck Mut abholen. Pieter war schlank, mit zarten Gesichtszügen, das blonde Haar struppig, als käme er gerade aus einem Heuhaufen, in dem er ein Nickerchen gemacht hatte. Im Gegensatz zu Hankos Pranken sah man seinen Händen die harte Arbeit auf dem Hof nicht an. Dabei ließ sein Vater ihn wirklich schuften. Er rammte Zaunpfähle in den harten Boden, fällte Bäume, fuhr mit zwölf schon Traktor, obwohl das natürlich verboten war.

Mit seinen dünnen Fingern fischte er einen Zettel hervor.

Er klappte ihn auf und betrachtete ihn ausgiebig, wortlos und reglos. Als Poppy sich mit dem Vorlesen Zeit gelassen und ihre Show abgezogen hatte, waren die anderen sie ungeduldig angegangen. Nicht so bei Pieter. Es war, als könnten wir seine Fassungslosigkeit spüren. So als ahnten wir, dass da etwas stand, das wirklich ungeheuerlich war.

Und das war es auch.

Nach einer gefühlten Ewigkeit enthüllte Pieter das Geheimnis, das einer von uns niedergeschrieben hatte: »ICH WEISS, WER DEN BOLENDA GETÖTET HAT.«

3

Es gibt Menschen, die man partout nicht wiedererkennt, nachdem man sie sehr, sehr lange nicht gesehen hat. Man muss dann schon eine Weile suchen, um die abgespeicherten Merkmale mit der Realität in Einklang zu bringen. Dann wieder gibt es Menschen, die erkennt man auf den zweiten Blick wieder, weil sich ihre Gesichtszüge, abgesehen von den normalen Alterungserscheinungen, halbwegs treu geblieben sind. Und es gibt Menschen, die dem Ich ihrer Jugend auf wundersame Weise gleichen. Zu Letzteren zählte Pieter.

Ich hatte auf die fünf Minuten, die ich auf der Bank auf ihn warten wollte, weitere zehn und dann noch einmal zehn gepackt und war schließlich belohnt worden. Als er mit einem alten Lieferwagen, auf dem der Name seiner Tischlerei prangte, auf den Hof fuhr und ausstieg, kam es mir vor, als wäre die Zeit stehen geblieben. Und das, obwohl ich ihn nie hatte Auto fahren sehen. Er war schlank und, zumindest aus dreißig Metern Entfernung, von jungenhaftem Aussehen, ja er schien mir sogar die gleiche schlottrige Jeans mit Parka zu tragen wie früher.

Ich hatte weniger Glück. Seine Blicke irrlichterten auf meinem Körper herum, als ich ihm lächelnd entgegenging, und sein Gesichtsausdruck machte kein Geheimnis daraus, dass er nicht wusste, wohin er mich stecken sollte. Wie schon als Kind wirkte er immer noch zurückhaltend. Insofern lag es wohl weniger an seinen Manieren als an seiner Schüchternheit, dass er die Hände lieber in den Gesäßtaschen seiner Hose vergrub, anstatt sie mir zur Begrüßung entgegenzustrecken.

»Das ist unfair, ich habe dich gleich erkannt«, sagte ich lachend.

Etwas an mir, vielleicht meine Stimme, vielleicht meine Wortwahl, lösten etwas bei ihm aus.

»Doro?«

Ich nickte.

Ein anderer hätte einen Jauchzer ausgestoßen und die Arme ausgebreitet oder im Gegenteil mit einem schmallippigen »Ach« Missfallen oder Gleichgültigkeit ausgedrückt. Typisch Pieter war, dass er abwartete und mich die ganze Arbeit tun ließ. Ich umarmte ihn, also umarmte er mich auch. Ich strahlte ihn an, er gab das Lächeln im Rahmen seiner Möglichkeiten zurück. Ich sagte etwas Liebes, er erwiderte: »Ja.«

Zum Glück kannte ich ihn gut genug, um sein Verhalten trotz der drei Jahrzehnte meiner Abwesenheit einordnen zu können. Ich spürte, dass er sich freute, und ich war ziemlich sicher, dass ich mich nicht irrte. Zu seinen Ticks gehörte nun einmal, dass er, wo andere agieren oder reagieren, einfach nichts tat. Allerdings hätte ich nicht gedacht, dass ein Mensch derart beharrlich an einem Habitus aus der Jugend festhalten kann.

Wie sich herausstellte, hatte er keine Ahnung, dass meine Mutter auf der Insel lebt, und wusste auch nicht, dass Jan-Arne gestorben war. Sehr betroffen wirkte er nicht, doch erstens hatte er gerade seine Mutter verloren, zweitens war er mit Jan-Arne weniger verbandelt gewesen als ich, und drittens war Pieter nun einmal Pieter.

»Du hattest keinen Kontakt zu ihm?«, fragte ich.

»Ich lebe im Wendland.«

»Man muss nicht in derselben WG wohnen, um Kontakt zu jemandem zu haben.«

»Vor einem halben Jahr etwa hat Jan-Arne meine Schwester angerufen«, sagte er.

Als sei das bereits eine zufriedenstellende Antwort, ging er ins sogenannte Auszugshaus, in dem Hedwig die letzten Jahre gewohnt hatte, wohl in der stillen Erwartung, ich würde ihm schon folgen. Was ich auch tat.

Hedwig hatte zu der wohl bald aussterbenden Generation gehört, die aus Neigung oder Trotz weitgehend ohne elektrische Geräte auskommt. In der Wohnküche hingen ringsum an den Wänden allerlei gusseiserne Töpfe und Pfannen, und auf der Arbeitsfläche standen Sammelsurien von antiken Küchenhelfern wie Kaffeemühle, Kartoffelpresse, Spekulatiusformen … Ich setzte mich direkt vor ein seltsames Ding mit Schraubstock und einer Kurbel, dem ich beim besten Willen seinen Zweck nicht ansah.

»Ein Bohnenschneider«, sagte Pieter und fing an, die Sachen in Kartons zu verstauen, den Bohnenschneider zuerst. »Ich sammle so altes Zeug.«

»Interessant. Wie ist es dir so ergangen?«, fragte ich, als hätte er eine dreimonatige Atlantikumsegelung hinter sich. Aber irgendwie musste ich das Gespräch ja in Gang bringen.

»Ganz gut.«

»Ich höre, du bist verlobt.«

»Ja.«

»Stürzt du dich zum ersten Mal in das Abenteuer Ehe, oder warst du schon mal verheiratet?«

»Ja«, sagte er, hielt beim Einpacken inne, sah mich an und fügte hinzu: »Zum ersten Mal.«

Ich lächelte, doch ich spürte eine seltsame Befangenheit ihm gegenüber, die ich von früher nicht kannte. Es mochte daran liegen, dass die meisten Erwachsenen immer das Gefühl haben, etwas sagen oder fragen zu müssen, wohingegen Pieter die Ruhe eines Baums ausstrahlte. Trotzdem fand ich, dass wir dafür, dass wir uns eine Ewigkeit nicht gesehen hatten, erstaunlich wenig Gesprächsstoff hatten.

»Ich habe mir auch viel Zeit mit dem Heiraten gelassen. Mein Sohn aus einer früheren Beziehung ist längst erwachsen und hat fertig studiert. Und du, hast du Kinder?«

»Nein.«

»Deine Verlobte ...«

»Janine.«

»Wo ist sie? Deine Schwester sagte vorhin, ihr wärt zusammen unterwegs.«

Wieder hielt Pieter, über den Karton gebeugt, inne. Mit gespreizten Fingern fuhr er sich von vorne nach hinten durch die blonden Haare, die noch erstaunlich voll waren. Auch seine dünnen, zerbrechlich scheinenden Finger waren noch dieselben. Allerdings wusste ich, dass er damit früher klaglos die härtesten Arbeiten verrichtet hatte, und das Tischlern hatte sie gewiss nicht bequem werden lassen.

»Anke«, sagte er zögerlich, womit ich endlich den Namen

seiner Schwester erfuhr. »Sie hört nicht zu, wenn ich ihr etwas sage. Ich habe Janine zum Bahnhof gebracht, sie muss arbeiten. Es ist ein Wunder, dass sie überhaupt so kurzfristig Urlaub bekommen hat.«

Meine Güte, dachte ich. Mehrere Sätze hintereinander.

Unvermittelt riss er sich von dem Karton los, setzte sich neben mich und sah mich an. Beinahe ergriff er sogar meine Hände, ließ seine jedoch kurz vorher auf die Tischplatte sinken.

Da war es wieder. Er hatte noch keinen Ton gesagt, seit er mich ansah, und doch spürte ich etwas von dem, das uns einst zu Freunden gemacht hatte. Eben noch war ich ein wenig enttäuscht von ihm gewesen, im nächsten Moment fasziniert. Vielleicht ist dieses Wort zu stark, aber Pieter hatte etwas an sich, das mich zu ihm hinzog. Gerade weil er sonst so verschlossen war, empfand ich jene Momente, in denen er sich öffnete, als kostbare Geschenke, die er nicht jedem machte.

»Vater hat mich einen Verräter genannt, als ich zur Tischlerlehre ins Wendland gegangen bin, und Anke haben sie das von Kind an beigebracht. Dabei hat sie es mir zu verdanken, dass es sie überhaupt gibt. Meine Mutter war bei ihrer Geburt Mitte vierzig. Wäre ich nicht weggegangen, hätten meine Eltern bestimmt kein Kind mehr bekommen.«

Ich schwieg, weil ich mich erinnerte, dass man ihn bei solch raren Gelegenheiten besser nicht unterbrach.

»Anke kann mich nicht ausstehen, obwohl sie mich kaum kennt. Ich war nur ein paarmal hier, seit ich fortgegangen bin. Meine Mutter hat mich zu Ostern oder im Advent besucht. Und ansonsten … Nichts ansonsten.«

Sein Daumen und Zeigefinger begannen auf der Handfläche der anderen Hand zu pulen, so als würden sie grasen, und sein Blick war voll konzentriert auf diese eigenartige Bewegung. Stille breitete sich aus. Eine Wanduhr tickte. Ich versuchte, in Pieters Gesicht zu lesen, und erkannte, dass er ein einsames Leben geführt hatte.

»Nun hast du ja Janine«, sagte ich, womit ich ihm meine Gedanken offenbarte.

Das schien ihn nicht weiter zu stören, im Gegenteil, er holte sein Handy hervor und tippte auf das Display. Das Hintergrundbild der Startseite war ein Porträt von Janine. Sie sah irgendwie irisch aus: rote Haare, grüne Augen, sehr sanft und natürlich. Mir schien sie gut zu ihm zu passen, was ich ihm auch sagte.

Er nickte dankbar und wischte mit dem Finger über das Display. Ein Haus kam zum Vorschein, klein und idyllisch, mit einem Gartenteich.

»Bezaubernd.«

»Es gefällt dir?«

»Aber ja.«

»Wie lange bleibst du, weißt du das schon?«

»Ein paar Tage ganz bestimmt. Ich möchte Yim, meinem Mann, gerne die Insel zeigen. Und dann ist da ja noch die Sache mit Jan-Arne. Seine letzten Worte galten offenbar mir, obwohl wir uns aus den Augen verloren hatten, so wie du und ich. Ich kann mir noch keinen Reim darauf machen, und du weißt ja, Rätsel haben mich schon immer fasziniert.«

»Unter jeden Stein musstest du damals gucken, ob darunter nicht Störtebekers Schatz zu finden ist. Gefunden hast du ihn nie. Nur Asseln und Spinnen.«

»Und einmal eine Ringelnatter.«

»Vor der habe ich dich gerettet.«

»Mein Held«, sagte ich und brachte ihn damit in Verlegenheit, wie schon dreißig Jahre zuvor. In seinem Sinne versuchte ich sie zu überspielen. »Ein bisschen in Jan-Arnes Leben herumzustochern kann nicht schaden. Warum sich mit einer simplen Erklärung zufriedengeben, wenn man ein Geheimnis haben kann. Apropos … erinnerst du dich noch an das Geheimnisspiel, Pieter?«

Er packte einen geschätzt zehn Kilo schweren Fleischwolf in die Kiste und deckte ihn sorgsam mit einem Handtuch zu. Als Tischler war er daran gewöhnt, schwere Lasten zu heben, also kein Grund, einen roten Kopf zu bekommen. Seiner leuchtete jedoch wie eine Baustellenampel.

»Nicht so richtig«, antwortete er.

»Ich glaube dir nicht«, erwiderte ich im selben kecken Tonfall, den ich ihm gegenüber als Kind manchmal verwendet hatte. Es hatte mir Spaß gemacht, ihn wegen seiner Schüchternheit aufzuziehen, allerdings immer auf eine liebevoll neckende Weise. Ohne es sofort zu bemerken, verfiel ich in mein altes Verhaltensmuster.

»Es war dein erstes Besäufnis, daran erinnert man sich immer.«

»Ach so, das.«

»Was hast du damals auf den Zettel geschrieben?«

»Weiß ich nicht mehr.«

»Ich habe geschrieben, dass ich jemanden hasse, der nichts dafürkann. So etwas vergisst man nicht. Nun sag schon.«

»Ich weiß es nicht mehr.«

Ich half ihm dabei, eine Küchenwaage zu verstauen, sah ihn über die Kiste hinweg an und sagte: »Na, komm schon.«

Dass ein knallroter Kopf noch knallroter werden kann, war mir neu. Ich schämte mich beinahe, ihn so zu bedrängen, und war drauf und dran, die Sache auf sich beruhen zu lassen.

»Dass ich in jemanden aus der Runde … verliebt bin«, gestand er.

»Ach, du meine Güte!«, entfuhr es mir, und gleich danach musste ich lächeln. »Also, das finde ich ja süß.«

In Windeseile überlegte ich, in wen er denn verliebt gewesen sein könnte. Ruhige, kontaktscheue Menschen finden entweder Gefallen an ihresgleichen oder dem genauen Gegenteil.

»Annemie?«, fragte ich lächelnd. Sie ähnelte Pieters verschlossener Wesensart am meisten.

Erneut begannen seine Finger auf der Handfläche zu grasen, was ich als ein Nein interpretierte. Sein Charakterpendant war …

»Also Poppy!«, rief ich, woraufhin er zusammenzuckte und mir einen ärgerlichen Blick zuwarf. Wirklich verärgert konnte Pieter gar nicht dreinschauen, aber für seine Verhältnisse war der Blick durchaus düster.

»Entschuldigung«, murmelte ich. Aus irgendeinem Grund konnte ich mir nicht vorstellen, dass er sich in Maren verknallt hatte, und etwaige romantische Gefühle für sein eigenes Geschlecht hatte ich nie an ihm beobachtet. Wenn ich davon ausging, dass er in keinen Jungen verliebt gewesen war, blieb nur eine übrig …

»Oh«, seufzte ich.

»Ja«, sagte er nur.

Sein Kopf war jetzt so rot, wie ich es noch nie vorher bei einem Menschen beobachtet hatte. Ich fühlte mich schäbig, ihn zu diesem Geständnis überredet zu haben, auch wenn die Sache mehr als unser halbes Leben zurücklag und keine Bedeutung mehr hatte.

»Ich habe das nie …«, versuchte ich mich zu rechtfertigen, kam aber über die ersten Worte nicht hinaus.

»Ich weiß.«

»Das … Es tut mir jetzt sehr leid.« Meine Gesichtsfarbe passte sich seiner an, und während er weiter herumkramte, wusste ich weder, wohin ich meine Hände stecken sollte, noch, ob ich das Thema lieber wechseln oder fortführen sollte. Dankenswerterweise nahm Pieter mir die Entscheidung ab.

»Ich muss mich jetzt um die Sachen kümmern«, sagte er, was man auch als Rauswurf hätte werten können, wenn ich nicht genau gewusst – oder besser gespürt – hätte, dass Pieter zu so etwas nicht fähig war.

»Wann fährst du zurück ins Wendland?«

»Auch erst … wegen der Erbschaft … auch erst in ein paar Tagen.«

»Gut.« Ich wagte kaum zu fragen, traute mich schließlich aber doch. »Wollen wir uns mal treffen? Morgen zum Beispiel?«

Er schien tatsächlich einen Moment lang zu überlegen, was mich traurig stimmte. Vielleicht war ich zu weit gegangen.

Dann legte er die Visitenkarte seines Handwerksbetriebs auf den Tisch und schrieb eine Privatnummer auf die Rückseite.

»War schön, dich wiederzusehen«, sagte er, und das war für seine Verhältnisse mehr, als ich nach diesem Verlegenheitsmarathon erwarten durfte.

Auf der Weiterfahrt Richtung Puttgarden versuchte ich, nicht an Pieter zu denken, was nicht allzu schwer war, da sich die Strecke als Hindernisparcours erwies. Ich konnte Traktoren überholen, soviel ich wollte, nach einer Minute tuckerte der nächste vor meiner Kühlerhaube. Gerade als ich endlich auf eine scheinbar endlose, freie Straße blickte, kam ich an einer Kapelle vorbei. Ganz von selbst nahm ich den Fuß vom Gaspedal.

Ja, es war *die* Kapelle, ich erkannte sie gleich wieder. Das Bauwerk an sich hatte nichts, was mich faszinierte. Der Weg daneben schon. Ich stieg aus und blieb an seiner Gabelung stehen. Wie eine mit dem Lineal gezogene Linie führte er mitten durch zwei Felder, eines mit hochstehendem, in der Mittagssonne leuchtendem Raps bepflanzt, das andere mit einer blauvioletten Bienenweide. In der Ferne grasten einige schottische Hochlandrinder. Eigentlich ein Kalendermotiv, das nach einem Selfie schrie. Bei mir rief dieser Pfad jedoch ein Gefühl von Kälte hervor, von Einsamkeit. Und jeder Schritt auf ihm, hinein in dieses Bad aus Farben, verstärkte mein Unwohlsein. Dennoch konnte ich nicht anders, als weiterzugehen.

Was mich anzog, erhob sich am Ende des Weges: eine Reihe von mächtigen Bäumen, überwiegend Pappeln, Buchen und Erlen. Wie ich wusste, bildeten sie einen Ring, aus der Distanz hingegen wirkten sie wie ein kompakter Block, ein kleiner Wald. Ich schätzte, dass ich an die zehn Minuten brauchen würde, bis ich dort angelangt war. Damals mit unseren Fahrrädern war es natürlich schneller gegangen.

Ich glaube, ich war es sogar selbst, die als Kind die spontane Idee gehabt hatte, das Wäldchen mit meinen Freunden zu erkunden. Vermutlich weil es etwas Geheimnisvolles ausstrahlte. Schon vor dreißig Jahren ragten die Bäume dort so mächtig wie Burgtürme aus der flachen, von Gras und Korn beherrschten Landschaft. Und wie Pieter richtig gesagt hatte – ich musste damals jeden Stein umdrehen. Jemand aus der Gruppe sagte, da sei nur ein langweiliger Weiher, der niemandem gehöre. Aber Poppys Vorschlag, dort ein kühles Bad zu nehmen und sich anschließend an einem Lagerfeuer aufzuwärmen, schlossen sich alle an.

Ich war derart fixiert auf mein Ziel, dass ich dem Traktor, der sich mir von der Seite näherte, kaum Beachtung schenkte. Erst als das Dröhnen störend laut wurde, wandte ich mich ihm zu. Zwei Bauern saßen auf den Sätteln, einer winkte mir freundlich zu. Wie man das in solchen Situationen nun einmal so macht, winkte ich zurück, ohne zu wissen, um wen es sich handelte. Als der Fahrer hielt und mit seinen Gummistiefeln auf die feuchte, klebrige Erde sprang, änderte sich das. Das lag an den Tattoos auf seinen Unterarmen.

Ich hätte mich zuvor beinahe bei Pieter nach Hanko erkundigt, also wo sich sein Hof befand und so weiter, aber die beiden hatten sich nie besonders gut verstanden, daher ließ ich es bleiben. Soweit ich mich erinnerte, war es nichts Spezielles, weshalb die beiden sich nicht grün waren. In allem waren sie das Gegenteil. Hanko – nun ja, man könnte es sich leicht machen und ihn als großspurigen Angeber hinstellen, ein Bully auf dem Schulhof. Recht klein, etwa einen Meter siebzig, aber mit Bizepsen wie Bowlingkugeln. Doch das griff zu kurz. Er war immer unangepasst gewesen mit seiner Vorliebe für Tattoos, die in den frühen Neunzigern bei Fehmarns Landwirten noch Seltenheitswert hatten, der Igelfrisur sowie einer Halskette, die auch einem Rapper gefallen hätte. Damals gehörte in jenem Teil der Republik ein gehöriger Mut dazu, sich so zurechtzumachen.

Inzwischen war seine Frisur dem bei Männern gar nicht so seltenen Problem des Haarausfalls zum Opfer gefallen. Der Rest war erhalten geblieben.

»Hanko, du hast dich ja gar nicht verändert«, begrüßte ich ihn.

»Du schon, komplett, und das ist ein Kompliment.«

»Ein zweischneidiges.«

»Na ja, Mädchen mit Zahnspangen …«

»Ich habe das Ding gehasst«, sagte ich.

Er zog den rechten Arbeitshandschuh aus und gab mir die Hand, wobei er mit seiner Kraft nicht zurückhielt.

»Ist diese Begegnung ein Zufall?«, fragte ich.

»Nö. Ich habe dich gestern mit Annemie nach der Beerdigung sprechen gesehen und …«

»Du warst dort? Warum bist du nicht zu uns gekommen?«

»Keine Zeit. Wir haben gestern ein paar Viecher verladen. Termindruck.«

»Von denen da hinten?«

Er lächelte. »Uns gehören mehr als ein Dutzend Weiden, dazu Kornfelder, Raps, Kartoffeln, ein Gewächshaus mit Kräutern … Der Fennweck-Hof ist inzwischen der größte auf der Insel. Vor ein paar Jahren haben wir auf Bio umgestellt. Hat uns ein kleines Vermögen gekostet, aber es zahlt sich langsam aus.«

»Groß und Bio, das schafft nicht jeder«, lobte ich ihn.

»Wir wollen weiter wachsen. Ich habe Pieter ein Angebot gemacht und schätze mal, er wird es annehmen.«

»Das wusste ich ja gar nicht.«

»Woher auch?«

»Ich war gerade erst bei ihm, keine Stunde ist das her.«

»Ach, so ist das«, sagte er und zog den Handschuh wieder an. Er wandte sich seinem Begleiter zu. »Fahr schon mal vor, Thilo, ich komme gleich nach.«

»Du hast mir noch gar nicht gesagt, wo …«

»Hab ich wohl, und zwar schon zweimal«, knurrte Hanko den anderen an. »C4, die Eckweide. Was ist, wartest du auf einen Big Mac? Beweg gefälligst deinen dicken Arsch nach C4.«

Der andere war zwei Köpfe größer als Hanko, hatte die Figur eines Catchers und den Blick eines gereizten Grizzlys, was ihn jedoch nicht davon abhielt, aufs Wort zu gehorchen.

Als er sich mit dem röhrenden grünen Ungetüm so weit entfernt hatte, dass eine Unterhaltung wieder möglich war, sagte ich halb im Scherz: »Deine Mitarbeiterin möchte ich aber nicht sein.«

»Das ist mein kleiner Bruder.«

Ich erinnerte mich vage an einen pausbäckigen rothaarigen Grundschulknaben, den ich damals kaum zur Kenntnis genommen hatte.

»Na gut, dann möchte ich nicht dein kleiner Bruder sein«, sagte ich schmunzelnd und beließ es dabei. Ich kannte die Hierarchien in den hiesigen Familien – der älteste Sohn war der Top Dog, von ihm wurde am meisten verlangt, und an ihm richtete sich fast alles aus. Natürlich hatte das einundzwanzigste Jahrhundert auch auf Fehmarn Einzug gehalten und die Verhältnisse entkrampft. Aber in den streng traditionellen Familien – und die Fennwecks waren eine solche – galt die Hierarchie noch als Wert.

»Hanko, du hast mir noch gar nicht gesagt, woher du wusstest, dass ich herkomme.«

»Na, ich hatte so ein Gefühl. Das Gerücht geht um, dass du die alte Sache mit dem Berber wieder aufrütteln willst.«

»Welchem Berber?«

»Dem Bolenda.« Sein Blick wanderte zu dem Wäldchen. »Zurück zum Ursprung des Verbrechens, ja? Auf der Jagd nach einem dunklen Killer.«

»Der Ursprung des Verbrechens ist woanders«, orakelte ich. »Dort hat nur die Tat stattgefunden. Außerdem solltest du nicht so viel auf Gerüchte geben. Vorläufig schwelge ich nur in Erinnerungen, weiter nichts.«

»Komm die nächsten Tage doch mal vorbei, dann helfe ich dir dabei.«

»Ja, mal sehen.«

»Meine Mutter will einen Riesentopf Brotsuppe kochen, an dem isst die Familie eine Woche lang. Da ist auch für dich noch ein Teller übrig.«

»Die beste Suppe der Welt«, lobte ich und meinte es ernst. Eines der Highlights während meiner Fehmarner Ferienwochen war stets das Brotsuppe-Essen bei Mutter Fennweck gewesen, zubereitet in einem gewaltigen gusseisernen Topf über dem offenen Feuer, serviert in Holzschalen mit Holzlöffeln. Allerdings nur unter freiem Himmel, denn Vater Fennweck mochte keine Kinder im Haus, schon gar keine »Määädchen«, wie er sie immer nannte.

»Dein Vater?«, fragte ich zögerlich.

»Schon seit einem Vierteljahrhundert bei den Würmern.«

Ich räusperte mich. »Ja, also … Ich komme gerne.«

»Man sieht sich in Petersdorf, Doro.«

Mit maskulinen Riesenschritten stapfte er über den Ackerboden davon. Hanko war immer schon ruppig gewesen, aber auch sehr verlässlich. Er schnauzte dich an und war eine Stunde später dein bester Freund. Abgesehen von seiner derben Ausdrucksweise, war mir besonders seine Unerschütterlichkeit haften geblieben, die selbst für norddeutsche Verhältnisse bemerkenswert war. Als wir damals, nachdem der Bolenda aufgefunden worden war, auf dem Polizeirevier unsere Aussagen machen mussten, was mehrere Stunden dauerte, brummte er nur: »So eine scheiß Leiche kann einem den ganzen Tag versauen.« Für uns andere war das eine große Sache gewesen, die uns keine Ruhe mehr ließ. Für Hanko war es nicht anders als ein toter Hase am Straßenrand.

Ich ging weiter. Der Pfad endete vor den ersten Bäumen, die mit Brombeergestrüpp umwachsen waren. Es war egal, ob ich mich nach links oder rechts wandte, denn so oder so musste ich mir einen Weg durch das hohe Gras bahnen, was ich dann auch entschieden tat. Ich wusste, dass irgendwann eine Stelle kommen würde, die eine Art Zugang bildete. Und sie kam tatsächlich.

Durch das Gewirr der Stämme und Sträucher sah ich bereits erste Lichtperlen auf dem Wasser tanzen, Reflexionen der beinahe senkrecht stehenden Mittagssonne. Der Saum, der den Weiher umschloss, war nicht breiter als fünfzehn oder zwanzig Meter, und doch war man nach wenigen Schritten in einer ganz eigenen Welt. Im Wäldchen war es kühl und still, es roch nach moderiger Rinde. Bei jedem Schritt brach ein Zweig unter meinen Schuhen. Ein paar Amseln huschten durch das Unterholz, Meisen sprangen von Ast zu Ast.

Am Ufer angekommen, suchte ich die Vergangenheit, die ich stets verdrängt, die mich jedoch in meinen Träumen immer mal wieder heimgesucht hatte. Die Wasserleiche war meine erste visuelle Begegnung mit dem Tod gewesen. Ich hatte einige Großeltern in meiner frühen Kindheit verloren, doch sie waren still und heimlich entschwunden – keine Besuche am Sterbebett, keine offenen Särge. Auch die Leichen meines Bruders und meines Vaters hatte ich nie sehen müssen. Man könnte annehmen, weil ich damals im Angesicht eines halb verwesten Toten einigermaßen rational reagiert hatte, hätte ich dieses Erlebnis gut verarbeitet. Doch dem war leider nicht so. Eine Zeit lang dachte ich, dass der Tod mich gewissermaßen verfolgt, dass er überall auftaucht, wo ich gehe und stehe. Ich glaubte sogar, das Unglück gehe von mir aus. Am schlimmsten aber war, dass das Ereignis auf Fehmarn stattgefunden hatte, in meinem Refugium, meinem Paradies für sechs Wochen im Jahr. Dass jener Sommer, in dem ich ein Mordopfer aufgefunden hatte, zugleich mein letzter auf der geliebten Insel gewesen war, hatte sicherlich auch damit zu tun, auch wenn ich mir dies niemals eingestehen würde.

Der Ort wirkte völlig vereinsamt. Nur wenige Angler suchten den fischreichen Weiher von der Größe eines Fußballfeldes auf, denn das Meer und die deutlich größeren nördlichen Binnenseen waren nur wenige Minuten mit dem Auto entfernt und boten ein angenehmeres Freizeitvergnügen als dieses Königreich der Stechmücken hier.

Ich hatte den Weiher anders in Erinnerung, konnte aber nicht sagen, woran das lag. Bis sich eine große Wolke vor die Sonne schob. Das freundliche, von Libellen, Enten und Eisvögeln überflogene Gewässer verwandelte sich binnen eines Augenblicks in einen schwarzen, bedrohlich wirkenden Schlund. Die weit um sich greifenden Äste der Roteichen, die schweren Vorhänge der Trauerweiden und die tiefdunkle Farbe der Blutbuchen taten ein Übriges. Mit einem Mal fiel mir wieder ein, welchen Namen einer aus der Clique dem Weiher damals gegeben hatte: Finsterwasser.

Nicht nur das Gewässer selbst, auch die Zeit schien stillzustehen. Nichts hatte sich verändert: der dichte Schilfgürtel, die winzigen, zäh ans Ufer schwappenden Wellen, die Myriaden von Mücken.

Ich hatte bereits den halben Tümpel umrundet, als ich auf die Stelle stieß, wo Maren und ich den Bolenda gefunden hatten. Meinem Erinnerungsvermögen war das allerdings nicht zu verdanken, schließlich sah es dort nicht weniger wild aus als zwanzig Meter weiter. Man hatte jedoch eine Plakette mit dem Namen und den Lebensdaten des Opfers angebracht: André Bolenda (1967–1991). Sie war bereits verwittert und würde über kurz oder lang vom Efeu überwuchert werden, und gewiss hatte in den letzten drei Jahrzehnten nur eine Handvoll Menschen überhaupt Notiz davon genommen.

Dieselbe Kälte und Traurigkeit erfassten mich wie vorhin, als ich von der Kapelle aus auf den Wald geblickt hatte. André Bolenda, so kam es mir vor, war vergessen worden, sein Leben hatte vielleicht nie gezählt. Selbst ich, die ich mit dem Fund der Leiche gewissermaßen das letzte Kapitel im Dasein Bolendas abschloss, wusste so gut wie nichts über ihn. Nur dass man in der Tourismusbranche der Insel schlecht auf ihn zu sprechen gewesen war. An Stränden, auf Kinderspielplätzen und auf Wanderwegen brachte er regelmäßig Eltern ins Schwitzen, die ihre Kleinen vor ihm schützten, obwohl er nie jemandem auch nur ein Haar krümmte, ja oft noch nicht einmal den Mund aufmachte. Da er nichts Verbotenes tat, waren die Behörden machtlos. Vielleicht war die Plakette daher recht nüchtern ausgefallen. Vielleicht hatte Jan-Arne Monate zuvor dasselbe empfunden wie ich in jenem Moment und hatte deshalb seine Recherchen begonnen.

Mein Journalistengehirn, das sich seit mehr als zehn Jahren mit Verbrechen und Verbrechern befasste, meldete sich zu Wort. Erneut stellte ich mir die Frage, die mich schon als Jugendliche umgetrieben hatte. Wie hatte sich Bolendas Leiche vom Ufer lösen und auf den Weiher hinaustreiben können, nachdem Maren und ich sie entdeckt hatten. Eine Viertelstunde, allenfalls zwanzig Minuten waren vergangen bis zu meiner Rückkehr an den Fundort, zusammen mit dem ungläubigen Jan-Arne. Ohne fremdes Zutun war das unmöglich. Aber die Einzigen, die sich zu der Zeit am Weiher befanden, waren wir: acht Teenager.

Oder etwa nicht?

Das Gelände war unübersichtlich, der zwei Meter hoch stehende Schilfgürtel und die überhängenden Zweige der Weiden machten es praktisch unmöglich, von einer Uferstelle eine beliebige andere einzusehen. Es hätte sich also durchaus noch eine weitere Person dort befinden können, ohne dass wir es mitbekommen hätten. Andererseits … Offenbar hatte es einer von uns mitbekommen, denn es gab ja diesen Zettel beim Geheimnisspiel: »ICH WEISS, WER DEN BOLENDA GETÖTET HAT.«

Ich befand mich genau gegenüber der Stelle, wo ich das Areal betreten hatte, und mein Blick wanderte vom zentralen Weiher zum Dickicht des Waldes. Was ich vor mir sah, war kein Weg, noch nicht einmal ein Trampelpfad, nur eine dünne Linie, auf der weniger wuchs und die nicht von Zweigen unterbrochen wurde, so als ob dort vor langer Zeit einmal etwas gewesen wäre, das es nicht mehr gab.

Nach zwanzig Metern verließ ich den Weiher und den Wald, diese kleine Welt. Die Kapelle war von meinem Standort aus nicht zu sehen. Sie befand sich auf der nördlichen Seite des Waldes, und dieses Stück Land, das vor mir lag, hatte ich nie betreten. Dass ich mir dessen so sicher war, lag an dem Häuschen, etwa einen halben Kilometer südlich, das sogar auf diese Distanz von unüberbietbarer Hässlichkeit war: grau verputzt, windschief und sicherlich eng. Zudem völlig fehl am Platz inmitten einer weiten romantischen Obstwiese, so als handele es sich um einen fatalen Irrtum.

Ich ging darauf zu. Gras, Klee, Schafgarbe und Schelle standen hoch, dennoch war ich dankbar, den matschigen Grund hinter mir gelassen zu haben. Ich hätte wohl besser keine pfirsichfarbene Hose anziehen sollen, dachte ich, als ich an mir herabsah.

Mit jedem Schritt wirkte das Haus abstoßender. Allein die Gardinen hinter den verschmierten Fenstern von der Größe eines Serviertabletts … Direkt davor zu stehen war dann vollends deprimierend. Die Fassade ähnelte einem Blätterteig, und nicht wenige Dachziegel sahen aus, als warteten sie nur auf einen Dummen, der sich der Hauswand näherte. Da Rauch aus dem Schornstein quoll, war jemand zu Hause. Ich vermutete eine betagte Person oder ein Rentnerehepaar, wer konnte sonst in dieser Schuhschachtel im Nirgendwo wohnen? Kein anderes Gebäude befand sich in Rufweite, lediglich die Silhouette von zwei Dörfern zeichnete sich am Horizont ab.

Statt einer Klingel gab es einen Türklopfer ohne Namensschild, einen Briefkasten entdeckte ich weit und breit nicht. Vermutlich stand er am Ende des mit Kuhlen und Schlaglöchern übersäten Kiesweges, der, zu beiden Seiten von Schlehenhecken begrenzt, vom Haus ostwärts führte.

Was konnten die Bewohner mir schon erzählen? Wem der Weiher gehörte? Ob er noch genutzt wurde? Mit einem Mal wusste ich nicht mehr, weshalb ich hergelaufen und nicht gleich zum Auto zurückgelaufen war. Vermutlich war mir der Gedanke durch den Kopf gegangen, dass die älteren Leute, die hier lebten, den Bolenda gekannt, ihn vielleicht sogar kurz vor seinem gewaltsamen Tod gesehen hatten.

Nach einem Blick auf die Uhr entschied ich mich dagegen anzuklopfen. Wenn ich noch Jan-Arnes Eltern aufsuchen wollte, musste ich mich ranhalten. Lediglich um mich zu orientieren, ging ich halb um das Haus herum, den Blick nach Süden gerichtet. Wenn ich mich nicht täuschte, handelte es sich bei den beiden ein bis zwei Kilometer entfernten Ortschaften um Todendorf und Hinrichsdorf. Damit wusste ich, wie ich am schnellsten und zudem möglichst trockenen Fußes zurück zur Kapelle kam.

Ich wollte mich gerade abwenden, als ich aus dem Augenwinkel etwas bemerkte, ein Schatten auf dem hellen Stein.

Etwa zehn Meter von mir entfernt, nahe der Hauswand, lag ein regloser menschlicher Körper.

Sofort eilte ich hin. Die Frau lag bäuchlings auf dem Boden, die Augen geöffnet, der Blick starr. Meine schlimmste Befürchtung bestätigte sich, nachdem ich ihr den Puls gefühlt hatte. Die Hand war bereits kalt, allerdings noch beweglich. Geronnenes Blut verklebte ihre blonden Haare. Ich schätzte sie auf Mitte vierzig bis fünfzig.

Ich brauchte eine Minute, um es zu glauben. Dreißig Jahre nachdem ich zum ersten Mal eine Leiche auf Fehmarn entdeckt hatte, fand ich eine zweite, und zwar keinen Kilometer vom ersten Fundort entfernt. Was war das? Ein Fluch?

Die Fenster im Obergeschoss waren geschlossen, doch das kleine Fenster unter dem Giebel war geöffnet. Das bedeutete eine Fallhöhe von geschätzt zehn Metern, vielleicht zwölf. Unter der Wucht des Aufpralls war eine Betonplatte gerissen.

An ein Verbrechen dachte ich in diesem Augenblick nicht, sonst hätte ich längst die Beine in die Hand genommen. Auch ging ich nicht davon aus, dass sich noch jemand im Haus befand. Meiner semiprofessionellen Meinung nach war das Unglück am Morgen passiert, etwa vor vier bis sechs Stunden, und ein Mitbewohner hätte die tote Frau inzwischen wohl gefunden oder vermisst.

Mit wenig Hoffnung auf guten Empfang, zückte ich mein Handy, und es stellte sich sogar als noch schlimmer heraus. Nicht der kleinste Balken war zu sehen. Die Polizei zu kontaktieren war an diesem Ort nur mit einem Festnetztelefon zu bewerkstelligen. Oder sollte ich zur nächsten Landstraße laufen und einen Wagen anhalten?

Ich bemerkte, dass die hintere Tür des Hauses nur angelehnt war, Wäsche baumelte gleich daneben auf einem Klappständer im Wind.

Bevor ich das Haus betrat, rief ich sicherheitshalber »Hallo«, doch es blieb still. Offensichtlich befand ich mich im Wohnzimmer, und zum Glück stand dort auch das Telefon. Ich wählte den Polizeinotruf. Nach dem ersten Klingeln meldete sich ein Wachtmeister.

»Guten Tag, mein Name ist Doro Kagel. Ich habe gerade eine tote Frau aufgefunden. Ich weiß nicht, wer sie ist. Eigentlich bin ich nur zufällig hier vorbeigekommen …«

»Die Adresse, bitte.«

»Wo ich bin, weiß ich auch nicht so genau. Von der alten Holzkapelle zwischen Gammendorf und Puttgarden gelangt man zu einem Weiher, und von dort sind es dann noch einmal ein paar hundert Meter Richtung Süden. Hier steht ein kleines Haus, drum herum eine Obstwiese … Ich glaube, Todendorf liegt zwei Kilometer entfernt, aber ganz sicher bin ich mir da nicht.«

Wahrscheinlich war das die erbärmlichste Beschreibung, die der Beamte je erhalten hatte, und das von einer Frau, die ihr Geld mit der Niederschrift von Beschreibungen verdient.

Er kam auf die Idee, dass ich mich nach einem Brief oder etwas Ähnlichem umsehen sollte, und so huschte mein Blick auf und ab und hin und her durch das ganze Zimmer. Die Einrichtung war nicht altbacken, sondern im Stil eines skandinavischen Möbelhauses gehalten, allerdings schon in die Jahre gekommen und staubig dazu. An den Wänden hingen da und dort gerahmte Fotos, doch sie wirkten wie gedankenlos platziert.

»Nein, hier liegt kein Brief herum.« Da erst bemerkte ich das Schreiben unter der Ladestation des Telefons. »Warten Sie, vielleicht habe ich doch etwas gefunden.«

Es handelte sich um die Mahnung eines Stromanbieters. Ich nannte dem Polizisten die Adresse, dann erst las ich den Namen – und meine Stimme versagte.

Das gab es doch nicht! Das konnte nicht wahr sein!

Ich riss die Augen weit auf, um mich zu vergewissern, dass mir mein Verstand oder mein Unterbewusstsein keinen Streich spielte.

Tatsächlich. Kein Irrtum. Der Name der Toten war Maren Westhof.

Sie hatte besser geschlafen als sonst. Ihre Beine hatte sie fast nicht gespürt, sie hatte gut Luft bekommen, und die Augen hatten nicht eine halbe Stunde lang gebrannt, nachdem sie sie geschlossen hatte. Was für ein gutes Gefühl durchzuschlafen, morgens aufzuwachen und sich als Erstes zu strecken, danach die Sonnenflecken an der Wand zu betrachten und zu denken: Das könnte ein schöner Tag werden.

Sie kochte sich einen Schafgarbentee. Kaffee vertrug sie schon seit zehn Jahren nicht mehr, vor acht Jahren war erst schwarzer Tee auf die Liste gekommen, dann grüner. Roibuschtee fand sie widerlich. Sie hatte es mit Hagebutte versucht, mit Salbei, Kurkuma, griechischen Bergkräutern, Brennnesselblättern … Schafgarbe ging einigermaßen. Warum, das wusste sie nicht. Egal, es fragte sie ja auch niemand danach.

Sie musste nicht lange rätseln, warum sie sich seit gestern Abend besser fühlte und was an diesem Tag anders war als an den letzten tausend Tagen: Besuch. Das war schon alles: richtiger Besuch. Nicht eine ihrer vier Schwestern, die jedes Mal, wenn das verdammte Pflichtgefühl bei ihnen zuschlug, mit einer Miene hereinkamen, mit der man bei Eiseskälte den um zwanzig Minuten verspäteten Bus bestieg. Nicht Annemie, die es mit ihren regelmäßigen Visiten zwar gut meinte, mit der man aber immer nur über Krankheiten und nie über normale Dinge reden konnte. Und schon gar nicht einer von diesen komischen Typen, die seit ein paar Monaten versuchten, ihr das Häuschen abzukaufen. Es war immer dasselbe: Zuerst laberten sie sie mit Nettigkeiten voll, lobten ihren Schafgarbentee und taten so, als würden sie die herumliegenden Strumpfhosen, den Staub und den Gestank des Katzenklos nicht bemerken. Dann legten sie ihr ein Angebot vor, zuerst dreißig-, dann vierzig-, dann fünfzigtausend Euro, und verabschiedeten sich mit den Worten, sie würde einen Fehler machen. Wie in einem schlechten Film. Solche Leute gab es aber wirklich.

Fünfzigtausend Euro wären für Maren eigentlich eine feine Sache. Sie wäre dann nicht mehr auf die verschlissenen Sofas, Blusen und Bratpfannen der Verwandtschaft angewiesen und könnte sich mal einen schicken Haarschnitt leisten statt den, den das Sozialamt ihr bezahlte. Eigentlich.

Nun war es aber so, dass sie innerhalb der nächsten vierundzwanzig Monate an Organversagen sterben würde. So hieß es jedenfalls. Und egal, ob daraus nun zwanzig oder dreißig Monate würden, Maren wollte nicht mehr umziehen. Dieses Haus, so hässlich und verwittert es war, sollte ihre Endstation sein. Und wenn es so schlimm werden würde, dass man sie ins Krankenhaus verlegen musste … Nein, nein, nein. Da gab es bessere Möglichkeiten.

Ein kleiner Fehler, dachte sie, während sie den Tee trank und in die Toastscheibe mit Scheiblettenkäse biss. Klein im buchstäblichen Sinne, etwa einen Millimeter groß. Ein Stich ins linke Ohrläppchen, einer ins rechte. Sie war dreizehn Jahre alt gewesen und eine Idiotin, die es allen mal so richtig zeigen wollte.

Ihre Eltern hatten ihre fünf Töchter in hübschen Abständen gezeugt, so wie man Stiefmütterchen pflanzt. Alle zwei Jahre ein Kind. Die beiden älteren bekamen die größte Verantwortung, die beiden jüngeren die meiste Zuwendung. Maren war genau dazwischen. Vielleicht bildete sie es sich auch nur ein, aber man hatte sie weder ernst genommen noch verhätschelt. Nach so langer Zeit konnte man das nicht mehr sagen, was zuerst da war, das Huhn oder das Ei. War sie zuerst zur Unruhestifterin und deswegen mit Missachtung gestraft worden oder umgekehrt? Ihre Eltern verweigerten ihr, sich Ohrlöcher stechen zu lassen. Sie sei zu jung. Also nahm sie die Sache selbst in die Hand.

Hätte dieser Arsch doch bloß die Nadel gereinigt. Oder sie eine Minute übers Feuerzeug gehalten. Woher hätte sie denn wissen sollen, was man sich dabei alles Mögliche einfangen konnte? Woher hätte sie wissen sollen, dass der Stich sie eines Tages umbringen würde?

»Arsch«, murmelte sie. »Blöder Arsch.«

Ihr Blick fiel auf das Katzenklo neben der Spüle. Fantomas, ihr schwarzer Kater, war schon seit zwei Tagen verschwunden. Das war nicht ungewöhnlich. Ebenso wenig, dass seine Hinterlassenschaften tagelang vor sich hin stanken. Oft war sie zu müde, das Klo zu säubern, manchmal auch zu gleichgültig.

Sie riss alle Fenster und die Hintertür auf, tauschte das Katzenstreu aus, wischte Staub, putzte das WC, sammelte die herumliegenden Kleidungsstücke auf und warf die Waschmaschine an.

»Picobello«, murmelte sie immer wieder vor sich hin. Sie fand plötzlich das Wort so schön. Picobello.

Vor dem Kleiderschrank brauchte sie mindestens drei Minuten, um das Richtige zu finden. Sonst griff sie einfach mit der rechten Hand hinein, dann mit der linken und zog irgendetwas heraus. Meistens etwas Kariertes für obenherum, dazu eine Jeans oder Leggins – was ihre Schwestern und Nichten in Plastiktüten heranschleppten. So richtig merkte Maren erst, was sie anhatte, wenn sie es anhatte.

Die weiße Rüschenbluse zur blauen Stoffhose trug sie immer, wenn sie alle zwei Monate zum Friseur ging. Ja, damit konnte sie sich sehen lassen.

Das Telefon klingelte, so ein altes Ding, hellgrau mit dunklen Tasten, das schon bei Marens Einzug vorhanden gewesen war. Wer dran war, wusste sie immer erst, wenn sie abnahm.

»Ach du, Annemie.«

»Ich wollte nachher mal vorbeikommen. So in einer Stunde?«

»Brauchst du nicht.«

»Mache ich doch gerne.«

»Ja, nur heute nicht.«

»Es ist aber wichtig.«

»Was ist denn so wichtig?«

»Sage ich dir nachher.«

»Sag's jetzt.«

»Ich muss dich was fragen.«

»Was denn?«

»Ich komme lieber vorbei.«

»Passt mir aber heute nicht.«

»Wieso denn? Geht es dir nicht gut? Dann sollte ich gerade …«

»Nein, nein, mir geht es gut.«

»Ich komme also vorbei.«

»Morgen.«

»In einer Stunde.«

»Wie wär's, wenn du die Stöpsel aus den Ohren nimmst, Annemie. Heute nicht!«

Maren legte auf. Ihre Hände klebten ein wenig, also wischte sie das Telefon ab.

Sie lächelte. »Picobello.«

Annemie war lieb – in letzter Zeit zu lieb. Anfangs hatte sie ihr nur die Hand gehalten und ein paar Medikamente besorgt, an die Maren sonst nicht herangekommen wäre und die ihr wirklich halfen. In letzter Zeit räumte sie jedoch hinter ihr her, fing an zu putzen und zu spülen … Sie ging ihr zunehmend auf den Wecker. Maren hatte sie erst kürzlich vor die Tür gesetzt und vorher den Schlüssel abgenommen, den sie ihr ein Jahr zuvor gegeben hatte. Ein paar Tage danach war Annemie wieder angekrochen gekommen, und sie hatten sich versöhnt. Maren konnte es sich nicht leisten, eine Freundin zu verlieren, da sie nur die eine hatte.

Sie hängte die Wäsche nach draußen auf den Ständer. Es war warm, die Luft roch grün, und der Himmel war so herrlich blau, dass er nach Versöhnung verlangte. Daher rief sie Annemie zurück.

»Ich wollte nicht grob sein«, sagte sie.

Annemie schwieg.

»Ich kann nicht auflegen, ohne dass du wieder gut mit mir bist.«

»Als würde dir das etwas ausmachen.«

»Doch, ist so. Ganz besonders heute.«

»Wieso?«

»Weißt du, ich … ich fühle mich heute irgendwie gut. So befreit.«

»Befreit?«

»Wie lange ist es her, dass mich jemand besucht hat? Ich meine, außer meinen Schwestern und dir? Jahre ist das her, Annemie. Viele Jahre. Zu mir kommt doch keiner mehr, zu einer Sterbenskranken, einer Bettlerin, die sich gerade so über Wasser hält.«

»Du weißt, was ich von solchen Reden halte, Maren. Du hast doch mich.«

»Ja, das stimmt. Aber heute möchte ich alleine sein.«

»Weißt du, es geht um Doro. Unsere Doro von früher. Sie hat sich indirekt nach dem Geheimnisspiel erkundigt …«

»Ich denke nicht gerne über früher nach. Und Doro ist mir schnurzpiepe. Alles, was ich über dieses bescheuerte Spiel noch weiß, habe ich Jan-Arne gesagt.«

»Ja, aber Jan-Arne ist tot und …«

Die Türklingel schellte, ein schreckliches Geräusch, als wäre die Teeuhr abgelaufen.

»Es hat geklingelt. Mach's gut, Annemie. Und denk bitte nicht schlecht von mir.«

»Natürlich nicht.«

Maren eilte zur Tür und riss sie mit einem breiten Lächeln auf – das ihr im nächsten Moment gefror.

Vor ihr stand die Alte. Sie hatte fettiges, krauses Haar, voll mit Haarspangen, trug eine ärmellose, knielange Kittelschürze aus dem letzten Jahrhundert, löchrige karamellfarbene Strumpfhosen und Schuhe, gegen die Marens Alltagstreter Haute Couture waren. Ihre Haut war seit je zweifarbig meliert, hervorgerufen entweder durch eine Pigmentstörung oder eine Verbrühung vor vielen Jahren.

»Wo ist er?«, fragte die Alte, wobei man sie kaum verstehen konnte, da sie nur noch wenige Zähne im Mund hatte.

»Sie schon wieder«, erwiderte Maren, statt zu antworten.

»Wo ist mein André?« So wie sie das sagte, hörte es sich an wie »Andé«.

»Er ist nicht hier.«

»Er war aber hier.«

»Ja, früher, vor langer, langer Zeit. Sehen Sie doch selbst. Ist Ihr Sohn hier? Nein, ist er nicht.«

Maren machte eine ausholende Geste, die die Alte ausnutzte, um an ihr vorbei ins Haus zu gelangen. Das hatte sie bisher noch nie gewagt.

»He, was fällt Ihnen ein! Das ist mein Haus. Raus, aber sofort!«

»Andé!«, rief die Alte mit Tränen in den Augen, die auch Marens Herz erweichten. »Andé, wo bist du?«

»Glauben Sie mir, Frau Bolenda, ich bin allein, hier wohnt sonst niemand.«

»Da oben«, sagte die Alte und deutete zur Treppe. »Da oben ist sein Zimmer.«

»War es mal, Frau Bolenda. Jetzt lagert dort nur Gerümpel.«

Die Alte setzte einen Fuß auf die Treppe, aber Maren hinderte sie daran weiterzugehen. Mit sanfter Gewalt schob sie die Besucherin an den Schultern vor sich her zur Haustür. Doch kurz davor machte die Alte sich mit einer ruckartigen Bewegung frei, stieß Maren zur Seite und polterte mit schweren Schritten zurück zur Treppe.

»Ich will zu meinem Andé. Sie halten ihn da oben gefangen.«

Im letzten Moment erwischte sie den Arm der Alten. Trotzdem war es nicht leicht, sie zurückzuhalten, denn Maren hatte in den vergangenen Jahren an Gewicht verloren und hätte gut zweimal in ihr Gegenüber hineingepasst. Es kam zu einem Gerangel, das Maren schließlich so sehr nervte, dass sie die Geduld verlor.

»Er ist tot, du Bekloppte. Krieg das endlich mal in deinen Schädel rein. Da drüben am Weiher ist er verreckt, ersoffen. Das Haus gehört dir nicht mehr. Verschwinde endlich! Raus hier!«

Die Alte stand unter Schock, weshalb es Maren endlich gelang, sie nach draußen zu bugsieren. Als sie das geschafft hatte, warf sie die Tür nicht sofort ins Schloss, sondern ließ einen Spalt breit offen, durch den sie die Bolenda beobachtete.

Was sie gesagt hatte, tat ihr furchtbar leid, obwohl nichts davon gelogen war, einschließlich der Tatsache, dass bei der Alten ein paar Schrauben mehr als locker waren. Sie war schon ein paarmal zu ihrem ehemaligen Haus zurückgekehrt, um ihren Jungen zu suchen. Aber nicht nur dort. Von Zeit zu Zeit klopfte sie an irgendeine Tür in irgendeinem Fehmarner Dorf und fragte: »Ist André bei Ihnen?« Wie damals schon ihr Sohn bedrohte oder belästigte sie niemanden, zumindest nicht im engeren Sinn. Aber unerwünscht war sie durchaus.

Plötzlich starrte sie Maren furchterregend an. »Sie sind eine böse Frau. Sehr, sehr böse.«

Maren schluckte, dann schloss sie die Tür.

Das hätte nicht sein müssen. An jedem anderen Tag wäre

es ihr egal gewesen, denn oft hatte sie nicht mal die Kraft, ein Gefühl zu entwickeln. Zu sehr war sie auf ihren Körper und sein Dahinschwinden fixiert. Auch jetzt wieder erfasste sie eine bleierne Müdigkeit, die sie auf das Sofa zwang.

Vermutlich war die Bolenda, deren Vornamen Maren noch nicht einmal kannte, die Einzige auf der Insel, die genauso arm dran war wie sie selbst, und das wollte etwas heißen. Eine Zeit lang waren sie zu dritt gewesen, wenn man Jan-Arne mitrechnete. Ein Triumvirat der Elenden, hatte er das ihr gegenüber mal feierlich genannt.

Seltsam, dachte Maren, dass sie alle drei nicht nur durch das Leid verbunden waren, das sie auf unterschiedliche Weise erdulden mussten, sondern auch durch einen Toten. Die Alte hatte ihren Sohn durch ein Gewaltverbrechen verloren, Maren hatte ihn gefunden, und Jan-Arne hatte versucht, ihn zu rächen.

Sie wusste nicht, wie lange sie auf dem Sofa gelegen und vor sich hin gestarrt hatte, als zum zweiten Mal an diesem Tag die Schelle ihr schrilles Krächzen durch das Haus jagte.

4

Während ich auf die Polizei wartete, saß ich auf dem Sofa und versuchte den Schreck zu verarbeiten. Da draußen lag eine Tote mit aufgeplatztem Schädel, die zudem meine Jugendfreundin war. Noch immer konnte ich nicht begreifen, dass ausgerechnet ich sie gefunden hatte. Wäre ich doch nur eine Stunde früher vor Ort gewesen …

Nach ein paar Minuten sah ich mich ein wenig um, auch aus Neugier, aber vor allem, um mich abzulenken. Ich suchte nach etwas Vertrautem, das mich Maren wieder näherbrachte, ein Foto an der Wand vielleicht oder ein für sie typisches Kleidungsstück. Ich kannte sie eigentlich nur in abgewetzten, ausgeleierten Sachen, in billigen Sweatjacken und Turnschuhen, die heutzutage Sneaker heißen und um die ein Riesenbrimborium gemacht wird, die damals aber wirklich nur simple Latschen waren. Tatsächlich entdeckte ich ein paar Hemden im Maren-Westhof-Look auf dem Wäscheständer bei der Hintertür, halb verblichene Karos und Streifen. Sie waren noch feucht.

Lange hielt ich es draußen nicht aus. Ich wusste, dass ich mich als Zeugin so wenig wie möglich am Fundort oder Tatort bewegen durfte. Doch abgesehen davon, dass ein Gewitter aufzog und ich nicht als zweite Leiche neben Maren enden wollte, war mir der Anblick unerträglich. In der Diele stieß ich dann doch noch auf ein paar gerahmte Fotos auf dem Schuhschrank, angestaubt im doppelten Wortsinn, denn sie waren, nach Marens Aussehen zu schließen, gewiss zehn Jahre alt, wenn nicht älter, und seit geraumer Zeit nicht mehr geputzt worden. Es handelte sich um eine Aufnahme aus dem Fotostudio. Kein Mensch erwartet von solchen Bildern, dass sie ungekünstelt aussehen, vielmehr ist das geradezu der Wesenskern von Studioaufnahmen. Marens Lächeln war jedoch derart übertrieben, fast schon ins Groteske verzerrt, dass man meinen konnte, jemand zwinge sie mit vorgehaltener Waffe dazu. Sie war umringt von ihren Schwestern, deren Ehemännern und Kindern, die offensichtlich alle anlässlich einer Feierlichkeit zusammengekommen waren.

Ein Blaulicht, das pulsierend durch die Fenster hereindrang, riss mich aus meinen Gedanken.

Zuerst traf eine zweiköpfige Polizeistreife ein, die über Funk die Kripo anforderte, meine Aussage aufnahm und mich dann bat, auf der anderen Seite des Hauses zu warten – was ich auch brav tat, ganze zwei Stunden lang. Endlich wandte sich die junge und, gelinde gesagt, polemische Kommissarin an mich.

»Oberkommissarin Falk-Nemrodt. Sie sind Dorothea Kagel? Die Tote ist Ihnen also nicht bekannt?«

»Das ist nicht ganz richtig«, erwiderte ich.

»Sie sagten, Sie könnten Sie nicht identifizieren.«

»Ich kenne sie von früher, das ist lange her.«

»Und wollten sie besuchen?«

»Ich wusste nicht, dass sie hier lebt.«

»Aber die Tote ist hier, und Sie sind hier. Wie kommt das?« Ihr ungeduldiger Blick ging mir durch und durch.

»Ich war spazieren. Ich bin von dort hinten gekommen, da gibt es einen Weiher, an dem vor dreißig Jahren ein Mord passiert ist.«

»Demnach sind Sie eine Mordtouristin?«

»Ich stelle ein paar Nachforschungen an.«

»Und stoßen dabei zufällig auf die nächste Leiche, ja?«

»Ich finde es selbst unglaublich. Aber von einem Zufall bin ich noch nicht überzeugt.«

»Wie meinen Sie das?«

Ich ärgerte mich sogleich, den Satz, der als diffuse Idee in meinem Kopf herumspukte, ausgesprochen zu haben. Denn auf den ersten Blick sah alles nach einem Zufall aus. Keiner, nicht einmal ich selbst, hatte am Morgen wissen können, dass ich den Weiher aufsuchen, dass ich von dort aufs Geratewohl zu diesem einsamen Haus laufen und dass just zu dieser Zeit eine Frau, die ich seit dreißig Jahren nicht gesehen hatte, aus dem Fenster in den Tod stürzen würde. Das musste ein Zufall sein. Andererseits …

»Wie oft sterben Menschen auf Fehmarn einen gewaltsamen Tod, der nicht eindeutig auf einen Unfall zurückzuführen ist?«, fragte ich. »Einer in zehn Jahren? Und Fehmarn ist wie groß? An die zweihundert Quadratkilometer? Ich finde es schon seltsam, dass dreißig Jahre nach einem Mord am Weiher, nur einen Steinwurf entfernt, ein zweiter Mord geschieht.«

»Ein Mord?«, fragte die Kommissarin mit hochgezogenen Augenbrauen.

»Einen Unfall kann man ausschließen, denke ich. Aus

einem so kleinen Fenster wie das da unter dem Giebel fällt man nicht versehentlich. Und Selbstmord? Darf ich Ihnen etwas zeigen?«

Ich ging mit der Kommissarin zum Wäscheständer.

»Die Wäsche ist noch feucht.«

»Meine zu Hause auch. Was weiter?«

»Hätte Maren sie gestern aufgehängt, wäre sie trocken. Demnach hat sie es heute Morgen getan. Was ist das für eine Selbstmörderin, die um neun Uhr noch Wäsche macht und um elf beschließt, ihrem Leben ein Ende zu setzen?«

»Eine spontane, würde ich sagen. Wissen Sie, was die Schwester der Toten sagte, als wir Birte vor einer halben Stunde benachrichtigt haben? Ihre genauen Worte waren: ›Also hat sie es doch getan.‹ Glauben Sie mir, Maren Westhof hatte allen Grund, sich umzubringen. Zudem findet sich nicht das kleinste Anzeichen für einen Kampf.«

»Welchen Grund?«, fragte ich.

»Wir sind hier nicht bei einer Gameshow, in der Sie ein paar Buchstaben kaufen können. Die Kripo führt die Ermittlungen. Ich bin die Kripo, Sie sind es nicht.«

»Und was ist mit Jan-Arne Asmus?«

Wieder ärgerte ich mich. Ich hätte besser die Klappe gehalten, immerhin wirkte ich nun wie eine überspannte, emotional erregte Amateurin, die Verbrechen nachjagte und sie demzufolge hinter jeder Ecke vermutete, so wie Geisterjäger allerorten das Übersinnliche zu spüren glauben. Doch wenn man, wie ich in jenem Moment, einmal mit gezogenem Säbel losgeritten ist, kommt es nicht gut, mittendrin kehrtzumachen.

»Sie führen sicher auch im Fall Asmus die Ermittlungen,

und das war eindeutig ein Mord, nicht wahr? Jan-Arne und Maren haben sich gekannt. Ich weiß zwar nicht, ob und wie oft sie noch Kontakt hatten, aber sie kennen sich von früher, und nun sind sie beide tot.«

»Wirklich interessant. Ich hatte zwei Cousins, die sind auch beide tot. Einer ist mit seiner Jolle bei Windstärke acht ertrunken, und einer ist besoffen in den Graben gefallen und über Nacht erfroren. War nett, mit Ihnen geplaudert zu haben. Falls wir noch Fragen haben, melden wir uns.« Damit wandte sie sich ab und ließ mich stehen.

Aus zwei Gründen fuhr ich entgegen meinem ursprünglichen Plan sofort nach Hause. Auf dem Weg zum Auto war ich in einen schweren Regenguss gekommen, sodass sich mein gefühlter Aggregatzustand in flüssig änderte. Ich war dermaßen durchnässt, dass ich in meiner Verzweiflung die schmuddelige Decke aus dem Kofferraum zum Abtrocknen benutzte. Außerdem hatte sich meine geistige Verfassung irgendwo zwischen schockiert und deprimiert eingependelt, und ich wollte einfach nur, dass Yim mich in den Arm nahm. Dieser Wunsch wurde mir vorerst jedoch nicht erfüllt. Yim war zusammen mit meiner Mutter ins Gartencenter gefahren, um dort Hainbuchen für die Hecke zu kaufen, wie mir Ludwina mitteilte. Ich wusste nicht, ob ich mich darüber freuen sollte, dass sie ihn endlich wie einen Schwiegersohn behandelte, oder ob ich ihn bemitleiden sollte, weil Einkaufstouren mit meiner Mutter zum anstrengendsten Zeitvertreib gehören, den man sich denken kann.

Ich gönnte mir eine zehnminütige heiße Dusche, und als

ich etwas später nach unten kam, erwarteten mich eine Tasse dampfender, deutlich zu süßer Kakao, ein Teller mit drei Keksen von gestern und Ludwina die Mächtige, Herrscherin über die Küche.

Ich wagte einen winzigen Aufstand. »Bitte nimm es mir nicht übel, aber ich könnte jetzt einen Kaffee vertragen.«

»Bitte sehr«, sagte sie, aber es hörte sich nach dem Gegenteil davon an. Lauter und schneller, als es nötig gewesen wäre, suchte sie alles zusammen, was man zum Kaffeekochen brauchte, kippte den Kakao in die Spüle und legte wie zum Ausgleich für die Gefälligkeit einen vierten Keks auf den Teller. Zu meinem Glück hatte ich wirklich Hunger.

»Hab's schon gehört«, sagte sie. »Die Totenglocke, weißt du? Ich rufe immer wen an, wenn ich die Glocke höre. Zwei Telefonate, und ich wusste Bescheid.« Sie bekreuzigte sich. »Ihr Leiden hat nun ein Ende.«

»Was war das für ein Leiden?«, fragte ich.

»Hepatitis C«, erwiderte Ludwina, wie aus der Pistole geschossen, und setzte sich mir gegenüber, begierig, ihr Wissen mit mir zu teilen. »Schon seit ihrer Jugend, aber da hatte sie noch keine Gebrechen, die kamen erst mit den Jahren. Alles, was du dir vorstellen kannst. Gelenkschmerzen, Nervenentzündungen, Schwellungen auf der Haut und Juckreiz, rote Augen, blaue Finger … Schrecklich, einfach nur schrecklich. Sie hat furchtbar gelitten. Am schlimmsten, hat sie gesagt, war die ständige Müdigkeit, und ich glaube, sie hatte auch Depressionen. Vor einem Jahr haben dann die ersten Organe versagt, die Leber natürlich, aber sie hatte auch was an den Nieren und der Lunge. Stark, richtig?«

»Wie bitte?«

»Der Kaffee. Du willst ihn doch stark?«

»Äh, ja. Ludwina, ich … ich bin überrascht, dass du so gut über Maren Bescheid weißt. Bist du mit ihrer Familie befreundet?«

»Ach wo! Als hätten sich die Westhofs je mit uns Rötels abgegeben. Die Westhofs und ihre Cousins, die Fennwecks, sind sich für die Kleinbauern zu schade. Wir waren denen immer zu gewöhnlich, zu arm, und dass mein Mann eine Polin geheiratet hat, na ja … da wurde viel gestänkert. Nein, ich weiß das alles von Annemie. Sie hat sich ein bisschen um Maren gekümmert. Zum Schluss hatte das arme Geschöpf ja fast niemanden mehr. Ihren vier Schwestern jedenfalls war sie ziemlich egal, und Annemie mit ihren medizinischen Kenntnissen und dem großen Herzen … Viel zu groß, wenn du mich fragst. Die Leute nutzen sie nur aus.«

»Wer denn?«

»Die Alten, die Kranken, die Elenden, die sie tagein, tagaus abklappert.«

»Das ist ihre Arbeit.«

»Es ist ihre Besessenheit«, widersprach Ludwina. »Sie ist viel zu gut für diese Welt. Für ihre eigene Mutter hat sie dagegen keine Zeit, dabei habe ich sie großgezogen. Ihr Vater hat doch nur gesoffen.«

Ludwina seufzte und holte den Kaffee. »So, da bleibt fast der Löffel drin stehen, ist das stark genug?«

Ich dachte daran, dass ich mich dringend mal mit Annemie zusammensetzen sollte. Sie war nicht nur an Jan-Arnes Seite gewesen, als er starb, sondern wusste vielleicht auch etwas über die letzten Tage von Maren. Somit hatten wir etwas gemeinsam, denn auch ich war auf seltsame Weise mit den beiden Todesfällen verbunden.

Zufall – dieses Wort schwebte als großes Fragezeichen über allem. Wenn es tatsächlich Zufall war, dass zwei Menschen, die ich von früher kannte, so kurz hintereinander gestorben waren, noch dazu eines gewaltsamen Todes, dann war alles gut. Nun ja, gut war es eigentlich nicht, aber eben nichts weiter als eine Laune des Schicksals. Wenn es dagegen kein Zufall war …

»Wie bekommt man eigentlich Hepatitis C?«, fragte ich, mehr an mich selbst, als an Ludwina gerichtet.

»Du lieber Himmel!«, rief sie. »Ich weiß nicht mal, wie man Sodbrennen bekommt.«

Sie lachte, bis ihr Blick auf meinen Teller fiel, auf dem noch dreieinhalb Kekse lagen. Demonstrativ nahm sie sich einen und verputzte ihn im Nu. Währenddessen gelang es ihr, mir mit vollem Mund Vorwürfe zu machen, weil ich so schlank war und als Kind sehr viel gesünder ausgesehen hatte als mit Mitte vierzig.

»Das ist wohl bei den meisten Menschen so«, erwiderte ich lapidar und lobte schnell den Kaffee, der tatsächlich mit jedem Aufputschmittel mithalten konnte.

Als ich mein Smartphone hervorholte und ein wenig recherchierte, konnte Ludwina sich die Bemerkung nicht verkneifen, dass früher alles ohne »das Zeug da« gegangen sei. Dieses Scharmützel hatte ich allerdings schon so oft ausgetragen, vor allem mit meiner Mutter, dass ich es mühelos nebenher bewältigte.

Nach drei Minuten wusste ich, wie man sich Hepatitis C einfangen konnte. Besonders gefährdet waren Heroinabhängige, wenn sie die gleichen Spritzen oder Schnupfröhrchen benutzten. Auch nicht ausreichend desinfizierte scharfe oder spitze medizinische Gerätschaften kamen als Überträger in Frage, dasselbe galt für das Tätowieren und das Stechen von Piercings. Vor 1990 hatte es auch einige Fälle durch verunreinigtes Spenderblut gegeben. Sexuelle Übertragungen hingegen oder solche durch Organtransplantationen kamen eher selten vor.

ICH HABE EINE SCHWERE UNHEILBARE KRANKHEIT.

Dieser Satz hatte auf einem der Zettel beim Geheimnisspiel gestanden, und aller Wahrscheinlichkeit nach war Maren die Verfasserin. Wenn sie 1991 schon um ihre Krankheit gewusst hatte, war sie in früher Jugend infiziert worden. Vermutlich konnte sie sich damals, mit fünfzehn Jahren, noch nicht vorstellen, wie sehr die Krankheit ihr Leben einmal beeinträchtigen und letztendlich zerstören würde. Aber sie wusste bereits genug darüber, um sie als unheilbar zu bezeichnen.

Auch wenn die sechs Wörter auf dem Zettel keinen Anhaltspunkt dafür gaben, konnte ich den Gedanken nicht abschütteln, dass darin ein Vorwurf enthalten war. Maren war mir nie wehleidig vorgekommen, auch nicht gerade gefühlsbetont, und dass sie gleich zwei Adjektive benutzte, beide von ungeheurem Gewicht, war außergewöhnlich. Und dann auch noch unterstrichen. Mir schien das nicht an die gesamte Runde, sondern an eine spezielle Person gerichtet zu sein.

Maren … Im Grunde hatte sie fast nichts über sich preisgegeben, es lag einfach nicht in ihrer Natur. Erst jetzt, am Tag ihres Todes, fiel mir auf, dass ich von allen in der Fehmarn-Clique am wenigsten von ihr wusste, noch nicht einmal, wie genau sie zu uns gestoßen war.

»Was willst du heute Abend essen?«, fragte Ludwina.

Gnocchi in Salbeibutter, dachte ich im Scherz und wollte gerade einen realistischeren Vorschlag machen, als Ludwina sagte: »Ich koche uns Kalbsrouladen im Speckmantel und dazu Erbsen und Kartoffelpüree. Mal sehen, was ich im Haus habe, und wenn was fehlt, rufst du Yims an, ja?«

»Etwa mit dem *Zeug*, ohne das man früher ganz gut zurechtgekommen ist?«, fragte ich ironisch zurück.

»Als Kind hattest du nicht so eine spitze Zunge, mein Fräulein.«

»Tut mir leid, das muss am Kaffee liegen.«

Für Yim wurde an diesem Nachmittag ein Traum wahr – ein Albtraum. Seine Schwiegermutter jagte ihn im Gartenmarkt von A nach B, ließ ihn sechs Säcke Kies in das Wägelchen ein- und dann wieder ausladen, weil ihr die Farbe bei Sonnenschein plötzlich nicht mehr gefiel. Außerdem musterte sie sechzehn Töpfchen Lavendel eingehend, bevor sie sich für eines entschied, löcherte eine Verkäuferin mit Fragen zur Rosenpflege, ohne eine befriedigende Antwort zu erhalten, und legte sich an der Kasse mit einer anderen Kundin an, die sie des Vordrängelns beschuldigte. Als Küchenchef war Yim Stress gewöhnt, aber so angespannt war er schon lange nicht mehr gewesen. Vielleicht sogar noch nie. Die Ausbeute nach zwei Stunden bestand aus einer Lavendelpflanze und einer vierseitigen Broschüre zur Bekämpfung des Dickmaulrüsslers und seiner Verwandten.

»Es ist schön, einen jungen, starken Mann dazuhaben, der die schweren Arbeiten übernehmen kann«, sagte Renate auf der Rückfahrt.

Das Lavendeltöpfchen hättest du wohl gerade noch selbst zum Auto schleppen können, dachte er und sagte: »Mache ich doch gerne.«

»Sie sind ganz anders als Doro.«

Um Gottes willen, das kann ja heiter werden, dachte er und fragte: »Inwiefern?«

»Sie krakeelen nicht gleich herum, wenn mal was nicht so läuft, wie Sie sich das vorstellen, so wie meine Tochter es tut.«

Und du?, dachte er und sagte: »Eltern und Kinder, das ist immer eine ganz eigene Geschichte.«

»Meditieren Sie viel?«

»Ob ich ...? Nein, gar nicht.«

»Ich dachte, alle Asiaten meditieren.«

»Es spielen ja auch nicht alle Europäer Boule oder essen Hering in Sahnesoße.«

»Fühlen Sie sich jetzt vor den Kopf gestoßen?«

»Danke, meinem Kopf geht's gut.«

»Mit Ihnen kann man wenigstens reden. Mit Doro gar nicht. Sie würde jetzt schon wieder im Dreieck springen, wenn sie mich hören könnte.«

»Ich habe mich in sie verliebt, so wie sie ist.«

»Also sind Sie der Nachgiebige in Ihrer Beziehung, dachte

ich es mir doch. Selten bei Männern. Aber das soll vorkommen.«

Seine Schwiegermutter hatte das Talent, dass selbst Dinge, die eigentlich gut funktionierten, sich aus ihrem Mund irgendwie schadhaft anhörten.

»Wenn ich es nicht besser wüsste, würde ich sagen, dass Sie mich provozieren wollen.«

Sie hielt am Straßenrand, stellte den Motor aus und zog die Handbremse bis zum Anschlag an. »Wissen Sie, was?«, sagte sie und sah ihn mit unbewegter Miene an. »Ich finde, wir können uns jetzt duzen.«

Kein Wunder, dachte Yim, dass Doro Probleme mit ihrer Mutter hat. Um diese Frau zu verstehen, bräuchte man ein ganzes Jahrhundert. Er lächelte. »Gerne. Also, Renate und Yim.«

»Ja«, sagte sie und öffnete die Fahrertür.

»Wo wollen Sie denn hin?«

»Wir sind da.«

»Wo?«

Um sie herum gab es nichts als Felder, ein paar Strommasten, die kleine, enge Straße und einen endlosen Himmel.

»Da drüben wohnt sie«, sagte Renate und deutete auf ein Wohnmobil, das auf einer Wiese voller Löwenzahn und Klee parkte.

»Wohnt wer?«

»Frau Bolenda, die Mutter des ermordeten Landstreichers. Doro hat sich heute Morgen nach ihrer Adresse erkundigt, und bitte, das ist sie. Ludwina kennt jemanden, der jemanden kennt, der bei der Gemeinde arbeitet.«

»Wir sollten das Doro …«, begann er, doch da trat seine Schwiegermutter bereits den Marsch über die Wiese an, sodass er sich den Rest des Satzes schenkte. Von wegen, Probleme mit den Füßen! Ohne sich noch einmal nach ihm umzuwenden, stapfte sie wie ein Feldwebel voran, und kaum am Campingbus angekommen, klopfte sie beherzt gegen die Tür.

»Riechst du das?«, fragte sie ihn. »Jede Wette, sie scheißt einfach in die Landschaft. Andererseits, was soll's? Wer kann auf Fehmarn schon menschliche Kackhaufen von Kuhmist unterscheiden?«

Yim wunderte sich kurz über Renates deftige Sprache, wurde aber von anderen Eindrücken abgelenkt. Das Wohnmobil war in einem erbärmlichen Zustand. Dauerhaft in einem solchen Vehikel zu leben war an sich schon schlimm genug. Wenn es aber vor sich hin rostete, leicht schief stand und keine Toilette besaß, war das gefühlt die unterste Stufe des zivilisatorischen Daseins in Mitteleuropa – und wahrscheinlich sogar verboten. Dennoch schien es noch fahrtüchtig zu sein, denn wenn man die Wiese genau betrachtete, war eine schwach ausgeprägte Reifenspur bis zur Straße zu erkennen.

»Sie ist nicht da«, sagte er.

»Gibst du immer so schnell auf?«, erwiderte Renate. »Da wundert es mich nicht, dass du deinen Laden schließen musstest.«

Sie hatte keine Ahnung, wovon sie redete, und er hätte ihr das nur zu gerne vorgehalten. Doro zuliebe hielt er jedoch den Mund. Zwischen Mutter und Tochter lag auch so schon genügend Spannung in der Luft, da musste er nicht noch eine weitere Front eröffnen.

»Sie ist nicht da«, wiederholte er.

»Also schön, sie ist nicht da. Was schlägst du vor, Schwiegersohn?«

»Dass wir den Rückzug antreten und zu Hause die Wagenladung an Pflanzen einsetzen, die du gekauft hast.«

»Aufgabe und Rückzug, ist das alles, was du draufhast?«

»Sturheit und Attacke sind auch nicht der Weisheit letzter Schluss.«

»Hallo, ist jemand hier?«, rief Renate in alle Himmelsrichtungen. »Hallo, Besuch! Haaallooo.«

Vier-, fünfmal ging das so.

»Wie wär's, wenn du mir hilfst?«, fragte sie.

»Dein Mezzosopran hat ausgereicht«, sagte er und deutete auf eine Buche, hinter der eine ältere beleibte Frau hervortrat. »Sie war wohl gerade auf dem Klo.«

»Na, hoffentlich hatte sie die Zeit, sich den Hintern abzuwischen.«

Der äußerliche Zustand Frau Bolendas entsprach ungefähr dem ihres Campingbusses. Ihre Kleidung war ein einziges Flickwerk, und abgesehen von ihrer Leibesfülle wirkte sie wie ein Wrack. Augenringe, mehr Zahnlücken als Zähne, unreine, fleckige Haut sowie Fingernägel in allen Längen zwischen abgebrochen und drei Zentimeter.

Auf Yims ausgestreckte Hand reagierte sie nicht. Sie sagte etwas, das weder er noch Renate verstand, und so musste sie es noch zweimal wiederholen.

Sie wollte wissen, ob sie ihren Sohn André gesehen hätten.

Er und seine Schwiegermutter wechselten einen erschütterten Blick.

»Leider nicht«, antwortete er.

Zwei Wörter, die ihr sichtlich zusetzten. Für einige Sekunden verzerrte sich ihr Gesicht vor Trauer, abgelöst von Zorn. Ihre fleischigen Oberarme wabbelten, als sie die klemmende Tür des Wohnmobils machtvoll aufzog.

Wieder sagte sie etwas, das kaum zu verstehen war. Renate sah ihn fragend an.

»Warum wir hier sind, will sie wissen«, klärte er seine Schwiegermutter auf. »Das würde mich übrigens auch interessieren.«

Renate räusperte sich. »Nun, meine Liebe, ich bin Renate Kagel aus Alt-Petri …«

»Kagel«, wiederholte Frau Bolenda.

»Richtig. Meine Tochter Doro hat Ihren Sohn … äh, gekannt … flüchtig gekannt. Und jetzt versucht sie zu ermitteln, wie er damals … also wie das damals alles abgelaufen ist. Yim, hilf mir doch mal.«

Geschieht ihr recht, dachte er. Die ganze Aktion war völlig überflüssig und zudem schlecht geplant. Entweder sie redeten Tacheles und konfrontierten die arme, verwirrte Frau mit dem Tod ihres Sohnes, oder sie redeten um den heißen Brei herum und erfuhren gar nichts.

»Kagel«, wiederholte Frau Bolenda.

»Richtig«, wiederholte Renate.

»Kagel?«, fragte die Alte, an Yim gewandt.

»Doro ist meine Frau.«

Sie stieg die zwei Stufen zu ihrem Wohnmobil hinauf und ließ die Tür offen.

»Kommen«, sagte sie, was Yim nur verstand, weil die dazugehörige Geste unmissverständlich war.

Er ging seiner Schwiegermutter voraus.

So heruntergekommen das Äußere des Anhängers, so absurd das Innere. Nahezu alle Möbel waren mit Plastiktüten beklebt – der Sessel, der winzige Tisch, die Einbauschränke, das Klappbett …

»Papaga«, sagte die Alte und ging zu einem Käfig, der vor dem völlig verdreckten Fenster hing.

Darin saß tatsächlich ein stattlicher Ara, den sie fliegen ließ, sobald Renate die Tür geschlossen hatte. Natürlich war in der engen Behausung kaum Platz für den Vogel mit seinen großen Schwingen, dennoch versuchte er es. Dabei streifte er sowohl Yims kurz geschorene Haare als auch Renates ondulierte Frisur, die prompt Schaden nahm, was in Yim Schadenfreude hervorrief. Das hatte sie nun davon.

Damit wurde auch die Bedeutung der Plastiktüten klar, denn der Ara schien panische Angst vor ihnen zu haben und wagte eine Landung auf einer der wenigen frei gebliebenen Flächen, wo er tun durfte, was ihm gefiel, auch sein Geschäft verrichten. Die Alte wischte es sofort weg, mit ihrer Schürze.

Es gab nur eine einzige Sitzgelegenheit, nämlich den beklebten Sessel, und angesichts des nervös schreienden und flatternden Papageis, der Enge und der Abwesenheit jeglicher Methode konnte die Befragung nur in einem Desaster enden.

»Sehen Sie, meine Tochter untersucht den Tod eines Freundes. Vielleicht haben Sie ja davon gehört. Jan-Arne Asmus.«

»Asmus«, krächzte der Papagei.

Sichtlich irritiert, fuhr Renate fort: »Es haben sich da einige Parallelen aufgetan, was den Tod Ihres … was Andrés

Verschwinden betrifft. Jetzt ist die spannende Frage, ob Sie etwas wissen, irgendetwas, das an dem Tag vor seinem …«

»Asmus«, krächzte der Papagei.

»… Verschwinden anders war als sonst.«

Falls die Bolenda verstand, wovon Renate sprach, ließ sie es sich nicht anmerken. Ihre unbewegte Miene verriet nichts.

»Andé«, sagte sie, die offenbar kein R mehr sprechen konnte.

»Andé«, krächzte der Papagei und startete ein weiteres Flugmanöver über alle Köpfe hinweg.

Diesmal nahm Renates Frisur erheblich Schaden, fast hätte der Vogel sich darin verfangen.

»Vielleicht sollten wir die Aktion abbrechen«, sagte sie an Yim gewandt. »Das bringt nichts.«

»Was denn, etwa Rückzug und Aufgabe?«, konterte er süffisant. »Frau Bolenda, wir glauben, dass Jan-Arne herausgefunden hat, was mit André passiert ist, oder dass er zumindest dicht davorstand. Seit dreißig Jahren war er der Erste, den das überhaupt gekümmert hat, außer Ihnen selbst. Wenn er also bei Ihnen war …«

»Hie«, sagte sie bekümmert.

»Er war hier?«

Sie nickte.

»Gut. Welche Fragen hat er Ihnen gestellt?«

»Andé wa daudig.«

»Ihr Sohn war traurig? Wissen Sie, warum?«

Sie schüttelte heftig den Kopf, den Tränen nahe.

»Hat gesagt, hat Fehl gemacht. Nu das. Fehl. Und will den Fehl wegmachen.«

»Wann hat er das gesagt?«

»Bevo e weg.« Sie schnappte nach Luft. »Bevo e … bevo e …« Es war so weit. Unwillkürlich warf sie sich an Renates Brust und krallte die Finger in deren Schultern.

Eigentlich, dachte Yim, wusste sie, dass ihr Sohn tot war. Nur dass es ihr von Zeit zu Zeit entfiel, möglicherweise entfallen wollte. Die Leute hatten sie als Verrückte abgestempelt, keiner hörte ihr zu, seit dreißig Sommern, dreißig Wintern. Yim glaubte nicht, dass die Frau verrückt war, nicht im Sinne von geistig behindert. Sie hatte wahrscheinlich nur einen niedrigen IQ, und ihr Lebenswille schwankte nach dem ungeheuren Verlust zwischen Verzweifeln und Durchhalten. Erstaunlich, dass ihre Gefühle auch nach so langer Zeit, der endlosen Suche und unzähligen Enttäuschungen noch derart intensiv waren.

»Renate«, sagte er. »Geh doch bitte mal mit Frau Bolenda nach draußen.«

»Ich?« Sie hatte mit der Alten, die sich auf sie gestürzt hatte, ein echtes Problem, denn Frau Feldwebel Kagel verstand sich auf so manches, aber gewiss nicht aufs Trösten. Letztendlich gab der Vogel den Ausschlag, dass sie Yims Bitte befolgte, denn er flatterte schon wieder ungelenk umher, und es bestand ernste Gefahr, dass er auf Renates Kopf landete.

Mit Trippelschritten verließen die beiden fast gleichaltrigen und zugleich so verschiedenen Frauen das Wohnmobil. Als Yim mit dem Papagei allein war, bot er ihm ein paar Namen an.

»Doro«, sagte er.

»Doro, Doro«, repetierte der Vogel.

»Annemie.«

»Anne. Annemie.«

»Hanko.«

»Haaa… Haanko.«

»Pieter.«

»Pieter, Pieter, Pieter.«

»Yim«, bot er mehrmals seinen eigenen Namen dem Papagei an, doch daraufhin passierte nichts, außer dass er eine Rosine aus einer Schale pickte.

»Danke, mein Kleiner«, sagte Yim. »Ich habe keine weiteren Fragen.«

Während Ludwina das Abendessen kochte, rief ich Annemie an.

»Dass Maren tot ist, habe ich schon gehört«, sagte sie. »Aber dass du sie gefunden hast… Wolltest du sie besuchen?«

»Ich wusste nicht, dass sie dort wohnt. Seit wann eigentlich? Ihrer Familie gehört doch der große Hof in Petersdorf, oder nicht?«

»Sie hat sich ausbezahlen lassen, als sie sich mit diesem komischen Typ verlobt hat, diesem Holländer, mit dem sie nach Südafrika gegangen ist. Dass er in Drogengeschäfte verwickelt war, hat sie erst später erfahren. Na ja, jedenfalls hat sie das behauptet. Ist mir auch egal. Zehn oder fünfzehn Jahre lang war sie wie von der Bildfläche verschwunden, und als sie zurückkam, war sie arm wie eine Kirchenmaus und ziemlich krank. Dummerweise war sie in Deutschland nie versichert, mit Ausnahme ihrer Ausbildungszeit.«

»Was hat sie denn gelernt?«

»Friseurin. Natürlich hat sie versucht, wieder in ihrem alten Job zu arbeiten, aber sie hatte schlimme Hautausschläge, außerdem war sie ständig erkältet oder sah zumindest so aus. Das Arbeitsamt konnte ihr nicht helfen, die Krankenkassen auch nicht.«

»Wovon hat sie gelebt?«

»Sie konnte ganz gut nähen, auf ein paar hundert Euro hat sie es im Monat gebracht, schwarz natürlich. Das Obst auf ihrem Grundstück hat auch ein bisschen was eingebracht, und ihre Schwestern haben ihr ab und zu was zugesteckt. Ist ein Vorteil, wenn man gleich vier davon hat. Ich habe ihr … aber das darfst du wirklich niemandem erzählen, Doro … hin und wieder ein Medikament besorgt, das ihr geholfen hat.«

»Das war wirklich lieb von dir«, sagte ich. »Wie ist sie an das Haus gekommen?«

»Dafür haben ihre Schwestern zusammengelegt. Sie wollten nicht, dass Maren mit ihnen unter einem Dach lebt, wegen der Ansteckungsgefahr und so. Aber auf der Straße wollten sie sie natürlich auch nicht verrecken lassen. Ich glaube, der alte Kasten hat gerade mal zwanzigtausend gekostet.«

»Mit dem Obstgarten und allem? Das Haus ist zwar hässlich, aber für zwanzigtausend ein echtes Schnäppchen.«

»Findest du?«

»Ja.«

»Bei *der* Geschichte?«

»Welcher Geschichte?«

»Na, da hat doch früher dieser Herumtreiber drin gelebt, der Bolenda. Mit seiner Mutter. Soviel ich weiß, hatte sie nie einen Ehemann, und welche Arbeit kriegt jemand wie sie schon? Sie war ein Fall fürs Sozialamt, und die haben sie irgendwann gezwungen, das Haus zu verkaufen.«

Ich verabredete mich mit Annemie für den darauffolgenden Tag, Sonntagabend. Wir versicherten uns gegenseitig, unsere Männer mitzubringen, auch wenn ich es vorgezogen hätte, mit ihr unter vier Augen zu sprechen. Warum eigentlich? Ich hatte keine Geheimnisse vor Yim, zumindest nicht, was meine Kindheit anging. Außerdem war das alles so lange her, dass ich sicher auch gegenüber Annemies Mann, den ich nicht kannte, keine Verlegenheit empfinden würde. Nicht mehr jedenfalls als gegenüber Annemie. Das Cassis-Besäufnis und das Geheimnisspiel waren ein einmaliger Ausrutscher von Teenagern und genau die Art von Anekdote, die man sich im mittleren oder hohen Alter gerne erzählt.

Die Kommissarin war schuld, dass ich mich gehemmt fühlte, den in mir keimenden Verdacht laut auszusprechen, sogar vor Yim. Sie hatte mir das Gefühl gegeben, nicht richtig zu ticken, und nun, da sich herausgestellt hatte, dass Maren schwerkrank und depressiv gewesen war, erschien mir ihre Annahme gar nicht so abwegig. Wieso sollte mir Annemie glauben, dass es bei diesem Selbstmord nicht mit rechten Dingen zugegangen war? Wieso sollte Yim mir glauben? Wieso sollte ich meiner eigenen Skepsis vertrauen?

Bei Kalbsrouladen und Kartoffeln berichtete ich in groben Zügen von meiner Begegnung mit Pieter und dem Ausflug zum Weiher. Die schreckliche Geschichte über das Auffinden von Marens Leiche hielt ich zurück, bis alle aufgegessen hatten, und zum Glück spielte Ludwina mit.

»Ich habe gleich gemerkt, dass etwas nicht stimmt«, sagte Yim. »Du warst so still.«

»Tut mir leid, ich wollte vor dem Essen nichts sagen. Mir geht so viel durch den Kopf, was diesen Tod angeht. Wieso gerade jetzt? Wieso heute, so kurz, nachdem Jan-Arne überfahren wurde? Ich habe noch nicht einmal den Kondolenzbesuch bei seiner Familie gemacht und muss nun schon den nächsten einplanen.«

»Er hat nach dir gefragt«, sagte meine Mutter.

»Wer?«

»Herr Asmus. Er hat heute angerufen, kurz nachdem du aufgebrochen ist. Ich habe gesagt, du seist zu ihm unterwegs. Ich konnte ja nicht ahnen, dass du lieber durchs Dickicht stapfst und dabei über Leichen stolperst. Ist schon das zweite Mal in deinem Leben. Vielleicht solltest du diese Freizeitbeschäftigung überdenken.«

»Das Verrückte an dem Ganzen ist«, sagte ich und überhörte die Spitzen meiner Mutter ganz bewusst, »dass Leiche Nummer zwei im früheren Haus von Leiche Nummer eins gelebt hat und, nur ein paar Steinwürfe entfernt, gestorben ist. Das sind mir entschieden zu viele Zufälle.«

»Wir müssen dir auch etwas beichten«, sagte Yim. »Auf dem Rückweg vom Gartencenter waren Renate und ich bei Frau Bolenda. Sie lebt in einem schäbigen Wohnmobil, und ein Papagei ist ihre einzige Gesellschaft.«

Ich ahnte sofort, dass der Besuch nicht seine Idee gewesen war. Ein Blick in seine Augen verschaffte mir Gewissheit. Detektivspielchen waren nicht Yims Sache, ihren Willen durchzusetzen hingegen war ganz Sache meiner Mutter.

»Ich dachte, es könnte ganz amüsant werden, der alten Dame auf den Zahn zu fühlen«, erklärte sie, während sie in den Erbsen auf ihrem Teller stocherte. »Konnte ich wissen, dass sie zum Scheißen ins Feld geht und überdies ein kleines Monster beherbergt? Erfahren haben wir auch so gut wie nichts. Außer einem Friseurtermin und einer tränenfeuchten Bluse ist nichts dabei herausgekommen.«

»Das würde ich so nicht sagen«, widersprach Yim. »Der Papagei kennt eure Namen, Doro. Deinen zum Beispiel und den von Jan-Arne.«

Wir sahen ihn alle an, als hätte er kambodschanisch gesprochen, und ich konnte mir ein Lachen nicht verkneifen.

»Lach nicht, das ist eine ernste Sache«, sagte er, was wiederum Ludwina und meine Mutter zum Lachen brachte.

»Tut mir leid, Schatz«, kicherte ich. »Aber du musst zugeben, dass das nicht gerade eine bedeutende Entdeckung ist: ein Papagei, der Wörter wiederholt.«

»Ich habe ihm auch meinen Namen genannt, auf den hat er nicht reagiert, obwohl er nun wirklich einfach auszusprechen ist. Annemie, Hanko, Pieter und Doro dagegen sind ihm aus dem Schnabel gekommen, als hätte er sie schon tausendmal gekrächzt. Diese Frau weiß ganz genau, wer ihr seid.«

Yim machte mich nachdenklich. Er berichtete auch von Frau Bolendas Aussage, wonach ihr Sohn in den Tagen vor seinem Tod von Sorgen geplagt worden war, ganz entgegen seinem Naturell.

Ich nickte. »Das bestätigt meine Annahme, dass die jüngsten Todesfälle etwas mit der Vergangenheit zu tun haben.«

Meine Mutter verdrehte die Augen. »Mein Gott, welcher Tod hat schon nichts mit der Vergangenheit zu tun?«

»Mit einem speziellen Zeitpunkt in der Vergangenheit«, erwiderte ich sachlich kühl.

»Und welcher Zeitpunkt wäre das, du allwissendes Orakel?«

»Meine letzten Ferien auf Fehmarn. Der Abend des Geheimnisspiels.«

Das Wort, das ich im Beisein meiner Mutter niemals hatte erwähnen wollen, stand nun mitten im Raum, wofür ich selbst dummerweise verantwortlich war. In der darauffolgenden Stille hätte ich mir am liebsten in den Finger gebissen.

Ich kam nicht umhin, kurz zu umreißen, worum es sich bei dem ominösen Geheimnisspiel handelte. Nur: So allgemein konnte ich gar nicht bleiben, als dass Ludwina und meine Mutter nicht sofort verstanden hätten, dass die Geheimnisse von mir und Annemie mit unseren Familien zu tun gehabt hatten. Wenn sie es meinem Gestammel nicht entnahmen, dann meinen roten Ohren, die ich immer dann bekomme, wenn mir etwas peinlich ist.

Natürlich nahm ich mir vor, die Antwort zu verweigern, sollte meine Mutter nach meinem Geheimnis fragen, und sie kannte mich so schlecht, dass sie die Wahrheit nicht erraten würde. Allerdings hatte sie sich nie für meine Ferien auf Fehmarn interessiert. Bei meiner Rückkehr hatte sie jedes Mal gefragt: »Und, wie war's?« Und ich hatte jedes Mal gesagt: »Gut.« Damit war das Thema dann erledigt.

Hauptsächlich war ich wegen Ludwina beunruhigt. Sie würde sich ganz gewiss bei mir nach Annemies Geheimnis erkundigen, und ich musste dann lügen und behaupten, dass ich es nicht kannte, weil die Botschaften auf den Zetteln anonym gewesen waren. Ja, das waren sie. Trotzdem wusste damals jeder von uns sofort, wer den Zettel verfasst hatte, den Jan-Arne aus dem Becher zog.

Ich sehe ihn noch vor mir in seiner verwaschenen Jeansjacke mit den runden Buttons, die er auf der Brust trug wie Generäle ihre Orden: gegen Atomkraft, gegen die Privatisierung von Wasserwerken, gegen George Bush und Helmut Kohl, gegen Gelatine in Gummibärchen … Zu der Zeit hatte er limettenfarbene Haare, zwei entzündete Ohrläppchen, weil er sich die Löcher selbst gestochen hatte, und immer ein Buch in der Gesäßtasche, aus dem er uns besonders kluge oder schöne Sätze vorlas.

Ich glaube, er war drauf und dran, zu Annemie zu blicken, als er das sechste Geheimnis des Abends enthüllte. Im letzten Moment besann er sich und sah niemanden an.

»MEINE MUTTER SCHLÄGT MEINEN VATER.«

Jeder wusste, dass es sich dabei um die Rötels handelte. Ludwinas Mann war ein hoffnungsloser Säufer, der weder charakterlich noch physisch fähig gewesen wäre, seine Frau zu verprügeln. Sie hingegen schon, und zwar beides. Da ihm der Hof gehörte, hatte ihre Macht Grenzen, und das brachte sie noch mehr auf die Palme. Sie nannte ihn ab und zu einen Penner und Schwächling, auch vor anderen Leuten.

Eines Nachts, als Ludwinas Mann mal wieder betrunken nach Hause kam, gab es ein Riesengezeter, und obwohl wir zur anderen Hofseite wohnten, bekamen wir jedes Wort mit. Sie drohte, ihn umzubringen, und irgendetwas ging zu Bruch.

Vor meinem Bruder und mir hatten meine Eltern nie darüber gesprochen, aber ich vermutete, die desolaten Familienverhältnisse waren der Grund, weshalb wir unseren Urlaub in den darauffolgenden Jahren nicht mehr auf dem Rötel-Hof verbrachten. Stattdessen wechselten wir in die Pension Asmus in Puttgarden, obwohl man zu uns immer sehr freundlich gewesen war.

»Wer ist denn auf die asoziale Idee gekommen?«, fragte meine Mutter, nachdem ich die Umschreibung des Geheimnisspiels beendet hatte.

»Was ist daran asozial?«, fragte ich.

»Alles.«

»Deine differenzierte Betrachtungsweise ist immer wieder beeindruckend.«

»Man fragt nicht nach den Geheimnissen anderer Leute.«

»Erstens waren wir Teenager, und zweitens sind wir damit nicht von Tür zu Tür gegangen.«

»Du hast meine Frage nicht beantwortet. Wer hatte die Idee?«

»Ich weiß es nicht mehr.«

»Du?«

»Ich weiß es nicht mehr.«

»Annemie vermutlich«, mutmaßte sie.

Ich hätte ihr gerne mit Verve widersprochen. Tatsächlich hatte ich damals denselben Verdacht gehabt. Dass Annemie unter den häuslichen Verhältnissen litt, war ihr anzumerken gewesen. Uns anderen war das Thema derart unangenehm, dass wir nie darüber sprachen, und vielleicht war dieser Zettel eine Art Hilfeschrei von ihr gewesen.

»Warum meine Annemie?«, fragte Ludwina. »Sie ist nicht asozial.«

»Das habe ich auch nicht behauptet, meine Beste«, erwiderte meine Mutter. »Sie war asozial. Sie muss asozial gewesen sein, denn sie hatte asoziale Eltern.«

»Ich weiß wirklich nicht, wer auf die Idee …«, sagte ich, doch es war zu spät. Die Züge rollten längst.

»Sie sagen, ich war asozial?«, rief Ludwina, stand auf und drückte die Fäuste auf die Tischplatte.

»Ja, und Sie sind es noch immer.«

»Das muss ich mir nicht anhören!«

»Da haben Sie Recht. Sie könnten stattdessen den Abwasch erledigen.«

»Ich mache das nicht länger mit«, gellte Ludwina.

Ich hielt es ernsthaft für möglich, dass sie im nächsten Moment die Tischplatte anhob und durch den halben Raum schleuderte. Umso erstaunlicher war die Seelenruhe, mit der meine Mutter sitzen blieb.

»Ich kann jederzeit gehen, ich kann Sie jederzeit verlassen«, drohte Ludwina.

»Das können Sie«, stimmte meine Mutter ihr zu. »Aber das würde nichts nützen. Sie kämen ja doch zurück. Niemand will Sie bei sich haben. Und für jede Bleibe, die nicht aus einem Pappkarton unter einer Brücke besteht, fehlt Ihnen das Geld. Sogar König Lear war besser dran als Sie, falls Sie überhaupt wissen, wer das war. Also, regen Sie sich ab. Gibt es denn heute keinen Nachtisch?«

»Wie niederträchtig Sie doch sind«, sagte Ludwina, und ich hätte an jenem Abend wenige Argumente gefunden, um meine Mutter zu verteidigen. Glücklicherweise verlangte das niemand.

»Niederträchtig? In welcher billig produzierten Vorabendserie haben Sie dieses Wort denn aufgeschnappt?«

Ludwina verließ uns, und eine halbe Minute lang war nur das Ticken der Standuhr zu hören, die mein Vater einst gekauft hatte.

»Ich räume dann mal ab«, sagte Yim, der sich aus dem Streit herausgehalten hatte – das Vernünftigste, was er tun konnte.

»Ist schon in Ordnung«, sagte er, als ich ihm helfen wollte. Er lächelte mich augenzwinkernd an, stapelte ein paar Teller übereinander und brachte sie in die Küche.

»Sieh bitte mal im Kühlschrank nach dem Nachtisch«, rief ihm meine Mutter nach.

Sie trank einen großen Schluck Weißwein, sah mich über den Glasrand hinweg an, und sagte: »Er ist recht patent, dein Gatte.«

Das war so ziemlich das Beste, was sie je über einen Mann geäußert hatte, mit dem ich zusammen war.

»Freut mich. Aber findest du nicht, wir sollten …? Was war das eben, Mama?«

»Ludwina? Die kann das ab. Drei Kinder, vier Enkelkinder, die zusammengenommen einen Löffel voll Liebe für sie haben. Einen Teelöffel voll, höchstens. Weißt du, was man sich über sie erzählt? Sie soll ihren Mann vor dreizehn Jahren vom Dach gestoßen haben. So ist der Rötel gestorben, bei einem Sturz vom Scheunendach. Mit null Komma null Promille im Blut, ausnahmsweise. Diese Frau ist eine Asoziale. Alle Rötels sind asozial, auch Annemie, man sieht es ihr nur nicht gleich an, glaub mir. Wenn du morgen ihren Mann kennenlernst, wirst du mich verstehen.«

»Mama, es geht jetzt nicht um die Rötels, sondern um dich. Wieso … wieso …?«

Ich war drauf und dran, sie zu fragen, warum sie so biestig war. Dabei wusste ich es längst. Sie war schwer gebeutelt worden vom Leben, und das gleich zweimal. Zuerst der Verlust ihres Sohnes, dann der ihres Mannes. Ich konnte sie gut verstehen. Doch während sich ihre Aggression seit fünfunddreißig Jahren gegen andere richtete, waren meine nach innen gerichtet gewesen. Damals hatte ich sogar mit dem Gedanken gespielt, mir das Leben zu nehmen. Die Phase war kurz gewesen und hatte sich von selbst aufgelöst, zumindest ohne mein aktives Zutun. Vielleicht hatte Tante Theas schlichte Fürsorge mich gerettet, vielleicht auch die Freundschaft zu Pieter oder meine Deutschlehrerin, die zu mir durchdrang. Zu meiner Mutter war niemand durchgedrungen, niemand fürsorglich gewesen. So etwas zuzulassen war auch gar nicht ihre Art.

Ich schluckte die Frage herunter, wobei sowohl Feigheit als auch Bequemlichkeit mit im Spiel waren.

»Wieso ich mit der Rötel zusammenlebe, wo ich sie doch nicht leiden kann, willst du wissen?«, fragte sie.

»Ja«, log ich, denn ich hatte schon vor fünf Jahren erkannt, dass Ludwina nur der Blitzableiter für die Frustration meiner Mutter war, und offen gestanden war mir das lieber, als wenn ich diese Stelle eingenommen hätte.

»Nun denn, ich kann sie durchaus leiden, wenigstens ein kleines bisschen. So schlimm ist sie gar nicht. Auf einer Skala von eins bis zehn, wobei zehn die Bestnote ist, kommt sie auf eine stattliche Drei.«

»Darauf lässt sich aufbauen.«

»Du sagst es, mein Kind. Und verglichen mit der grässlichen Alten in ihrem schiefen Wohnmobil, ist sie geradezu eine gute Partie. Außerdem mag sie keine Vögel, seit heute ist das ein echter Pluspunkt. Zurück zu deinem Problem mit Annemie.«

»Ich habe kein Problem mit Annemie.«

»Das solltest du aber. Sie ist asozial, und morgen triffst du dich mit ihr.«

»Ich finde, du verwendest diesen Begriff entschieden zu oft. Außerdem bin ich Gerichtsreporterin, ich treffe häufiger Mörder, Entführer und Mafiosi. Da werde ich die Begegnung mit einer Krankenschwester gerade noch bewältigen.«

»Sie ist ein Todesengel.«

»Ach, wirklich? Meinst du das im religiösen oder kriminalistischen Sinn?«

»Im kriminalistischen natürlich.«

»Man kann nicht einfach bei einem Glas Weißwein am Kaminfeuer solche schwerwiegenden Beschuldigungen aussprechen, nur weil man gerade nichts Besseres zu tun hat.«

»Es hört ja keiner zu, nicht mal du.«

Ich seufzte. »Hast du Beweise?«

»Bin ich Miss Marple?«

»Heute hast du dich offenbar dafür gehalten.«

»Und bereue es. Die Begegnung mit dieser Frau hat mich zutiefst erschüttert, und ich mag es nicht, erschüttert zu werden.«

»Aber du magst es, Leute zu beschuldigen.«

»Voilà. Es ist deine Aufgabe, Beweise zu sammeln. Deswegen bist du auf der Insel, oder nicht? Jedenfalls nicht meinetwegen. Sondern weil Jan-Arne wollte, dass du seine Recherchen fortführst.«

»Kein Mensch weiß, warum Jan-Arne meinen Namen geflüstert hat. Angeblich läuft bei Sterbenden vor dem geistigen Auge ein Film mit den eigenen Lebensstationen ab, und der ist zufällig bei mir hängen geblieben. Wäre doch möglich.«

»Jetzt wirst du aber sarkastisch, Doro.«

Damit traf sie ins Schwarze. Ich neige immer dann zu Sarkasmus, wenn ich mich bedrängt fühle. Falls ich wirklich glaubte, dass die Todesfälle von Jan-Arne, Maren und dem Bolenda zusammenhingen, dann war mein Name mit allen dreien verknüpft, wenn auch auf unterschiedliche Weise. Es gibt Schöneres, als festzustellen, dass man lauter Gemeinsamkeiten mit Ermordeten hat. Jahre zuvor hatten mich meine Recherchen zur sogenannten »Blutnacht von Hiddensee« sowie den Morden auf Usedom in äußerst brenzlige Situationen gebracht. Weder war ich ein Mensch, der adrenalingetränkte Stimulanzien in seinem Leben brauchte, noch war ich in irgendeiner Form abgehärtet, was Lebensgefahr anging. Die Folge war, dass ich Muffensausen hatte, ganz einfach.

Dummerweise hatte ich auch noch etwas anderes, eine Eigenschaft, die Journalistinnen gut ansteht, nämlich Neugier, sowie eine weitere, die Journalistinnen eher zum Nachteil gereicht, nämlich einen gewissen Hang zur Sentimentalität. Beides hielt mich auf Fehmarn fest.

»Als Krankenschwester«, sagte ich ruhig, »ist es ganz normal, dass Annemie mit Sterbenden zu tun hat. Auch dass sie einer Schwerkranken heilende Medizin zukommen ließ. Maren ist nicht an Gift gestorben, sondern bei einem Sturz aus dem Fenster.«

»Wenn du meinst«, seufzte meine Mutter und trank das Weißweinglas leer. »Ich halte sie weiterhin für suspekt, allein deshalb, weil sie mit einem Einser-Abitur Krankenschwester geworden ist. Und sag jetzt nicht, so etwas sei an der Tagesordnung.«

»Krankenschwester mit Einser-Abitur … Das musst du unbedingt der Polizei mitteilen, dann wird Annemie garantiert noch heute verhaftet.«

»Und dann wäre da noch der dritte Todesfall.«

Ich hob die Augenbrauen. »Annemie war noch ein Kind, als der Bolenda ermordet wurde.«

»Ich spreche nicht vom Bolenda, sondern von Hedwig Kohlengruber, der Mutter deines Freundes Pieter. Inzwischen weiß ich, was vor zwei Wochen passiert ist, ich habe mich umgehört. Sie hat plötzlich Bauchkrämpfe bekommen und wurde ins Krankenhaus gebracht, jenes Krankenhaus, in dem Annemie arbeitet und wo auch Jan-Arne starb. Einen Tag später war sie tot.«

»Wie oft soll ich dir das denn noch sagen, Mama? Viele Menschen sterben im Krankenhaus.«

»Ja, aber nicht viele Menschen bekommen, einen Tag bevor sie von Bauchkrämpfen geschüttelt werden, Besuch von Annemie Rötel.«

5

In der folgenden Nacht schlief ich wie ein Stein, kaum dass ich mich hingelegt hatte und noch bevor Yim ins Zimmer kam. Er unterhielt sich noch mit meiner Mutter, während ich in einem völlig verrückten Traum in einem Swimmingpool vor einem Alligator fliehen musste. Um den Pool herum standen Menschen, die mich anfeuerten, vielleicht aber auch den Alligator.

Am nächsten Morgen brauchte ich eine Stunde, um auf Touren zu kommen. Ludwinas Kaffee war unnatürlich stark, aber ich sagte nichts, sondern kippte die Hälfte des Gebräus in die Spüle, als sie nicht aufpasste. Nur Yim war mein Zeuge. Er trank den grünen Tee, den er sich am Vortag gekauft hatte, was ihn in Ludwinas Augen auf eine Stufe mit einem Kriegsverbrecher stellte.

»Wenn du willst, werde ich dir zur Flucht verhelfen«, sagte ich, als er mich zum Auto brachte. »Spring rein, und weg sind wir.«

Er schüttelte den Kopf. »Ich würde dich nur stören.«

»Das stimmt nicht.«

»Außerdem habe ich versprochen, die Gartenbank zu streichen.«

»Soso. Und danach den Zaun, das Rosenspalier, die Gartenzwerge …«

Er lachte. »Jetzt fahr schon los. Und bleib am besten auf der Straße, sonst stößt du wieder auf wer weiß was.«

»Geht klar. Ich hoffe, ich finde die Straße.«

Mein direkter Weg führte mich nach Puttgarden. Das Haus des Ehepaars Asmus war vielleicht das schönste im Ort, ganz sicher aber das größte. Eine breite Front roter Klinker, blaue Sprossenfenster, vierzehn auf jeder Seite, je sieben oben und unten. Davor erstreckte sich ein sattgrüner Rasen, der von Rhododendron, Sommerflieder und anderen blühfreudigen Büschen eingerahmt wurde. Mehrere Kinder tollten herum, begleitet von zwei schwanzwedelnden Terriern.

Über der vor mir liegenden Begegnung schwebte eine beiderseitige Bedrückung. Als wir uns das letzte Mal gesehen hatten – an die siebenunddreißig Jahre war das her –, waren mein Bruder und mein Vater noch am Leben. In den Jahren nach deren Tod hatte ich es vermieden, dem Ehepaar Asmus unter die Augen zu treten, wenn ich die Sommerferien auf Fehmarn verbrachte. Vermutlich hatte ich einfach die Nase voll von den Tröstungsversuchen der Erwachsenen, die nicht müde wurden, bei jeder Gelegenheit die arme Halbwaise zu bedauern, und die natürlich erwarteten, dass ich mit Trauermiene herumlief. Jan-Arne war da unkomplizierter. Als er hörte, dass ich bei Tante Thea wohnte, kam er vorbei, klopfte mir auf die Schulter und sagte: »Hey, tut mir leid das alles.« Dann ging er mit mir zum Strand, wo wir badeten.

Ich weiß nicht mehr, wie ich es anstellte, aber es gelang mir, Jan-Arnes Eltern all die Jahre zu meiden. Irgendwie erinnerten sie mich an meinen Vater, der mit Herrn Asmus regelmäßig rüber nach Marienleuchte zum Angeln gegangen war, und an Benny, an dem Frau Asmus einen Narren gefressen und den sie verhätschelt hatte wie einen Lieblingsenkel. Vermutlich baten sie Jan-Arne, mich doch mal mitzubringen, aber er sorgte dafür, dass wir uns nur dann bei ihm zu Hause aufhielten, wenn die beiden ganz sicher nicht da waren.

Jan-Arne – keinen einzigen Tag war ich in ihn verknallt gewesen, aber er hatte mir imponiert. Nicht etwa weil er der Che Guevara von Fehmarn war, sondern weil er einen inneren Kompass zu haben schien. Bei seinen Reportagen aus Kriegs- und Krisengebieten berichtete er nicht nur vom unvermeidlichen Schlachtgetümmel, sondern legte auch großen Wert auf die Porträts der Notleidenden. Ich behaupte mal, dass ihn und mich dieselbe Faszination verband, und zwar für Menschen in all ihren schillernden und trüben Farben, und dass uns diese Faszination an zwei unterschiedliche Stellen unseres Berufs geführt hatte.

Optisch hatte sich das Ehepaar Asmus auf den ersten Blick kaum verändert. Sein Rauschebart und ihre kuppelartige Steckfrisur waren sozusagen ihre Markenzeichen. Die Begrüßung war weder überschwänglich noch kühl, sondern kultiviert und von forschenden Blicken begleitet. Zumindest Frau Asmus meinte ich anzumerken, wie unwohl ihr bei dem Gedanken war, dass Jan-Arne ausgerechnet meinen Namen vor seinem Tod geflüstert hatte. Ich konnte ihr das nicht übelnehmen. Gerne hätte ich die Erinnerung an ihren Sohn wieder aufleben lassen und etwas Positives über ihn erzählt, aber ich spürte, dass ich mit Zurückhaltung besser beraten wäre. Daher beließ ich es bei der für Kondolenzbesuche üblichen Konversation, untermalt von Mimik und Gestik.

Herr Asmus gab sich sachlich. Ohne seine Frau führte er mich in Jan-Arnes Wohnung, einst die kleinere der beiden Ferienwohnungen, die man rollstuhlgerecht für ihn umgebaut hatte. Alles war sehr hübsch, hell und freundlich. Die Terrasse war von Rosenbüschen und niedrigen Kiefern umgeben, die vor Blicken schützten.

»Da hat er oft gesessen«, sagte Herr Asmus. »Aber die meiste Zeit vor dem Computer.«

Er deutete auf die offen stehende Tür zum Büro und ging voran.

Kaum betrat ich den Raum, blieb ich wie elektrisiert stehen. Eine riesige Schautafel hing an der Wand, sie reichte von knapp über dem Boden bis auf etwa einen Meter fünfzig, war vier Meter lang und voll mit Fotos, Zeitungsberichten, Linien, Kreisen, Kritzeleien … Wüsste ich es nicht besser, würde ich sagen, Jan-Arne hatte an einem monumentalen Jahrhundertroman geschrieben. Allein die Größenordnung brachte mich zum Staunen, und in den ersten Sekunden nahm ich nichts weiter wahr. Dann schärfte sich mein Blick, fokussierte sich auf einzelne Bereiche.

Zunächst einmal bemerkte ich die Bilder von mir, drei insgesamt, an verschiedenen Stellen der Tafel. Es waren Fotos von mir als Kind und als Erwachsene, letztere aus Magazinen ausgeschnitten, in denen ich meine Gerichtsreportagen veröffentlichte. Doch je länger ich auf das gigantische Schaubild blickte, umso mehr bekannte Gesichter traten aus dem Wirrwarr hervor: Maren, Annemie, Hanko, Poppy, Lutz, Pieter, deren Eltern, der Bolenda … Doch es waren auch einige fremde Gesichter von Frauen und Männern darunter.

Herr Asmus sprach mich an und riss mich aus meinen Gedanken.

»Dort drüben auf dem Schreibtisch«, sagte er, »liegt eine Mappe mit Unterlagen. Bitte sieh alles in Ruhe durch. Nimm dir so viel Zeit, wie du brauchst. Du findest mich auf der Terrasse, wenn du Fragen hast.« Damit ließ er mich allein.

Als ich die Mappe öffnete und das erste Papier in Augenschein nahm, verspürte ich das typische Herzklopfen, das man beim Erforschen eines Geheimnisses empfindet, sowie eine fast kindliche Entdeckerfreude. Zugleich waren da aber auch die Trauer um einen Jugendfreund und Kollegen, dessen Vermächtnis in meinen Händen lag, sowie die mir übertragene Verantwortung und die Furcht, mir könnte etwas Ähnliches passieren. Mehrmals musste ich innehalten. Der Frieden des Zimmers, der durch die Fenster flutende Sonnenschein und der Gesang einer Amsel standen im dramatischen Gegensatz zu der Gewalt, die mir aus den Akten entgegenschlug. Und war es keine Gewalt, dann Irritation.

Der Stapel umfasste etwa sechzig bis siebzig Dokumente, von Zeitungsausschnitten über Kopien behördlicher Akten bis hin zu gerichtlichen Dokumenten wie beispielsweise Zeugenaussagen, dazu Gesprächsnotizen von Jan-Arne, Namenslisten, Querverweise … Was das angeht, arbeite ich oft genauso. Aus den verschiedensten Quellen setzt man ein Bild zusammen.

Nur konnte der vor mir liegende Fall, dem Jan-Arne nachgegangen war, nicht als vor mir liegender Fall bezeichnet werden. Es waren vielmehr verschiedene Fälle. Wenn ich es grob überschlug, hatte er zuletzt an drei Themenkomplexen gleichzeitig gearbeitet. Und das zugrundeliegende Ordnungsprinzip war entweder äußerst eigenwillig oder schlicht nicht vorhanden, wobei ich auf Letzteres tippte. Kurz: Alles war durcheinander.

Zum einen ging es um zwei Morde an Prostituierten im Hamburger Milieu. Die Frauen waren alle beide von hinten erstochen worden.

Der zweite Fall betraf ein tragisches Ereignis im späten April 1988, bei dem eine Frau mittleren Alters und ihr siebzehnjähriger Sohn ums Leben kamen, als ein von einer Autobahnbrücke gestoßener Steinbrocken die Frontscheibe ihres PKW durchschlug. Sie kamen daraufhin von der Fahrbahn ab und wurden von einem Lastwagen erfasst, der sie vierzig Meter weit mitschleifte.

Drittens hatte sich Jan-Arne mit der Ermordung des Bolenda im Jahr 1991 befasst, aber man konnte nicht sagen, dass dieses Thema seine Recherchen dominiert hätte. Die drei Fälle waren, was die Menge des zusammengetragenen Materials anging, einigermaßen ausgewogen, vielleicht mit einem leichten Schwerpunkt auf den Prostituiertenmorden.

Ich war ein wenig enttäuscht. Man hatte mir suggeriert, Jan-Arne habe intensiv über André Bolenda recherchiert, und nun stellte ich fest, dass er sich die verschiedensten Verbrechen vorgenommen hatte. Deren einzige Gemeinsamkeiten schienen darin zu bestehen, dass sie nie gelöst worden waren und in einem Radius von einhundert Kilometern stattgefunden hatten. Was hatte ein dreiunddreißig Jahre zurückliegender Steinwurf mit einem im Jahr 2019 erdrosselten Callgirl zu tun? Und wie hing der Mord an dem Inselvagabunden von Fehmarn damit zusammen?

Was den Bolenda betraf, hatte ich einen persönlichen Bezug zu dem Fall. Der Rest war mir fremd, und es juckte mich nicht sonderlich in den Fingern, in die Recherchen einzusteigen. Irgendeine Erleuchtung erhoffte ich mir von dem Schaubild, musste aber feststellen, dass die Akten im Vergleich zu dem, was mich von der Wand anstarrte, geradezu übersichtlich sortiert waren. Selbst nach zehnminütiger Betrachtung erkannte ich keine Struktur. Auf mich wirkte das alles wie der verzweifelte Zeitvertreib eines Mannes, der bei Tempo zweihundert ausgebremst worden war, daraufhin nach einem neuen Kick suchte und schließlich ein zweites Mal daran gehindert wurde, diesmal endgültig.

Jan-Arne war tot, und ich würde niemals herausfinden, warum er getötet worden war und von wem. Das war mein Gefühl, als ich mir die letzten, in eine farbige Plastikhülle gequetschten, Unterlagen vornahm.

Überrascht starrte ich auf mein Profil. So stand es da: *Profil Doro*. Dazu ein digitales Foto von mir, das gleiche, das auch an der Schautafel hing.

Verliert als Kind ihren drei Jahre älteren Bruder, der von einem Sexualmörder umgebracht wird.

Ihr Vater nimmt sich ein Jahr später das Leben.

Wird von ihrer Mutter in den Ferien nach Fehmarn zu einer Verwandten geschickt. Doro spricht nie von ihrer Mutter. Auch nicht von ihrem Vater und dem toten Bruder. Oder von Freundinnen zu Hause. Hat sie überhaupt welche?

Sie sucht (fast schon krampfhaft) Kontakt zu Fehmarner Kindern, von denen sie weiß, dass sie sie in wenigen Wochen für ein Jahr nicht mehr sehen wird. (Selbstbestrafung?!)

Sie will uns gefallen, es jedem von uns recht machen. Dabei sind wir total verschieden. In Gesprächen verzichtet sie auf eine eigene Meinung, um bloß nicht anzuecken. (Minderwertigkeitskomplexe?)

Als Gerichtsreporterin schreibt sie über Tod und Gewalt.

Keine bekannten Kontakte nach Fehmarn, obwohl ihre Mutter hier lebt. Letzter bestätigter Besuch vor fünf Jahren.

Hat für den Mord an F. O. ein Alibi.

Ich glaube, wenige Menschen haben das zweifelhafte Vergnügen, ein Dossier über sich selbst zu lesen. Es gleicht einem Blick in den Spiegel, nachdem man eine Nacht durchgezecht hat. Man kommt gut ohne diese Erfahrung zurecht.

Ich ließ das Gelesene einige Minuten sacken. Danach war es nicht besser. Selbstbestrafung, Minderwertigkeitskomplexe, Beliebigkeit – Jan-Arnes mehr oder weniger deutlich erhobenen Vorwürfe landeten direkt in meiner Magengrube.

Natürlich, alles war subjektiv, so hatte er mich wahrgenommen. Aber nur weil mir seine Rückschlüsse nicht gefielen, waren die Beobachtungen, die zu ihnen geführt hatten, nicht grundsätzlich falsch.

Ich wandte mich dem letzten Satz zu: Jan-Arne hatte mich offenbar wie eine Verdächtige durchleuchtet. Wer war F. O.? Ich ging die Akten noch einmal durch und stieß auf Fee Osander, die erste der beiden ermordeten Prostituierten. Das Verbrechen geschah am 4. September 2019 gegen einundzwanzig Uhr, und mein elektronischer Kalender sagte unter Eid aus, dass ich an jenem Abend in einer Live-Talkshow des RBB zu Gast gewesen war.

Jan-Arne hatte gründlich recherchiert und mich als Täterin ausgeschlossen. Wie nett von ihm. Dieses Glück hatten sicherlich nicht alle, immerhin gab es Dossiers von jedem von uns: Annemie Rötel, Pieter Kohlengruber …

Ich steckte die Unterlagen zurück in die Hülle und versuchte zu begreifen, was es bedeuten würde, dort weiterzumachen, wo Jan-Arne aufgehört hatte. Denn mit dieser Absicht hatte mich Herr Asmus eingeweiht, so viel war klar.

Ich blieb noch etwa eine halbe Stunde in dem Zimmer sitzen, in dem mein Jugendfreund sein letztes Lebensjahr verbracht hatte. Dann erst stand ich auf.

Vielleicht weil ich mit mir selbst und dem toten Jugendfreund beschäftigt war, bog ich im Flur falsch ab und stand plötzlich vor Jan-Arnes altem Zimmer. Die Tür war offen, und ich erkannte quer über dem Bett die Friedensflagge, die er manchmal als Schal getragen hatte. Gleich daneben das Poster der amerikanischen Band Supertramp, deren Fan er geworden war, als sie ihren Zenit schon überschritten hatte. Erst im zweiten Moment bemerkte ich Frau Asmus, die auf einem Schemel saß. Sie stand auf und schlug mir wortlos die Tür vor der Nase zu.

Wie angekündigt wartete Herr Asmus auf der Terrasse auf mich. Er saß unter einer blau-weiß gestreiften Markise und las in einem Klassiker, was ich dem schweren Einband entnahm. Auf dem Tisch standen eine Flasche Rosé im Eiskühler und stilles Wasser. Der weiträumige Garten für die Feriengäste ging, wie damals schon, zur entgegengesetzten Seite, nach Südosten. Die Nordwestseite war privat. Vier Fünftel des Gartens waren von blauen und rosafarbenen Hibiskusbüschen beherrscht, zwischen denen Steinplatten zu einem Kräuterbeet führten. Ein paar Begonien in Steinkübeln rundeten das Bild ab.

Er bot mir einen Platz auf dem Sessel seiner Frau an. Natürlich erwähnte ich den Vorfall mit ihr nicht.

»Bitte bring zu Ende, was Jan-Arne angefangen hat«, sagte er erwartungsgemäß.

»Sie kennen mich im Grunde doch gar nicht, Herr Asmus.«

»Mein Sohn hat große Stücke auf dich gehalten.«

»Weil er im Krankenhaus meinen Namen geflüstert hat? Das kann tausend Gründe haben«, erwiderte ich.

Er klappte das Buch zu und legte es auf den Tisch. Es war ein früher Roman von Heinrich Böll. Ohne mich zu fragen, schenkte er Wein und Wasser in zwei Gläser, die er mir zuschob.

»Mein Sohn und ich, wir haben uns nicht gut verstanden«, setzte Herr Asmus das Gespräch an einem ganz anderen Punkt fort. »Im Sinne von einander verstehen. Gestritten haben wir nicht.« Er wählte seine Worte, wie Floristen ihre Blumen in opulente Sträuße stecken.

»Vom Wesen her waren wir grundverschieden. Ich lese viel. Jan-Arne konnte nicht stillsitzen, er war immer am Rotieren, am Arbeiten, Tüfteln, Weltverbessern. Vor allem war er ehrgeizig. Alles, was ich nie war. Dreißig Jahre Grundschullehrer, meine Ehe und Vaterschaft, das Haus, die Ferienwohnungen … all das war mir Aufregung genug. Nachdem er Journalist geworden und fortgegangen war, sprachen wir manchmal ein ganzes Jahr lang nicht. Mit seiner Mutter telefonierte er dann und wann und ließ mir Grüße ausrichten. Ganz selten kam er nach Hause, manchmal nur für eine Nacht. Wenn ich die Zeit zusammenrechne, die er von seinem zwanzigsten bis zu seinem dreiundvierzigsten Lebensjahr hier war, komme ich vielleicht auf zwei Wochen.«

Er setzte die Lesebrille ab, legte sie auf das Buch und rieb sich die Nasenwurzel mit gesenktem Kopf. Als er wieder aufblickte, glänzten seine Augen.

»Nach seiner Verletzung in Mali, als klar war, dass er nie wieder würde gehen können, ist er zurückgekommen. Auf die Insel wohlgemerkt, nicht zu uns. Er wollte es allein versuchen. Am Anfang war er auf eine beinahe unnatürliche Weise euphorisch. Schnell fand er eine passende Wohnung, und er betätigte sich karitativ. Geld hatte er genug. Es war klar, dass er es uns zeigen wollte, vor allem mir, so als wollte er sagen: Ich brauche dich nicht, ich werde mich nicht mit einem Stuhl in die Ecke setzen und meine zweite Lebenshälfte lesend verbringen.«

Herr Asmus begann zu weinen, still, ohne einen Schluchzer oder dass man es seinen Worten anhörte. Verlegen starrte ich auf die Tischplatte.

»Das ist zwei, drei Monate gut gegangen. Dann fiel er in ein dunkles Loch. Ich kann über diese Zeit wenig berichten, weil er meine Frau und mich völlig ausschloss und jeden Versuch, ihm physisch oder psychisch unter die Arme zu greifen, als Angriff verstand. Wir waren ratlos und hofften, das sei nur eine Phase. Also zogen wir uns zurück. Ein paar Telefonate, das war alles. Als wir ihn ein halbes Jahr später gegen seinen Willen besuchten, erkannten wir ihn kaum wieder.

Unser Sohn war ein Wrack, in jeder Hinsicht. Ein einziges Mal setzte ich mich gegen ihn durch, und wir holten ihn zu uns.« Er sah mich unmittelbar an. »Du trinkst ja gar nichts. Der Rosé ist gut.«

»Ich muss noch fahren.«

»Ein Schluck wird dich schon nicht gegen einen Baum fahren lassen.« Er seufzte auf. Zu spät hatte er sich daran erinnert, dass mein Vater gegen eine Wand gerast war. »Es ... tut mir leid.«

»Schon gut.«

Ich fand es seltsam, in dieser Phase des Gesprächs mit ihm anzustoßen, trotzdem tat ich es, als er das Glas hob. Während er trank, wischte er sich mit dem Ärmel die Tränen weg. Unvermittelt lächelte er. »Ich sagte zu Jan-Arne: ›Tu, wonach dir ist. Vergiss mal den Rollstuhl, was würdest du denn am liebsten machen?‹ So kam es, dass er wieder in seinem Job arbeitete, wenn auch in einem ganz anderen Bereich als früher und ohne Bezahlung, sondern auf eigene Rechnung. Immerhin ... Er suchte sich ein Geheimnis, das er lüften wollte. Dann stieß er auf den Fall Bolenda.«

»Und noch ein paar andere«, warf ich ein. Sosehr mich die Geschichte von Jan-Arnes Krise, und wie er sie überwunden hatte, berührte, so sehr fürchtete ich die Erwartungen meines Gegenübers. Denn es ging Herrn Asmus ja nicht nur darum, dass jemand Jan-Arnes angefangene Arbeit zu Ende brachte. Er war vielmehr dabei, mich gewissermaßen zur Testamentsvollstreckerin zu ernennen. Das war mir an sich schon zu viel Verantwortung. Und was, wenn ich scheiterte?

»Mir hat er nur vom Bolenda erzählt«, sagte Herr Asmus.

»Ich will ganz offen zu Ihnen sein. Sehen Sie, ich bin nur für ein paar Tage hier. Jan-Arne dagegen hat ein Jahr lang recherchiert und ist zu keinem erkennbaren Resultat gekommen.«

»Aber er war nahe dran.«

»Vermutlich hat man ihn deswegen umgebracht«, entgegnete ich und blickte Herrn Asmus mit kaum verhüllter Schärfe an, da er den Aspekt meiner persönlichen Sicherheit offenbar absichtlich unterschlug. »Wer einmal getötet, wer einmal diese moralische und emotionale Grenze überschritten hat, der befindet sich in einer anderen geistigen Welt, in der andere Maßstäbe gelten. Ein zweiter oder dritter Mord ist dann oft kein Problem mehr.«

Was ich bei meiner Erläuterung pietätvoll wegließ, war die Tatsache, dass die Brutalität, mit der Jan-Arne ermordet worden war, auf Raserei schließen ließ. Der Mörder war nicht überlegt vorgegangen, sonst hätte er sein Opfer auf andere Weise abschließend umgebracht. Stattdessen hatte er den Tatort mit dem mehrfach überrollten Jan-Arne voreilig verlassen. Damit war die vom Mörder angewandte Tötungsart geradezu dilettantisch gewählt, da viel zu unsicher. Da war jemand in Panik geraten, entweder schon vor dem Verbrechen oder währenddessen. Nur passte das nicht zu einem geplanten Mord, von dem auszugehen war. Jemand hatte sich von Jan-Arnes Recherchen bedroht gefühlt.

»Das ist ein Fall für die Polizei«, stellte ich nüchtern fest.

»Die Polizei glaubt fälschlicherweise, dass Jan-Arnes Tod mit Drogen zu tun hat, weil er eine Ecstasy in der Jackentasche hatte.«

»Auch das noch«, stöhnte ich.

»Alles gelogen, mein Sohn war nicht süchtig, und mit Drogen gehandelt hat er auch nicht.«

»Sein Tod passt aber zum Milieu. So bringt man dort Leute um, die aus der Reihe tanzen.«

»Jetzt wirst du unverschämt, Doro. Und, was noch schlimmer ist, herablassend.«

Freiwillig griff ich zu dem Glas und ließ den Rosé langsam die Kehle hinuntergleiten, um Zeit zu gewinnen und nicht noch etwas zu sagen, das ich später bereuen würde. Leider half es nur eingeschränkt.

»Wenn Jan-Arne Recht hatte, sind sein Mörder und der vom Bolenda identisch. Erwarten Sie im Ernst von mir, dass ich mich an die Fersen eines zweifachen Killers hefte? Wieso beauftragen Sie nicht eine Privatdetektei damit?«

»Das kostet mich vielleicht ein Vermögen«, sagte er.

»Mich kostet es vielleicht das Leben.«

Er hob die Hände. »So viel Geld habe ich nicht.«

»Genauso wenig habe ich zwei Ersatzleben im Koffer.«

»Jan-Arne und meine Frau haben sich nicht in dir getäuscht«, sagte er und zog eine Miene, als wolle er mir die Getränke wieder wegnehmen und stattdessen auf die Hose schütten.

»Wie meinen Sie das?«

»Jan-Arne hat mit dem Gedanken gespielt, dich in seine Ermittlungen einzubeziehen. Meine Frau war dagegen, aber sie hatte nur wenig mehr Einfluss auf ihn als ich. Letztendlich hat er sich am Ende selbst dagegen entschieden, und jetzt ist mir auch klar, warum. Auf dich ist einfach kein Verlass. War es noch nie.«

An diesem Punkt verließ ich die Spirale. Zum einen, weil Herr Asmus ein trauernder Vater war, dem man die heftigen Emotionen zugestehen musste. Zum anderen, weil die ferne Vergangenheit in die Diskussion einzubrechen drohte, wo sie definitiv nichts zu suchen hatte. Und zum dritten, weil ich bei diesem zunehmend hitzigen Disput nur verlieren konnte, und zwar nicht, weil mir die Argumente ausgingen, sondern gerade weil ich noch den ganzen Köcher voll hatte.

Jan-Arne hatte mich gewiss nicht wegen meiner angeblichen Unzuverlässigkeit außen vor gelassen, und ich konnte das deshalb so gut beurteilen, weil ich mich gut in ihn hineinzuversetzen verstand. Warum also lange herumreden? Kurzum, diese Ermittlungen waren seine ureigene Schatzkiste, die er mit niemandem teilen wollte, solange es für den Erfolg nicht unbedingt nötig war. Ich hatte das selbst schon ein halbes Dutzend Mal durchgemacht. Man möchte niemand dabeihaben. Es Eifersucht zu nennen greift zu kurz. Auch Stolz trifft es nicht. Man will es nicht so sehr den anderen, sondern eher sich selbst beweisen. Bei den alten Hasen, die sich in Selbstsicherheit sonnen, lässt dieses Gefühl irgendwann nach, aber auf dem Gebiet der Kriminalreportage war Jan-Arne noch jung und somit hungrig gewesen, während ich schon mehr als etabliert war. Er hatte mir nichts vom Kuchen abgeben wollen, so einfach und nachvollziehbar war das.

Ich war mir ganz sicher, dass es sich so verhielt. Allerdings musste ich zugeben, dass er noch einen weiteren Grund gehabt haben könnte, mir skeptisch gegenüberzustehen. Was, wenn ich seine mühsam zusammengebastelte Theorie zerpflückt hätte? Wir waren fast noch Kinder gewesen, vierzehn, fünfzehn Jahre alt, nirgendwo auch nur der kleinste Schatten eines Motivs. Keiner aus der Clique hatte sich in meiner Gegenwart jemals abfällig über den Bolenda geäußert. Er war irgendwie lächerlich und eigenartig gewesen, ein kurioses Phänomen, das war alles.

Wäre da nicht dieser Zettel beim Geheimnisspiel gewesen: »ICH WEISS, WER DEN BOLENDA GETÖTET HAT.«

Reine Prahlerei? Oder ernst gemeint?

Herr Asmus und ich schwiegen uns nach seiner gallenbitteren Behauptung über meine Verlässlichkeit etwa eine halbe Minute lang an. Er besaß nicht die Konsequenz, mich rauszuwerfen, und ich nicht die Konsequenz, mich im Unfrieden zu verabschieden. So bohrten wir mit unseren Blicken Löcher, er in die Hortensienbüsche, ich in meinen Oberschenkel.

In diesen Sekunden spürte ich instinktiv, dass ich, sollte ich diesen »Auftrag« ablehnen, auch bei anderen Fällen in Versuchung kommen würde, sie abzulehnen oder ihnen nur halbherzig nachzugehen. War ich es nicht meinem Kollegen Jan-Arne und irgendwo auch mir selbst schuldig, meinen Job zu tun – jenen Job, den ich mir vor Jahren mit Überzeugung ausgesucht hatte? Damit meine ich jetzt nicht den Beruf der Journalistin oder die Gerichtsreportagen. Ich hatte in den letzten Jahren auf Hiddensee, auf Usedom und in drei, vier weiteren Kriminalfällen investigativ ermittelt. Plötzlich stand mir das Bild eines vor einem Hindernis scheuenden Pferdes vor Augen, und solche Pferde enden bekanntlich bald als Ackergaul.

Manche Menschen stoßen, wenn sie graben, auf einen Schatz, andere stattdessen auf eine Leiche. Ich war eher der Leichentyp – und seltsamerweise zog ich das auch vor.

»Also gut, ich kann mir die Unterlagen ja noch einmal genauer ansehen«, gab ich nach.

Herr Asmus versuchte erst gar nicht, den Beleidigten zu spielen. Er knipste seinen Groll wie eine Nachttischlampe aus, sprudelte ein paar Floskeln hervor, von wegen er habe es ja immer gewusst, und schob mir den Stapel Akten mit einer Attitüde über den Tisch, als sei er gerade einen Ladenhüter losgeworden.

In diesem Moment wurde ich wütend auf ihn. Nicht weil er mir etwas aufbürdete, das hätte ich mit einem entschiedenen Nein verhindern können. Ich war vielmehr sauer auf ihn, weil er nicht um seinen Sohn kämpfte. Er sagte nicht: »Ich helfe dir, wo ich kann, und fahre mit dir herum. Ich stehe an deiner Seite, setze mich derselben Gefahr aus.« Nein, es kam mir vor, als würde er die Akten in eine Abfalltonne werfen und den Deckel zuklappen, in der Gewissheit, dass die Müllabfuhr sie auf Nimmerwiedersehen wegschaffte. Und das war gewiss nicht das erste Mal, sondern die Regel. Er war nie neugierig oder stolz auf das gewesen, was Jan-Arne bewerkstelligt und erreicht hatte, da war ich mir ziemlich sicher. Natürlich hatte er seinen Sohn geliebt, aber der Rest war ihm zu anstrengend. Statt sich für das Leben seines einzigen Kindes zu interessieren, drückte er Jan-Arne lieber den Stempel des Adrenalinjunkies und Weltverbesserers auf, mit dem er weder mithalten konnte noch wollte. So war es jetzt wieder. Er schickte mich los, um bei Böll und Begonien abzuwarten, was mit dem Erbe seines Sohnes passierte.

»Ihre Frau wirkt wenig begeistert von der Idee, dass ich Jan-Arnes Arbeit fortführe«, sagte ich.

Frei heraus antwortete er: »Sie kann dich nicht leiden. Wegen damals, du verstehst? Deinen Bruder hat sie wirklich sehr gemocht, und dass du uns nach seinem Tod so auffällig gemieden hast, hat sie dir nie verziehen. Meine Frau ist äußerst nachtragend, weißt du? Sie vergisst nichts. Ich meine das vor allem bildlich. Sie kann dir heute noch ein paar hundert Anekdoten über Benny erzählen, so detailliert, als wären sie vor einer Stunde passiert. Sie war tieftraurig, als er starb.«

Ich nickte und leerte, gegen jede Vernunft, das Glas Rosé. »Das waren wir alle«, log ich.

Von Puttgarden fuhr ich nur wenige Minuten nach Marienleuchte, wo ich das Auto parkte und zum Strand ging. Ich suchte die Stelle, an der mein Vater einst mit Herrn Asmus zu angeln pflegte, aber kaum hatte ich sie gefunden, blieb ich nicht dort, sondern wandte mich fröstelnd nach Süden, um der Sonne entgegenzuspazieren. Sie wärmte wunderbar, ich konnte nach einigen Minuten sogar die leichte Jacke ausziehen, obwohl mir der Wind in den Nacken pfiff. Die grobkiesige Küste ging bald in den Naturstrand über, den ich nie hatte leiden können, weil irgendein noch so feiner Kieselstein einem immer in den Rücken drückte, sobald man auf der Decke lag. Für den kleinen Macho Benny war das Ansporn genug, den Naturstrand zu lieben, und so verbrachten wir den einen Nachmittag dort und den nächsten ein Stück weiter, wo Sand und Dünengras nicht nur den Rücken, sondern auch das Auge erfreuten.

Obwohl die Pfingstferien vorüber waren und die Sommerferien noch nicht begonnen hatten, war es schon recht belebt.

Eine halbe Stunde lang gefiel es mir, die spielenden Kinder zu beobachten, die Lesenden, die Schlummernden, die wenigen Badenden. Das Wasser schien nicht gerade Badewannentemperatur zu haben, wie ich den prustenden Lauten der Mutigen entnahm. Benny war immer unerschrocken in die Fluten gesprungen. Er hatte sich auf Fehmarn über nichts beschwert, außer wenn meine Eltern ihn von einem seiner Wagnisse abhielten. Ich hingegen war kompliziert. Das Wasser war mir zu kalt, das Essen zu heiß, die Ponys waren zu groß, die Fahrräder zu alt … Und doch war ich glücklich gewesen in diesen Ferien mit der Familie. Seltsam, nicht? Instinktiv hatte ich wohl begriffen, wie gut es mir eigentlich ging.

Nach einer Weile, als ich bereits auf den Ort Presen zuging und ich bald allein war mit den Schafen und ihren Lämmern, die den Deich abgrasten, drehten sich meine Gedanken wieder um die Gegenwart. Da hatte ich mir etwas aufgehalst. Ich hatte etwas versprochen, zumindest so gut wie, und mein Pflichtgefühl verdonnerte mich zum Handeln. Doch der Klumpen in meinem Bauch hatte weniger mit der Gefahr zu tun, der ich mich aussetzte, als mit jenen, von denen diese Gefahr ausging.

Was Jan-Arnes Recherchen anging, gab es zwei Möglichkeiten. Entweder hatte er falschgelegen mit der Annahme, dass die über fast vierzig Jahre verstreuten Taten zusammenhingen, oder nicht. War Letzteres der Fall, konnte ich gleich die weiße Fahne hissen, denn mein Beweggrund, mich der Sache anzunehmen, und meine Erfolgsaussichten wären hinfällig.

Demnach musste ich davon ausgehen, dass Jan-Arne richtiggelegen hatte. Der oder die Täter waren identisch, die Verbrechen folgten einem blutroten Faden. Wenn ich dann auch noch ernst nahm, dass Jan-Arne laut Annemie kurz vor seinem Tod das Geheimnisspiel erwähnt hatte, landete ich bei meinen Jugendfreunden als Verdächtige. Das war schon ein Hammer. Vor allem unsere Jugend. Im Jahr 1988, als der von der Autobahnbrücke geworfene Stein zum Tod von zwei Menschen führte, waren die Ältesten von uns, Hanko und Lutz, dreizehn Jahre alt, und die Jüngsten, Maren und Annemie, gerade mal zehn. Natürlich kam es vor, dass Jugendliche aus Dummheit und Übermut und manchmal auch unter Alkoholeinfluss Steine von Brücken warfen. Aber drei Jahre später war der Bolenda ertränkt worden, und das war, gelinde gesagt, noch einmal eine ganz andere Nummer. Das war ein eiskalter, geplanter Mord gewesen.

Von einem Vierzehn- bis Sechzehnjährigen? Wirklich? Ich hatte große Mühe, mir das vorzustellen. Allerdings könnte Jan-Arnes Erwähnung des Geheimnisspiels auch nur mit dem Zettel zu tun haben, den einer von uns damals geschrieben hatte. Jemand, der behauptete, den Mörder Bolendas zu kennen. Der Mörder könnte also auch ein Erwachsener gewesen sein, zum Beispiel einer von den Eltern oder älteren Geschwistern. Wenn ich den Verfasser des Zettels ausfindig machen könnte … Im Grunde wusste ich nur, dass er weder von Jan-Arne noch von mir stammte. Von Annemie auch nicht, denn ihr schrieb ich ja den Zettel zu, auf dem stand, dass die Mutter den Vater schlägt. Damit blieben Hanko, Maren, Pieter, Poppy und Lutz übrig. Falls Maren die Urheberin war, kam ich zu spät, um sie danach zu fragen, und vielleicht war das ja der Grund für ihren Tod. Andererseits lag es nahe, ihr den Zettel mit der schweren Krankheit zuzuordnen. Pieter hatte zudem behauptet, den Zettel mit dem Verliebtsein verfasst zu haben, und sein schamroter Kopf, als er es mir gestand, veranlasste mich dazu, ihm zu glauben.

Es ist allgemein schwer, andere Menschen einzuschätzen, aber nach so langer Zeit war es fast ein Ding der Unmöglichkeit. Dennoch musste ich irgendwo anfangen, und wenn man im Dunkeln tappt, ist es das Beste, sich konsequent in eine Richtung voranzutasten und nicht wirr durch die Gegend zu mäandern. Es war für mich leichter, einen Zettelschreiber zu identifizieren als einen Steinewerfer oder Mörder. Also nahm ich vorerst Hanko, Poppy oder Lutz als Verfasser des Zettels an.

In Presen setzte ich mich, umgeben von spät blühenden Narzissen, auf eine Bank und dachte über die Clique im Allgemeinen und das Geheimnisspiel im Besonderen nach.

Der siebte Zettel … Als Lutz an die Reihe kam, waren wir von Geheimnissen bereits gesättigt. Es waren solche Hämmer dabei gewesen, dass wir es kaum erwarten konnten, endlich darüber zu diskutieren.

Lutz. Für mich war er am wenigsten greifbar, und zwar in mehr als einer Hinsicht. Er kam aus Münster und verbrachte, wie ich, nur die Ferien auf Fehmarn, bei seiner Mutter, die nach der Scheidung von seinem Vater wieder geheiratet hatte. Sie wohnten ganz in der Nähe von Tante Thea in Alt-Petri, und er hatte mich mal angesprochen, als ich unter einem Baum saß und ein Buch las. Wir hatten uns gut unterhalten, Lutz konnte Storys erzählen, oh Mann! Obwohl er von den

Jungs am besten aussah mit seinem schwarzen Mittelscheitel, den dunklen Augen und dem goldenen Halskettchen auf der bronzefarbenen Haut, hatte ich immer ein wenig mit ihm gefremdelt. Vielleicht weil ich auf Jungs stand, die nicht so viel redeten.

»Das verstehe ich nicht«, hatte er beim Anblick der Zeile auf dem Zettel gesagt. »Und das soll ein Geheimnis sein? Also gut, hiermit verkünde ich das siebte große Mysterium: ICH HABE KEINE ANGST.«

»Hä?«, fragten wir anderen.

»Ehrlich, so steht das hier.« Zum Beweis hielt er den Zettel in die Höhe und wiederholte: »Ich habe keine Angst.«

Erneut gingen unsere ratlosen Blicke von einem zum anderen, immer auf der Suche nach einer Geste oder einem Mienenspiel, das den Urheber verraten könnte. Vergeblich. Jeder tat, als hätte er mit dem Zettel nichts zu tun.

Dieses siebte Geheimnis war das erste, das uns kein Geheimnis zu sein schien. Es war noch nicht einmal eine schlüssige Aussage. Es war gar nichts. Keine Angst wovor? Vor wem? Warum überhaupt? Da hatte jemand etwas gesagt, ohne etwas zu sagen.

Wir waren froh, als Annemie den letzten Zettel aus dem Becher fischte. Sie war immer etwas langsam und umständlich. Wenn man sie etwas fragte, musste sie stets erst ein paar Sekunden nachdenken, ehe sie antwortete. Es gibt Fragen, bei denen das normal ist, etwa: »Wie viele Männer hatte deine Mutter wohl, bevor sie deinen Vater kennenlernte?« Darüber kann man gerne eine Weile grübeln. Aber bei Fragen wie zum Beispiel: »Wie war es heute in der Schule?«, da erwartet man keine Analyse, das schüttelt man aus dem Ärmel. Annemie nicht. Normalerweise antwortete sie so vorsichtig, als wäre sie die Hauptangeklagte in einem Prozess. War es dann endlich so weit, klang ihre Stimme so glockenhell und flüchtig, dass sie in den Äther zu entschwinden drohte, bevor man auch nur eine Silbe davon verstand. Lutz witzelte häufiger, würde sie Pieter heiraten, gäben die beiden ein Paar ab, das sich nicht erst nach dreißig Jahren, sondern vom ersten Tag ihrer Ehe an über den Tisch hinweg anschweigen würde. Ich verteidigte sie, Pieter mehr aus Sympathie, Annemie mehr aus Mitleid.

Annemie wisperte etwas, das sofort von einer schwachen Windböe überlagert wurde, die über die Felder strich.

»Lauter!«, riefen ein paar von uns und verdrehten die Augen.

Sie gab sich alle Mühe. »EINES TAGES WERDE ICH JEMANDEN AUS DIESER CLIQUE SO RICHTIG IN DIE PFANNE HAUEN.«

Zunächst kicherten alle, weil diese Worte aus Annemies Mund einfach lachhaft klangen. Dann sahen wir Hanko an.

»Hey, ich habe das nicht geschrieben«, verteidigte er sich.

»Ja, ja«, murmelten wir einhellig.

»Echt nicht.« Er holte tief Luft. »Okay, ich gebe zu, es hört sich nach mir an. Aber ich war das nicht, Leute.«

Die acht Geheimnisse des Spiels – Jan-Arne hatte eine Liste davon angefertigt, die ich nun aus meiner Handtasche zog. Einen Teil der Akten hatte ich auf meinen Spaziergang mitgenommen, den größeren Teil wegen des Gewichts jedoch im Auto gelassen. Es war keine beliebige Aufstellung, so wie ich sie selbst aus der Erinnerung heraus hätte vornehmen können, sondern er hatte die Originalzettel aufgeklebt. Erstaunlich, er musste sie damals nach dem Spiel an sich genommen und all die Jahre irgendwo aufgehoben haben – sicherlich nicht mit dem Hintergedanken, sie irgendwann noch einmal hervorzuholen. Jan-Arne hatte den Großteil seines Lebens im Ausland verbracht, und wie ich von vielen Auslandskorrespondenten weiß, haben die meisten von ihnen ein paar Kisten mit Erinnerungskrimskrams irgendwo in ihrem Heimatland stehen, bei Geschwistern, Eltern oder guten Freunden. Jan-Arne hatte die meisten Zettel bereits mit einem unserer Namen versehen, und zwar handschriftlich und zu unterschiedlichen Zeiten, wie ich der verschiedenfarbigen Tinte entnahm. Auf andere hatte er entweder Fragezeichen, Ausrufungszeichen und/oder Smileys gemalt, und zwei Geheimnisse hatte er gänzlich unkommentiert gelassen.

Die 8 Geheimnisse

1. ICH HABE EINE SCHWERE UNHEILBARE KRANKHEIT … (Maren)

2. ICH HASSE JEMANDEN, DER MIR NICHTS GETAN HAT … (Poppy)(?)

3. MEINE MUTTER HAT MICH NICHT GEBOREN … (Lutz) 🙄

4. ICH LIEBE JEMANDEN AUS DIESER RUNDE … (Doro!) ☺

5. ICH HABE KEINE ANGST … (Hanko) 🙄

6. MEINE MUTTER SCHLÄGT MEINEN VATER … (Annemie)

7. ICH WEISS, WER DEN BOLENDA UMGEBRACHT HAT.

8. EINES TAGES WERDE ICH JEMANDEN VON UNS IN DIE PFANNE HAUEN.

Was Maren und Annemie betraf, waren Jan-Arne und ich uns einig, und auch bei Hanko konnte ich mitgehen. Durchaus möglich, dass er für den »Angstzettel« verantwortlich war, denn der Satz spiegelte sowohl sein Selbstverständnis wider als auch seine Neigung zu plumpen Formulierungen. Was daran ein Geheimnis sein sollte, erschloss sich wohl auch Jan-Arne nicht, weshalb er die großmäulige Bemerkung mit einem entsprechenden Emoji versehen hatte. Und dass Lutz behauptete, seine Mutter sei nicht seine Mutter, passte zu den wilden Storys, die er zu erzählen pflegte. Wie praktisch für ihn, dass man sie nicht nachprüfen konnte, da er die meiste Zeit bei seinem Vater in Münster lebte, dem hohen Tier. Auch dies hatte Jan-Arne mit einem Emoji kommentiert. Zu Recht, wie ich fand.

An dem Punkt endete allerdings die Menschenkenntnis meines verstorbenen Kollegen. Poppy hatte nicht geschrieben, dass sie jemanden hasste, denn das war ich gewesen. Demzufolge war ich nicht diejenige, die verkündet hatte, jemanden aus der Clique zu lieben. Hier hatte Jan-Arne voll danebengelegen. Und dann auch noch mit Ausrufungszeichen …

Stutzig machte mich, dass er alle acht Geheimnisse aufgeschrieben hatte, obwohl eines von ihm stammte. Die letzten beiden hatte er nicht kommentiert, und das vorletzte betraf den Bolenda – was definitiv nicht seines war, denn dann hätte er sich die ganzen Ermittlungen sparen können. Damit blieb nur das letzte Geheimnis übrig, das er allein der Vollständigkeit wegen auf die Liste gesetzt hatte.

Jan-Arne und jemanden in die Pfanne hauen? Durchaus. Mein Favorit war Hanko. Die beiden waren sich nicht grün gewesen. Hanko war sich mit keinem anderen Jungen aus der Gruppe grün gewesen. Jan-Arne war ihm zu intelligent, Pieter zu schüchtern, Lutz zu weich und geschwätzig. Er sprach es nicht aus, ließ es aber bei jeder Gelegenheit durchblicken. Umgedreht hatte Jan-Arne wenig für »pubertierende Platzhirsche« übriggehabt, wie er den hemdsärmeligen Teil der Dorfjugend gerne nannte. Er mochte nach fünf Bechern Cassis durchaus Gelüste gehabt haben, Hanko eines Tages eins reinzuwürgen.

Ich trat den Rückweg nach Marienleuchte an und lächelte. Wenn man sich die Spannungen von damals noch einmal vor Augen hielt, fragte man sich, wieso die Clique über Jahre zusammengeblieben war, ja wieso sie überhaupt zusammengefunden hatte.

Die Antwort mag ein wenig protzig klingen: Dafür war ich verantwortlich und niemand sonst. Ich kannte Annemie und Jan-Arne von unseren Ferien auf dem Rötel-Hof und der Pension Asmus. Lutz war eines der Nachbarskinder bei

Tante Thea. Pieter lernte ich bei einem Fahrradausflug kennen und Poppy am Strand, wo ich sie erwischte, als sie mit der Sprühdose einen Geräteschuppen der DLRG »verschönerte«. Nur Hanko und Maren lernte ich über andere kennen. Maren war Annemies Spielkameradin von Kind an, da die Höfe ihrer Eltern nah beieinanderlagen. Hanko wiederum war Marens Cousin, der sich irgendwie in die Clique hineingedrängelt hatte.

Eigentlich war es gar keine Clique. Die meisten von uns sahen sich nur in den Wochen, in denen ich auf Fehmarn war, und pflegten ansonsten ihre eigenen Freundschaften. Aber für mich waren sie wie eine Familie, ein Surrogat dessen, was ich verloren hatte. Daher ließ ich auch nicht locker, sie wieder und wieder zusammenzubringen, sobald ich auf der Insel eintraf. Zu jener Zeit unterhielt ich während des übrigen Jahres mehr oder weniger rege Brieffreundschaften mit Annemie, Maren, Poppy und Jan-Arne. Lutz dagegen schrieb ich so gut wie nicht und Hanko niemals, während Pieter auf meine Briefe nicht antwortete. Erst nach meinen letzten Ferien auf Fehmarn ebbte der Kontakt zu allen nach und nach ab.

Ich seufzte vor mich hin, während ich mich Marienleuchte näherte. Wo sollte ich weitermachen? Oder besser: Wo sollte ich anfangen? Bisher hatte ich ja noch nicht viel getan, auch wenn es mir vorkam, als stecke ich schon mittendrin.

Ich hatte keine Wahl. Ich musste mich auf zwei Aspekte des Komplexes konzentrieren, wenn ich mich nicht heillos verzetteln wollte. Erstens: Ich musste den Verfasser des achten Geheimnisses identifizieren, des Bolenda-Zettels. Möglich war das, indem ich mehr und mehr Namen ausschloss. Derjenige, der übrig blieb, musste zwangsläufig … Zweitens: Ich konnte nur einem einzigen der von Jan-Arne verfolgten Sachverhalte nachgehen. Darin bestand nämlich leider sein großer Fehler. Routiniert in der Situationsreportage, unerfahren im investigativen Journalismus, hatte er sich in einem Labyrinth verirrt, aus dem er auch nach einem Jahr Recherche keinen Ausgang gefunden hatte.

Der Erfahrung nach hätte ich mich des jüngsten Delikts in Jan-Arnes Akten zuerst annehmen müssen, nämlich den beiden Prostituiertenmorden von Hamburg. Die Wahrscheinlichkeit, Hinweise auf ein zwei Jahre zurückliegendes Verbrechen zu bekommen, war bedeutend größer als bei einem dreißig Jahre alten. Das würde mich allerdings von Fehmarn weg und in ein Milieu führen, in dem ich mich weder gut auskannte noch einen Fuß in der Tür hatte.

Jeder würde verstehen, wenn ich mich schwerpunktmäßig dem Bolenda-Mord widmete. Durch das Auffinden der Leiche hatte ich einen persönlichen Bezug zu dem Fall, er war während meiner Anwesenheit auf Fehmarn geschehen, hatte hohe Wellen geschlagen, war unvergessen und noch immer Gegenstand von allerlei Spekulationen auf der ereignisarmen Ostseeinsel. Ich könnte an zehn Haustüren klopfen und mir fünfzehn Geschichten darüber anhören, was dahintersteckte. In kürzester Zeit würde ich erfahren, wer den Bolenda in den Tagen vor seiner Ermordung wann, wo und wobei beobachtet hatte und so weiter. Außerdem konnte ich die Recherchen als normale Reportage einer Kriminaljournalistin tarnen, wodurch mir so manche Akte zugänglich wäre. Nicht zuletzt erschien mir der mysteriöse Tod des harmlosen Inselvagabunden der Kern des Ganzen zu sein, eine Art Schlüssel zu allem anderen.

Und dann gab es da noch den Mord an Jan-Arne und den »Todesfall« von Maren Westhof. Die beiden wollte ich keineswegs aus den Augen verlieren, aber es war eine heikle Sache, in die laufenden Ermittlungen der Polizei hineinzugrätschen. Im Übrigen meistens auch völlig überflüssig, denn im Großen und Ganzen arbeiteten die Kriminalbehörden kompetent und effektiv, wenngleich von ständiger Personalnot begleitet.

Gegen alle Regeln entschied ich mich anders, weder für das jüngste noch für das mir nahestehende Verbrechen. Ein paar meiner Kollegen hätten bestimmt den Kopf geschüttelt, weil ich mich ausgerechnet des Steinwurfs aus dem Jahr 1988 zuerst annehmen wollte. Jan-Arne, so glaubte ich, hätte mich verstanden. Er selbst hatte diesem Vorfall große Bedeutung beigemessen, weil er offenbar der Anfang von etwas war. Mein Bauch sagte mir, dass ich Jan-Arnes Instinkt in diesem speziellen Fall vertrauen sollte. Zwischen 1988, dem Bolenda-Mord von 1991 und den Prostituiertenmorden von 2019 hatte es zahllose Verbrechen zwischen Hamburg und Puttgarden gegeben, dennoch hatte er sich die genannten Fälle herausgepickt. Ganz sicher nicht grundlos.

Hinzu kam, dass ich im Rahmen meiner Arbeit als Gerichtsreporterin zwei Prozessen gegen Steinewerfer beigewohnt hatte und mich mit der Materie auskannte.

»Also dann«, sagte ich zu mir selbst.

An meinem Auto angekommen, stellte ich fest, dass es aufgebrochen worden war und dass die Akten fehlten, die ich zurückgelassen hatte. Darunter waren leider auch die Unterlagen zum Steinwurf und die meisten Dossiers.

Was mir in diesem Moment jedoch fast noch wichtiger erschien: Jemand hatte mich verfolgt, die ganze Zeit über. Und mir die Reifen zerstochen.

In Begleitung von Yim holte mich meine Mutter mit ihrem Wagen ab, und natürlich musste ich mir etliche leidige Sprüche anhören.

»Wie man so dumm sein kann, ist mir schleierhaft«, sagte sie und fuhr in ihrem üblichen holprigen Fahrstil los.

»Mama, ich habe mir keine vier Platten auf einem Schotterweg eingefahren. Die Reifen wurden aufgeschlitzt.«

Sie schüttelte den Kopf. »Ich spreche von den Akten. Die darf man doch nicht im Auto liegen lassen.«

»Ich bin keine Gewichtheberin, sondern Journalistin.«

»Und was jetzt?«

»Muss es eben ohne gehen«, erwiderte ich knapp.

»Wenn ich das Herrn Asmus erzähle …«

»Wäre mir lieb, wenn du das vorläufig nicht tust.«

Ihr Seitenblick sprach Bände. »Um dein Versagen zu vertuschen?«

»Noch habe ich nicht versagt.«

»Das ist doch nur eine Frage der Zeit, wenn du dich weiterhin so zum Narren halten lässt. Eine ausgebuffte Detektivin stelle ich mir anders vor.«

»Herr Asmus hat eine höhere Meinung von mir als du.« Eigentlich, dachte ich, hatte jeder eine höhere Meinung von mir als meine Mutter. Sie traute mir einfach nichts zu, das war schon immer so gewesen. Jedes Missgeschick wog das Zehnfache, jede Leistung bloß ein Zehntel.

»Du genießt das gerade«, seufzte ich zum halb geöffneten Seitenfenster hinaus, leider etwas zu laut.

»Was soll denn das nun wieder bedeuten?«

Ich winkte ab. »Nichts. Ist schon gut.«

Sie hakte nicht nach, was mir sehr lieb war, denn das Letzte, was ich in jenem Moment gebrauchen konnte, war eine Retrospektive der Gleichgültigkeit, die ich von ihr als Teenager erfahren hatte.

Der Autoknacker hatte mir einen Eindruck verschafft, mit wem ich es zu tun hatte, und er hatte seine Wirkung nicht verfehlt. Die Botschaft des Einbruchs war so brutal wie eindeutig: Das, womit er die Reifen aufgeschlitzt hatte, eignete sich auch zum Aufschlitzen von Gliedmaßen und Bäuchen.

Meine Mutter bog scharf links ab, wo sie hätte geradeaus fahren müssen.

»Wo willst du denn hin?«, fragte ich.

»Zum Autoverleih.«

»Ach was, der Pannendienst zieht mir neue Reifen auf und repariert die Tür ...«

»Was ein paar Tage dauern wird. Mein Auto bekommst du in der Zwischenzeit jedenfalls nicht. Autojahre sind wie Hundejahre, und meins ist vierzehn Jahre alt. Das bedeutet, es ist eigentlich achtundneunzig, und ich will nicht, dass irgendein Reifenschlitzer es kurz vorm Hundertsten massakriert. Hast du mich verstanden?«

»Akustisch ja. Über den Rest schweige ich lieber«, sagte ich und wandte mich ab.

Der Autoverleih ließ mir nur die Wahl zwischen einem Kombi, einem Mercedes und einem blassgrünen Fiat-Cabrio mit Automatikgetriebe.

Ich neigte zum Kombi, aber Yim wollte das Cabrio. Seines vermisste er wie ein weggegebenes Haustier.

»Automatik bin ich noch nie gefahren«, sagte ich. »Da bremse ich ja öfter, als dass ich Gas gebe.«

»Ich werde fahren.«

»Du? Die ganze Zeit? Nein, Yim, das geht nicht. Du musst doch ...«

»Was? Pergolen anstreichen? Du glaubst doch nicht, dass ich dich nach dem, was heute passiert ist, allein losziehen lasse. Ich weiß, dass du ein intimes Verhältnis zum Leichtsinn hast, aber das hier geht selbst für deine Maßstäbe zu weit.«

Ich musste ihm Recht geben. Es sprach nichts dagegen, ihn während meiner Recherchen dabeizuhaben, aber sehr viel dafür, ihn an meiner Seite zu wissen. Meine Laune hob sich sofort.

Wir hatten gerade noch Zeit, uns im Haus meiner Mutter umzuziehen, dann machten wir uns auch schon auf den Weg zum Treffen mit Annemie und ihrem Mann. Yim trug eine schwarze Jeans, ein graues Sakko und ein enges weißes Hemd, in dem er verdammt sexy aussah. Ich schlüpfte in ein zartblaues Etuikleid und entschied mich für einen gelben Sommerschal.

»Der flattert so schön im Fahrtwind«, erklärte ich Yim. »Bin ich overdressed?«

Er lächelte und küsste mich. »Und wenn schon.«

Das Treffen sollte bei einem Italiener in Burg stattfinden, dessen Adresse Yim in das Navi eingab.

»Fahrtzeit sechzehn Minuten«, sagte er.

»Plus sechzehn wegen der Traktoren«, ergänzte ich.

Die Luft war herrlich, manchmal durchdrungen von organischem Dünger, aber nach wenigen Sekunden wieder so lau und erfrischend, wie man es sich von einem Juniabend auf einer Ostseeinsel erhofft.

Ich berichtete Yim von meinem Besuch beim Ehepaar Asmus und meinen Gedanken während des anschließenden Spaziergangs – dass ich mich zunächst mit dem Steinwurf von 1988 beschäftigen wollte und aus welchen Gründen.

»Die Prostituierten kann jeder umgebracht haben. Den Bolenda, wenn der Täter ihn überrascht hat, ebenfalls. Aber schleppe mal als Teenager einen zweiunddreißig Kilo schweren Steinbrocken auf eine Autobahnbrücke und hebe ihn über ein Geländer von einem Meter zwanzig Höhe. So stand es jedenfalls in den Akten, die Jan-Arne zusammengetragen hat. Ein einzelner Jugendlicher müsste schon sehr stark für sein Alter sein, um so etwas zu schaffen.«

»Du meinst … Hanko? Der Typ, den du gestern auf dem Acker getroffen hast?«

Ich streichelte seine Haare. »Du hörst mir also zu, wenn ich dir kurz vorm Einschlafen noch etwas erzähle?«

»Darling, ich würde doch niemals auch nur ein Wort von dem, was du sagst, verpassen wollen.«

»Soso. Wie dem auch sei, aus unserer Clique hätte das keiner allein geschafft, außer Hanko. Der hat schon mit dreizehn Walnüsse mit bloßer Hand geknackt. Wenn es dagegen zwei von uns waren …«

»Ich finde allein die Vorstellung erschreckend, dass auch

nur einer deiner Freunde so etwas getan haben könnte. Warum auch?«

Über die Motive – oder was die zumeist männlichen jungen Täter dafür hielten – hatte ich in früheren Prozessen einiges erfahren. Es gab durchaus Teenager, die aus Langeweile oder Erlebnishunger Steine warfen. Der Satz: »Wir dachten, das sei cool« hatte mir einen Schauer über den Rücken gejagt, auch weil mein Sohn Jonas dieses Wort als Teenager hundertmal am Tag benutzt hatte, wenn auch in ganz anderen Zusammenhängen. Klamotten waren cool, eine Frisur, eine Pizza mit viel Käse … Dass jemand es cool finden könnte, mit dem Leben anderer zu spielen, es eventuell sogar auszulöschen, war mir in dieser Deutlichkeit noch nie begegnet. Ein Verteidiger hatte eine solche Tat seines Mandanten mit dem Wunsch des Jungen nach Nervenkitzel begründet – ein Wort, das ich in seiner Verniedlichung geradezu obszön fand.

Ein weiteres Motiv war die Sensationslust, den Vorfall in den Medien zu verfolgen, in dem Wissen, der Urheber zu sein. Es gab auch Fälle, bei denen simpler Frust im Spiel war, hervorgerufen durch eine Rüge oder einen Strafzettel. Und dann natürlich die berüchtigten Alkoholexzesse. All diese Beweggründe hatten gemeinsam, dass die Opfer dabei keine Rolle spielten. Die Täter blendeten vielmehr die Tatsache aus, dass es überhaupt Opfer gab. Abstrakt wussten sie es natürlich, doch sie kannten die Personen im Augenblick der Tat nicht. Wen es traf, war Zufall und deshalb für sie nebensächlich. Einige Täter hatten ausgesagt – und ich hielt das keineswegs in jedem Fall für eine Schutzbehauptung –, dass sie im Grunde niemanden verletzen oder gar töten wollten. Zugleich hatten sie darauf hingefiebert, ein Auto in voller Fahrt zu treffen. Wie das in einem Kopf zusammenpasste, war ein Mysterium der menschlichen Psyche.

»Hältst du es für möglich, dass Hanko … dass er aus reinem Thrill … oder Langeweile …?«, stotterte Yim.

»Eigentlich nicht«, antwortete ich. »Er hat sich nie gelangweilt, soweit ich weiß. Traktor zu fahren hat ihm als Zeitvertreib vollkommen genügt. Aber wer weiß, wenn er jemandem imponieren wollte …«

»Einem Mädchen?«

»Denkbar. Eher aber einem anderen Jungen. Er musste sich immerzu beweisen. Für den Erben einer traditionellen Bauernfamilie war das fast schon manisch. Alles, was mit körperlicher Potenz zusammenhing, musste Hanko am besten können, sogar am weitesten pinkeln. Kein Wunder, dass Jan-Arne nichts für ihn übrighatte.«

»Eine Mutprobe also?«

»Ja, vielleicht.«

»Dann hätte er mindestens einen unbeteiligten Mitwisser, nämlich denjenigen, dem er es zeigen wollte.«

»Ich weiß ja nicht mal, ob meine Theorie richtig ist«, erwiderte ich zögerlich.

»Nein, aber für mich steht fest, dass Hanko etwas zu verbergen hat.« Yim nickte bekräftigend.

»Du bist ihm nie begegnet.«

»Du hast mir doch erzählt, er hätte gestern gesagt, dass du dich völlig verändert hast im Vergleich zu früher. Und dass er und Jan-Arne sich nicht leiden konnten, hast du auch erwähnt.«

»Ich verstehe den Zusammenhang nicht.«

Yim parkte den Wagen vor dem italienischen Restaurant und stellte den Motor ab.

»Er geht vorgestern zu der Beerdigung eines Typen, den er nicht ausstehen kann, obwohl er schrecklich viel mit seinen Rindern um die Ohren hat. Auf der Beerdigung erkennt er dich augenblicklich, obwohl du dich in den letzten dreißig Jahren angeblich total verändert hast. Und dann hat er plötzlich keine Zeit, dir Hallo zu sagen.«

Ich dachte darüber nach, während wir ausstiegen.

»Du meinst, er hat gelogen?«, folgte ich Yims Argumentation. »Er war gar nicht dort?«

»Höchstwahrscheinlich. Für mich klingt das, als hätte ihm jemand von deiner Ankunft erzählt. Wenn das einen harmlosen Hintergrund hätte, warum lügt er dich dann am nächsten Tag an?«

Leider hatte ich keine Zeit mehr, mir das durch den Kopf gehen zu lassen. Yim hielt mir die Tür auf, und wir gingen hinein. Dort saßen vier Personen auf eine Eckbank gequetscht. Annemie und ihr Mann hielten Händchen, und ich brauchte nur drei Sekunden, um die andere Frau mit dem Pferdeschwanz, den schelmisch funkelnden Augen und den ungeschminkten schmalen Lippen als Poppy zu identifizieren.

»Und das ist dein Mann?«, fragte ich Poppy, als wir uns begrüßten.

Sie kringelte sich vor Lachen.

»Darf ich mich selbst vorstellen?«, fragte er. »Lutz Meyerbeer.«

6

Die Überraschung war Annemie wirklich gelungen. Mich selbst eingerechnet, hatte sie die halbe Fehmarn-Clique versammelt. Beinahe wäre auch Pieter dazugekommen. Er hatte erst zu- und dann doch wieder abgesagt. Bei Hanko dagegen hatte sie es gar nicht versucht, und zwar sicherlich nicht nur aus dem Grund, den sie nannte, nämlich weil er immer viel zu tun hatte als Landwirt und mit seiner fünfköpfigen Familie.

»Er hat sich kein bisschen verändert«, seufzte Annemie, so als sei Hankos Abwesenheit damit gerechtfertigt. Damit meinte sie indirekt, dass sie gut auf ihn verzichten konnte.

»Einige andere dagegen schon«, erwiderte ich nach einem Blick in die Runde. Die auffälligste optische Veränderung war zweifellos die von Lutz. Der Mittelscheitel war einer polierten Vollglatze gewichen, der Hundeblick einem Adlerblick. Früher hatte er immer gewirkt, als sei er ein braver Junge, der sich zutiefst langweilte, weil seine Eltern gerade eine *Gardenparty* mit Streichquartett, Frischkäsehäppchen und Prosecco gaben. Jetzt sah er so aus, als würde er bei seiner eigenen *Gardenparty* die Berliner Philharmoniker aufspielen und kistenweise Château Pétrus ausschenken lassen.

»Nach dem Studium bin ich Broker geworden«, erklärte

er. »Zuerst Frankfurt, dann neun Jahre Ausland, danach wieder Frankfurt. Super Jahre. In Singapur hatte ich sogar einen Chauffeur.«

Er erzählte munter von seinen Jahren in Asien, bis ich den Bericht abzukürzen versuchte.

»Und jetzt hast du so viel Geld verdient, dass du dich zur Ruhe gesetzt hast?«, fragte ich.

»Ich habe einen Hedgefonds verwaltet, eine spannende Sache und äußerst erfolgreich. Nur … irgendwann war es zu viel. So eine Achtzig-Stunden-Woche über Jahre, das schlaucht. Ich mache gerade ein Sabbatjahr.«

»Ja, seit zwei Jahren«, fügte Annemie so knochentrocken hinzu, dass ich mir gerade so das Lachen verkneifen konnte. Poppy hingegen tat sich keinen Zwang an. Sie kicherte so frisch heraus, dass ich es aus tausend anderen Lachern herausgehört hätte. Äußerlich und in ihrer Wesensart war sie die vorwitzige, flippige Person geblieben, die sie damals schon gewesen war. Aber auf den Beruf, den sie ergriffen hatte, wäre ich nie gekommen.

»Polizistin?«, staunte ich. »Du? Wir haben uns kennengelernt, als du im rosa Girly-Bikini einen Schuppen der DLRG mit Sprühfarbe neu tapeziert hast.«

»So etwas mache ich nicht mehr. Heute trage ich dabei Shorts und Hemd.«

Wir lachten. Ich hätte Poppy gerne ein paar Fragen gestellt, aber Lutz begann erneut zu erzählen, und ich wusste, nein, auch Annemie und Poppy wussten, dass sich die Welt in den nächsten dreißig Minuten nur um ihn drehen würde. Also gaben wir uns geschlagen und hörten demütig zu, wie er seine

Zukunftspläne vor uns ausrollte wie ein emsiger Teppichverkäufer seine wertvollsten Kelims. Lutz wollte sich an einem Freizeitpark beteiligen, der bisher nicht genehmigt war und dessen Lage noch in den Sternen stand. Lutz wollte einen exklusiven Golfplatz errichten. Lutz überlegte, einen Aussichtsturm in die Inselmitte zu stellen. Ach ja, nicht zu vergessen: Lutz wollte schnell noch Architektur studieren.

Er hörte einfach nicht auf. Absichtlich nahm er immer nur dann einen Bissen seiner Pizza in den Mund, wenn er mitten in einer Geschichte war, und wir Dummköpfe waren zu höflich, um ihm das Wort abzuschneiden. Sogar Poppy, der ich am ehesten zugetraut hätte, ihm auf lockere Art zu sagen, er solle einfach mal die Klappe halten, nippte artig an ihrer Cola light und ließ ihn gewähren.

Als Lutz nach einer halben Stunde langsam die Visionen ausgingen, sahen wir ein hoffnungsvolles Licht am Ende des Tunnels, doch dann machte Annemies Ehemann daraus den entgegenkommenden Zug, indem er Nachfragen stellte. Ich hätte ihn erwürgen können. Er hieß Marius und hatte ein ähnlich leicht behäbiges Gemüt wie Annemie. So hässlich, wie Ludwina und meine Mutter gesagt hatten, fand ich ihn persönlich gar nicht, abgesehen von der Brille. Und wenn man sich schon für eine gestreifte Seidenkrawatte zu einem geselligen Abend bei Pizza und Wein entscheidet, sollte sie nicht aussehen, als hätte man sie vergangene Nacht im Bett getragen. Abgesehen davon hätte ich auch kein Cordhemd dazu empfohlen.

Irgendwann hielt ich es nicht mehr aus. Als Lutz wieder mal am Chianti nippte, grätschte ich in seinen Vortrag über den albernen Aussichtsturm, der in der Nähe von Marens Haus stehen sollte. »Hast du mal Maren besucht?«, fragte ich.

Mit großen Augen sah er mich an und stellte sein Glas so ungünstig ab, dass es fast umgekippt wäre. »Warum sollte ich?«, fragte er. »Ach so, wegen des Turms.«

»Nein, aber vielleicht weil es ihr dreckig ging. Ebenso wie Jan-Arne übrigens. Warst du mal bei ihm?«

»Äh … nein.«

»Warum verbringst du dein mehrjähriges Sabbatjahr ausgerechnet auf Fehmarn? Statt, sagen wir, in einer Hütte neben einem isländischen Gletscher? Oder im Amazonasbecken? Oder in einem Kloster in den Alpen? Also da, wo andere Sabbatianer ihr Jahr verbringen.«

Zwar bemühte ich mich um den knochentrockenen Tonfall, in dem Annemie ihren Scherz gemacht hatte – eine Stunde war das nun fast her –, aber so ganz gelang es mir wohl nicht. Unauffällig legte Yim seine Hand auf meinen Oberschenkel.

»Was soll ich am Amazonas?«, fragte Lutz nervös.

»Ich weiß nicht, Piranhas jagen, Caipirinhas trinken …«

»Das ist nichts für mich.«

»Ach so, Fehmarn ist also was für dich. Was genau?«

»Ich habe hier früher eine schöne Zeit verbracht, das solltest du wissen.«

»Ja, eine schöne Zeit *mit uns* hast du verbracht. Deswegen dachte ich, dass Jan-Arne und Maren einen klitzekleinen Teil deiner für Yachthäfen, Freizeitparks und Aussichtstürme reservierten Zeit verdient hätten. Wieso warst du nicht mal bei ihnen?«

»Wird das ein Verhör?«

»Nicht doch, es ist schon eines«, sagte ich halb im Scherz, was irgendwie unterging. Yims Druck auf meinen Oberschenkel wurde stärker.

»Ich finde es schade, dass du eine Schwere in die Wiedersehensfeier unserer alten Bande bringst«, sagte Lutz.

Ich war nahe daran, ihm Recht zu geben. Hätte er nur nicht dieses Wort verwendet – Schwere. Aus seinem Mund klang es wie etwas, worüber anständige Leute bei Tisch nicht sprechen.

»Und ich finde, wenn zwei Mitglieder besagter Bande so kurz hintereinander gestorben sind, steht uns ein wenig Schwere gut zu Gesicht«, entgegnete ich und erntete gesenkte Blicke, die sich ins Tischtuch bohrten. »Ich fange mal damit an, die Sünderin zu geben. Ich hätte damals, nach Tante Theas Beerdigung, den Kontakt zu euch suchen sollen. Oder meine Mutter bitten, sich mal umzuhören, wie es euch so geht. Das habe ich nicht gemacht. Weniger aus Termingründen«, ich trank einen großen Schluck von meinem Chardonnay, »sondern aus einer diffusen Angst heraus«, gestand ich. »Für mich war unsere gemeinsame Zeit etwas … das klingt jetzt vielleicht übertrieben … etwas Heiliges eben, das ich immer hochgehalten habe. Die zweite Hälfte meiner Kindheit war durchwachsen, viele Wolken, wenig Sonne, und die Ferien mit euch waren die Sonnenstunden. Das wollte ich mir bewahren. Ja ich hatte die Befürchtung, wenn ich euch wiedertreffe, ginge mir das verloren.«

»Und?«, fragte Annemie. »Wie geht es dir nun damit?«

»Ich … ich weiß es noch nicht«, antwortete ich ehrlich. »Dreißig Stunden ist es nun her, dass Maren tot vor meinen

Füßen lag. Und ein paar Tage vorher ist Jan-Arne mit meinem Namen auf den Lippen gestorben. Völlig verrückt, wie ein furchtbarer Traum.«

»Das wusste ich ja gar nicht«, sagte Lutz. »Ich meine, dass Jan-Arne deinen Namen … Stimmt das, Annemie?«

Sie nickte traurig. »›Doro, Doro‹, das hat er mehrmals gemurmelt. Und einmal: ›Geheimnisspiel.‹ Ich wollte mit Maren darüber sprechen, aber sie war ziemlich abweisend. Jetzt verstehe ich natürlich, warum. Sie hatte da schon vorgehabt, sich umzubringen.«

»Das ist noch nicht ausgemacht«, wandte ich ein.

»Ich habe kurz vorher mit ihr telefoniert. Sie hat gesagt, dass sie sich befreit fühlt und dass sie sich nicht von mir verabschieden könne, solange ich ihr böse bin. Außerdem hat sie sich beklagt, dass niemand sie besucht und sie oft allein ist. Und ich dumme Kuh habe nicht verstanden, wovon sie redet.«

Ich widersprach. »Das ist doch Unsinn, Annemie, und das weißt du auch. Vermutlich hat sie so etwas schon hundertmal gesagt. Ich finde wirklich …«

»Wir sind vom Thema abgekommen«, warf Lutz ein.

»Na und?«, fragte ich.

»Das Thema war, dass Jan-Arne deinen Namen geflüstert hat, obwohl Annemie bei ihm war. Mal abgesehen davon, dass Männern so etwas bei schönen Frauen im oder neben dem Bett leicht passieren kann …«

Ich verdrehte die Augen und wollte gerade die Krallen ausfahren, da kam Yim mir zuvor.

»Er lag auf dem Sterbebett, Lutz, nicht in der Honeymoon-Suite vom Venice Hilton.«

»Ich weiß, was du sagen willst … äh … Sorry, ich habe deinen Namen vergessen.«

»Yim.«

»Ist das koreanisch?«

»Kambodschanisch.«

»Mit Kambodscha hatte ich nie was zu tun. Armes Land. Kaum Finanzgeschäfte auf hohem Niveau.«

»Jetzt kommst du aber vom Thema ab.«

»Richtig, mein Lieber. Also, was da passiert ist, das ist nicht ungewöhnlich«, referierte Lutz. »Annemie, Jan-Arne hat dich nach sehr langer Zeit wiedergesehen und in seinem Delirium eure Namen verwechselt, den von Doro und dir. In der Psychologie gibt es dafür einen Fachbegriff, nämlich …«

»Architektur, Ingenieurwesen, Finanzmanagement und jetzt auch noch Psychologie«, fiel ich ihm ins Wort. »Hast du das vor oder nach deiner Zeit in Singapur studiert? Wie du das alles auf die Reihe kriegst. Du bist ein echtes Allroundtalent.«

Lutz sah mich mit starrem Blick an. »Ja«, sagte er. »Bin ich tatsächlich.«

Es war an der Zeit, wieder den Schwenk zu Annemie zu schaffen, um der Schwere nicht auch noch Zoff hinzuzufügen.

»Wovon Lutz gesprochen hat, trifft sowieso nicht zu, nicht wahr, Annemie? Wie ich von Herrn Asmus gehört habe, hast du Jan-Arne nach seinem Unfall regelmäßig besucht, zuletzt etwa eine Woche vor seinem Tod. Er konnte deinen und meinen Namen also sehr wohl auseinanderhalten, was bedeutet …«

Marius stand derart abrupt auf, dass er gegen den Tisch

stieß und die Gläser zum Wackeln brachte. Er wollte weg hier, aber da er auf der Eckbank eingeklemmt war, schob er seine Frau kurzerhand beiseite und stieg über sie, bevor sie ihm Platz machen konnte. Ehe wir es uns versahen, war er fort.

»Hoppla«, sagte ich. »Schwache Blase oder … habe ich gerade etwas Falsches gesagt?«

»Weder noch«, antwortete Annemie abwägend. »Eher etwas Richtiges, aber es war eigentlich … Marius sollte es nicht erfahren.«

»Dass du bei Jan-Arne warst? Wieso? War da … irgendetwas? Ich meine, zwischen dir und …«

Sie schüttelte energisch den Kopf. »Marius hat das gedacht. Er ist extrem eifersüchtig, und ich habe ihm versprochen, nicht mehr hinzugehen, zu Jan-Arne meine ich. Aber ich habe es nicht fertiggebracht. Der arme Kerl. Er musste mit so vielem klarkommen. Mit dem Trauma vom Unfall in Mali, mit der Lähmung natürlich, dazu der Verlust seiner Arbeit, das Verhältnis zu seinen Eltern … Sein Kummerkasten war voll bis zum Rand. Wir haben geredet, oft stundenlang. Ich habe ihm Zeit geschenkt, mehr nicht.«

»Das war das Kostbarste, was du ihm geben konntest«, sagte ich. »Davon abgesehen warst du nicht nur für ihn, sondern auch für Maren da. Und für Pieters Mutter, wie man mir erzählt hat.«

»Nur zum Reden. Manchmal habe ich Hedwig eine Suppe gekocht. Zuletzt hatte sie Mühe, sich auf den Beinen zu halten.«

»Ich muss sagen, Annemie, du lässt uns andere ziemlich blass aussehen.«

»Ich helfe gerne. Das ist keine Bürde für mich, also ist es auch keine besondere Leistung«, sagte sie bescheiden.

»Hat Jan-Arne auch über seine Recherchen gesprochen?«, fragte ich nach.

»Das war so ziemlich das einzige Thema, das wir gemieden haben. Er hat es einmal versucht, aber ich habe es abgeblockt, und von da an …«

»Warum hast du es abgeblockt?«

Sie zögerte. Annemie zögerte immer, aber diesmal war es selbst für ihre Verhältnisse auffällig.

»Wir haben über Dinge gesprochen, die ihm auf der Seele lagen. Seine Recherchen machten ihm Mut, sie waren etwas Positives in seinem Leben. Dafür war ich nicht zuständig.«

Nicht zuständig, das war ja mal eine originelle Formulierung. Ich kam jedoch nicht mehr dazu nachzuhaken. Durch die gekippten Fenster hörten wir, wie ein Auto mit quietschenden Reifen vom Parkplatz fuhr.

»Der Landrover von Marius«, erklärte Annemie. »Jemand muss mich bitte nach Hause fahren. Wenn's geht, jetzt gleich.«

Lutz bot sich geradezu übereifrig an. Er konnte es wohl nicht erwarten, von mir wegzukommen, was ich nur zu gut verstand, denn ich empfand dasselbe.

Unsere kleine Runde hatte sich halbiert, und mir war bewusst, dass ich daran die Hauptschuld trug. Poppy hatte die ganze Zeit über geschwiegen, fast eine Stunde lang. Lutz' Vortrag hatte sie angeödet, wie uns alle, aber für jemanden wie Poppy müsste es dafür eine Steigerung, eine neue Wortschöpfung geben. Sie war immer die Quirligste, die Rastloseste von uns gewesen. Was für Lutz eine lange Geschichte, für Hanko ein gewonnener Wettbewerb, für Jan-Arne ein politisches Statement und für mich einfach nur das Zusammensein mit Gleichaltrigen gewesen war, nämlich eine Art Selbstbestätigung, das war für Poppy der nächste Vorschlag für ein Spiel oder irgendeinen anderen Spaß. Vermutlich hatte sie sich vorgestellt, dass wir uns an diesem Abend die lustigen Anekdoten von damals um die Ohren hauten, von denen es mehr als genug gab. Stattdessen war daraus eine ziemlich dröge Angelegenheit geworden.

»Tut mir leid, dass Lutz und ich dir den Abend verdorben haben«, sagte ich.

»So aufgedreht wie früher bin ich gar nicht mehr. Nur wenn jemand den Schlüssel in meinem Rücken betätigt. Dann bin ich wieder das Äffchen von früher. Nein, im Ernst, ich bin viel ruhiger geworden.«

Sie sah abwechselnd Yim und mich an, dann prustete sie aus vollem Hals los, in einer Lautstärke, die die Gäste an den Nachbartischen auf uns aufmerksam machte.

»Oh Mann, ich hätte mich fast weggeschmissen, als du Lutz seine angeblichen Talente serviert hast. Ingenieurwesen, Psychologie, Singapur …« Sie prustete erneut. »Länger kann ein Gesicht nicht werden. Den bist du so was von los, und zwar für immer, du Glückliche.«

Ich lächelte, auch weil Poppys kleine Showeinlage mich angenehm durchgerüttelt hatte. Der Abend war wirklich zu schwer geworden.

»Du etwa nicht? Ich meine, habt ihr Kontakt?«

Sie zuckte mit den Schultern. »In meinem Job hatte ich fast mit jedem mal zu tun in den letzten zwanzig Jahren. Bei

Familie Asmus gab es einen ruhestörenden Gast, Hankos Söhne haben ein Problem mit dem Tempolimit auf Landstraßen, und als Annemies Vater stocknüchtern vom Scheunendach gefallen ist … Na ja, ein aufgeplatzter Schädel ist kein schöner Anblick.« Sie schüttelte sich. »Puh, es wird schon wieder so ernst.«

Sie lachte. »Bei Lutz war es Alkohol am Steuer. Mit so viel Promille im Blut, wie ich Plomben im Mund habe. Er hat mich nicht erkannt und eine verfickte Schlampe genannt. Aber das bleibt unter uns, ja?«

Ich schmunzelte. Poppys Indiskretionen gehörten zu ihr wie der lange Pferdeschwanz, der schon in ihrer Kindheit lustig hin und her gewippt hatte. Sie hatte etwas an sich, das ich sympathisch fand, ohne dass ich es exakt benennen könnte. Leichtigkeit vielleicht. Sie redete, wie ihr der Schnabel gewachsen war. Und ich musste neidlos anerkennen, dass sie von uns allen am jugendlichsten wirkte, mich eingeschlossen.

»Warst du auch bei der Tatortsicherung, als man Jan-Arnes Leiche gefunden hat?«, fragte ich.

»Ich war mit meinem Partner sogar als Erste am Tatort und habe ihn da liegen sehen. Aber wer der Tote war, habe ich erst später erfahren. Das lag am Bart. Und ein zerquetschter Oberkörper fördert auch nicht gerade die Wiedererkennung. Können wir bitte über etwas anderes sprechen als Leichen?«

»Entschuldige, selbstverständlich. Es ist nur … Ich kann es noch immer nicht fassen, dass du Polizistin geworden bist.«

»Ich auch nicht. Und es war ziemlich knapp, das sage ich dir. Bei der Sportprüfung hätte ich fast schlappgemacht. Ich war gerade mal ein Pünktchen über der Mindestanforderung.«

Sie rollte den Ärmel hoch und legte Daumen und Zeigefinger um den Oberarm, wobei die Fingerspitzen sich berührten.

»Damit sollte ich mich an einem neun Meter langen Seil hochziehen. Ich habe irgendein Kunststück versucht und hätte mich dabei mit dem Seil fast erwürgt. Ein anderer Prüfling musste mich retten. Das war vielleicht peinlich. Aber eine gute Geschichte für die Enkel, wenn ich denn welche in Aussicht hätte.«

»Keine Kinder? Bist du denn verheiratet?«

»Geschieden. Er hat's mir ganz schön gegeben.«

Ich war mir nicht hundertprozentig sicher, was sie damit meinte, und traute mich kaum nachzufragen.

»Verprügelt«, stellte sie klar.

»Oh«, stöhnten Yim und ich gleichzeitig. Wir waren überrascht, wie unbekümmert Poppy davon erzählte, nämlich im gleichen Tonfall wie über den verkorksten Sporttest.

»Er war ein echtes Kraftpaket. Oberarme wie Popeye. Poppy und Popeye, habe ich immer gewitzelt. Aber nur anfangs … Neun beschissene Jahre meines Lebens hat mich dieser Mistkerl gekostet. Und das Schlimmste war, er hatte überhaupt keinen Humor. Lasst uns über was anderes sprechen. Doro … du gehst also auf Mörderjagd?«

»Hat sich ja schnell rumgesprochen.«

»Yo. Jan-Arnes Tod ist ein big Thema in der Truppe, und du bist der heimliche Star. Man munkelt, dass das der Falkin gar nicht in den Kram passt.«

»Welcher Falkin?«

»Der Falk-Nemrodt, ist die zuständige Oberkommissarin.

Endlich kriegt sie mal einen deftigen Mord auf den Tisch, bei dem sie sich profilieren kann, und dann taucht die berühmte Gerichtsreporterin Kagel auf, um ihr in die Suppe zu spucken.«

»Richte ihr bitte aus, dass ich das keineswegs vorhabe.«

»Sie ist big Boss bei der Kripo, ich bin Schupo-Gartenzwergin. Den Teufel werde ich tun, auch nur in ihre Nähe zu kommen.«

»Ich habe unter anderem vor, mir den Fall Bolenda noch mal vorzuknöpfen und vielleicht ein weiteres älteres Verbrechen, das damit zusammenhängt. Den Steinwurf von der A1.«

Von jetzt auf gleich wirkte Poppy verändert, nicht ganz bei der Sache, aber es schien mir nicht unbedingt mit dem zusammenzuhängen, was ich gesagt hatte. Mir war, als hätte sie jemanden das Restaurant betreten oder verlassen sehen. Nachdenklich starrte sie zwischen Yim und mir, die wir ihr gegenübersaßen, hindurch.

»Die Bolenda-Sache«, murmelte sie.

Ich wandte mich dezent um, konnte jedoch kein mir bekanntes Gesicht erkennen. Zudem war der Raum wegen zahlreicher Pfeiler und Pflanzen unübersichtlich.

»Schräges Ding.«

Ihr Wispern war so leise, dass ich Mühe hatte, es in dem gut besetzten Lokal zu verstehen, und sie blickte über Yims Schulter hinweg in die Tiefe des Raumes.

»Ist da jemand, den du kennst?«, fragte ich.

»Was?«

»Poppy, was ist los? Du warst gerade Lichtjahre entfernt.«

Sie lachte und war wieder ganz die Alte, als sie eine Grimasse schnitt und dazu eine Geste machte, als sei sie plemplem.

»Diese Doppelschichten sind der Hammer, ich werde noch ganz blöd. Bin ja auch nicht mehr die Jüngste. Ach so, der Tote im Weiher. War jetzt nicht sooo spektakulär. Du hast ihn ja gefunden, nicht ich. Du und Maren.« Poppy lachte. »Mann, wie ihr rumgeschrien habt, als wäre ein Zombie hinter euch her.«

»Ich hatte Angst, der Mörder könnte noch in der Nähe sein.«

»Sehr unwahrscheinlich.«

»Immerhin war die Leiche weg, als wir an die Stelle zurückkehrten«, merkte ich an.

»Also doch ein Zombie? Eine schlammbesudelte Leiche wankt durch den Wald und über die Felder davon … gruselig, gruselig.« Sie lachte erneut. »Ach so, jetzt kapier ich's! Du denkst, einer von uns hat die Leiche in den Weiher geschoben?«

»Fest steht, dass jemand sie aus dem Schilf befreit und ins Wasser geschoben hat. Und außer uns war keiner vor Ort. Wenigstens hat keiner auch nur irgendwen gesehen, und wir waren, um den ganzen Weiher verteilt, auf der Suche nach Brennholz.«

»Schon, aber …« Poppy dachte nach, was bei ihr immer wirkte, als blicke sie in grelles Licht. »Der Weiher ist nicht gerade klein, und das Dickicht ist ziemlich dicht.« Sie lachte. »Vermutlich nennt man es deswegen Dickicht, oder? Ich glaube schon, dass sich da noch jemand anderes herumgetrieben haben kann. Mama B zum Beispiel.«

Ich verstand nur Bahnhof, Yim sowieso.

Poppy löste das Rätsel rasch auf. »Mama Bolenda. Bei uns auf dem Revier heißt sie einfach nur Mama B. Die Sache ist die… Der Bolenda ist tagelang über die Insel gezogen und hat unter freiem Himmel geschlafen wie ein Wildtier. Während dieser Zeit war sie nicht bei ihm. Aber es heißt, dass sie ihn täglich suchen gegangen ist, sogar mehrmals. Unverdrossen, bei Wind und Wetter. Vielleicht hat sie ihn an jenem Tag auch gesucht… und gefunden. Immerhin ist der Weiher gleich ums Eck von ihrem ehemaligen Häuschen.«

»Und dann hat sie ihn in den Weiher geschoben, statt ihn an Land zu ziehen? Und um Hilfe hat sie auch nicht geschrien?« Die Ungläubigkeit war meiner Stimme deutlich anzuhören.

»Sie könnte ihn sogar umgebracht haben.«

»Aus welchem Grund?«

Poppy hob die Augenbrauen. »Eifersucht. Sie soll sehr besitzergreifend gewesen sein, und wohin so etwas führen kann, durften wir vorhin live beobachten. Annemies ungebügelter Heini hat sich genauso wenig unter Kontrolle wie Mama B. In ihrem Oberstübchen geht es drunter und drüber, da kannst du hier jeden fragen. Sie streunt herum und nervt irgendwelche Leute, ob sie ihren Sohn gesehen haben. Sogar Touristen am Strand hat sie schon angequatscht.«

»Na schön, aber wieso sollte jemand sie schützen?«

»Kapier ich nicht.«

»Na ja… Derjenige, der den Zettel geschrieben hat«, erklärte ich.

»Welchen Zettel?«

»Na, von dem Geheimnisspiel.«

Sie sah mich an, als hätte ich ihr gerade gesagt, dass ich mit Vierlingen schwanger bin.

»Der Abend unserer Cassis-Orgie, Poppy.«

»Ja, jetzt weiß ich's wieder. Cassis war das Zauberwort. Irgendwas mit Zetteln in einem Hut.«

»Becher«, korrigierte ich.

»Mann, war ich hacke von dem Zeug. Habe ich seitdem nie wieder angerührt. Jemand wollte mir mal einen Kir royal spendieren, dem wäre ich fast ins Gesicht gesprungen. Ich glaube, mir war danach ein Jahr lang übel. War echt lustig, richtig lustig.«

»Wir haben anonym Geheimnisse aufgeschrieben. Einer behauptete, er wüsste, wer den Bolenda umgebracht hat. Welches Geheimnis war deines?«

Sie lachte. »Du zuerst.«

»Ich habe als Erste gefragt.«

»Ich muss nachdenken.«

»Dabei kann ich dir helfen.«

Ich hätte ihr Jan-Arnes Liste vorlegen können, doch dann hätte sie auch seine Kommentare gesehen, und das wollte ich nicht. Daher schrieb ich schnell eine neue Liste auf ein weißes Blatt. In der Zeit, die ich dafür brauchte, unterhielt Poppy sich mit Yim übers Segeln. Sie hatte seinen Schlüsselanhänger bemerkt, auf dem das Wappen eines Berliner Segelclubs prangte, und so fingen sie an, originelle Namen für Boote auszutauschen. Yims Boot hieß »Admiral von Schneider«, dessen Name in dem berühmten Silvestersketch *Dinner for One* mehrfach fällt. Poppys Boot trug den Namen *Unsinkbar 2*.

Sie lachte. »Was automatisch die Frage aufwirft …«

»… was mit Nummer eins passiert ist«, ergänzte Yim heiter.

Die beiden schienen sich gut zu verstehen, und ich bekam Skrupel, die aufgehellte Stimmung mal wieder zu verdüstern.

Ich schob Poppy die Liste zu, und sie brabbelte beim Lesen vor sich hin. »Mutter nicht geboren … todkrank … eins reinwürgen … Hui, da waren ja finstere Sachen dabei. *In Cassis veritas*, wie?« Sie lachte. Dann tippte sie auf das zweite Geheimnis von oben. »Ich glaube, ich war das da.«

»Meine Mutter hat mich nicht geboren?«, fragte ich.

»Meine Stiefmutter, die zweite Frau meines Vaters.«

»Ich erinnere mich. Aber wie du selbst sagst, dafür gibt es die Bezeichnung Stiefmutter.«

Sie nickte. »Hab doch schon gesagt, ich war hacke. Mit den anderen Sprüchen kann ich nichts anfangen, also muss der hier von mir sein.«

Ich ließ es auf sich beruhen, auch wenn ich von der profanen »Auflösung« dieses Rätsels enttäuscht war. Von solch einem mysteriösen Spruch erwartet man sich dann doch etwas mehr.

Wir blieben noch gut eine halbe Stunde, in der sich Poppy und Yim hauptsächlich weiter übers Segeln unterhielten. Poppy schlug einen gemeinsamen Ausflug mit der *Unsinkbar 2* vor, und da das Wetter für den übernächsten Tag Sonne und Wind versprach, einigten wir uns auf neun Uhr an den Kais von Burgtiefe.

Auf dem Parkplatz vor dem Lokal trennten wir uns freundschaftlich.

»Übermorgen musst du mir aber sagen, welches Geheimnis du aufgeschrieben hast«, rief sie uns noch hinterher.

»Einverstanden.«

Dazu kam es nicht. Es war das letzte Mal, dass ich Poppy lebend sah.

»Du warst zickig«, sagte Yim, als wir gegen halb elf zurück nach Alt-Petri fuhren.

Ich protestierte. »Wir würden jetzt immer noch im Restaurant sitzen und uns die *Ilias* von Lutz Meyerbeer anhören, wenn ich nicht gewesen wäre. Unfassbar ... Hemingway hat sich erschossen, weil ihm keine Geschichten mehr eingefallen sind, und dieser Typ erbricht eine nach der anderen.«

»Du warst trotzdem zickig.«

»Stell dir mal vor, du gehst auf ein Klassentreffen, und einer deiner alten Kameraden hält dir eine Stunde lang einen Vortrag über eine Limousine mit Chauffeur und die Schwierigkeiten bei der Zulassung von Freizeitparks. Was würdest du von so jemandem halten?«

»Du warst zickig.«

»Also gut, ich war zickig«, gab ich nach. »Aber nur zu Lutz.«

»Nein, ein bisschen auch zu Poppy. Wie du sie gedrängelt hast ...«

»Sieben Tote!«, rief ich genervt. »Sieben Todesfälle seit den achtziger Jahren, die ich aufklären muss. Das wird nicht gehen, ohne dann und wann auf jemandes Füße zu treten, verdammt noch mal.«

Wir schwiegen. Da es eine laue Nacht war, hatte Yim das

Dach geöffnet, daher legte ich den Kopf in den Nacken und blickte zu den Sternen auf. Am Horizont glomm Restlicht. Der längste Tag des Jahres stand bald an, ein Datum, auf das ich mich jedes Mal freute. Ich liebte solche Abende. Aber ich hasste diesen Abend.

»Bitte entschuldige«, sagte ich nach einer Weile.

»Da nich für«, benutzte Yim die typisch norddeutsche Formulierung und lächelte mich augenzwinkernd, aber auch ein wenig besorgt an. »Seit wann genau *musst* du sieben Morde aufklären? War es zwölf oder dreizehn Uhr? Und zehn Stunden später maulst du mich zum ersten Mal seit Monaten an. Versteh mich bitte nicht falsch, mir geht es nicht darum, dass du gereizt bist. Mir geht es um das Warum.«

»Ich kann das schaffen. Ich habe auch früher schon …«

»Zu Recht fühlst du dich bedroht«, unterbrach er mich. »Und zwar nicht nur vom Mörder Jan-Arnes und Marens. Das Beste von deiner Kindheit zerbröselt gerade vor deinen Augen, und du beteiligst dich aktiv daran, ihm den Rest zu besorgen.«

Ich betrachtete Yims Profil. Das Licht des Armaturenbretts überzog seine Wangen mit einem blauen Schimmer. Das Erste an Yim, in das ich mich verliebt hatte, war seine Gemütsruhe, die nichts von Behäbigkeit hatte, sondern im Gegenteil Lebenskraft und Zuversicht ausstrahlte. Gleich danach hatte mich sein Gesicht fasziniert: die markante Nase, die schwarzen Augen, die asiatische Exotik mit einem Schuss Europa.

Es gab Abende, da genügte mir nach einem frustrierenden Tag ein Blick von ihm, wenn er mir eine Tasse Kaffee oder ein Glas Rotwein in die Hand drückte, und noch bevor er mich küsste, war alles gleich viel besser. Dass er sein Restaurant aufgeben musste, hatte nichts an seiner Stärke und Gelassenheit geändert, und das war durchaus nicht selbstverständlich. Wenn wir über meine Arbeit sprachen, die sich naturgemäß um die dunklen Seiten der Menschen drehte, gelang es Yim oft, etwas zu sagen, das mich beeindruckte. Er konnte Situationen sezieren und irgendeinen Aspekt freilegen, der mir bis dahin entgangen war.

Nun war ich es, die meine Hand auf seinen Oberschenkel legte.

»Da nicht für«, rief er lachend. »Gott, ich liebe diesen Spruch!«

Zur selben Zeit – Poppy

Wieso hatte sie gelogen?

Die Frage ging ihr während der Autofahrt andauernd im Kopf herum. Die Wahrheit hätte ihr nichts anhaben können, warum sie also vor Doro verbergen?

Sie zog eine Schnute, die sie im Rückspiegel betrachtete, und zuckte mit den Schultern. Aus reiner Gewohnheit vermutlich. Empfunden hatte sie jedenfalls nichts dabei. Kein Kribbeln, keine Genugtuung, keinen Spaß. Es war eine dumme, nutzlose Schwindelei gewesen, allein der Tatsache geschuldet, dass sie nicht gerne Einblick in ihre Gefühle gewährte, und zwar egal wem. Engen Verwandten genauso wenig wie aus der fernen Vergangenheit auftauchenden »Jugendfreunden«. Das war immer schon so gewesen, von den ersten Lebensjahren einmal abgesehen.

Für mehrere Sekunden ruhte ihr Blick auf dem Foto, das vor dem Tachometer am Armaturenbrett klebte. Das Passbild ihrer Mutter in einer Schutzhülle, so neu, als wäre es erst gestern aufgenommen worden. Allein die Belichtung, die Frisur und die Mode der Porträtierten verrieten, dass das Bild aus den frühen Achtzigern stammte. Da stand ihrer Mutter die Krankheit schon ins Gesicht geschrieben – Brustkrebs. Ein paar Monate später war sie tot. Poppy war damals fünf Jahre alt gewesen.

Zu spät blickte sie wieder auf die dunkle, nur von den Autoscheinwerfern beleuchtete Landstraße. Die Kurve kam völlig unvermittelt, und so raste sie mit neunzig Stundenkilometern in einen Acker. Statt zu bremsen, riss sie das Steuer hart nach links. Erdklumpen spritzten auf, fielen auf die Motorhaube, die Windschutzscheibe, die Seitenfenster ... Die Reifen drehten auf dem feuchten Untergrund durch, aber nach fünf, sechs Sekunden hatte Poppy den Wagen wieder unter Kontrolle und fuhr zurück auf die Landstraße, ohne das Tempo zu vermindern. Das hatte fast schon James-Bond-Niveau.

»Wäre fast schiefgegangen, was, Mutti?«, sprach sie mit dem Foto. »Und du bist immer so vorsichtig gefahren, vor allem meinetwegen. Du wolltest mich beschützen und immer für mich da sein. Hat leider nichts genützt.«

Durch den kleinen Vorfall wurde sie auf den Wagen hinter ihr aufmerksam. Er folgte ihr schon seit Burg in einigem Abstand. Ihre Kollegen von der Schupo waren es nicht, die kannten Poppys Auto und hätten längst auf sich aufmerksam gemacht. Es war jemand, der ihren Ausflug in den Acker nicht genutzt hatte, um an ihr vorbeizuziehen. Sie verlangsamte das Tempo auf sechzig Stundenkilometer, mal sehen, ob sie ihn zu einem Überholmanöver provozieren konnte. Aber sie glaubte es nicht. Jede Wette, das war *er*.

Sie grinste. »Meine Mutter hat mich nicht geboren«, murmelte sie vor sich hin.

Kein Cassis oder Eierlikör oder was auch immer hätte ihr jemals einen solchen Satz entlockt. Jene Frau, die ihr Vater zwei Jahre nach dem Tod ihrer Mutter heiratete, hatte niemals auch nur ansatzweise deren Stelle eingenommen, auch nicht dem Namen nach. Von wegen Mutter. Selbst das Wort Stiefmutter war Poppy damals nicht über die Lippen gegangen, ebenso wenig wie sie das drei Jahre ältere Mädchen, das diese Frau in die Ehe mitbrachte, als Schwester oder Stiefschwester anerkennen wollte. Zum Glück verlangte das auch niemand von ihr.

»Ich bin Gisela«, hatte die Stiefmutter sich mit engelsgleichem Lächeln und warmem Händedruck vorgestellt. »Das ist meine Tochter Marion. Und wer bist du?«

»Warum fragen Sie mich das? Das hat Ihnen mein Vater doch bestimmt schon gesagt.«

Gisela lächelte. »Hat er. Aber ich würde es gerne von dir hören. Ich möchte deine Freundin sein.«

»Poppy«, sagte sie.

»Nicht Freya?«

»Poppy.«

In jenem Moment war Poppy geboren worden. Freya war tot, mit ihrer Mutter gestorben.

Gisela und Marion wurden nur zum Schein ihre Freundinnen. Es gab niemals schlimmen Stunk, keiner konnte sich ernsthaft über Poppy beschweren. Sie spielte ihre Rolle gut, nein, mehr als gut, denn sie entwickelte einen Humor und eine lustige Art, die alles kaschierten. Ihr Gemüt glich einem idyllischen See, auf dem sich heitere Wellen kräuselten und die Schwäne tanzten, unter dessen Oberfläche jedoch ein Hecht wütete. Sie hasste Gisela, und sie hasste Marion, obwohl die beiden ihr nichts antaten. Allein ihre Existenz genügte, um sie zu hassen. Wie sie das Besteck hielten, wie und worüber sie redeten, was sie kochten …

Damals, als sie die Zettel des Geheimnisspiels zogen, da stand auf einem: »Ich hasse jemanden, der mir nichts getan hat.« Poppy hätte den gleichen Zettel schreiben können. Sie war neugierig gewesen, wer von den anderen ihr Seelenverwandter war. Herausbekommen hatte sie es nie. Manches der anderen Geheimnisse dagegen schon …

Das Auto behielt trotz des lahmen Tempos den Abstand bei. Daher machte Poppy sich einen Spaß und gab ordentlich Gas. Neunzig, einhundert, einhundertzwanzig … Bei einhundertfünfzig auf der nächtlichen und leicht kurvigen Landstraße hängte sie ihren Verfolger ab.

Sie lachte.

Schade eigentlich, dachte sie dann und reduzierte die Geschwindigkeit auf achtzig.

Nach einer Minute war er wieder da.

»Willkommen zurück an meinem Hinterteil.«

Es bereitete ihr Freude, ein wenig mit ihrem Hintermann zu spielen, indem sie die Geschwindigkeit nach Belieben erhöhte und drosselte, so als sende sie ihm Morsezeichen. Sie konnte sich seine Flüche lebhaft vorstellen. »Miststück« wäre noch der harmloseste. Aber sie wusste auch, dass ein einziger Blick von ihr genügte, und er würde alles zurücknehmen und das Gegenteil behaupten. Diese Gabe verdankte Poppy ihrer Mutter – die Augen, oder genauer gesagt die Pupillen. Sie waren groß und dunkel und seltsam weich, begleitet von einem wässrigen Glitzern, für das sie sich nicht anstrengen musste. Mit diesen Augen hätte sie Immobilienmaklerin für Millionäre werden können, und die Häuser wären weggegangen wie warme Semmeln. Dummerweise besaß sie weder das Interesse an einer letztendlich drögen Verkaufstätigkeit noch die Geduld, trockenen Stoff zu pauken. Schon die Polizeischule war ein Graus für sie gewesen, und ihre Aufnahme – in diesem Punkt hatte sie Doro nicht angelogen – hatte tatsächlich am seidenen Faden gehangen. Oder an zwei Augen …

»Ach, was soll's.«

Poppy nahm den Fuß vom Gas, ließ den Wagen ausrollen und parkte am Straßenrand. Der Fahrer des anderen Wagens tat dasselbe.

»Na bitte«, flüsterte sie zufrieden. Sie hatte noch keine Lust zu schlafen, obwohl eine Doppelschicht hinter ihr lag. So ein kleiner Flirt, ein Spielchen, war der reinste Jungbrunnen für sie.

Sie stieg aus. Die Nachtluft war herrlich. Ganz in der Nähe standen die Gewächshäuser für Hankos Kräuter, und ein leichter Wind vermengte den Duft des Meeres mit dem von Pfefferminze und Basilikum.

»Stell die blöden Scheinwerfer aus!«, rief sie ihm zu. Nach

ein paar ereignislosen Sekunden, in denen sie neben ihrem Auto wartete, ging sie auf die grellen Lichter zu.

»Warum schaltest du das Fernlicht nicht ab, du Blödian.«

In dem Moment raste das Auto mit quietschenden Reifen auf sie zu. Sie versuchte noch, zur Seite zu springen …

Eingequetscht stand sie zwischen den beiden Fahrzeugen, als ein heißer Schmerz durch ihren Körper schoss. Gleich danach spürte sie ihre Beine nicht mehr. Ihre Hände sanken auf die Kühlerhaube, ihr Blick ging durch die Windschutzscheibe auf den Fahrersitz. Da erst erkannte sie ihren Irrtum.

Ihre Augen schlossen sich. Mit dem schwindenden Gespür für ihren Körper wich auch ihr Wille zu leben.

7

Am nächsten Morgen stand meine Mutter vor unserem Bett.

»Ich habe angeklopft«, sagte sie, als ich im wahrsten Sinne des Wortes dumm aus der Wäsche schaute. »Aber keiner hat geantwortet.«

»Das liegt daran, dass wir geschlafen haben, Mama«, erwiderte ich. »Das, was Menschen normalerweise tun, um ... Wie spät ist es eigentlich?«

»Sechs Uhr sechs, und vor vier Minuten kam im Radio, dass letzte Nacht wieder jemand überfahren wurde, und zwar eine Polizeibeamtin namens Freya P.«

Ich stand fast senkrecht im Bett. »Poppy? Poppy ist ... Sie ist tot?«

»Kennst du sie?«

»Aber das ... das ist ja ... Wir haben doch gestern noch ...«

»Dich zu kennen ist offenbar gefährlich, Doro, und wenn deine Ermittlungen in dem Tempo weitergehen, ist in zwei Wochen keiner mehr von euch übrig. Besser, ich kaufe gleich einen Zehnerpack Trauerkarten. Was meinst du?«

»Mir ist jetzt überhaupt nicht nach deinen Witzen!«, schrie ich sie an.

»Töte nicht den Boten«, sagte sie im Hinausgehen und schloss die Tür.

Fröstelnd schmiegte ich mich an Yims Körper, und eine Weile sprach keiner von uns. Das Bild von sich im Wind wiegenden Mohnblumen stand mir vor Augen. Zuerst wusste ich nicht, warum, aber dann fiel mir ein, dass Poppys Lieblingsfarbe Rot gewesen war, sie schwarze Augen gehabt hatte und Mohnblume auf Englisch *poppy* hieß. Mein nächster Gedanke war, dass ich sie sozusagen auf dem Gewissen hatte. Unmittelbar nach einem Treffen mit mir hatte jemand sie umgebracht. Maren war am Tag nach meiner Ankunft auf der Insel aus dem Fenster gestoßen worden.

»Sie muss etwas gewusst haben«, sagte ich. »Vielleicht war sie sogar die Letzte, die etwas gewusst hat, außer dem Mörder. Soll ich hoffen, dass es so ist? Dann müsste keiner mehr sterben. Oder es im Gegenteil fürchten? Dann würde der Mörder davonkommen.«

Ihr Tod traf mich härter als der von Jan-Arne oder Maren. Zum einen, weil ich ihr kurz vorher begegnet war und wir ein paar Stunden miteinander verbracht hatten. Zum anderen, weil ich dachte, dass sie meinen Recherchen zum Opfer gefallen war. Recherchen, die den Täter offenbar in Panik versetzten.

»Hoffnungen bringen niemanden um«, sagte Yim. »Befürchtungen auch nicht. Es ist ein Mensch aus Fleisch und Blut, der deine ehemaligen Freunde umbringt.«

»Ich weiß«, seufzte ich. »Aber …«

»Kein Aber.« Er richtete sich halb im Bett auf, und ich tat es ihm nach. »Wieso glaubst du, dass sie gestern Abend gelogen hat, als sie sagte, die Aussage mit der Mutter, die sie nicht geboren hat, sei von ihr gewesen?«

»Ich habe nicht gesagt, dass ich das glaube.«

»Stimmt, aber du glaubst es, richtig?«

Ich musste Yim Recht geben und begründete meinen Verdacht. Schon vor dem Einschlafen war mir der Gedanke gekommen. Ich hatte mich daran erinnert, dass Poppy damals den Zettel mit der Mutter gezogen hatte. Somit hätte sie ihr eigenes Geheimnis aus dem Becher gefischt, was ihr jedoch, nach meiner Erinnerung, nicht anzumerken gewesen war.

»So etwas kann man durchaus überspielen«, gab Yim zu bedenken.

»Schon, aber… die Poppy, die ich kannte, hätte eine Schnute gezogen, die Zunge rausgestreckt, gezwinkert und irgendetwas gesagt wie: ›Na, wer das wohl geschrieben hat?‹ Außerdem hat jemand mich an etwas erinnert, das ich längst vergessen hatte: Poppy hat ungern über ihre Stiefmutter gesprochen.«

Ich zog Jan-Arnes Dossiers aus der Tasche neben dem Bett und gab sie Yim. Die meisten hatte der Autoknacker vom Vortag mitgehen lassen, nur die über mich und Poppy waren nicht gestohlen worden, da ich sie zufälliger- und glücklicherweise auf den Spaziergang mitgenommen hatte.

»Hier, lies selbst.«

Dossier Poppy

Ihre Mutter stirbt, als sie fünf Jahre alt ist. Sie kann es nicht leiden, wenn man die zweite Frau ihres Vaters erwähnt, und noch schlimmer wird es, wenn man sie als Stiefmutter bezeichnet. Mir ist das selbst mal passiert.

Für einen Moment war sie stinkig und sagte: »Da steckt das Wort Mutter drin, und das ist ein Unding.« Poppy nennt sie – wenn sie nicht darum herumkommt, über sie zu reden – entweder Gisela, wobei sie das I mächtig dehnt, oder noch häufiger »Vaters Frau«.

Mit 17 beginnt sie eine Ausbildung zur Stahlbaumonteurin, die sie mit 18 abbricht. Danach will sie Hubschrauberpilotin werden und macht den Flugschein. Mit 19 nimmt sie an einer Segelregatta teil. Mit 20 geht sie auf die Polizeischule, fällt beinahe durch. Sie wird in Kiel eingesetzt.

Mit 25 erster Zwischenfall. Ihr Streifenwagen überschlägt sich mehrere Male, als sie am Steuer sitzt; sie und ihr Partner kommen glimpflich davon. Sie wird für zwei Monate suspendiert und muss an einem psychologischen Training teilnehmen. Versetzung nach Glücksburg.

Mit 28 zweiter Zwischenfall, als sie einen 30-jährigen Mann davon abzuhalten versucht, vom Dach zu springen. Sie stürzt mit ihm in die Tiefe. Beide überleben. Ein Jahr später heiratet sie den Mann.

Auf eigenen Wunsch Versetzung nach Ostholstein/Fehmarn.

In den folgenden Jahren fällt sie immer mal wieder aus, wegen kleinerer Knochenbrüche, Verrenkungen, Prellungen ... Mit 38 Scheidung. Ihr Ehemann wird später wegen häuslicher Gewalt/Körperverletzung verurteilt.

Mit 42 dritter Zwischenfall. Beim Versuch, eine aus einem Privathaushalt entflohene Python wieder einzufangen, wird sie von dem Tier fast erwürgt. Ihr Partner, der ihr zu Hilfe eilt, wird dermaßen traumatisiert, dass er seitdem nur noch Innendienst leisten kann.

Für die Morde an F. O. und U. W. hat sie kein nachprüfbares Alibi.

»Poppy hätte Gisela um nichts in der Welt als Mutter tituliert«, fuhr ich fort, nachdem Yim mir das Dossier zurückgegeben hatte. »Und noch etwas: Jeder von uns wusste, dass ihr Vater noch einmal geheiratet hat. Wo bleibt da das Geheimnis? Man kann mir erzählen, was man will, aber für mich steht fest, dass Poppy uns gestern angelogen hat. Die Frage ist bloß, warum. Mal angenommen, sie hat damals den Bolenda-Zettel geschrieben ...«

»Hat sie wahrscheinlich nicht.«

Ich stutzte. »Sieh an, Doktor Watson. Was genau veranlasst Sie zu dieser These?«

»Gib mir bitte mal Jan-Arnes Liste mit den Geheimnissen«, sagte er nur, statt zu antworten.

Ich tat es, und Yim legte den Finger auf Geheimnis Nummer fünf.

»Ein Sushi-Essen, dass das hier von Poppy stammt.«

Eine geschlagene Minute dachte ich darüber nach, und das

ist eine lange Zeit für ein Ehepaar im Bett, wenn es sonst nichts anderes tut.

»Jetzt bin ich aber beeindruckt, Watson.«

»Nenn mich bitte Holmes«, erwiderte er grinsend.

Yim hatte gleich mehrere gute Gründe, Doro für ein paar Stunden allein zu lassen. Er spürte, dass sie die Zeit für sich brauchte, um Poppys Tod zu verarbeiten und über alles nachzudenken. Manchmal, wenn sie an einer schwierigen Reportage schrieb, starrte sie lange aus dem Fenster und tauchte dabei tief in den Vorgang ein. Sie schaltete ihr Handy aus, weder las sie noch sah sie fern, und aß nur das Nötigste. Er ließ sie in solchen Phasen in Ruhe, soweit das möglich war, und hielt lästige Dinge von ihr fern. Dennoch kam es vor, dass sie innerhalb von drei Tagen nur einen einzigen Satz oder noch weniger schrieb, bis sie irgendwann auf genau das stieß, was sie als den Kern der Geschichte identifizierte. Von da an ging alles ganz schnell, so als hätte es längst fertig verpackt in einer dunklen Ecke ihres Unterbewusstseins gestanden. Im Laufe ihrer Ehe hatte Yim ein Gespür dafür entwickelt, wann es wieder so weit war.

Der Moment war gekommen. Allerdings waren die Bedingungen diesmal erschwert, und zwar sowohl für sie als auch für ihn.

Zu dem Schutzschirm, den er um sie zu errichten versuchte, gehörte auch, dass er zwischen ihr und Renate vermittelte, um den brüchigen Frieden zu bewahren. Dabei bestand der leichtere Teil der Aufgabe darin, mäßigend auf Doro einzuwirken, und der ungleich schwierigere Part darin, Renates scharfe Zunge einzuhegen. Trotzdem war es nicht unmöglich.

Er bildete sich das vielleicht nur ein – und Doro würde ihn für verrückt erklären, wenn er es erwähnte –, aber ihm kam es so vor, als habe er einen besonderen Draht zu seiner Schwiegermutter. Zwischen ihren verbalen Giftpfeilen und Nadelstichen meinte er so etwas wie Sympathie wahrzunehmen. Und um den letzten Vogel abzuschießen: Er glaubte, dass Renate hinter ihrem Stachelpanzer ihrer Tochter weit zärtlichere Gefühle entgegenbrachte, als es den Anschein hatte.

Er bereitete ihr und Ludwina Eier im Glas zu, mit Pilzen und frischem Kräuterrahm. Damit schaffte er es, eine Unterhaltung in Gang zu bringen und so die verkorkste Chemie zwischen den beiden zerstrittenen Damen wiederherzustellen, wenn auch nur kurz.

»Himmlisch, was man alles aus zwei Eiern zaubern kann«, lobte Renate. Anstatt das so stehenzulassen, fügte sie hinzu: »Ludwina macht daraus Spiegeleier, die sie auf ein Butterbrot klatscht.«

»Und Sie können nicht mal das«, entgegnete die Gescholtene.

Bevor er zwischen die Fronten geraten konnte, verabschiedete Yim sich zum Joggen. Als er das Restaurant noch gehabt hatte, gehörte ein halbstündiger Morgenlauf durch den Park zu seinen festen Gewohnheiten. Seit der Pleite sah er keinen Sinn mehr in sportlicher Betätigung, empfand er sie doch als Ausgleich für den allabendlichen Stress. Nur langsam und unregelmäßig fand er wieder zu einer Tagesstruktur zurück, denn obwohl er wusste, dass er eine Zukunft hatte, gelang es ihm selten, auch daran glauben. Viel öfter fühlte er sich in einer Art Falle gefangen.

Natürlich joggte er zunächst zum Weststrand. Wenn er schon mal am Meer war … Er umrundete die Windräder, den Leuchtturm und den Binnensee, bevor er auf Feldwegen der Morgensonne entgegenlief. Es war ruhig. Der Wind und ein paar muntere Feldlerchen waren die einzigen akustischen Begleiter seines Laufs.

Als er auf die Straße nach Alt-Petri einbog, kam er an einem einfachen Haus vorbei, vor dem ein nagelneuer nachtblauer BMW stand. Die noble Karosse fiel ihm in dreifacher Weise auf. Erstens hatte sie gestern vor der Pizzeria geparkt, die Farbe war ihm aufgefallen. Zweitens passte das Auto irgendwie nicht zu dem schlichten Häuschen, und drittens passte die Fahrerin, die gerade ausstieg, nicht zum Auto. Sie war über siebzig, trug hellgelbe Leggings und ein viel zu enges Oberteil. In ihrem Mundwinkel glomm eine Zigarette vor sich hin, während sie versuchte, einen Kartoffelsack aus dem Kofferraum zu hieven.

Vermutlich hätte Yim ohnehin seinen Lauf unterbrochen, um der überforderten Frau zu helfen. Allerdings war es ihm ein zusätzlicher Ansporn, dass es sich bei ihr wahrscheinlich um die Mutter von Lutz handelte. Von Doro wusste er, dass sie in dem überschaubaren Dorf wohnte …

»Darf ich Ihnen das abnehmen?«, fragte er.

»Es gibt also doch noch Kavaliere«, antwortete sie erfreut, ohne den Glimmstängel aus dem Mund zu nehmen.

Ein Blick in den Kofferraum offenbarte ihm drei weitere Kartoffelsäcke.

»Es gibt doch noch Kavaliere«, rief sie erneut, diesmal nicht an ihn gerichtet, sondern über den Gartenzaun hinweg.

Jetzt erst bemerkte Yim den alten Mann, der in fleckigem

Unterhemd und einer abgeschnittenen Jogginghose an der Hauswand saß.

»Mein Göttergatte. Zwei starke Männer im Haus, aber glauben Sie, einer würde auch nur ’nen Finger für die Alte krumm machen? Hauptsache, das Essen steht pünktlich auf'm Tisch. Wie's dahin kommt, weiß der Geier. Echt nett von Ihnen, junger Mann. Bitte vor die Haustür stellen. Ja, danke sehr. Solche Ausländer wie Sie könnten wir mehr brauchen in diesem Land.«

Geduldig schleppte Yim einen Sack nach dem anderen zum Haus.

»Ich bin übrigens Gast bei Renate Kagel, meiner Schwiegermutter. Sie wohnt eine Straße weiter.«

»Ach ja, die«, sagte die Frau in einem Tonfall, der verriet, dass das Nachbarschaftsverhältnis nicht allzu innig war.

»Sie sind doch die Mutter von Lutz, oder?«, fragte er weiter nach.

»Mhm.«

»Er ist ein Freund meiner Frau.«

»Gut.«

Aus dem Hintergrund pöbelte ihr Mann, Lutz' Stiefvater: »Er pennt noch, der Faulpelz.«

»Sagt der Richtige.«

»Ich sag ja nur.«

»Ja, jetzt hast du's gesagt.«

Yim zog den zweiten Sack aus dem Kofferraum. »Wir waren gestern zusammen essen.«

»Soso, aha. Lutzi erzählt mir nichts. Weiß nicht, wann er kommt und wann er geht.«

»Wohnt er schon lange bei Ihnen?«

»Fast zwei Jahre.«

Ihr Mann brüllte: »Zwei Jahre liegt er uns jetzt schon auf der Tasche! Tut keinen Handschlag und gibt uns keine Kohle.«

»Er hat halt nix«, keifte sie zurück.

»Für uns nicht, nee, aber für 'nen BMW, was?«

»Ach, halt die Klappe«, rief sie ihm zu und ergänzte, an Yim gewandt: »Is'n Mietwagen, nur für'n paar Tage. Lutzi braucht den, um Eindruck zu schinden. Und ich dacht mir, wenn ich mal 'n Auto vor der Tür stehen hab mit 'nem Kofferraum so groß wie mein Bad …«

Sie lachte. »Unsere alte Karre passt in den Motorraum von dem Vehikel hier.«

Während er den dritten Sack aus dem Kofferraum zog, dachte Yim sich schnell einen Trick aus, um noch mehr Informationen zu erhalten. Wie es aussah, hatte der gute Lutz gestern in dem Restaurant ziemlich dick aufgetragen.

»Ihr Sohn hat uns erzählt, dass er beruflich ein wenig Pech hatte.«

Seine Mutter presste zwischen den Lippen, die noch immer die Zigarette umschlossen, ein Kichern hervor. »Bisschen Pech is' gut. Voll am Arsch ist er gewesen. Hat so ein Dingsbums verwaltet, wie heißt das noch? Font?«

»Einen Fond.«

»Er hat Kryptodingsda gekauft, was weiß denn ich.«

»Xaos«, erklärte ihr Mann mäkelig. »Eine Kryptowährung.«

»Sag ich doch. Und die ist den Bach runter. Alles futsch über Nacht und sein eigenes Geld gleich mit. Das war's dann mit dem Job. Aus und vorbei. Hat seitdem keinen Fuß mehr auf den Boden gekriegt, der Junge.«

»Und jetzt liegt er uns auf der Tasche«, schimpfte ihr Mann, und ausnahmsweise widersprach sie ihm nicht.

»Was ist mit seinem Vater? Meine Frau hat mir gesagt …«

»Sein Vater ist ein Arsch. Als Lutzi klein war, hat er ihn verzogen bis zum Gehtnichtmehr. Von wegen Fußstapfen und so. Heute will er nix mehr von ihm wissen. Sechs Kinder von vier Frauen, und ich war die erste. Scheißkerl. Stinkreich. Diamantenhandel. Außer 'nem Fußtritt in den Hintern zum Abschied hab ich nix von ihm gekriegt. War ihm nicht mehr gut genug, dem Schnösel.«

Yim stellte den letzten Sack ab. »Ich habe gerade gesehen, dass da noch eine schwere Einkaufstasche auf dem Beifahrersitz steht. Soll ich die noch schnell holen?«

»Also, Sie sind ja vom Feinsten. Hast du das gehört, Hans-Jürgen? Vom Feinsten.«

»Ja«, maulte er.

»Nicht nur hören, sondern nachmachen.«

Während Lutz' Mutter die Kartoffeln die Kellertreppe hinunterstieß und ihr Mann sich das Unterhemd mit Kaffee bekleckerte, setzte Yim sich auf den Fahrersitz des BMW. Er schaltete das Navi an und rief die Rubrik »Letzte Ziele« auf. Glücklicherweise verfügte er als langjähriger Küchenchef über ein gutes Gedächtnis, sodass er sich ein halbes Dutzend Adressen einprägen konnte.

»Allererste Sahne«, lobte sie ihn zum Abschied. »Da kann sich so mancher Deutsche 'ne Scheibe von abschneiden, aber echt. Kommen Sie mit Ihrer Frau doch mal zum Essen vorbei.«

Yim und ich machten uns noch einmal auf den Weg zur Pizzeria, in der wir am Abend zuvor gegessen hatten. Uns beiden war Poppys seltsames Verhalten wieder eingefallen, als sie plötzlich abgelenkt gewesen war, nicht länger als zehn, fünfzehn Sekunden. Mir schien es mit jemandem zu tun zu haben, der das Restaurant betreten hatte. Die Person könnte ihr später durchaus gefolgt sein. Allerdings hatte Poppy nicht beunruhigt gewirkt, eher aufmerksam. Ich meinte sogar, ein kurzes ironisches Schmunzeln bemerkt zu haben.

»Na, wie fandest du die Mutter von Lutz?«, fragte ich Yim auf der Fahrt, als er mir von seinem Abstecher zur ehemaligen Frau Meyerbeer berichtete.

»Sie kann mit einer Zigarette im Mundwinkel mühelos eine Unterhaltung bestreiten. Und sie isst gerne Kartoffeln. Übrigens, du und dein ausländischer Mann seid bei ihr zum Essen eingeladen.«

Ich stöhnte innerlich auf. »Hört sich an wie eine Szene aus den *Flodders*. Sie war schon damals eine schreckliche Person.«

»Inwiefern?«

»Tante Thea und die Mütter der anderen sorgten sich um uns. Sie gaben uns Stullen mit und achteten darauf, dass wir warme Sachen oder Regenjacken dabeihatten … Selbst Poppys Stiefmutter kümmerte sich. Lutz dagegen musste immer von uns schnorren. Seine Mutter sagte ihm auch nie so etwas wie: ›Sei um acht Uhr wieder zu Hause‹, oder so.«

»Wenn dieser Finanzfuzzi seit zwei Jahren bei den beiden lebt, geht es ihm finanziell wohl ziemlich dreckig. Für einen Aufschneider wie ihn kommt das dem Leben in einer Strafkolonie gleich. Ich glaube allerdings nicht, dass er den BMW nur gemietet hat, um damit bei alten Freunden anzugeben. Da ist irgendwas im Busch. Sagt dir eine von diesen Adressen etwas?«

Er las mir eine Reihe von Orten, Straßen und Hausnummern vor, von denen sich die meisten auf Fehmarn befanden. Darunter auch »Am Rehwinkel 1«.

»Moment mal, Rehwinkel eins? Das ist Marens Adresse.«

»Bist du sicher?« Yim sah mich von der Seite an.

»Ich war ja erst neulich dort und habe Marens Post in der Hand gehalten.«

»Lutz war höchstwahrscheinlich dort. Nur wann, kann ich nicht sagen.«

Und mir hatte er erzählt, er hätte Maren nie besucht.

Glücklicherweise hatte die Pizzeria schon ab elf Uhr geöffnet, so mussten wir lediglich eine Stunde überbrücken, was einem in der hübschen Altstadt nicht schwerfällt. Wir bummelten durch die Straßen, als Annemie anrief.

»Weißt du es schon?«, fragte sie niedergeschlagen. Ich meinte sogar, kleine Schluchzer zu hören.

»Ja, es kam im Radio.«

»Ich habe es eben erst erfahren.«

»Tut mir leid, ich hätte dich sofort informiert, aber ich habe angenommen, dass Ludwina …«, stammelte ich mit schlechtem Gewissen.

»Sie hat angerufen, viermal, aber ich habe nicht abgenommen.«

»Nun weißt du es.«

»Und ich dumme Trutschel hatte nichts anderes zu tun, als

mit Marius zu streiten, während die arme Poppy… O mein Gott… Die arme, arme Poppy.«

»Es hätte nichts geändert, wenn du geschlafen hättest, so wie ich.«

»Aber wenn ich Dienst gehabt hätte…«

»Im Radio hieß es, sie sei noch am Unfallort gestorben.«

Kurz Stille, dann fragte Annemie: »Hat sie leiden müssen?«

»Da bin ich überfragt. Ich hoffe, nicht.«

»Ich meine ja nur, weil der arme Jan-Arne noch… Ob sie wohl etwas gesagt hat, bevor sie starb?«

»Das weiß ich wirklich nicht, Annemie.« Ich zuckte die Achseln, obwohl sie mich nicht sehen konnte.

»Ich werde ihre Stiefmutter anrufen, jetzt gleich.«

»Ja, tu das, ich werde heute oder morgen dasselbe…«

»Ist das ein Zufall?«, erkundigte sie sich, doch es war wohl eine jener Fragen, die man nur stellt, um ein Gemeinschaftsgefühl zu schaffen. In diesem Fall weniger eine Leidens-, eher eine Bedrohungsgemeinschaft.

Ich antwortete ihr frei heraus und vermutlich so, wie sie es erwartet hatte: »Wenn Jan-Arne, Maren und Poppy an Krebs, Lungenembolie oder Kreislaufversagen gestorben wären, dann könnte man das mit gutem Willen noch Zufall nennen. Aber so… ausgeschlossen, Annemie. Wir alle sollten uns deswegen fragen, ob wir irgendetwas wissen.«

»Was denn wissen?«

»Bitte mach es nicht kompliziert«, sagte ich in leicht ungeduldigem Tonfall. »Du selbst hast mir gesagt, dass Jan-Arne das Geheimnisspiel erwähnt hat, bevor er starb.«

»Dieses vermaledeite Spiel. Das ist ewig her und längst begraben und vergessen.«

»Wie mal ein berühmter Schriftsteller sagte: Das Vergangene ist nie tot, es ist nicht einmal vergangen. Einer von uns wusste oder weiß etwas über den Tod vom Bolenda.«

»Ich jedenfalls nicht«, beteuerte Annemie.

»Zumindest der Zettel stammt nicht von dir. Du hast geschrieben, dass deine Mutter deinen Vater verprügelt.« Sie schwieg, daher fuhr ich nach einem Anstandsmoment fort. »Ich habe geschrieben, dass ich jemanden hasse, der mir nichts getan hat. Maren, dass sie eine unheilbare Krankheit hat. Pieter, dass er jemanden von uns liebt. Poppy, so glauben wir, hatte keine Angst. Die anderen drei Zettel sind noch zu vergeben, und solltest du irgendeine Ahnung haben …«

»Ich sage dir doch, dass ich fast alles vergessen habe. Schon nach einem Becher von dem roten Zeug war ich total neben der Spur. Ich weiß nichts, gar nichts. Wenn da irgendetwas war, macht das gefälligst unter euch aus. Ich muss jetzt los, meine Schicht fängt bald an. Tschüss.«

Nach dem Telefonat war ich um eine Erkenntnis reicher. Annemie stand unter Druck, sie war verängstigt. Ein einziges Wort verriet mir ihren Gemütszustand: gefälligst. Die Annemie, die ich von früher kannte und am Abend zuvor neu kennengelernt hatte, war normalerweise die Geduld und Sanftheit in Person.

Punkt elf standen wir bei Luigi auf der Matte. Der Wirt der Pizzeria war ein geselliger, kleiner Mann mit Schnauzer, etwa Mitte fünfzig, der so schnell redete, dass ich trotz seines perfekten Deutschs immer wieder nachfragen musste, was mir ein wenig peinlich war. Außerdem hatte er die Neigung, vom Hundertsten ins Tausendste zu kommen.

Wir erkundigten uns nach der Person, die am Vorabend Poppys Aufmerksamkeit erregt haben könnte.

»*Allora*, hier ist ein ständiges Kommen und Gehen, die Leute rennen mir die Bude ein, seit dieser Coronaschlamassel vorüber ist. Ist mir ja recht, ist mir ja recht. Wir müssen schließlich Geld in die *cassa* kriegen, wo das letzte Jahr ein *disastro* war. Wollen Sie etwas trinken?«

Nach dieser Vorbemerkung wäre es unmöglich gewesen, nichts zu bestellen.

»Zwei Espressi, bitte.«

Er hantierte so schnell, wie er redete, und es grenzte für mich an ein Wunder, dass dabei nichts zerbrach.

»Natürlich, ich kenne die Frau… die Polizistin. Sie hat sich nach ihrer Scheidung wieder Popp genannt. Wachtmeisterin Popp, klein und dünn wie eine Stangenbohne, nichts für ungut. Dafür sehr hübsche Augen und ein Mund wie Botticellis Venus. Sie kam manchmal vorbei und hat für sich und Wachtmeister Vock eine Pizza abgeholt, wenn sie zusammen auf Streife waren. Sie mochte extra Salami und extra scharf, er bestellte immer mit Pilzen, Spinat und Gemüse. Darüber hat sie sich lustig gemacht. Er war halb so alt wie sie. Für uns waren sie einfach nur Popp und Vock, oder manchmal, wenn sie nicht zuhörten, Pock und Vopp. Wollen Sie nichts zum Espresso essen?«

»Wir haben gerade gefrühstückt.«

»Ach, ein Stück Panettone geht immer. Von meiner Mama.

Sie ist fünfundsiebzig und backt dreimal die Woche einen Kuchen, meistens Panettone. Es ist der beste weit und breit. Süßspeisen sind ihre Spezialität. Ja, die Frauen von Messina und ihre Leckereien … Übrigens, die kandierten Früchte hat mein Schwager aus Sizilien mitgebracht.«

»Also gut«, gab ich nach, in der Ahnung, dass Luigi eine Art Tausch vorschwebte: Informationen gegen Panettone.

Yim dachte, er wäre fein raus, weil er keine Milch vertrug, doch hatte er nicht mit den Grissini *al cioccolato* gerechnet, fünf dicken, mit dunkler Schokolade umhüllten Mürbeteigstangen, von denen Luigi so lange schwärmte, bis ich ihn behutsam zurück zum Thema lotste.

»War sie mal privat hier?«, fragte ich.

»*Scusi?*«

»Freya Popp.«

»Wenn sie nicht im Dienst war, meinen Sie?«

»Ja.«

Das war der einzige Moment während des Gesprächs, in dem ich das Gefühl hatte, dass Luigi seine Worte sorgfältig überlegte.

»Manchmal«, erwiderte er untypisch knapp. »Manchmal.« Er zögerte. »Sie war … sehr nett. Sehr … offenherzig, Sie verstehen?«

»Sie meinen, sie hat laut gelacht, viel erzählt und so weiter?«, hakte ich nach.

Luigi wollte nicht so richtig mit der Sprache herausrücken, es war, als staue sie sich an seinem Gaumen. Ein Glas Amaretto, das er sich flink hinter die Binde goss, bewährte sich als Lösungsmittel.

»Sie hat heftig geflirtet. Madonna, warum auch nicht? Das ist ganz natürlich für jemanden, der geschieden ist, Mann oder Frau, ganz egal. Das Herz braucht mehr zu tun, als immer nur zu schlagen. Dummerweise hat sie sich meinen Schwager ausgesucht, den Mann meiner jüngeren Schwester. Sie wissen schon, den, der die kandierten Früchte aus *bella Sicilia* mitbringt. Von einem Früchtchen hatte sie auch etwas, die Signora … Sie saß am Tresen, genau da, wo Sie jetzt sitzen, er stand hinter der Bar am Zapfhahn, genau da, wo ich jetzt stehe. Und dann hat sie … Was Frauen halt so machen, wenn sie einen Mann weichkochen wollen. Sie hat ihn angesehen, aber wie! Ich kann das unmöglich nachmachen. Was soll ich sagen? Das ging eine ganze Weile, bis meine *mamma* dahinterkam. Danach stand mein Schwager nicht mehr am Zapfhahn. Dann hat sie, also die Signora Popp, es bei Massimo versucht, meinem älteren Bruder, dem ein Feinkostladen gehört. Er trinkt fast jeden Abend ein oder zwei *vini* bei uns, bevor er zum Essen nach Hause geht. Dass auch er verheiratet ist, hat die Signora nicht weiter gestört.«

Er deutete auf ein Foto an der Wand hinter sich, auf der die Großfamilie versammelt war. Luigi war mit Abstand der Kleinste und Dünnste, seine männlichen Verwandten hingegen waren allesamt groß und gut genährt, um es mal dezent auszudrücken.

»Es hätte nicht viel gefehlt, und meine *mamma* hätte die Signora mit einem Besen aus der Trattoria gejagt. *Mamma* ist die Alphawölfin, Sie verstehen? Sie hält alles zusammen. Aber die Signora ist Polizistin, so jemanden jagt man nicht mit einem Besen aus dem Lokal, sonst kommt das Ordnungsamt öfter vorbei, als gut ist für das Geschäft. So etwas kann schnell …«

»Wir haben verstanden«, sagte ich.

»Also hat *mamma* sich umgehört, um etwas in Erfahrung zu bringen, das uns weiterhilft. Vielleicht aber auch nur, um …«

»Was hat Ihre Mutter in Erfahrung gebracht?«

»Ich möchte nicht schlecht über Signora Popp sprechen. Sie ist in Uniform für ihr Land gestorben. Erschossen, richtig?«

»Sie ist in Jeans und Sweatshirt gestorben und überfahren worden.«

»Die Deutschen können einfach nicht gut Auto fahren. Schaut uns Italiener an, so fährt man Auto.«

»Was genau hat Ihre Mutter in Erfahrung gebracht?«, insistierte ich.

»*Allora*, die Signora war dafür bekannt, dass sie gerne flirtet, ein wenig zu gerne, aber immer nur mit Männern ihres Alters. Was glauben Sie, warum sie mit einem Kollegen auf Streife war, der gerade mal so alt ist wie unser Jahrhundert, hm? Den hat sie in Ruhe gelassen.«

Er stellte uns zwei frische Espressi vor die Nase, da wir offenbar ein Abo hatten, ohne es zu wissen.

»Ich will wirklich nichts Schlechtes über die Signora sagen. Sie ist tot, und ich bin froh, dass meine *mamma* sie nicht mit dem Besen erschlagen hat. War aber auch nicht nötig, denn zum Glück hat die Signora vor ein paar Monaten einen anderen Spielgefährten gefunden.«

»Wen denn?«, fragten Yim und ich gleichzeitig mit vollem Mund.

»Da schließt sich der Kreis. Er war gestern Abend hier. Ich

habe der Polizei vorhin dasselbe erzählt, dieser Kommissarin mit dem Bürstenhaarschnitt. *Mamma mia*, die ist richtig motiviert wieder abgezogen.«

Mit dieser wichtigen Information verabschiedeten wir uns und machten uns sofort auf den Weg nach Petersdorf zum Fennweck-Hof. Die gemütliche Strecke führte uns an Rapsfeldern, Windrädern und winzigen Dörfern vorbei.

Thilo Fennweck also, Hankos jüngerer Bruder. Die gute Poppy war offensichtlich auf große, breitschultrige Männer ihres Alters fixiert gewesen, wobei deren Familienstand nebensächlich war. Vielleicht hatte sie der Trauschein ihrer Auserkorenen nur noch mehr angespornt.

Wenn ich es mir recht überlegte, stimmte dieses aktuelle, scharfe Bild von Poppy mit dem verblichenen des Mädchens von damals einigermaßen überein. Sie war immer schon vorwitzig gewesen, hatte kein Blatt vor den Mund genommen, und Jungs hatte sie nicht selten geneckt, und zwar auf eine sehr weibliche Art. Ich fand sie bei allem, was Liebe und Sexualität anging, recht früh entwickelt, was vor allem an dem lag, was sie auf Schuppen sprayte. Da waren Motive und Sprüche dabei, die jemanden hätten erröten lassen, der fünf Jahre älter war als sie. Von mir selbst ganz zu schweigen. Andererseits hatte sie weder mich verleitet, es ihr nachzutun, noch irgendjemanden sonst, soviel mir bekannt war. Auch triumphierte sie nicht, weil sie etwas wusste oder sich etwas traute, das anderen abging. Im Grunde wirkte alles, was sie tat, auf Spaß ausgerichtet, und nichts turnte sie mehr ab, als Stress zu bekommen, mit wem auch immer.

Eine andere Seite von ihr war mir verborgen geblieben.

Jan-Arne hatte sie entdeckt, ohne sie in den passenden Kontext zu stellen, und erst Yim hatte sie richtig eingeordnet.

»ICH HABE KEINE ANGST.«

Das fünfte Geheimnis auf der Liste hatten Jan-Arne und ich Hanko zugeschrieben, wegen seiner Neigung zum Großspurigen und seiner plumpen Formulierungen. Doch mal angenommen, der Satz stammte gar nicht von ihm … Poppy hatte in jungen Jahren Berufe wie Stahlbaumonteurin und Hubschrauberpilotin ergreifen wollen, die man getrost als risikoreich bezeichnen konnte. Sie fuhr Regatten, benutzte den Streifenwagen als Rennauto, legte sich mit Würgeschlangen an und stürzte mit Lebensmüden vom Dach. Kaum zu glauben, wie oft sich diese kleine Person schon in Lebensgefahr gebracht hatte, ohne vorsichtiger zu werden.

Angstblindheit ist eine Persönlichkeitsstörung, die gar nicht so selten vorkommt, wie man meinen könnte. Im Unterschied zu Adrenalinjunkies, die sich absichtlich in Gefahrensituationen begeben, weil sie von dem damit einhergehenden Rauschzustand abhängig geworden sind, erkennen Angstblinde eine Gefahr nicht. Sie sind unfähig, die Symptome des Körpers, wie etwa Herzrasen, zu deuten. Ohne mit der Wimper zu zucken, rasen sie stattdessen in das Herz eines Orkans und stehen am Ende ohne Fluchtreflex vor einer Klapperschlange.

»ICH HABE KEINE ANGST.«

Die knappe, unbeholfene Formulierung hatte uns allen den Blick verstellt auf die Tiefe und Tragweite, die dahintersteckte. In der Diskussion am Geheimnisabend waren wir auf diesen Satz so gut wie gar nicht eingegangen. Wir hatten nichts als Banalität gesehen, wo es ein Phänomen zu entdecken gab.

Nun war Poppy tot. Wir konnten sie also nicht mehr fragen, ob sie sich damals absichtlich oder unabsichtlich plump ausgedrückt hatte, und auch nicht, ob unsere Zuschreibung dieses Satzes auf sie überhaupt stimmte. Letzteres hielt ich inzwischen für sehr wahrscheinlich, auch deswegen, weil die meisten anderen Geheimnisse entweder bereits vergeben waren oder nicht zu ihrem Charakter passten, etwa dass sie jemanden in die Pfanne hauen wollte oder in einen von uns verliebt gewesen war. So etwas hätte sie der betreffenden Person einfach ins Gesicht gesagt.

Im Geiste machte ich ein Häkchen hinter Poppys Namen auf der Liste. Mit Maren, Annemie, Pieter und mir waren somit fünf Geheimnisträger entlarvt, darunter alle Mädchen. Offen blieben das dritte, das siebte und das achte Geheimnis:

»MEINE MUTTER HAT MICH NICHT GEBOREN.«

»EINES TAGES WERDE ICH JEMANDEN VON UNS IN DIE PFANNE HAUEN.«

»ICH WEISS, WER DEN BOLENDA ERMORDET HAT.«

Zur Auswahl standen Jan-Arne, Hanko und Lutz.

Als wir etwa die halbe Strecke hinter uns hatten, stellte Yim das Radio leiser.

»Was weißt du eigentlich über Lutz? Mal abgesehen von dem Epos, das er uns gestern erzählt hat.«

»Die Frage habe ich mir auch gerade gestellt«, antwortete ich. »Nehmen wir mal an, das Geheimnis mit der Pfanne stammt von Jan-Arne, der Hanko auf dem Kieker hatte. Dann bleiben für Lutz und Hanko nur noch die Sache mit der Mutter und der Bolenda-Mord.«

Vielleicht tat ich Hanko furchtbar Unrecht, aber ich konnte nicht aufhören, daran zu denken, dass sein Hof inzwischen der größte von ganz Fehmarn war. Vielleicht, nun ja, hing das mit allem zusammen, was in den letzten Wochen geschehen war. Hankos Erfolg war keineswegs abzusehen gewesen, damals, vor dreißig Jahren. Sein Vater war noch vom alten Schlag gewesen, der technische und gesellschaftliche Modernisierungen nur dann zuließ, wenn er keine Wahl mehr hatte. Das Wort »Zukunftsinvestition« war ihm ebenso fremd gewesen wie der Satz des Pythagoras, und er hatte alles ein wenig schleifen lassen. Hankos Voraussetzungen waren also nicht die besten, als er mit der Expansion begann. Nun war er Fehmarns Lord der Landwirte.

Netter Gedanke. Ich verstand bloß nicht, inwiefern er mir nutzte.

Der Fennweck-Hof war kaum wiederzuerkennen. Die Fassaden und das Fachwerk glänzten wie frisch gestrichen, die Nebengebäude waren erweitert und mit dem Haupthaus verbunden, das Pflaster dazwischen erneuert worden. Ein großer Quellstein in der Hofmitte, beschattet von einer Linde, lud an warmen Tagen zum Verweilen ein. Und tatsächlich saß Mutter Fennweck – anders hatte ich sie nie genannt – auf einem Liegestuhl mit verschlissenem Stoff unter dem Baum. Ich erkannte sie hauptsächlich an ihrer Vorliebe für karierte Kittelschürzen und den leuchtend rosa Wangen.

Sie war so sehr in das Sprudeln des Wassers vertieft, dass sie uns nicht bemerkte, als wir auf den Hof fuhren. Erst als ich unmittelbar neben sie trat, blickte sie zu mir auf, wobei sie die Hand schützend über die Augen legte.

»Doro«, sagte sie. »Du bist es doch, oder?«

»Ja, Mutter Fennweck.«

»Hanko hat mir gesagt, dass du zurückgekommen bist. Ist das dein Mann? Guten Tag, ich bin Enie Fennweck.«

»Yim«, erwiderte er und gab ihr die Hand. »Da haben wir ja beide seltene Namen.«

Sie lächelte schwach. »Meine Mutter hatte ein Faible für Kurzformen. Enie kommt eigentlich von Iphigenie, aber so steht es nicht im Taufregister, da steht nur Enie. Schön, dich zu sehen, Doro. Du hast nur leider einen schlechten Zeitpunkt für deinen Besuch erwischt. Vor einer halben Stunde hat die Polizei Thilo mit aufs Revier genommen. Hanko ist ihnen hinterhergefahren. Ich mache mir große Sorgen.«

Was sagt man in so einer Situation? Ich war nie gut darin, Plattitüden von mir zu geben, und seien sie noch so lieb gemeint. Sätze wie: »Ich bin sicher, das klärt sich alles auf.« Wie hätte ich mir sicher sein können? Ich kannte Thilo nicht, er war unmittelbar vor dem Mord in der Pizzeria gewesen, und sein Wagen war die Mordwaffe. Letzteres wusste ich aus dem Radio. *Der Fahrer des Wagens, der mutmaßlich den Tod der sechsundvierzigjährigen Polizistin aus Sulsdorf verursachte, wird zur Stunde verhört,* hatten sie wenige Minuten zuvor gemeldet.

»War Poppy denn mal hier?«, fragte ich.

»Wer?«

»Freya Popp.«

»Das Mädchen, das du damals immer zum Brotsuppenessen angeschleppt hast? Die ist das, die wer überfahren hat? Nein, ich glaube nicht, dass die mal hier war. Oder? Setzt euch doch.«

Das war leichter gesagt als getan, denn außer dem Boden und dem Quellstein gab es keine Sitzgelegenheit. Als Mutter Fennweck unsere Verlegenheit bemerkte, deutete sie auf die Tür zum Haupthaus, wo ein alter Gartentisch und zwei Klappstühle standen.

»Bring mir doch bitte auch die Wasserflasche und das Zeug mit«, rief sie mir und Yim hinterher.

Bei dem »Zeug« handelte es sich um allerlei Medikamente, und obwohl ich keine Spezialistin war, erkannte ich, dass sich Herzmittel darunter befanden.

»Ich hoffe, es ist nichts Akutes«, sagte ich.

Sie winkte ab, sichtlich bemüht, ihre Gesundheit nicht zum Gesprächsgegenstand zu machen. Mit äußerst zittrigen Händen steckte sie sich eine Pille nach der anderen in den Mund und spülte sie mit einem Schluck aus der Wasserflasche herunter.

»Doch, die Frau war mal hier«, erinnerte sie sich und wischte sich den Mund mit dem Ärmel ab. »Vor ein paar Jahren. Bei Hanko oder bei Thilo, das weiß ich nicht mehr. Ich habe sie an ihrem Pferdeschwanz erkannt, und sie ist ja auch recht klein, nicht wahr? Ich hatte Hunde, die größer waren als sie.«

Wir schmunzelten. Mutter Fennweck deutete auf das Hoftor, im Grunde nur ein Gatter, das tagsüber offen stand.

»Es war Sommer. Sie hat sich spätabends gegen das Tor gelehnt, so mit beiden Armen obendrauf und das Kinn darauf gestützt. So hat sie damals dort gestanden, ein Knie auf der unteren Latte, und zwar eine ganze Weile. Ich fand das… Na ja, in meiner Jugend hätte eine Frau sich das nicht getraut. Ich wollte schon rausgehen und fragen, ob ich ihr helfen kann. Aber dann ist irgendjemand zu ihr gegangen. Einer der Jungs, ich habe vergessen, wer.«

»Sie haben ein gutes Gedächtnis«, lobte ich sie.

»Doro, das weiß ich nur noch, weil… Sie hatte so einen komischen Blick. Wie soll ich den beschreiben? Also, wenn ich ein Mann gewesen wäre, dann wäre mir ganz warm geworden. Es war aber nur das eine Mal, soviel ich weiß.«

Die Tür eines der Seitengebäude öffnete sich, und drei Männer traten auf den Hof, bekleidet mit schicken Sommeranzügen, aber ohne Krawatte, den obersten Hemdknopf geöffnet. Einer von ihnen war Lutz. Sie verabschiedeten sich von einer Frau mittleren Alters, die ich nicht kannte.

»Hankos Frau«, erklärte Mutter Fennweck knapp und mit einer speziellen Trübung des Tonfalls, die bei Schwiegermüttern nicht selten anzutreffen ist.

Lutz winkte Mutter Fennweck zu. Erst danach bemerkte er Yim und mich, woraufhin er zu uns kam, während seine Begleiter in einen makellos polierten Mercedes stiegen.

»Hallo, Doro, Yim. Was für eine Überraschung. Verfolgt ihr mich? Meine Mutter hat mir vorhin von deinem Kurzbesuch erzählt, Yim, und betont, was für feine Freunde ich habe, die ihr die Kartoffeln ins Haus tragen.«

»Ja«, sagte Yim. »Wenn es sonst keiner tut. Bist du geschäftlich hier?«

»Sozusagen.«

»Geht es um den Turm, den Golfplatz oder den Freizeitpark?«, fragte ich.

Er lächelte mir mit schmalen Lippen zu. »Von allem etwas. Leider musste Hanko plötzlich weg. Ist das wahr, Poppy ist tot?«

Wir sprachen eine Minute über sie. Was man halt so redet, wenn jemand gestorben ist, den man zu wenig gekannt hat, um tiefe Trauer zu empfinden, aber zu gut, um unberührt zu sein.

»Ich bin sicher«, sagte Lutz an Mutter Fennweck gewandt, »das klärt sich alles auf.«

Er drückte ihr mit beiden Händen die Hand, so als spräche er ihr sein Beileid aus, wünschte ihr »alles, alles Gute« und warf Yim und mir einen Blick zu.

»Man sieht sich.«

»Ich weiß gar nicht, warum er immer so soßig nett zu mir ist«, raunte Mutter Fennweck, als er fort war, und wischte sich die rechte Hand an der Kittelschürze ab. »Er hat keinen Grund. Ich unterschreibe sowieso alles ungelesen, was Hanko mir vorsetzt. Habe ich immer schon gemacht. Und dieser … dieser …«

»Lutz«, half ich.

»Dieser Lutz interessiert sich nicht die Bohne für mich, so etwas erkenne ich sofort. Er ist ein Lump. Den hast du mir damals auch zum Suppeessen angeschleppt, Doro.«

Aus all dem schloss ich, dass Mutter Fennweck – ganz untypisch – noch immer die Eigentümerin des Hofes war. Sie wohnte im Haupthaus, Hanko im Nebengebäude, das dem

Brauchtum nach eigentlich für die Alten gedacht war. Und Thilo, darauf hätte ich wetten können, wohnte mit seiner Familie in dem Anbau, der die Gebäude verband.

»Wo soll dieser tolle Turm eigentlich gebaut werden?«, fragte ich sie.

Zittrig trank sie einen Schluck aus der Flasche. »Du kennst doch Maren, die Cousine von Hanko und Thilo, die kürzlich gestorben ist. Ihr Grundstück ist von drei Seiten von unseren Ländereien umgeben. Der Turm soll auf unserem Land gebaut werden, und der Parkplatz kommt dorthin, wo jetzt noch Marens altes Haus steht. Die wollen ein Aussichtscafé auf den Turm bauen und unten ein schickes Restaurant und neben das Restaurant einen Golfplatz. Ich weiß nicht, warum heutzutage jede Insel einen Golfplatz braucht. Die Leute sollen lieber Boot fahren, Herrgott. Das ist einfach nicht mehr meine Zeit, einfach nicht mehr meine Zeit.«

Mühsam stemmte sie sich aus dem Liegestuhl hoch, wobei sie Yims helfende Hand zurückwies. Mit einem Buckel stand sie vor mir, gebeugt von Alter und Knochenschwund.

»Deine Freunde bringen meiner Familie kein Glück, Doro. Der Lump vermurkst meine Heimat, und wegen der blöden Poppy kommt vielleicht mein Thilo ins Gefängnis.«

Sie stopfte sich die Taschen der Kittelschürze mit den Medikamentenpackungen voll und schlurfte ohne ein weiteres Wort in das kühle Dunkel ihres Hauses, wo sie die Tür hinter sich schloss.

»Ich glaube«, sagte Yim, »mit dem berühmten Brotsuppenessen bei Fennwecks wird es nichts in diesem Jahr.«

Ich zuckte nur die Achseln und versuchte Pieter anzurufen,

um ihn zu fragen, ob ich mit Yim bei ihm vorbeikommen könnte. Wir hatten ohnehin lose ein Treffen vereinbart, und seit wir uns ein paar Tage zuvor gesehen hatten, waren zwei weitere unserer Jugendfreunde ums Leben gekommen. Ich hielt es für möglich, dass Pieter von uns allen der Arg- und Ahnungsloseste war, denn sein schüchternes Naturell verhinderte, dass er alte Freundschaften pflegte und neue schloss. Mich interessierte dennoch, warum er am Abend zuvor in letzter Minute abgesagt hatte.

Leider war ständig bei ihm besetzt. Daher machten Yim und ich uns auf gut Glück zum Kohlengruber-Hof auf.

Auf halber Strecke kam uns ein schwarzer SUV entgegen, eher ein Schlachtschiff als ein Auto, das meinen Kopf deutlich überragte. Nachdem der Wagen in hohem Tempo an uns vorbeigerauscht war, trat der Fahrer so heftig auf die Bremse, dass die Reifen quietschten.

»Er wendet«, sagte Yim nach einem Blick in den Rückspiegel. »Weißt du, wer das ist?«

»Ich habe eine Ahnung. Fahr rechts ran.«

Yim wählte die breite Einfahrt zu einem Gestüt, idyllisch gelegen, mit sattgrünen Weiden um uns herum. Der Schatten der Linde bei Fennwecks und der Fahrtwind im Cabrio hatten die Mittagshitze gelindert, der Schotter der Einfahrt jedoch reflektierte die Sonnenstrahlen, und so genügte eine halbe Minute des Wartens, und ich verspürte das dringende Bedürfnis nach einer Dusche.

Wie vermutet, stieg, nachdem er eine Vollbremsung hingelegt hatte, Hanko aus dem gigantischen SUV, einem amerikanischen Import.

»Was habe ich gesagt?«, murmelte ich Yim zu. »Er muss immer den Größten haben.«

Mit ausladenden Schritten kam Hanko auf uns zu. »Ich komme gerade von der Polizei«, sagte er ohne Begrüßung. »Die glauben ernsthaft, mein Bruder hat Poppy ermordet.«

»Hallo, Hanko.«

»Hallo.«

»Das ist mein Mann Yim.«

»Ist mir momentan scheißegal. Das ist alles deine Schuld, Doro.«

»Meine?« Ich war baff. »Wieso das denn?«

»Keine Ahnung. Ich weiß nur, dass Jan-Arne deinen Namen ausspricht und kurz darauf stirbt. Dass du Maren findest, die sich kurz vorher aus dem Fenster gestürzt hat. Dass du mit Poppy Pizza essen gehst, und eine Stunde später ist sie tot. Du rührst irgendeinen alten Quark auf, Doro, und seither sterben die Leute wie die Fliegen.«

»Der Spieß lässt sich mühelos umdrehen«, erwiderte ich ruhig. »Jan-Arne gräbt in unserer Vergangenheit und wird umgebracht. Ich treffe dich und deinen Bruder bei der Arbeit, und kurz darauf stürzt Maren, nur einen Kilometer entfernt, aus dem Fenster. Ich gehe Pizza essen mit Poppy, und just an dem Abend setzt sich dein Bruder dort an den Tresen. Des Lokals übrigens, wo er sich des Öfteren mit Poppy getroffen hat.«

»Jetzt will ich dir mal was sagen«, brüllte er mich an.

Yim trat einen Schritt näher an mich heran, doch Hanko beachtete ihn gar nicht.

»Als man Jan-Arne ermordet hat, habe ich mir mit Thilo

ein Fußballspiel angesehen, bei ihm zu Hause. Als Maren gestorben ist, haben wir zusammen eine Kuhle ausgehoben, für die neuen Schweine, die bald eintreffen. Was Poppy angeht, hat er kein Alibi. Und überhaupt … Was hat Thilo mit Jan-Arne und Maren zu schaffen?«

»Was ist gestern eigentlich passiert?«, fragte ich. Zum einen wusste ich zu wenig über die Umstände von Poppys Tod, zum anderen versuchte ich, die zunehmend gereizte Unterhaltung auf eine sachliche Ebene zu ziehen.

Hanko fuhr sich mit beiden Händen übers Gesicht, drehte sich einmal um die eigene Achse, vermutlich um herunterzukommen von seinem Zorn, und schob schließlich die Fäuste in die Taschen. Es klappte. In ruhigerem Tonfall fuhr er fort.

»Thilo … Er hat zu viel getrunken. Er war sternhagelvoll, okay? Er hat seinen Wagen nicht mehr gefunden, als er aus der Pizzeria herausgekommen ist. Der Audi war weg. Aber anstatt die Polizei zu rufen, hat er sich zu Fuß auf den Weg gemacht, die ganze Strecke nach Petersdorf. Weit ist er in seinem Zustand nicht gekommen. Bei Landkirchen ist er eingepennt, im Carport von einem leerstehenden Ferienhaus.«

»Landkirchen«, wiederholte ich. »Das ist nicht weit von der Stelle entfernt, wo …«

»Ja, das weiß ich auch«, brüllte Hanko mich neuerlich an. »Na und, was beweist das? Doch bloß, dass wir auf einer kleinen Insel leben. Du kommst einfach hierher in deinen schicken Kleidchen und den Seidenschals, markierst die große Detektivin …«

»Die Polizei ermittelt gegen deinen Bruder, nicht ich.«

Als hätte ich in den Wind gesprochen, setzte er nach. »Hast du eine Ahnung, was meine Mutter gerade durchmacht? An so was sind Mütter schon gestorben.«

»Ich weiß Bescheid. Mein Vater ist auch an *so was* gestorben, an so was Ähnlichem jedenfalls.«

»Warum tut man ihr das an? Thilo, ein Mörder … Das ist der größte Bockmist aller Zeiten. Er schlägt nicht mal seine Kinder.«

Diese Begründung kommentierte ich lieber nicht. So als mache eine moderne Kindererziehung über jeden Zweifel erhaben. Trotzdem war etwas dran an dem, was Hanko sagte. Selbst wenn seine Geschichte nur eine Ausrede war und Thilo Poppy auf dem Gewissen hatte – vielleicht war Eifersucht sein Motiv, vielleicht hatte Poppy ihn erpresst –, erkannte ich nicht, warum er Jan-Arne getötet haben sollte, noch dazu auf beinahe dieselbe Art. Außerdem war er zu dem Zeitpunkt, als der Bolenda ermordet worden war, gerade mal zehn Jahre alt gewesen. Er hatte mit der ganzen Sache nichts zu tun, dessen war ich mir sicher. Jedenfalls fast.

»Hat er Jan-Arne überhaupt gekannt? Wenn nicht, wird die Polizei ihn gewiss vom Haken lassen«, fragte ich.

»Natürlich hat er Jan-Arne nicht gekannt«, fuhr Hanko mich an.

Yim ging dazwischen. »Ho, ho, ho, immer locker bleiben, Kumpel. Kein Grund, meine Frau anzubrüllen.«

»Halt du dich da raus.«

»Das mache ich, solange du meine Frau nicht bedrohst. Und wenn du aufhörst, sie zu verfolgen«, sagte Yim.

»Hä? Was redest du da?«

Ich war ebenfalls überrascht. War das ein Schuss in den Nebel von Yim?

»Gerade eben hast du sie angemeckert, weil sie in schicken Kleidchen und Seidenschals herumläuft und Detektivin spielt. Das einzige Mal, dass sie einen Seidenschal getragen hat, seit sie auf der Insel ist, war gestern Abend bei dem Treffen in der Pizzeria. Du warst nicht dort … sagst du. Das erkläre mir mal.«

Man konnte regelrecht sehen, wie sich die Rädchen in Hankos Kopf drehten, verzweifelt darum bemüht, eine Erklärung zu produzieren.

»Mein … mein Bruder hat mir davon erzählt. Er war gestern … Er war ja dabei in der Pizzeria.«

»Dein Bruder, der Mordverdächtige, soso«, sagte Yim. »Der hat heute sicher nichts anderes zu tun, als Doros modische Vorlieben mit dir zu diskutieren.«

Hanko erkannte, dass er ausmanövriert worden war, und reagierte darauf mit der ältesten und simpelsten Methode, nämlich indem er Klugheit mit Gewalt bekämpfte. Ein unvermittelt kräftiger Stoß mit beiden Händen gegen Yims Brust genügte, um ihn zu Fall zu bringen.

»Bleib unten und halt die Fresse«, drohte ihm Hanko.

Yim hielt sich nur an den zweiten Rat und stand sofort wieder auf.

Es gibt ein Klischee über Ostasiaten, das besagt, dass sie alle mehr oder minder Kampftechniken mit teils abenteuerlichen Namen beherrschen. Was soll ich sagen? Yim erfüllt dieses Klischee. Wenngleich eher minder als mehr, war er in Bokator geübt, einer alten kambodschanischen Kampfkunst, bei der Stöße mit Knien und Ellbogen sich mit Elementen des Ringkampfes und des Kung-Fu vereinigten. Übersetzt heißt Bokator »stampfender Löwe«. Yim hatte es als Knabe von seinem Vater erlernt und in Berlin später ein paarmal an Auffrischungskursen in einem kambodschanischen Verein teilgenommen. Ihn darin als versiert zu bezeichnen wäre eine maßlose Übertreibung. Im Bluffen hingegen hätte er einen Gürtel verdient.

Yim nahm eine provokante, ziemlich übertriebene Kampfhaltung ein, was Hanko kurzzeitig verunsicherte. Allerdings war er viel zu sehr von sich und seinen Körperkräften überzeugt, als dass er einen Rückzieher gemacht hätte. Vielmehr schlug er mit kräftigen Hieben auf Yim ein, die dieser zwar abfangen konnte, die aber ihre Spuren hinterließen. Hanko war auf dem Vormarsch, Yim auf dem Rückzug, Schritt um Schritt, Schlag um Schlag.

Vergeblich redete ich auf Hanko ein. »Das bringt doch alles nichts, wir sind nicht deine Feinde, beruhige dich, ich rufe die Polizei, wenn du nicht aufhörst …«

Letzteres tat ich erst, als Yim heftig von einem der Schläge getroffen wurde und erneut mit dem Rücken auf dem Schotter lag. Als Hanko nachtreten wollte, rollte Yim sich flink zur Seite. Sein Gegner bekam ihn zwar am Arm zu fassen, doch Yim konnte sich aus dem Griff befreien. Etwa eine Minute lang spielten sie Katz und Maus. Meine Hoffnung – und vermutlich auch Yims –, Hanko würde irgendwann die Wut ausgehen, erfüllte sich leider nicht. Im Gegenteil, er steigerte sich immer weiter in den Kampf hinein, je länger er dauerte. Unverdrossen versuchte Hanko, Yim zu fassen zu kriegen, und mein Mann wurde zusehends müder. Natürlich war ich ein paarmal drauf und dran, ihm zu helfen, doch beschränkten sich meine Kampftechniken auf einen Selbstverteidigungskurs, den ich ein Vierteljahrhundert zuvor absolviert hatte. Abgesehen davon wirkte Hanko mit seinem tiefroten Gesicht nicht so, als würde er Frauen zimperlicher behandeln als sein eigenes Geschlecht. Um es deutlicher auszudrücken: Er hätte mir glatt eine reingehauen, und ich hätte nicht so agil ausweichen können wie mein Mann.

Als ich glaubte, dass Yim gleich ein drittes Mal zu Boden gehen würde, verpasste er Hanko einen Tritt in die Leiste, setzte einen Ellbogenstoß in den Nacken und gleich noch einen Tritt in den Allerwertesten nach, sodass Hanko strauchelte und auf allen vieren landete.

»Lass es bitte gut sein, Hanko«, bat ich. »Wir können über alles vernünftig …«

Weiter kam ich nicht. Wie ein rasender Stier ging er auf Yim los, bekam ihn zu fassen und stürzte zusammen mit ihm auf die steinige Einfahrt, wo sie sich einige Male im Kampf um die eigene Achse drehten. Yim konnte nicht mehr gegenhalten, Hankos Körpergewicht gab den Ausschlag. Er setzte sich auf Yims Brust und holte zum Schlag aus. Ohne nachzudenken, hielt ich Hankos Arm fest. Wie ich befürchtet hatte, stieß er mich mühelos weg. Mein Hinterteil landete auf dem Kies, mein Kopf am Vorderrad unseres Autos.

In diesem Moment traf die Polizei ein.

Mir war es mindestens wie eine Viertelstunde vorgekommen, seit ich den Notruf gewählt hatte, tatsächlich waren jedoch nur vier Minuten vergangen. Die zwei Beamten waren zum Glück nicht weit entfernt gewesen, da sie zur Tatortsicherung im Fall der ermordeten Poppy eingeteilt waren. Sie trennten die Streithähne, beruhigten Hanko und versorgten notdürftig Yims blutende Nase. Mein Kopf hatte zum Glück nichts abbekommen, doch wenn ich dreißig Zentimeter weiter links aufgeschlagen wäre, hätte die Sache ganz anders ausgehen können.

Natürlich war ich stinksauer. Hankos Aktion war völlig überflüssig gewesen. Selbst wenn er Yim und mich zu Brei geschlagen hätte, wäre ihm nicht im Mindesten geholfen gewesen. Thilo saß nicht meinetwegen beim Verhör. Ich musste also davon ausgehen, dass etwas anderes Hanko in Rage versetzt hatte. Entweder waren meine Recherchen der Grund, oder einer der Todesfälle machte ihm zu schaffen – vermutlich der jüngste. Warum er die Kontrolle über sich verloren hatte, war eine spannende Frage. Eine spannende Tatsache hingegen war, dass er die Kontrolle über sich verloren hatte.

Der ältere der beiden Beamten, ein Oberwachtmeister, redete Hanko mit Vornamen an, daher übernahm er die Befragung, während der jüngere, dessen Gesicht mir irgendwie bekannt vorkam, meine Aussage aufnahm. Yim kümmerte sich etwas abseits um seine verletzte Nase.

Ich schilderte den Vorfall so akkurat und sachlich, dass der junge Beamte anerkennend nickte, während er alles notierte.

»Sie machen das sehr gut. Nicht viele bekommen das nach einer Schlägerei so unaufgeregt hin wie Sie, Frau Kagel.«

Reflexhaft blickte ich auf das Namensschild an seiner Uniformjacke. Vock stand darauf. Beinahe hätte ich gerufen: »Ach, Sie sind das.«

»Sie aber auch, Herr Wachtmeister«, entgegnete ich stattdessen.

»Das müssen wir.«

»Ja, aber Sie haben doch gerade erst eine Kollegin verloren … Ich glaube, sie war Ihre Partnerin.«

»Ja«, erwiderte er nur knapp und kritzelte etwas auf seinen Notizblock.

»Ich kannte Poppy äh Freya aus Kindertagen.«

»So«, sagte er und kritzelte eifrig weiter.

»Gestern Abend habe ich sie zum ersten Mal wiedergesehen. Sie erzählte mir auch ein paar Abenteuergeschichten aus dem Polizeialltag. Unter anderem, dass Sie und Poppy kürzlich die Ersten am Tatort waren, als jemand den armen Jan-Arne Asmus überfahren hat.«

Ich durfte mir diese Gelegenheit nicht entgehen lassen. Alles, was ich über die Mordnacht wusste, entstammte Annemies Schilderung von Jan-Arnes letzten Lebensminuten. Warum war er, der in seinen Bewegungsmöglichkeiten derart eingeschränkt war, zu später Stunde noch aus dem Haus gegangen? Wie war er an den Ort gelangt, der ihm zum Verhängnis geworden war? Was genau war dort passiert? Welche Spuren hatte die Polizei gefunden? War er noch bei Bewusstsein gewesen? Hatte er vielleicht etwas gesagt? Nach Poppys Aussage waren sie und ihr Kollege kurz vor den Sanitätern eingetroffen, die Jan-Arne notversorgt und ins Krankenhaus gebracht hatten.

»Mhm«, brummte Vock nur, ohne mich anzusehen.

Natürlich würde er nicht aus dem Nähkästchen plaudern, auch wenn er im Dienst noch recht unerfahren war. Aber vielleicht eine kleine, eine klitzekleine Information. Jedes Detail konnte mir weiterhelfen.

»Jan-Arne war früher ein guter Freund von mir, ein wirklich guter Freund«, sagte ich und versuchte doppelt Mitleid zu erregen, indem ich meinen ach so lädierten Hinterkopf streichelte.

»Alles in Ordnung mit Ihrem Kopf?«, fragte er prompt.

»Das fragt mich mein Chefredakteur auch manchmal.«

Er lächelte schwach und kritzelte noch immer in den Notizblock.

»Hat er denn etwas gesagt, als Sie ihn gefunden haben?«

»Mhm?«

»Jan-Arne Asmus.«

Er gab einen Laut von sich, den nicht einmal eine erfahrene Reporterin wie ich einzuordnen verstand. Es hätte alles bedeuten können, von »Nerven Sie mich nicht« bis »Aber hallo, so einiges«.

Er kritzelte und kritzelte und kritzelte auf seinem Block herum, sodass ich mich schon fragte, ob er Strichmännchen zeichnete. So kam ich nicht weiter mit ihm. Das war frustrierend, und ich war drauf und dran, die weiße Flagge zu hissen.

Da trat Yim zu uns, ein blutiges Taschentuch in der Hand, und Wachtmeister Vock wandte sich leicht von uns ab.

Ich stutzte.

»Du hast da noch ein bisschen Blut an der Nase«, sagte ich. »Warte, ich mache das.«

Ich machte es nicht, sondern ließ »versehentlich« das Taschentuch fallen, direkt vor die Füße des jungen Polizisten.

Noch immer blickte er ziemlich angestrengt in den Block, während sein Adamsapfel mehrmals auf und nieder rollte.

Ich griff in meine Handtasche, dann gab ich sie Yim. »Bringst du sie bitte ins Auto?«

Wir wechselten einen Blick, und er verstand sofort.

Kaum war er weg, schob ich eine Visitenkarte zwischen den Block, den der Beamte noch immer in der linken Hand hielt, und dem Stift in seiner rechten. Ihm meine Karte zu geben hätte nichts gebracht. Es war die einer Freundin.

»Sie ist wirklich gut«, murmelte ich, sodass nur Vock es hören konnte. »Sie arbeitet unter anderem mit Hypnose und bekommt es wahrscheinlich weg, wenn Sie sich ihr anvertrauen.«

Er sah mich über sein Schreibzeug hinweg an.

»Irgendwann wird es jemand merken«, sagte ich.

»Was?«, fragte er, aber wir beide wussten, dass das eine schwache und nutzlose Replik war.

Ich beschränkte mich darauf, ihn in einer Weise anzublicken, die uns eine laut ausgesprochene Antwort ersparte. Er konnte kein Blut sehen.

Jemand anderem wäre das nicht aufgefallen, aber als Gerichtsreporterin war ich es gewohnt, auch auf die kleinsten Gesten und Gesichtsausdrücke der Angeklagten und Zeugen zu achten und diese zu interpretieren. Selbstverständlich galt das auch für polizeiliche Ausbilder, und man durfte sich fragen, wie es Vock gelungen war, die Prüfung zu schaffen und das psychologische Gutachten zu überstehen. Nun denn, vielleicht fiel er nicht gleich in Ohnmacht wie manch andere, die unter Blutphobie litten, sondern ihm wurde nur schwindelig oder übel. Mit ein wenig Geschick ließ sich ein solches

Manko überspielen, das einen für den Streifendienst bei der Polizei disqualifizierte. Schließlich gab es auch gelernte Steuerberater, die Meniskusoperationen durchgeführt hatten, oder Männer, von denen die Gattin nach zehn Jahren Ehe herausbekam, dass sie Analphabeten waren. Vock hatte sich bisher wohl ganz gut durchgeschummelt.

»Sie hat lange Wartezeiten, aber ich kann gerne etwas für Sie tun.« Ich blickte über seine Schulter hinweg zu seinem Kollegen, der noch immer dabei war, Hankos Aussage aufzunehmen. »Weiß er es?«, fragte ich leise.

Der junge Mann schüttelte nach kurzem Zögern den Kopf.

»Was ist mit Poppy? Hat sie es gewusst?«

Dass er diesmal nicht den Kopf schüttelte, war Antwort genug.

»Und wie sind Sie beide damit umgegangen?«

Er zuckte mit den Schultern.

»Hat Poppy irgendetwas von Ihnen als Gegenleistung für ihr Schweigen verlangt?«

Er wurde rot. »Nicht, was Sie denken.«

»Nein, das denke ich nicht. Sie waren nicht ihr Typ. Es gibt viele andere Möglichkeiten, einen Gefallen einzufordern.«

Nachdem er sich versichert hatte, dass sein Kollege weiterhin außer Hörweite war, fragte er: »Diese Frau … diese Psychologin … Kann ich vielleicht schon nächste Woche zu ihr? Da habe ich nämlich Urlaub.«

»Ich will mal sehen, was ich tun kann. Auf jeden Fall sage ich ihr noch heute Bescheid, dass Sie anrufen werden.«

Er genehmigte sich zwei tiefe Atemzüge, bevor er sagte:

»Poppy ist gefahren wie eine Teufelsbraut, auch ohne Anlass. Und sie hat andauernd verrückte Sachen gemacht.«

»Zum Beispiel?«

»Ein Dutzend Hardcore-Biker angehalten und provokativ zur Rede gestellt, gegen alle Vorschriften. Überhaupt hat sie von den Vorschriften nicht viel gehalten. Ich sollte einfach wegsehen und auf dem Revier die Klappe halten, mehr nicht.« Er bemerkte meinen skeptischen Blick und beharrte: »Wirklich nicht. Das war schon alles.«

»Jan-Arne Asmus«, gab ich ihm das nächste Stichwort. »Was war da los?«

»Wir haben an dem Abend einen Streit in einer Hafenkneipe geschlichtet, als der Anruf aus der Zentrale kam. Wir sind sofort hin …«

Vock schluckte. Der Anblick musste für ihn der reinste Horror gewesen sein.

»Die Sanis sind erst ein paar Minuten nach uns eingetroffen. Poppy hat sich so lange um das Opfer gekümmert. Weil Sie gefragt haben, ob Ihr Freund etwas gesagt hat …«

»Ja?«

»Das hat er, da bin ich mir sicher. Ich konnte bloß leider nicht verstehen, was. Ich war zu weit weg. Aber es waren mehrere Wörter. Und Poppy … sie hat auch etwas zu ihm gesagt oder ihn etwas gefragt. Dann hat sie ihr Ohr ganz dicht an seinen Mund gehalten. In ihrem Bericht hat sie das nicht erwähnt. Später, auf der Fahrt zurück zum Revier, war sie ganz anders als sonst, so nachdenklich. Ich habe sie auf den Bericht angesprochen, aber sie sagte, sie habe nicht verstanden, was das Opfer geflüstert hat, und es deswegen nicht erwähnt.«

»Haben Sie ihr geglaubt?«, hakte ich nach.

»Nein.«

Inzwischen war mir eingefallen, wo ich ihn schon einmal gesehen hatte.

»Sie waren doch auch bei der Tatortsicherung im Fall Maren Westhof eingesetzt, richtig?«

»Ja.«

»Poppy aber nicht.«

»Man hatte sie an dem Tag nach Kiel abkommandiert. Schwieriges Aufstiegsspiel gegen den HSV, Doppelschicht. Warum wollen Sie das wissen?«

Der Oberwachtmeister hatte Hankos Befragung inzwischen beendet und kam zu uns herüber, was auch Yim bewog, sich wieder zu uns zu gesellen. Ich hatte, wie ich fand, ohnehin das Maximum des Möglichen in Erfahrung gebracht. Poppy schied als Mörderin von Jan-Arne und Maren aus, da sie während beider Tatzeiten im Dienst gewesen war und somit das beste aller Alibis hatte. Sie könnte jedoch erfahren haben, wer der Mörder war, und da Poppy offenbar nicht nur gerne Spaß mit Männern und an gefährlichen Spielen hatte, sondern offenbar auch Menschen in ihrem Umfeld erpresste, so wie Vock, war sie vielleicht auf den Gedanken gekommen, alles drei miteinander zu verbinden. Allerdings hatte sie auf mich nicht wie jemand gewirkt, dem es um Geld ging. In materieller Hinsicht schien sie mir eher bedürfnislos gewesen zu sein.

Der Oberwachtmeister sprach Yim und mich an. »Jetzt, da die Gemüter sich abgekühlt haben und das Nasenbluten gestillt ist, bleibt die Frage, ob Sie Anzeige erstatten wollen.«

»Nein«, sagte Yim.

»Ja«, sagte ich.

Yim sah mich fragend an, was nicht verwunderlich war, entsprach es doch so gar nicht meinem Naturell. Die einzige Anzeige, die ich je erstattet hatte, galt einem Taschendieb, der mir das Studiengeld eines ganzen Monates aus dem Rucksack gefingert hatte. Ich war stets auf Aussöhnung aus und mied jede Konfrontation.

Vocks Kollege nahm noch einmal Hanko beiseite. Ich konnte mir gut vorstellen, was er ihm sagte: dass eine Schlägerei gegen einen halb so großen Mann mit Migrationshintergrund sowie eine Frau – eine Frau! – nicht besonders gut für sein Image war. Hanko schien das genauso zu sehen.

»Gibt es etwas, womit ich es wiedergutmachen kann?«, fragte er, und ich musste zugeben, dass er den reumütigen Tonfall sehr gut traf, obwohl ich nicht glaubte, dass er viel Übung darin hatte.

»Ich erwarte eine Entschuldigung«, erwiderte ich.

Sowohl Hanko als auch Yim waren sichtlich überrascht, dass ich mich mit so wenig zufriedengab.

Hanko schob die Hände in die vorderen Hosentaschen. »Ja, also dann, Doro, entschuldige ich mich hiermit bei dir und deinem Mann.«

»Schriftlich«, forderte ich.

»Warum denn das?«, fragte er missmutig.

»Ist eben so. Und zwar jetzt gleich.«

Die Polizisten gaben ihm Zettel und Stift, und er schrieb auf dem Autodach des Streifenwagens die geforderte Abbitte. Er erkundigte sich, wie man Yim schreibt, setzte seine Unterschrift unter das Papier und übergab es mir.

»War's das?«, fragte er.

»Das war's«, sagte ich.

Das war es dann tatsächlich, denn er drehte sich auf dem Absatz um, setzte sich in seinen Panzer und verließ den Schauplatz mit aufheulendem Motor, wobei er eine Wolke aus Staub und Abgasen hinterließ. Ich wechselte noch einen kurzen Blick und ein beinahe unmerkliches Nicken mit Wachtmeister Vock, bevor auch die Beamten wegfuhren.

»Eins kann man jetzt schon festhalten«, sagte Yim. »Als dein Mann stirbt man jedenfalls nicht an Arterienverkalkung. Nun erkläre mir aber mal, was die Sache mit der Entschuldigung sollte.«

Wir setzten uns ins Cabrio, und ich zeigte ihm Hankos Briefchen.

> Ich bitte hier mit Doro um Endschuldigung weil ich auf ihren Mann Yim los gegangen bin und sie gestosen habe Es tud mir sehr leid.

Yim sah abwechselnd mich und das Papier an.

»Und jetzt schau dir noch einmal Jan-Arnes Zusammenstellung der Zettel von damals an. Hanko kann das Geheimnis Nummer sieben nicht geschrieben haben.«

»ICH WEISS, WER DEN BOLENDA GETÖTET HAT.«

Eine halbe Stunde später – Pieter

Mit klopfendem Herzen starrte er auf das schwarze Display des Smartphones in seiner Hand. Bildstörung, Funkloch, irgend so was.

»Janine? Janine? Hörst du mich? Bist du noch da? Janine?«

Hektisch tippte er mit dem Finger auf den Bildschirm, schüttelte das Handy.

»Pieter? Hallo?«

»Ja, ich bin noch dran. Ich weiß nicht, was da los ist.«

»Ich kann dich sehen.«

»Ich dich nicht, Janine.«

»Macht doch nichts«, erwiderte sie.

»Doch, das macht was. Blödes Ding. Ich gehe nie wieder chinesisch essen. Strafe muss sein.«

Janine lachte.

Er fand ihr Lachen immer unglaublich jung, sprudelnd und glucksend, wie eine stärkende Quelle nach langer Wanderung. Um es möglichst oft zu hören, strengte er sich richtig an. Eigens für sie hatte er sich Humor zugelegt. Er hätte nicht gedacht, dass so etwas geht. Dass man so einfach beschließen kann, witzig zu sein. Doch es klappte. In den vielen Jahren, bevor er Janine kennenlernte, hatte er zusammengenommen weniger Scherze gemacht, als eine Margeritenblüte Blätter hat. Die meisten davon unfreiwillig, sodass er stets verwirrt gewesen war, wenn die Leute mit Gelächter auf etwas reagierten, das er gesagt hatte. Inzwischen machte er unzählige Scherze im Monat. Allerdings funktionierte es auch nur, wenn er mit Janine sprach oder zumindest in ihrem Beisein.

Das Bild kehrte zurück: ihre grünen Augen, die glatten, langen rötlichen Haare, deren Spitzen die Schultern berührten, eine Handvoll Sommersprossen auf ewiger Blässe, ungeschminkte Lippen, kleine Fältchen …

Wie schön sie war. Eine attraktivere Frau konnte er sich nicht vorstellen, und wenn er sich eine aus dem Katalog hätte aussuchen dürfen, sie hätte exakt wie Janine ausgesehen. Das war nicht nur ein Gedanke, er hatte sich tatsächlich mal einen Katalog geben lassen. Der Wirt der Dorfkneipe, in der er sich einmal in der Woche an den Tresen setzte, hatte die Idee gehabt. An die fünfzehn Jahre war das her. Eine seriöse, zugelassene Agentur. Frauen von Bali, aus Thailand, Moldawien, Bhutan, wo auch immer das lag. Zwanzigjährige, Dreißigjährige. Drei von ihnen kamen in die engere Wahl. Er schlief eine Nacht darüber, rief die Vermittlerin an, sagte alles ab und verbrannte den Katalog. Einige Jahre später machte derselbe Wirt ihm ein Geburtstagsgeschenk der besonderen Art: ein Ausflug nach Hamburg auf die Reeperbahn, der Wirt nannte es, schmutzig lachend, eine »ganz spezielle Spritztour«. Pieter, der schon auf der Bettkante einer üppigen Blondierten saß, kniff in letzter Sekunde. Eine bezahlte Frau zu haben sagte er zu ihr, sei schlimmer, als keine Frau zu haben.

Danach hatte es Gerüchte gegeben, er sei andersherum. Das Geschäft hatte nicht darunter gelitten, alles andere schon. Dann war Janine in seine Werkstatt gekommen, um sich einen geschnitzten Bilderrahmen anfertigen zu lassen, und damit auch in sein Leben, um es zu erhellen.

»Erzähl weiter«, bat er sie.

Seit einem halben Jahr erzählten sie sich gegenseitig alles

aus ihrem Alltag. Normalerweise an ihrem oder seinem Küchentisch, jeden Abend. Selten mal telefonisch. Er berichtete ihr von seinen Aufträgen, von den Holzfenstern, Gartenbänken, Wintergärten und fünf Meter breiten Kleiderschränken, die er für die Kunden anfertigte. Janine ließ es sich oft nicht nehmen, die besonderen Stücke in Augenschein zu nehmen, bevor er sie auslieferte. Sie ließ die Finger an gedrechselten Tischbeinen entlangfahren, roch am duftenden Zirbenholz eines Bettes und genoss es, das geschmiedete Schloss einer Kleidertruhe wieder und wieder auf- und zuschnappen zu hören. Sie setzte ihre Sinne so auffällig und so gerne ein, dass man hätte meinen können, sie sei Malerin oder Dichterin von Beruf.

Janine war Postbotin. Sie sagte, in diesem Job kämen viel frische Luft, die Sonne und das Vogelgezwitscher sowie Berechenbarkeit zusammen. Zeitdruck gab es zwar auch schon mal, aber sie hatte ihre Aufgabe, ihre Tour und ihr krisenfestes Gehalt. Dann und wann hielt sie ein halbminütiges Schwätzchen, traf überwiegend nette Leute … Sie erzählte gerne von den Leuten, ihren Kunden. »Du ahnst nicht«, hatte sie ganz am Anfang ihrer Beziehung zu Pieter gesagt, »wie viel man über einen Menschen erfährt, wenn man ihm jahrelang die Pakete zustellt.« Dieses Wissen teilte sie nun mit ihm, und er konnte nicht genug davon bekommen.

Eine knallrote Drohung legte sich über Janines Gesicht: »AKKULEISTUNG fünf Prozent.«

Er hatte nicht gemerkt, dass er schon seit über einer Stunde telefonierte, genauer seit einer Stunde und neunzehn Minuten.

»Sorry, ich bin gleich weg«, sagte er traurig.

»Sprich mit deiner Schwester, mein Schatz. Es muss sowieso sein, und je eher du es hinter dich bringst, umso schneller bist du zurück, und wir können Pläne machen. Tust du das?«

»Ja.«

»Heute noch?«

»Es ist sehr schwierig.«

»Morgen wird es nicht einfacher. Versprich es mir.«

»AKKULEISTUNG drei Prozent«, stand auf dem Display.

Er hörte hinter sich ein lautes Knacken und wandte sich um, auf der Suche nach einer menschlichen Gestalt. Seit seiner Ankunft auf Fehmarn hatte er die Mutter vom Bolenda immer mal wieder in der Nähe des Grundstücks beobachtet. Dreißig Jahre lang hatte er die Frau nicht gesehen, aber er würde sie immer und überall wiedererkennen. Einmal war er drauf und dran gewesen, ihr gegenüberzutreten, hatte sich dann aber doch lieber zurückgezogen.

Da war keiner. Die Birken wogten im Wind, eine Schwarzkiefer verlor einen Zapfen.

»Pieter?«, rief Janine.

»Was?«

»Versprichst du es mir?«

Er hatte Angst vor dem Gespräch. Überhaupt vor längeren Gesprächen, außer mit Janine, einfach deshalb, weil er sich nicht gut ausdrücken konnte. Das, was er eigentlich sagen wollte, was in seinem Kopf steckte, kam ihm oft nicht über die Lippen. Ganz besondere Angst hatte er vor Ankes Derbheit und Direktheit. Sie würde gemein werden und ihm schlimme Dinge an den Kopf werfen, so wie bei der Testamentseröffnung, als sie ihn als Würstchen beschimpft hatte, als Schlappschwanz und Döskopp. Als dann auch noch herausgekommen war, dass ihre Mutter Annemie Rötel Geld hinterlassen hatte, und zwar nicht wenig, da war sie ausgerastet. Erbschleicher, Arschlöcher … Sie widerte ihn an, aber er war unfähig gewesen dagegenzuhalten und hatte die Tirade über sich ergehen lassen.

Überhaupt, die Frauen … Die Art, wie sie ihn ansahen, was sie sagten und wie, ebenso was sie wohl über ihn dachten, wirkte doppelt und dreimal so stark auf ihn, wie wenn es von Männern kam.

»Pieter!«, mahnte Janine.

»Ist gut«, sagte er.

»Deinen Freunden musst du gleich danach auch noch Bescheid geben, das gehört sich so.«

»Welchen Freunden?«

»Na, Lutz und diesem … wie heißt er noch? Heiko?«

»Meinen Freunden«, wiederholte Pieter das Wort, das sich seltsam fremd anhörte, ganz besonders im Hinblick auf seine Fehmarner Jugend.

»Mit Hanko habe ich schon heute Morgen gesprochen, er war stinksauer«, berichtete er. »Und Lutz zählt nicht.«

»Wieso zählt er nicht?«

»Er hat für mich nie gezählt. Ich glaube, ich für ihn auch nicht.«

»Vor ein paar Tagen hat sich das aber noch ganz anders angehört.«

»Nein, nur der Scheck hätte gezählt, nicht der Aussteller. Lutz hat den Unterschied damals schon nicht kapiert, und fünfunddreißig Jahre haben ihn nicht schlauer gemacht.«

Lutz weckte in Pieter Gefühle, von denen er nicht gewusst hatte, dass er sie überhaupt empfinden konnte: Schadenfreude und die Lust, jemandem eins auszuwischen. Sie waren beide dreizehn Jahre alt gewesen, als Lutz ihm fünfzig Pfennig dafür geboten hatte, dass er ihm den aufgegangenen Versace-Schnürschuh wieder zuband. Pieter bekam damals zwei Mark Taschengeld pro Woche, und sein Vater achtete penibel darauf, dass seine Mutter ihm nicht noch etwas zusteckte. Bereits um Doro ab und zu mal ein Eis spendieren zu können, musste er eisern sparen. Also hatte er sich darauf eingelassen und die Münze kassiert, und von da an ging Lutz' Schuh erstaunlich oft auf. Man hätte das wohlwollend als diskrete Finanzspritze eines reichen Freundes deuten können, wäre da nicht dieser versnobte Gesichtsausdruck gewesen, während Pieter vor ihm kniete.

»AKKULEISTUNG zwei Prozent.«

»Bitte ruf ihn trotzdem an.«

»Hanko hat das bestimmt längst erledigt.«

»Unabhängig davon. Wie schon gesagt, das gehört sich so. Es wäre sonst unfair.«

»Meinetwegen.«

Janine seufzte zufrieden. »Na also. Mal von allem anderen abgesehen, müssen wir jetzt Freunde finden auf Fehmarn, und da fangen wir am besten bei denen an, die mal deine Freunde waren.«

Von allen Mädchen und Jungen von damals hatte er nur das Ferienkind Doro wirklich gemocht. Nur ihretwegen war er mit der Clique herumgezogen, hatte nur für sie seine Scheu, ja später sogar seine Furcht überwunden. Ohne es zu wissen, hatte sie ihm das Tor zu einer anderen Welt aufgestoßen, von der er ansonsten nicht geglaubt hätte, dass es sie gab: die Liebe. Noch viele Jahre später, als er längst keinen Kontakt mehr zu Doro hatte, zehrte er von der Hoffnung, eines Tages eine Frau zu finden, die Hand in Hand mit ihm durch dieses Tor schreiten und nicht wie das Mädchen seiner Kindheit einfach verschwinden würde.

Letzteres war seine eigene Schuld. Er hatte Doro damals nie gesagt, nie gezeigt, nie geschrieben, dass er in sie verliebt war. Vor ein paar Tagen zum ersten Mal. Die Wahrheit, verpackt in einer Lüge.

»DAS GERÄT SCHALTET JETZT AB«, stand quer über Janines erlöschendem Bild.

»Ich liebe dich«, sagte er.

»Ich liebe dich auch«, sagte Janine. Im nächsten Moment war sie fort.

Mit dem Daumen streichelte er noch eine Weile lang über den Bildschirm, bevor er das Gerät zur Seite legte, sich entspannt in dem knorrigen Stuhl zurücklehnte und den Blick auf den Ententeich zu seinen Füßen richtete. Mimi und Moritz, die aktuell regierenden Monarchen des Teichs, scharwenzelten in der Erwartung freimütiger Futtergaben um ihn herum, und er enttäuschte sie nicht. Wie es seine Mutter abertausende Mal getan hatte, pflückte er ein Brot auseinander und warf es dem schnatternden Pärchen zu.

Ohne die gütige Patriarchin, dachte er, war der Hof nicht derselbe. Seine Mutter, eine gebürtige Sächsin, war nach dem Krieg hier aufgewachsen, sie hatte diesen Ort lieben gelernt und nie mehr aufgehört, ihn zu lieben. Deswegen war es der größte Schmerz ihres Lebens gewesen, als Pieter als Halbwüchsiger ins Wendland gezogen war. Trotzdem hatte sie ihm und nicht seiner Schwester den Hof hinterlassen. Vielleicht hatte sie mit dieser Entscheidung genau das bezweckt, was nun tatsächlich eintrat: Er kehrte zurück, mit Janine. Seine Mutter und seine künftige Frau waren sich nie begegnet, sie hatten noch nicht einmal miteinander telefoniert. Dennoch hatte Hedwig Kohlengruber – möglicherweise aus Pieters zahllosen Beschreibungen – die lebendige Zuversicht geschöpft, dass die Schwiegertochter in spe von den Farben der Insel, dem Meer, dem Rauschen der Bäume im Nordwind, dem Geruch der feuchten Erde an heißen Tagen einmal genauso verzaubert sein würde wie sie selbst einst. Nur eine Woche nach ihrer Beerdigung hatte sich die Hoffnung erfüllt. Janine war begeistert von der Idee, auf einem Bauernhof zu leben und ihrem Leben eine neue Richtung zu geben. Das wiederum hatte Pieter den Mut verschafft, ihr einen Antrag zu machen.

»Danke, Mama«, murmelte er nun vor sich hin. »Danke für alles.«

Plötzlich flatterten die Enten auf, sie quakten und landeten im Wasser. Im nächsten Moment fiel von hinten ein Schatten auf Pieter. Gerade als er sich umdrehen wollte, war es, als hätte ein Blitz in seinem Hinterkopf eingeschlagen.

8

»Noch immer besetzt bei Pieter«, raunte ich Yim zu, der aber genug zu tun hatte mit dem Traktor vor uns und der lädierten Nase, die er ständig befühlte. »Und da heißt es, Frauen würden endlose Telefonate führen.«

Er ging nicht darauf ein.

»Keine Sorge, sie ist weder krumm noch geknickt. Du bist noch genauso schön wie vor der Schlägerei.«

Er grinste. »Als meine Frau musst du das sagen.«

»Als deine Frau bin ich die Einzige, die deine Nase zu interessieren hat. Außer dem HNO-Arzt vielleicht, aber es sieht nicht so aus, als würdest du den brauchen. Eines muss man Hanko lassen, er legt sich ganz schön ins Zeug für seinen Bruder.«

»Meine Nase kann das bestätigen.«

»Er hat Thilo schon als Kind ständig herumgeschubst, und erst neulich hat er ihn in meinem Beisein wegen nichts zur Minna gemacht. Wenn man ihn gerade eben erlebt hat … Das passt irgendwie nicht zusammen. Er scheint äußerst nervös zu sein.«

»Nervös?«, rief Yim. »Wenn so Hankos Nervosität aussieht, möchte ich ihn nicht wütend erleben.«

»Über Poppy hat er kein Wort verloren«, sagte ich nachdenklich und mehr an mich selbst gerichtet. »Stattdessen war er bemüht, irgendwelche Alibis aufzuzählen.«

»Mit Erfolg«, ergänzte Yim. »Hanko kann nicht mit dir auf dem Acker plaudern und zugleich Maren aus dem Fenster stürzen, selbst wenn es nur einen Kilometer entfernt passiert ist. Genauso wenig kann er sich ein Fußballspiel im Fernsehen angucken und Jan-Arne überfahren. Das geht einfach nicht, Doro. Und falls er Poppy wirklich umbringen wollte, warum hat er sich dann ausgerechnet das Auto seines Bruders geschnappt? Von den Motiven für die Morde mal ganz abgesehen, da sind wir so schlau wie vorgestern.«

Yim sprach aus, was mir seit unserer Weiterfahrt im Kopf herumging. Bei meinen früheren Fällen hatte sich jeweils nach ein paar Tagen ein Bild zusammengesetzt, lückenhaft natürlich und voller weißer Stellen, doch immerhin … Das war hier nicht der Fall, und ich musste zugeben, dass mich das zunehmend frustrierte. Der erste Schreck über Poppys Tod war verhallt und hinterließ eine große Stille.

»So war das nicht gemeint«, sagte Yim, der mal wieder meine Gedanken las.

»Nein, du hast Recht. Ich habe mich verzettelt.«

»Wir haben uns verzettelt, aus verständlichen Gründen. Denn jeden Tag eine neue Tote, das ist … das ist grausam und verstörend.«

Das war das richtige Wort. Ich war tatsächlich verstört. Steinwürfe von Brücken, Prostituierte mit Messern im Rücken, ertränkte Landstreicher, Fensterstürze, Geheimnisse – das Mosaik wurde größer und größer, und jede beantwortete Frage warf zwei neue auf. Vorgestern noch hatte ich vorgehabt, mir den Steinwurf von 1988 vorzunehmen, doch davon war angesichts der jüngsten Ereignisse keine Rede mehr. Dann hatten wir angefangen, die Geheimnisse ihren Verfassern zuzuordnen, und festgestellt, dass man da so richtig danebenliegen kann, wie gerade erst in Bezug auf Hanko festgestellt. Seine Legasthenie hätte es ihm unmöglich gemacht, eine Nachricht wie »ICH WEISS, WER DEN BOLENDA GETÖTET HAT« aus dem Stegreif fehlerlos aufzuschreiben. Dazu hätte er wissen müssen, dass es bei Blockbuchstaben kein »ß« gab und dass zwischen »WEISS« und »WER« ein Komma gesetzt wird. Der Schreiber hatte es gewusst, obwohl er oder sie nicht älter als sechzehn Jahre gewesen war. Hanko war inzwischen fast fünfzig und schrieb noch immer wie ein Erstklässler.

»Echt geschickt von dir, Hanko eine Entschuldigung schreiben zu lassen«, sagte Yim anerkennend. »Er muss also für einen der kürzeren, einfacheren Sätze verantwortlich sein. Wenn wir dann noch jene beiseitelassen, die wir eindeutig zugewiesen haben, bleiben nur …«

In diesem Moment bogen wir in die Einfahrt zum Kohlengruber-Hof ein. Pieter lag gleich vorne beim Ententeich reglos auf dem Boden, mit einer Schlinge um den Hals, und wir sahen noch eine Gestalt, die sich in die Fliederbüsche schlug, ehe sie verschwand.

»Pieter!«

Ich rannte zu ihm, fühlte den Puls. Yim setzte unterdessen dem Unbekannten nach, aber dessen Vorsprung war zu groß. Zudem handelte Yim sich in dem dichten Geäst mehrere Schrammen ein, bevor er die Verfolgung nach zwanzig, dreißig Metern aufgab.

Pieter lebte noch, er hatte Puls und atmete. So erleichtert wie in diesem Augenblick, war ich vielleicht noch nie in meinem Leben gewesen. Die Beule, die ich an Pieters Hinterkopf ertastete, war wohl die Ursache für seine Bewusstlosigkeit. Wären Yim und ich nur eine Minute später eingetroffen, hätte der Attentäter ihn mit dem Seil erdrosselt.

Ich rief den Notruf an. Inzwischen kehrte Yim zurück, völlig außer Puste.

»Hast du ihn erkannt?«, fragte ich.

Er schüttelte den Kopf. »Nicht das Geringste, noch nicht mal die Klamotten. Kommt er durch?«

»Ich denke schon. Sein Puls ist eher zu hoch als zu niedrig.«

»Das ist das Adrenalin«, sagte Yim. Er zog sein Hemd aus, tauchte es in den Teich und benetzte damit Pieters Gesicht.

Kurz bevor die Sanitäter eintrafen, kam Pieter wieder zu Bewusstsein. Als er mich sah und meinen Namen flüsterte, blieb mir fast das Herz stehen vor Dankbarkeit, dass er den Angriff überlebt hatte.

Die Sanitäter baten uns, auf die Polizei zu warten. In den Minuten, nachdem der Rettungswagen abgefahren war, verharrten Yim und ich, ohne ein Wort zu sprechen, eingekapselt in unseren Gedanken. Ihm wie mir steckte der Tag in den Knochen, angefangen mit der Nachricht von Poppys Tod über die Schlägerei mit Hanko bis hin zum Mordversuch an Pieter. So etwas wäre schon belastend, wenn es sich über einen ganzen Sommer verteilte, doch auf ein paar Stunden zusammengerafft …

Bei mir kam noch etwas anderes hinzu, ein Gefühl, das mich seit einigen Tagen begleitete, dem ich jedoch ausgewichen war und das sich nun nicht länger ignorieren ließ. Ich empfand etwas für Pieter. Wie sollte ich es nennen? Sentimentale Liebe? Seelenverwandtschaft? Beides ziemlich große Begriffe. Fest stand, dass unser Wiedersehen einen viel größeren Eindruck bei mir hinterließ, als ich mir hatte eingestehen wollen. Fest stand auch, dass mich das Attentat auf ihn weit mehr erschütterte als die Tode von Jan-Arne, Maren und Poppy zusammengenommen, und zwar nicht nur, weil ich zur Zeugin geworden war. Als Pieters Kopf in meinen Händen gelegen hatte, da bangte ich um ihn wie um einen Geliebten.

Natürlich konnte ich mit Yim nicht darüber sprechen. Er hätte es nicht verstanden. Ich selbst verstand es ja nicht. Herrje, ich hatte mit Pieter kaum eine Stunde verbracht, nach dreißig Jahren wortloser Trennung. Außerdem hatte er eine Freundin oder gar Verlobte. Ich war glücklich mit Yim und liebte ihn kein bisschen weniger als noch vor einer Woche. Trotzdem schlug mir das Herz bis zum Hals, wenn ich an Pieter dachte, und selbstverständlich dachte ich in jenen Minuten andauernd an ihn. Wie er da gelegen und ich geglaubt hatte, er wäre tot …

Da traf Oberkommissarin Falk-Nemrodt ein und befragte Yim und mich mit ihrem gewohnten Charme.

»Sie halten uns ganz schön auf Trab«, sagte sie zu mir. »Vor einer Stunde eine Schlägerei, neulich eine Tote, jetzt ein Halbtoter. Also, was haben Sie gesehen?«

»Eigentlich nur Pieter, wie er auf dem Boden lag. Und wie jemand in die Fliederbüsche sprang. Ich nehme an, dass wir den Mörder mit unserer Ankunft gestört haben und er deswegen geflohen ist.«

»Geschlecht, Statur, Alter, Haarfarbe?«

Yim und ich verneinten. »Es ging viel zu schnell«, sagte ich. »Im Grunde weiß ich nur, dass da jemand war.«

»Sind Sie ganz sicher?«

»Natürlich bin ich das. Wie hätte Pieter sonst …? Moment mal, nicht schon wieder. Sie denken, er wollte sich umbringen?«

Die Oberkommissarin sah sich um und deutete mit ihrem Stift auf die verschiedenen Elemente, die ihre Theorie unterstützten. »Dort der Baum, da der Ast, ein ruhiges Plätzchen, der Ort seiner Kindheit, die Mutter gerade erst beerdigt … Wäre doch möglich.«

»Das Seil ist nicht gerissen«, wandte ich ärgerlich ein. »Sehen Sie selbst. Keine losen Fasern.«

»Danke für die Lehrstunde in Kriminalistik, Frau Kagel. Der Knoten hätte sich durchaus lösen können. Ich behaupte ja nicht, dass es so war. Wir untersuchen den Baum, und Herr Kohlengruber wird uns sicher in Kürze aufklären können. Sieht ganz so aus, als wäre er morgen schon wieder ansprechbar. Ein bisschen merkwürdig finde ich es schon, dass Sie alle beide den Mann oder die Frau nicht gesehen haben wollen.«

»Welches Interesse hätte ich, Ihnen diese Information vorzuenthalten? Wenn Yim und ich nicht gewesen wären, dann wäre Pieter jetzt vermutlich tot.«

»Oder er wäre nie in Gefahr geraten, getötet zu werden.«

Ich schnappte nach Luft, doch die Falkin würgte meinen Protest ab.

»Die Leiche von Maren Westhof ist inzwischen freigegeben«, sagte sie. »Man hat nicht das kleinste Anzeichen von

Gewalteinwirkung bei ihr festgestellt, ausgenommen natürlich die Folgen des Aufschlags. Sie wird morgen Vormittag bestattet. Ich schlage vor, Sie wohnen der Beerdigung bei und verlassen danach die Insel.«

Es hatte keinen Sinn, mit ihr zu streiten, daher gingen Yim und ich zu den Gebäuden hinüber. Wie zu erwarten, waren sie verwaist, da Pieters Schwester Anke und ihr Mann auf den Feldern zu tun hatten. Wir entdeckten sie nirgendwo, und nach einer halben Stunde kehrten wir zu unserem Auto zurück. Die Polizei war abgerückt und hatte nichts als einen abgesperrten Bereich von einigen Metern Durchmesser hinterlassen. Ignorierte man das Band, wirkte die Szenerie friedlich, geradezu idyllisch. Die Enten, die den Tumult gescheut hatten, kamen gemütlich herangewatschelt und ließen sich in den Teich gleiten, als wäre nichts gewesen. Die im Sonnenlicht schillernden Libellen schwirrten über das Wasser, und irgendwo krähte ein Hahn.

Plötzlich konnte ich den Horror, die Angst um Pieter und meine Verstörung nicht länger für mich behalten, und Tränen kullerten über mein Gesicht. Yim nahm mich stumm in den Arm. Ich wusste nicht, ob er etwas von meinen Gedanken über Pieter ahnte. Eigentlich war es unmöglich. Er schrieb mein Verhalten wahrscheinlich dem Schock zu, und ich hoffte, er hätte Recht. Es wäre alles viel einfacher, wenn er Recht hätte.

Zu Hause angekommen, wollte ich mich bis zum Abendessen nur noch ins Bett legen. Zwar würde ich kein Auge zutun, aber ich musste das alles erst mal sacken lassen und dann nachdenken. Yim begriff instinktiv, dass ich, wie schon am Morgen, ein, zwei Stunden für mich brauchte. Meine Mutter hingegen begriff mal wieder gar nichts. Dass wir Zeugen eines Mordversuchs geworden waren, rangierte auf der Liste ihrer Sorgen noch hinter der Tatsache, dass sich Ludwina am Morgen ihr Auto geliehen hatte, um Besorgungen zu machen, und bisher nicht zurückgekehrt war.

»Ludwina wirkt auf mich, als könne sie ganz gut auf sich aufpassen«, versuchte Yim sie zu beruhigen.

»Mein Auto aber nicht. Ludwina fährt nämlich, wie sie tanzt, und sie tritt andauernd irgendwem auf den Fuß. Sie hatte bestimmt einen Unfall, so ist das, und mein Auto ist jetzt ein Schrotthaufen.«

»Das war es schon vorher«, sagte ich und ging, gefolgt von Yim, die Treppe nach oben.

»Und wer kocht nun das Abendessen?«, rief meine Mutter uns hinterher. »Aus dem bisschen, was im Haus ist, lässt sich nichts machen.«

»Ich kümmere mich darum«, bot Yim an, und wir gingen in unser Zimmer.

Kaum hatte er die Tür geschlossen, raunte ich: »Diese Frau ist so sensibel wie ein Meißel. Es grenzt an ein Wunder, dass ich bei ihrer Erziehung keine Gangsterbraut geworden bin.«

»Ich glaube, sie ist verwundbarer, als man denkt. Sie will es nur nicht zeigen.«

Yim ging ins Badezimmer, um sich zu waschen und umzuziehen, während ich die Beine auf dem Bett ausstreckte und die Hände im Schoß faltete, als wäre ich aufgebahrt.

So konnte es nicht weitergehen. Angesichts der erschreckenden Mordserie und meinem Unvermögen, auch nur punktuell Licht ins Dunkel zu bringen, stellte ich mir ernsthaft die Frage, ob ich nicht lieber den Rat der Oberkommissarin befolgen und mit Yim nach Berlin zurückfahren sollte. Ich kam mir vor wie bei einer Schnitzeljagd mit einem Dutzend Fährten, die mich mal hierhin, mal dahin führten und mir zwischendurch ein Detail offenbarten, das ich jedoch nicht einzuordnen wusste. Immer stärker wurde mein Eindruck, dass ich überfordert war – und dieses Wort hatte es im Vokabular meiner Selbstbeschreibung bisher nicht gegeben. Ich wusste wirklich nicht, was ich als Nächstes tun sollte, und das war sowohl ein echtes Novum als auch eine Katastrophe.

»Geht es dir etwas besser, Schatz?«, fragte Yim, der sein frisch rasiertes und eingecremtes Gesicht durch die geöffnete Badezimmertür steckte.

»Nein. Ich war mir bei meinen Fällen bisher immer sicher, irgendwann ans Ziel zu kommen. Aber wenn man nicht weiß, wohin man segeln will, ist kein Wind günstig«, murrte ich und war selbst ein wenig irritiert von der Niedergeschlagenheit in meiner Stimme.

»Vielleicht ist es besser, wenn du dir einen der jüngsten Todesfälle heraussuchst und wir uns erst mal darauf konzentrieren. Maren würde sich eignen. Wir könnten morgen nach der Beerdigung mit ihren Verwandten sprechen. Da die Polizei von Selbstmord ausgeht, kommst du niemandem in die Quere.«

»Außer dem Mörder«, sagte ich.

Yim setzte sich auf die Bettkante. »Du kapitulierst doch nicht etwa?«

Ich bekam das Bild des halbtoten Pieter weder aus dem Kopf noch aus dem Herzen, und das, obwohl mir mein Mann die Hand hielt. Im einen Moment wollte ich meine Sachen packen, im nächsten zu Pieter ins Krankenhaus eilen und im übernächsten den Kampf wiederaufnehmen, bevor alles wieder von vorne anfing.

»Es ist deine Entscheidung«, sagte Yim.

Das war so. Tatsächlich hatte ich jedoch das Gefühl, dass ich keine Kontrolle mehr über meine Entscheidungen hatte.

»Ruh dich aus«, sagte er. »Ich pansche uns irgendein Essen zusammen.«

Ich blieb allein zurück, genauso erschöpft von meinen Grübeleien wie von den Strapazen des Tages.

So wie Yim gesagt hatte – es wäre eine Kapitulation, meine erste. Als Journalistin hatte ich zwar schon so manches Mal auf Granit gebissen, und natürlich konnte ich mich nicht immer durchsetzen. Aber diesmal war es etwas anderes, einfach weil der Grund für den Rückzug ein anderer war: Selbstzweifel. In der Literatur und im Film kamen sie nur vor, um mutig überwunden zu werden. Doch so war es in Wirklichkeit oft nicht. Denn Selbstzweifel waren nicht aus Stein, sie ließen sich nicht einreißen oder mit wehenden Fahnen erobern. Vielmehr waren sie Sümpfe, die keinen falschen Schritt verziehen, weshalb man bald keinen Schritt mehr wagte.

Halb schlafend und halb sinnierend, döste ich vor mich hin, bis mein Handy vibrierte. Ich hatte für achtzehn Uhr eine Notiz in meinen Kalender eingetragen: Ina anrufen.

Meine Freundin Ina Bartholdy war eine Psychologin, die auf der Halbinsel Darß lebte. Ich hatte sie einige Jahre zuvor im Zuge der sogenannten »Schattenbucht-Morde« kennengelernt, wo sie als Zeugin vor Gericht ausgesagt hatte. In unregelmäßigen Abständen besuchten wir uns gegenseitig, und ich hatte ihr schon den einen oder anderen kleinen Gefallen erwiesen. Daher war ich mir sicher, dass sie alles Menschenmögliche tun und Wachtmeister Vock bald einen Termin geben würde, um seine Blutphobie zu therapieren. Ich hatte es ihm versprochen, und obwohl mir nicht nach einem Schwatz war, wollte ich die Sache schnell hinter mich bringen.

Ich erreichte Ina beim Kochen, und da sich Telefonate leichter führen, wenn nicht einer von beiden Gesprächspartnern permanent Spaghetti durch die Lippen saugt, bat ich sie um Rückruf. In der Zwischenzeit stellte ich mein Äußeres wieder her und zog mich um, und währenddessen kam mir ein geradezu revolutionärer Gedanke.

Ina sollte einen Blick in Jan-Arnes Akten werfen. Als Psychologin und Psychotherapeutin hatte sie einen ganz anderen Zugang zur Materie als ich, vielleicht würde sie etwas entdecken, das mir entging. Doch der Sachverhalt war sehr komplex, und es würde nicht genügen, ihr die Informationen einfach nur zu schicken. Außerdem drängte die Zeit, wie mir die letzten vierundzwanzig Stunden überdeutlich vor Augen geführt hatten. Daher fragte ich, als sie nach einer Viertelstunde zurückrief, zaghaft an, ob wir uns am selben Abend noch treffen könnten.

»Heute?« Sie fiel hörbar aus allen Wolken.

Ich hätte einen flehenden Appell hinzufügen können, doch ich vertraute auf Inas Gespür für die Lage, in der ich mich befand, und wurde nicht enttäuscht.

»Wann kannst du da sein, Doro?«

»In zwei bis drei Stunden, wenn es dir passt.«

»Es wird wohl eine lange Nacht werden, vermute ich?«

»Das vermute ich auch.«

»Okay«, seufzte sie. »Dann bis nachher.«

Als ich in die Küche kam, hatte Yim gerade erst begonnen, die Zutaten für einen Auflauf zusammenzusuchen. Offenbar hatte er sich länger mit meiner Mutter unterhalten, hauptsächlich über mich, was ihren verschwörerischen Mienen unschwer anzusehen war.

»Wie lange dauert es noch?«, fragte ich Yim.

»Eine Dreiviertelstunde, warum?«

»So lange kann ich leider nicht warten, ich fahre zu Ina nach Ahrenshoop.«

»Jetzt noch?«, rief meine Mutter.

»Es ist Sommer, gerade mal halb sieben, wir haben schönes Wetter, und mir steht ein Cabrio zur Verfügung …«

»Und deinen Mann lässt du zurück wie einen Hund?«

»Es macht mir nichts aus«, sagte Yim. »Ich finde, das ist eine gute Idee, Schatz.«

»Das finde ich nicht«, widersprach meine Mutter. »Wir wollten zusammen essen.«

»Morgen ist auch noch ein Tag.«

»Das ist nichts als eine naseweise, einfältige Banalität.«

»Meine Güte, eine doppelte Verstärkung in einem so kurzen Satz, das ist selbst für dich rekordverdächtig. Ich breche in zehn Minuten auf«, erklärte ich.

Yim bereitete mir ein Sandwich mit Gurken und geräucherter Putenbrust für unterwegs zu, während ich meine Abfahrt vorbereitete und meine Mutter vor sich hin brütete. Sie hatte diesen besonderen Ausdruck der Missbilligung im Gesicht, was bedeutete, dass sie sich im Zustand passiver Aggression befand, noch unschlüssig, ob sie zur aktiven Aggression übergehen sollte. Deshalb beeilte ich mich – Yim leider nicht. Er machte immer alles frisch, auch Pesto oder Tomatensoße, und rührte gerade eine Mayonnaise für das Sandwich an.

»Bin gleich fertig«, sagte er, so ins Rühren vertieft, dass er meine Ungeduld nicht bemerkte.

Meine Mutter auf ihrem Küchenstuhl war ihrerseits kurz davor, ihrem Unmut über mich Luft zu machen. Sie öffnete bereits den Mund, um die erste Salve abzuschießen, als Ludwina auf der Bildfläche erschien. Ich kannte sie bei Weitem nicht so gut wie meine Mutter, aber das war auch gar nicht nötig, denn dass sie einen schlechten Tag gehabt hatte, trug sie wie ein Werbeplakat vor sich her.

»Passen Sie auf, Yim«, sagte meine Mutter mit einem zynischen Lächeln. »Der gefährlichste Platz auf der Welt ist der zwischen Ludwina und ihrem Kühlschrank.«

Ihre Mitbewohnerin blickte genervt auf sie herab. »Warum lassen Sie mich nicht einfach in Ruhe?«

»Das würde ich liebend gerne, hätten Sie mir nicht für acht Stunden mein Auto entführt. Vorher haben Sie mir noch fünfzig Euro für Einkäufe abgeluchst, die ich nirgendwo entdecken kann. Sie werden mir doch nicht etwa dement?«

»Schön wär's. Das würde mir viel Kummer ersparen.«

»Die Melodramatik nimmt Ihnen keiner ab, meine Liebe. Sie sind eher der Typ Mensch, der mit bloßen Händen Baumstämme entwurzelt. Wo waren Sie?«

»Das geht Sie nichts an«, blaffte Ludwina.

»Und ob es mich etwas angeht. Es sei denn, Sie geben mir die fünfzig Euro zurück, plus Benzingeld.«

Aufgebracht kramte Ludwina in ihrer Handtasche, so als hole sie gleich ein Messer hervor. Zum Vorschein kamen aber nur zwei Geldscheine. Für einen Moment sah es aus, als wolle sie meiner Mutter die Scheine ins Gesicht werfen, dann knallte sie einen Fünfziger auf den Tisch, einen Zwanziger gleich hinterher und schließlich die Handtasche.

»Ist das genug?«, rief sie.

»Da muss ich erst die Tankanzeige überprüfen«, erwiderte meine Mutter ungerührt.

»Wie kann man nur so leben wie Sie, mit einem Herzen aus Stein?«

»Oh, bitte nicht schon wieder diese Leier.«

»Sie sind kein Mensch, Renate Kagel. Sie sind eine Maschine. Merken Sie denn nicht, dass alle Welt Sie meidet … oder verabscheut? Wollen Sie das am Ende sogar? Fühlen Sie sich nur dann gut, wenn Sie andere verletzen? Wenn Sie Ihr Gegenüber herunterputzen? Sie degradieren jeden, der auch nur in Ihre Nähe kommt. Seit Jahren fault Ihr Charakter vor sich hin. Keinen einzigen Freund haben Sie in der Welt, nicht einmal sich selbst. Wie sehr müssen Sie sich hassen, um ein solches Leben zu führen! Wie tot müssen Sie sein!«

Ich wusste, dass die beiden Frauen sich andauernd in die Haare gerieten, aber mein Gefühl sagte mir, dass diese Ansprache selbst für Ludwinas Verhältnisse starker Tobak war. Man konnte sich nicht solche Dinge vorwerfen und am nächsten Tag zusammen frühstücken. Dieser Abend, da war ich mir sicher, war eine Zäsur.

Natürlich hätte ich meiner Mutter nach diesem Eklat beistehen müssen. Zwar war nicht alles völlig falsch, was Ludwina vorgebracht hatte, auch wenn sie es äußerst zugespitzt formuliert hatte. Dennoch gehörte meine Loyalität der Frau, die mich geboren hatte und mit der ich mir ein Schicksal teilte. Ja, ich hätte die Fahrt zu Ina eigentlich aufschieben müssen.

Andererseits hatte ich meine Mutter zwei Tage zuvor gewarnt, dass so etwas passieren könnte, und sie hatte es in den Wind geschlagen, wie alles, was von mir kam. Vielleicht geschah es ihr ganz recht, mal eine Latte vor den Kopf geschlagen zu bekommen.

Ich wechselte einen Blick mit Yim, nahm das Sandwich und sagte, als wäre ich nicht soeben Zeugin eines Paukenschlags gewesen: »Ich fahre jetzt zu Ina. Hoffentlich kann sie mir bei den Mordfällen helfen. Bis morgen also.«

Inas Haus brachte das Kunststück fertig, zugleich bäuerliche Idylle und eine gewisse Noblesse auszustrahlen. Ich traf bei Sonnenuntergang ein, als der Backstein und das moosbewachsene Dach im orangefarbenen Licht glühten. Der Vorgarten, in dem vereinzelte Inseln aus Iris in ein Meer von Akelei eingebettet waren, ließ mich eine Minute verharren, bevor ich klingelte. Der große Garten hinter dem Haus machte mich dann fast sprachlos. Staudenbeete aus Schafgarbe, Lupinen und Rittersporn wetteiferten mit englischen Rosen, Rhododendren und Hortensien um Aufmerksamkeit. Es war gut, dass sich bald die Nacht über diese Farbenpracht senkte, ansonsten hätte ich viel Zeit mit deren Bewunderung verschenkt.

Wir setzten uns bei geöffneten Terrassentüren ins Esszimmer, wo Ina auf einem riesigen Holztisch die Akten verteilte, die ich mitgebracht hatte. Zwischendrin standen ein Brett mit Käsewürfeln, ein Krug Eistee und zwei Gläser.

Sie hatte sich in den zwei Jahren seit unserer letzten Begegnung kaum verändert: schwarze, schulterlange Haare, dezenter Steinschmuck, die Lesebrille an einer Kette um den Hals. Sie machte auf mich immer den Eindruck einer Witwe, die nichts mehr erschüttern kann, obwohl sie nie verheiratet war. Wie ich hatte sie ein erwachsenes Kind aus einer kurzlebigen Beziehung in jungen Jahren. Ihre Klugheit, ihre Hilfsbereitschaft und ihre Fröhlichkeit offenbarten sich niemals direkt, sondern gewissermaßen gefiltert durch mehrere Schichten Zurückhaltung. Das war auch der Grund, weshalb wir nur langsam Freundinnen geworden waren. Ich hatte die Selbstbeherrschung, die sie auch als Privatmensch zeigte, anfangs mit Teilnahmslosigkeit verwechselt. Aber nun waren wir Freundinnen, und ich hatte in ihrer Gegenwart auch nicht mehr das Gefühl, analysiert zu werden.

Ich erzählte also drauflos, wobei ich versuchte, chronologisch vorzugehen. Ina erfuhr von mir alles, was seit Jan-Arnes Tod geschehen war, und auch meine Kindheitserinnerungen an die Ferien auf Fehmarn ließ ich nicht aus. Das Auffinden der Leiche des Bolenda, das Geheimnisspiel, der Zettel, den ich dazu beigetragen hatte, sowie mein Motiv, ihn zu schreiben. Gelegentlich fischte ich eine zu der Information gehörende Akte vom Tisch, die Ina sich gewissenhaft durchlas.

Nach dem halben Krug Eistee waren wir durch. Ina machte es spannend, sie sagte zunächst gar nichts, sondern nahm noch einmal einige der Akten zur Hand, legte sie nebeneinander, verschob sie, machte sich Notizen … Das ging eine halbe Stunde so. In dieser Zeit lief ich ein bisschen herum, wie ein Prüfling, der auf sein Ergebnis wartet.

Ich konnte mit ziemlicher Sicherheit vorhersagen, womit Ina beginnen würde, nämlich damit, dass sie keine ausgebildete Profilerin war und dass ein wenig Aktenstudium und ein vollgeschriebener Notizblock kein seriöser Ersatz für eine ausgiebige Beschäftigung mit der Materie waren. Auch wenn sie bereits mehrmals als psychologische Sachverständige vor Gericht ausgesagt hatte – höchstwahrscheinlich würde sie mir weder eine Lösung präsentieren noch das berühmte Detail aufspüren, das den Fall drehte. Ich war mir nicht mal sicher, ob ihre Einschätzung der Lage der wichtigste Grund für meinen Besuch bei ihr war oder ob ich vielmehr jemanden brauchte, um all die eher gefühlsmäßigen Aspekte zu besprechen. Dinge, die mir neuerdings auf der Seele lagen. Dinge, von denen ich vielleicht gar nicht wusste, wie sehr sie mir auf der Seele lagen. Womöglich wollte ich auch nur jemandes Absolution, jemandes Trost, jemandes Vernunft.

Yim hatte es am Abend zuvor so wunderbar und schrecklich präzise zugleich zusammengefasst: Meine Kindheit zerbröselte in diesen Tagen, zum zweiten Mal, und diesmal beteiligte ich mich aktiv an ihrer Zerstörung. Drei tote Freunde, einer im Krankenhaus, drei übrig gebliebene, von denen eventuell einer ein Mörder war.

»Ich glaube, du hast es mit zwei Tätern zu tun«, sagte Ina.

Ich kehrte zu ihr an den Tisch zurück und schenkte mir noch ein Glas Eistee ein.

»Ich bin keine Kriminalistin. Was du bräuchtest, wäre ein Profiler, der die Unterlagen sorgfältig studiert. Aber ich denke, es sind zwei.«

Angesichts dieser Nachricht hatte ich noch nicht mal die Kraft über meine eingetroffene Prophezeiung zu lächeln, was ihre Bescheidenheit anging.

Sie beugte sich über die Akten, während ich mich ermattet zurücklehnte.

»Ich fasse noch mal zusammen. Ein Steinwurf vor dreiunddreißig Jahren. André Bolenda wurde ertränkt. Die Prostituierten starben jeweils an Messerstichen in den Rücken. Dein Freund Jan-Arne wurde überfahren, Maren aus dem Fenster gestürzt, Poppy wurde angefahren, und Pieter sollte stranguliert werden.«

Selten zuvor hatte mich eine Zusammenfassung derart deprimiert. Ich sagte nur: »Ja.«

»Das sind zwei, eigentlich drei verschiedene Kategorien von Tötungen. Über Steinewerfer auf Autobahnbrücken bist du ja im Bilde, eine typische Distanztat. Täter und Opfer kennen sich weder noch begegnen sie sich. Es gibt für die Täter keine unmittelbare physische Erfahrung und daher eine verminderte Rückwirkung auf die Psyche. Deshalb können auch Jugendliche, sogar Kinder die Tat begehen.«

Die Wanduhr schlug Mitternacht, und Ina nutzte die Zeit, bis der letzte Gong verhallt war, um eine andere Akte in die Hand zu nehmen.

»Auch wenn man es kaum glauben mag, ist ein Auto ebenfalls eine Distanzwaffe. Es ist zwar unmittelbarer als so ein von der Brücke geworfener Stein, aber weit weniger unmittelbar als beispielsweise ein Messer, ein Hammer oder die bloße Hand. Die Karosserie bildet eine Art Schutzraum, die Motorhaube fungiert wie eine Roboterkralle, bewegt wie mit einem Joystick, also dem Lenkrad. Der Täter ist teilweise akustisch und körperlich abgeschirmt. Dennoch …«

»Was?«

»Dass der Täter sein Opfer im Fall von Jan-Arne mehrmals mit dem Auto überrollt hat, spricht eine ganz andere Sprache.«

»Ich habe auf Raserei getippt.«

Ina nickte. »Kontrollverlust wäre eine Möglichkeit, das genaue Gegenteil davon die andere. Der Täter ist bewusst mit großer Brutalität vorgegangen, vielleicht aus Rache, vielleicht aus einer Neigung heraus. Er hat sich Zeit gelassen, das Heben und Senken des Autos gespürt, bevor er den Schauplatz verließ. Ganz anders als im Fall von Poppy. Da ist das Auto wie ein Dolch, der ein einziges Mal zustößt. Das führt mich zu Maren.«

»Von einer Distanztat kann man da wohl kaum sprechen«, wandte ich ein.

»Na ja. Falls die Polizei irrt und deine Theorie vom Mord zutrifft, hat es eine unmittelbare Berührung zwischen Täter und Opfer gegeben. So ein überraschender Stoß aus dem Fenster ist in einer halben Sekunde ausgeführt, und wenn man nicht will, muss man sich das Ergebnis noch nicht einmal ansehen.«

»Was genau bedeutet das nun?«

»Ich erkenne Ähnlichkeiten, was die Ausführung der Tat beim Steinwurf, bei Marens Fenstersturz und bei Poppys Tod angeht, sonst aber keine. Einen Menschen zu ertränken, wie im Fall Bolenda, erfordert unmittelbaren Einsatz. Ein junger und kräftiger Mann kann, selbst wenn er gefesselt ist, mit dem Nacken Widerstand leisten und den Kopf immer wieder aus dem Wasser heben, bis er irgendwann schwächer wird. Der physischen und psychischen Nervenreizung kann der Täter unmöglich entgehen und will es meistens auch gar nicht. Er verspürt vielmehr Genuss. Dass das Opfer bei Bewusstsein ist und sich wehrt, ist dafür elementar. Eine blitzschnelle Tat oder eine, bei der das Opfer gar nicht mitbekommt, was ihm geschieht, würde dem Täter keine Befriedigung verschaffen.«

»Verstehe. Und bei den Prostituiertenmorden fehlt genau das.« Das Dunkel lichtete sich für mich.

»Richtig. Mit dem Messer von hinten, der Tod ist sofort eingetreten … Da hat der Täter mit den geringstmöglichen Mitteln die größtmögliche Wirkung erzielt. Nein, diese Effizienz passt nicht. Sollte es überhaupt einen Zusammenhang zwischen den Prostituiertenmorden und den übrigen Todesfällen geben, handelt es sich entweder um einen anderen Täter oder um ein anderes Motiv.«

Ina las die nächste Frage in meinem Gesicht.

»Die Frauen sind schnell und lange nicht so qualvoll wie André Bolenda und Jan-Arne Asmus gestorben. Was mich darauf schließen lässt, dass der Tod der beiden einem konkreten Zweck diente. Lust war da eher nicht im Spiel. Der Täter wollte einfach nur schnell zum Ziel kommen, wobei er die unmittelbare Nähe zu den Opfern und das Töten mit eigener Hand nicht scheute.«

Ich seufzte. Die Vorgehensweise und die Motive waren also

genauso undurchsichtig wie der ganze Fall. Es gab einerseits einen Mörder, der die Nähe zum Opfer scheute, und andererseits einen Mörder, der von Hand tötete. Es gab Morde aus Vernunftgründen und Morde, die der Lustbefriedigung dienten. Man könnte fast glauben, auf Fehmarn sei eine ganze Kompanie von Irren am Werk.

Ina bemerkte meine Ratlosigkeit und sagte: »Eine Verbindung all der Taten zueinander sehe ich aber, wenigstens für die meisten davon. Die Opfer haben den Tätern vertraut oder vielmehr keine Gefahr in ihnen gesehen. Sie haben ihnen sogar, wie im Fall der Prostituierten, den Rücken zugekehrt. Erfahrene Strichgängerinnen, wie die beiden aus Hamburg, wenden sich von ihren Freiern normalerweise nicht ab. Deine Jugendfreundin Maren wurde ebenfalls überrascht, deswegen gab es auch keine Kampfspuren. Die Leiche André Bolendas wies, abgesehen von den Misshandlungen und den Fesseln, ebenfalls keine Verletzungen auf. Es gab weder Schwellungen der Fingerknöchel noch sonst etwas, das auf Widerstand seinerseits schließen lässt. Der Mann war einen Meter vierundachtzig groß, achtzig Kilo schwer und durchaus kräftig gebaut, was bedeutet, dass auch er überrumpelt worden ist. Und der gelähmte Jan-Arne hat sich mitten in der Nacht auf einem entlegenen Feldweg mit seinem Mörder getroffen, wohin mich an seiner Stelle keine zehn Pferde kriegen würden.«

Die Schlussfolgerung aus Inas Erkenntnissen lag auf der Hand: Ich musste nach jemandem suchen, der harmlos, zuverlässig und vertrauenswürdig wirkte, vielleicht auch lächerlich. Eine Person, die schon etwas älter war und unterschätzt wurde. Auf Hanko, so viel stand fest, traf all das nicht zu.

Ich nahm die Möglichkeit stärker in den Fokus, dass der oder die Mörder außerhalb unserer einstigen Clique zu suchen waren. Diese Option hatte ich irgendwie aus den Augen verloren. Warum eigentlich? Zwar fielen neuerdings ausschließlich meine früheren Ferienfreunde den Anschlägen zum Opfer, und Jan-Arnes letzte Worte hatten mir und dem Geheimnisspiel gegolten. Doch der Bolenda-Zettel besagte ja nur, dass einer von uns den Mörder kannte, und nicht, dass er sich unter uns befand. Was wusste ich eigentlich über Lutz' Mutter, von Poppys Vater und Stiefmutter? Von den Westhofs? Nicht viel mehr als kurze Begegnungen und verschwommene Erinnerungen hatte ich von den Eltern und Geschwistern meiner früheren Freunde vorzuweisen.

»Die ominöse Geheimnisliste, die dein Freund Jan-Arne angefertigt hat, habe ich mir auch angesehen«, unterbrach Ina meine Gedanken. »Darauf sind seine Zuordnungen vermerkt, aber auch deine, stimmt's?

»Ja.« Ich hatte Jan-Arnes Liste um meine eigenen Einschätzungen ergänzt.

Die 8 Geheimnisse

1. ICH HABE EINE SCHWERE UNHEILBARE KRANKHEIT … (Maren)
Maren

2. ICH HASSE JEMANDEN, DER MIR NICHTS GETAN HAT … (Poppy)(?)
Doro

3. MEINE MUTTER HAT MICH NICHT GEBOREN …
(Lutz) 🙄
???

4. ICH LIEBE JEMANDEN AUS DIESER RUNDE …
(Doro!) 🙂
Pieter

5. ICH HABE KEINE ANGST … (Hanko) 🙄
Poppy

6. MEINE MUTTER SCHLÄGT MEINEN VATER …
(Annemie)
Annemie

7. ICH WEISS, WER DEN BOLENDA UMGEBRACHT HAT.
???

8. EINES TAGES WERDE ICH JEMANDEN VON UNS IN DIE PFANNE HAUEN.
Jan-Arne

»Beim Lesen ist mir etwas aufgefallen«, sagte Ina. »Es betrifft dich.«

»Du meinst mein Geheimnis, die Nummer zwei? Was willst du wissen?«

»Nein, es geht um die Nummer vier. Um denjenigen, der dich liebt. Du nimmst Pieter als Verfasser an.«

»Er hat es mir gesagt. Außerdem lag Jan-Arne mit seiner Annahme falsch. Er hat ja vermutet, ich sei die Verfasserin gewesen, aber ich war es nicht.«

»Nein, darum geht es ja gerade. Ich glaube nicht, dass er dich für die Verfasserin gehalten hat. Hinter deinen Namen hat er ein Ausrufungszeichen gesetzt, das hat er sonst nirgendwo gemacht. Und dazu einen Smiley, auch das nur einmal. Ich denke, er hat den Zettel selbst geschrieben.«

Inas These erwischte mich kalt. Jan-Arne in mich verliebt? Ich kramte in der Vergangenheit nach Anhaltspunkten, ohne auf die Schnelle welche zu finden. Als ich mit meinen Eltern und meinem Bruder bei der Familie Asmus wohnte, waren Jan-Arne und ich noch viel zu jung, um an Verliebtheit zu denken. Später in unserer Cliquenzeit hatten wir uns oft unterhalten, wenn wir zu zweit waren, manchmal stundenlang. Er wollte mich für Umweltschutzfragen begeistern, schwärmte mir von Greenpeace-Aktionen vor ... Jan-Arne war Fan eines gesellschaftskritischen amerikanischen Regisseurs, dessen Namen ich vergessen habe, und zeigte mir damals alle seine Filme. Manchmal gingen wir schwimmen oder fuhren mit dem Fahrrad herum. Ich konnte mich an keinen direkten Annäherungsversuch von seiner Seite erinnern.

Seltsam war nur die Bemerkung, die meine Mutter gemacht hatte, als sie mich telefonisch über Jan-Arnes Tod informierte. Wir hätten *poussiert*. Ich hatte mich gleich gefragt, wie sie auf diesen Gedanken kam, denn ich hatte nie eine solche Andeutung gemacht. Wusste sie über diese Sache mehr als ich? Und wenn ja, woher?

Dann dachte ich: Wenn Inas Vermutung zutraf, hatte

Pieter mich angelogen. Und wenn das so war, dann musste er dafür einen mehr als triftigen Grund gehabt haben. Etwa zu verbergen, welchen Zettel er in Wahrheit geschrieben hatte, vermutlich einen mit Sprengkraft.

Es war für mich leichter zu glauben, dass Ina sich irrte, als anzunehmen, dass Pieter gelogen hatte. Ich erinnerte mich noch gut an den verlegenen Ausdruck in seinen Augen, als er mir das Geständnis gemacht hatte. Darin hatte ich Wahrheit gesehen. Oder sehen wollen. Denn der größte Feind der Wahrheit ist nicht etwa die Lüge, sondern der Selbstbetrug.

»Du wirkst schockierter, als ich dachte«, sagte Ina. »Komm, lass uns eine Runde durch den Garten gehen. Die Luft ist jetzt angenehm frisch, das wird uns guttun.«

Es tat wirklich gut, und im vereinten Licht von Mond und Solarleuchten bekam der Garten etwas Märchenhaftes. Ina hatte die Lampen so platziert, dass sie vor allem die weiß blühenden Pflanzen beleuchteten: Hortensien, Rosen, Schmetterlingsflieder ... Eine Szenerie wie in Shakespeares *Sommernachtstraum*. Ina schlug vor, barfuß zu gehen. Auf dem weichen Gras, das vom Tau der Nacht benetzt war, lief es sich fast unwirklich, wie auf Nebel.

»Was beunruhigt dich mehr?«, fragte sie in die Stille. »Dass Jan-Arne in dich verliebt gewesen sein könnte oder dass Pieter es nicht war?«

Die Antwort war leicht zu geben und schwer auszusprechen.

»Als er ... als Pieter mir vor ein paar Tagen gesagt hat, dass er als Junge in mich verliebt war, da ... Im ersten Moment wollte ich es kaum glauben, und im nächsten wollte ich es unbedingt glauben. Die Vorstellung hat mir gefallen ... irgendwie.

Weißt du, ich empfinde ihn als äußerst angenehmen Menschen trotz seiner Besonderheiten … oder gerade deswegen. Das war vom ersten Moment an so. Er hat sich auf mich verlassen und sich an mich gehängt, das hat mich stolz gemacht.«

»Warum seid ihr nie einen Schritt weiter gegangen?«

»Wir waren noch Kinder«, antwortete ich.

»Später wart ihr Teenager, und die probieren durchaus mal etwas aus. Ihr habt nie geknutscht?«

»Pieter hat sich nie getraut. Ich denke, das ist sein Problem. Er ist Frauen gegenüber gehemmt. Eigentlich ist er jedem gegenüber gehemmt, aber besonders bei Frauen.«

»Mal angenommen, er hätte es gewagt«, spekulierte Ina.

»An so etwas habe ich bei ihm nie gedacht. Es hätte mir wohl nicht gefallen. Auf Jan-Arne dagegen hätte ich mich wahrscheinlich eingelassen, zumindest kurz. Wie du sagst, um es auszuprobieren. Aber mit Pieter, nein.«

Wir setzten uns auf eine Gartenbank, die von Kräutern umgeben war. Der Rosmarin stand so hoch, dass mir der aromatische Duft in die Nase stieg, als meine Schulter den Strauch streifte.

»Was möchtest du mir sagen?«, fragte ich. »Du willst mir doch etwas sagen, das spüre ich.«

Ina lächelte. »Du bist als Freundin hier, nicht als Patientin.«

»Dann antworte mir eben als Freundin, die zufällig viele Patienten hat.«

Sie lachte und vertiefte sich anschließend in das milchige Licht der Kugelleuchte gegenüber unserer Bank.

»Du hast Pieter kennengelernt, als du neun oder zehn Jahre alt warst, richtig? Während der ersten Ferien, die du allein auf

Fehmarn verbracht hast. Kurz nach dem Tod deines Vaters und etwa ein Jahr nach dem Tod deines Bruders.«

»Das stimmt, aber was hat das mit Pieter zu tun?«, fragte ich abwehrend.

Schnapp, und schon saß ich in der Falle. In der Psychologie hatte alles mit allem zu tun. Als gelegentliche Leserin von Psychologiemagazinen wusste ich das durchaus, doch wenn es einen selbst betrifft, schwört man Stein und Bein, dass das eine vom anderen getrennt zu betrachten ist. Wie die meisten Menschen reihte ich die Ereignisse meines Lebens hübsch nebeneinander auf wie Bücher auf dem Regal. Dabei bemerkte ich nicht, dass das Beziehungsgeflecht größer und größer wurde, je mehr Ereignisse hinzukamen. Gewissermaßen, als bilde ihre Gesamtheit eine Seele.

»Wäre es möglich«, fragte Ina rhetorisch, »dass Pieter für dich ein Brudersatz war? Ein besserer Bruder als Benny, der dich immer ein bisschen gebieterisch behandelt hat. Benny, den deine Eltern zu Lebzeiten bevorzugt haben und der nach seinem Tod wie ein riesiger Schatten über eurer Familie lag. Benny, den du insgeheim verflucht hast, obwohl du wusstest, dass du ihm damit Unrecht tust.«

Es kommt selten vor, dass jemand etwas sagt, das einen wirklich überwältigt. So als würde sich ein Vorhang heben und den Blick auf etwas freigeben, von dem man geahnt hat, dass es da ist, ohne dass man es sieht. Tatsächlich hatte ich an Pieter und Benny nie zur selben Zeit gedacht. Ich hatte sie nie miteinander verglichen. Aber jetzt erschien es mir völlig logisch.

Pieter als besserer, als geschätzter, vielleicht sogar geliebter Bruder. Ein Mensch, der mich brauchte und es mir zeigte. Ein

Mensch, der nicht dominant war, dem ich sogar Nachhilfe in Mathe, Deutsch und Englisch gab. An dem ich tagsüber wiedergutmachte, was ich Benny vor dem Einschlafen angetan hatte.

Küchenpsychologie? Vielleicht! Aber sie half mir. Dank Ina hatte ich das Gefühl, endlich klarer zu sehen. Auch dass ich nach unserem Wiedersehen für Pieter liebevolle Gefühle entwickelte, passte ins Bild, da ich seither jeden Tag und quasi rund um die Uhr mit meiner Kindheit konfrontiert war. Da war meine Mutter, da waren die Jugendfreunde, da war das Geheimnisspiel, mein Zettel … So als würde sich die Geschichte wiederholen. Pieter war wieder zu meinem Bruder geworden.

»Ich kann dir gar nicht sagen, wie sehr du mir geholfen hast«, dankte ich Ina.

»Da ist noch eine Sache, Doro. Es ist nur so ein Gefühl. Diese Poppy … Eine Person wie sie, die keine Angst kennt, die sich mit Riesenschlangen anlegt und im Job täglich unnötige Risiken eingeht, so jemand verhält sich sehr wahrscheinlich im Privaten nicht anders.«

»Was genau willst du mir damit sagen?«, hakte ich nach.

»Das weiß ich eben nicht. Nur, dass sie ganz großes Theater gespielt hat und ich froh bin, nie im Zuschauerraum gesessen zu haben.«

Wir redeten noch kurz über Wachtmeister Vock, dem Ina kurzfristig einen Termin anbieten wollte, dann brach ich auch schon wieder auf. Sie bot mir zwar ein Gästezimmer an, aber ich wollte Marens Beerdigung nicht verpassen.

Um Viertel vor fünf war ich zurück zu Hause.

Meine Mutter erwartete mich schon.

9

Sie saß im Licht der Leselampe, deren Strahl sich über ihre Schulter in den leeren Schoß ergoss. Ihre Arme ruhten zu beiden Seiten auf den Lehnen, so als throne sie oder halte Gericht. Von früher wusste ich, dass meine Mutter stundenlang so dasitzen konnte, ohne ein Buch oder eine Zeitschrift, ohne Fernsehprogramm oder Fotoalbum. Ob sie nachdachte, trauerte, meditierte oder einfach nur phlegmatisch und unglücklich war, blieb ihr Geheimnis. Eigentlich musste sie unglücklich gewesen sein, denn die Besucher nahmen kontinuierlich ab. Die meisten waren Freunde und Kollegen meines Vaters gewesen, die sich zuerst dreimal, dann zweimal, schließlich einmal pro Jahr meldeten und irgendwann gar nicht mehr. Manchmal beschwerte sie sich bei mir darüber, dann nickte ich nur und dachte, dass sie selbst schuld sei. Es ihr zu sagen hätte nichts gebracht, denn sie sprach nie mit mir, um meine Meinung zu erfahren, sondern immer nur, um ihre Ansichten loszuwerden.

Vielleicht hatte sie deshalb keine Freunde. Menschen spüren, ob man sich für sie interessiert, ob man freigiebiger Spender oder bloß geiziger Konsument von Zuneigung ist. Ich wusste, dass meine Mutter zu Herzlichkeit und Liebe fähig war, denn sie hatte meinen Vater verwöhnt, und wenn Benny ein Fußballspiel bestritt, feuerte sie ihn von der Tribüne an.

Hinterher gab es sein Lieblingsgericht, entweder um ihn zu feiern oder zu trösten. Solche Hingabe hatte ich nie erfahren. Sie sorgte sich, wenn ich krank war, und ich bekam schöne Dinge zu Weihnachten und den Geburtstagen geschenkt. Doch wenn ich in späteren Jahren über diese Zeit nachdachte, fiel mir keine Begebenheit ein, bei der ich meine Mutter hätte begeistern können, egal womit. Immerhin hatte ich damals noch das Gefühl, eine gute Mutter zu haben. Nach der Zertrümmerung unserer Familie hatte ich das nicht mehr.

»Hat sich der Ausflug zu deiner Therapeutin gelohnt?«, fragte sie.

»Zu meiner Freundin, der Therapeutin«, korrigierte ich. »Ich würde sagen, ja. Warst du gar nicht im Bett?«

»Du ja auch nicht.«

»Ich bin hundemüde. In vier Stunden ist Marens Beerdigung, ich lege mich noch etwas hin. Übrigens sieht es so aus, als wäre Jan-Arne vor dreißig Jahren in mich verknallt gewesen. Weißt du etwas darüber?«

»Meinst du die Liebesbriefe, die er dir geschrieben hat?«

Ich setzte mich, schluckte und wiederholte: »Liebesbriefe?«

»Zwei oder drei, das weiß ich nicht mehr. Auch nicht, was da drinstand. Irgendein pubertäres Zeug. Ich habe alle, außer den ersten, ungeöffnet weggeworfen. Und bevor du jetzt gleich wieder die moralische Alarmglocke schlägst, mach dir bitte Folgendes klar: Du warst minderjährig, er kaum älter, und er hat weit entfernt gewohnt. Ich habe es für das Beste gehalten. Wenn du mir wegen ein paar infantilen Zeilen dreißig Jahre später um fünf Uhr morgens den Kopf abreißen willst, muss ich mich fragen, ob du langsam durchdrehst.«

Um durchzudrehen, war ich zu müde. Und auch zu alt. Denn in einem hatte meine Mutter Recht: Die Sache lag sehr lange zurück. Es war nur eine weitere Enttäuschung, eine eher kleine. Ich wäre damals in die Verlegenheit gekommen, auf den ersten Liebesbrief zu antworten, und danach hätte es wohl keine weiteren gegeben. Außerdem hatte Jan-Arne, als wir Jahre später im Studium wieder in Kontakt traten, die Briefe nicht erwähnt. Anzunehmen, dass er über die kurze, unerfüllte Liebe schnell hinweggekommen war.

Ich stand wieder auf. »Keine Sorge, alles in allem bin ich nicht mal überrascht.«

»Bleib doch noch.«

»Wie gesagt, ich will mich noch zwei Stündchen aufs Ohr legen.«

»Yim war fantastisch gestern Abend. Er kocht, als ginge es um sein Leben. Was er aus Resten so alles zaubert … Ludwina könntest du drei Kühlschränke füllen, und am Ende kämen doch nur wieder Bigosch, Krautnudeln oder Klopse heraus. Sie hat die Fantasie einer Nähmaschine.«

»Nicht jedem ist alles gegeben«, wich ich aus.

»Ich wäre schon mit einer Puppentasse voll Kreativität zufrieden.«

»Und sie vielleicht mit einer Puppentasse voll Empathie.«

Meine Mutter kicherte. »Ich fresse einen Besen, wenn Ludwina weiß, was das ist. Falls sie es doch weiß, hat sie keine Ahnung, wo sie sich befindet. Und falls doch, hat sie die Empathie längst mit ihren großen Füßen zertrampelt.«

»Es geht nicht darum, was sie weiß, sondern was sie fühlt. Aber lass uns später darüber sprechen. Gute Nacht«, sagte ich.

Ich war schon an der Zimmertür, als sie mir hinterherrief: »Ich habe Yim ein Angebot gemacht.«

Nach einem solchen Satz konnte ich unmöglich den Raum verlassen, ohne zu erfahren, wovon die Rede war. Obwohl ich mich ihr erneut zuwandte, rückte sie nicht von selbst mit der Sprache heraus, sondern ließ mich nachfragen.

»Nun bin ich gespannt.«

»Dein Mann hat Leidenschaft und Unternehmergeist, er hatte leider nur etwas Pech«, begann sie umständlich.

»Freut mich, dass du keinen Versager mehr in ihm siehst.«

»Ich sagte, er ist gescheitert, nicht, dass er versagt hat.«

»Dieses sprachliche Drahtseil ist so dünn, dass ein Käfer Mühe hätte, sich darauf zu halten«, konnte ich mir nicht verkneifen zu sagen.

»Wie dem auch sei. Ich habe ihm angeboten, ihm ein neues Restaurant zu finanzieren.«

Eines erreichte meine Mutter sofort: Ich setzte mich erneut. Dass sie über solche wirtschaftlichen Mittel verfügte, war mir neu. Über ihre Finanzen sprachen wir grundsätzlich nicht, aber mit dem Tod meines Vaters war die einzige Einkommensquelle unserer kleinen Familie versiegt. Ich hatte angenommen, sie brauche nach und nach die Rücklagen auf und der Verkauf des Bungalows im Tausch gegen Tante Theas Häuschen sei hauptsächlich finanziell motiviert gewesen. Dazu diese alte Karre, die sie fuhr … Während meines Studiums hatte sie mir monatlich fünfhundert D-Mark überwiesen, den Rest hatte ich mir mit Jobs dazuverdient. Danach war Geld kein Thema mehr zwischen uns gewesen.

Weit mehr verwunderte mich jedoch, dass sie uns beschenken wollte, noch dazu reichlich. Denn als ich meinem Sohn Jonas das Studium finanzierte und ziemlich knapp bei Kasse war, hatte sie mir keine Hilfe angeboten, und ich hatte nicht gewagt, sie darum zu bitten.

»Also, was sagst du?«, fragte sie, als hätte sie mir soeben einen detaillierten Plan unterbreitet.

»Woher …? Ich meine, ein neues Restaurant zu eröffnen ist nicht gerade billig.«

»Ein billiges Restaurant kommt auch gar nicht in Frage. Weißt du, meine Eltern haben mir Geld hinterlassen, das seit zwanzig Jahren nutzlos herumliegt. Und ich habe schließlich nur einen Schwiegersohn, nicht wahr?«

So wie sie auch nur einen Enkel hatte. Jonas hatte als Kind nicht viel von seiner Großmutter gehabt, außer jeweils ein Päckchen mit Süßigkeiten zu Ostern und Weihnachten, bis er sechzehn war. An den Geburtstagen bekam er eine Karte mit lieben Wünschen. Weder zum Führerschein noch zum Abitur oder dem mit Auszeichnung bestandenen Examen hatte sie ihm etwas geschenkt. Anfangs dachte ich, es läge an mir, an unserem bescheidenen Mutter-Tochter-Verhältnis und der Tatsache, dass Jonas unehelich geboren war, was sie mir verübelte. Im Laufe der Zeit musste ich allerdings feststellen, dass sie sich mit einer Aura aus Gleichgültigkeit und Zynismus umgab, die nicht nur mich kalt anwehte, sondern im Grunde jeden, der sich ihr zu nähern drohte.

Umso erstaunlicher war ihre Wandlung, was meinen Mann betraf.

»Das ist sehr großzügig von dir«, sagte ich erstaunt.

»Allerdings. Wir reden hier von einer Viertelmillion.«

»Was hat Yim dazu gesagt?«

»Was soll er schon sagen? Ja natürlich.«

»Tja, er ist zwar nicht stolz bis zum Umknicken, aber ein bisschen schon. Er könnte sich scheuen, Geld von einer Person anzunehmen, die ihn vor wenigen Tagen noch als Chinesen bezeichnet und ihm geraten hat, nach Asien zurückzukehren.«

Sie verzog missbilligend das Gesicht. »Du bist dagegen, stimmt's? Du wirst ihm abraten.«

»Ich habe nicht vor …«

»Dir konnte ich es ja noch nie recht machen. Du warst immer schon gegen mich, hast dich mit neunzehn von mir abgewendet, sobald du konntest.«

»Von dir abgewendet? Ich bin nach dem Abi zum Studium nach …«

»Du hattest es so eilig, von mir wegzukommen, dass du dir noch nicht einmal eine richtige Bleibe in Berlin gesucht hast. Das erste Mal besucht hast du mich ganze drei Jahre später, und das auch nur, um mir zu sagen, dass du schwanger bist.« Ihre Miene war ein einziger Vorwurf.

»Ich hatte nicht den Eindruck, sonderlich vermisst zu werden«, verteidigte ich mich. »Haben wir in meiner Teenagerzeit auch nur einen einzigen Ausflug gemacht? Sind wir mal zusammen einkaufen oder essen gegangen? Von den Ferien ganz zu schweigen.«

»Ich war in Trauer«, erwiderte sie trotzig.

»Und ich war quasi eine Vollwaise.«

»Daran bist du selbst schuld.«

»Was?«, rief ich. »Was? Der Schlag ist sogar für deine Verhältnisse weit unter der Gürtellinie.«

»Der Schlag ist genau da, wo er hingehört. Du warst ein schwieriges Kind, oft unzufrieden und permanent eifersüchtig auf deinen Bruder.« Sie äffte eine Kinderstimme nach. »Benny bekommt ein neues Trikot, warum bekomme ich kein neues Kleid? Benny hat nur eine Drei in Mathe, ich habe eine Zwei, warum bekommt er mehr Taschengeld als ich?«

»Für kleine Schwestern«, entgegnete ich, »ist das nicht ungewöhnlich. Es ist im Gegenteil das Normalste von der Welt.«

»Und dann deine ewige Krankmacherei, um Aufmerksamkeit zu erregen. Du hast genauso viel Beachtung erhalten wie Benny, aber es war nie genug. Wie du immer wieder versucht hast, deinen Vater und mich gegeneinander auszuspielen, wie du dich ihm an den Hals geworfen und mich ignoriert hast … Geholfen hat es dir nicht, wie du ja weißt. Benny war tot, und deinen Vater hat es nicht mehr im Leben gehalten.«

»Das wirfst du mir vor?«, rief ich fassungslos und krallte mich an der Sessellehne fest. »Mir?«

»Er hätte ein Kind gebraucht, das mit ihm trauert. Aber du hast nicht getrauert.«

»Das ist nicht wahr. Als der Sarg in den Boden eingelassen wurde, da habe ich geweint.« Ich konnte kaum sprechen, so aufgebracht war ich.

»Und zwei Stunden später hast du ein Eis geschleckt. Im darauffolgenden Jahr haben wir alle gelitten außer dir, und dein Vater hat das gespürt. Es war der letzte Stich, der letzte Antrieb für ihn zu sterben. Somit hast du, nach deinem Bruder, auch ihn auf dem Gewissen.«

Ich konnte nicht glauben, was ich da hörte. »Ich … ich soll Benny …?« Mir wurde heiß und kalt.

»Du wusstest ganz genau, dass es keinem von euch erlaubt war, alleine aus dem Haus zu gehen. Dein Bruder hat dich gefragt, ob du ihn auf den Bolzplatz zum Training begleitest, aber du hast deine Nase ja lieber in ein Bilderbuch gesteckt, also ging er alleine los. Du warst eifersüchtig auf ihn, weil er beliebt war, während mit dir kaum jemand spielen wollte. Nicht mal deine Puppen haben sich mit dir angefreundet.«

Ihre Worte trafen mich wie Nadelstiche, sie schmerzten, und trotzdem wollte ich sie hören. »Tu dir keinen Zwang an. Du bist so weit gegangen, diesen letzten Schritt kannst du nun auch noch tun.«

»Hättest du ihn begleitet, wäre Benny… wäre er nicht… Dann wäre er jetzt noch bei mir.«

Nun war es also ausgesprochen.

Was seit beinahe vier Jahrzehnten zwischen meiner Mutter und mir in der Luft lag, elektrisch aufgeladen, schwingend und drohend, krachte mit einem Mal auf die Erde nieder. Sie hatte manchmal vage Andeutungen in diese Richtung gemacht, letztlich aber den Vorwurf gescheut. Ich dagegen hatte mich all die Jahre vor diesem Tag gefürchtet. Aber ich musste zugeben, ihn manchmal auch herbeigesehnt zu haben.

Mein erster Impuls war zurückzustecken, es einfach auszuhalten. Ich hatte immer geglaubt, dass die emotionale Distanz zwischen meiner Mutter und mir groß genug war, damit ihre Geschosse mich nicht mehr treffen konnten. Doch seit ich auf Fehmarn eingetroffen war, wusste ich, dass ich mich geirrt hatte. Sie schoss, und sie traf. Vielleicht auch deswegen, weil ich mir selbst meiner Unschuld nie ganz sicher gewesen war.

»Allem voran«, erwiderte ich in überraschend sachlichem Tonfall, »ist es nicht die Aufgabe eines achtjährigen Mädchens, seinen Vater am Leben zu erhalten, sondern die seiner Ehefrau, seiner Freunde und Eltern. Und was Benny angeht: Er selbst hat euer Verbot missachtet, nicht seine kleine Schwester. Der Mörder hat ihn umgebracht, nicht seine kleine Schwester. Wäre ich mitgegangen, hätte es uns beide treffen können. Willst du mir etwa sagen, dass das für dich keinen Unterschied gemacht hätte? Oder wäre es dir sogar lieber gewesen, ich und nicht Benny wäre an jenem Tag durch den Wald zum Bolzplatz gegangen?«

Sie schaltete die Lampe aus. Durch den Flur drang noch ein wenig Restlicht ins Wohnzimmer, gerade so viel, dass ich ihre Silhouette erkannte.

»Du hast Benny gehasst«, murmelte sie dann. »Ludwina hat es mir genüsslich unter die Nase gerieben, gleich nach dem Abendessen, als ich noch einmal mit ihr gestritten habe. Sie sagte, bei eurem albernen Geheimnisspiel damals hättest du das auf deinen Zettel geschrieben. Stimmt das?«

Natürlich fragte ich mich, woher Ludwina diese Information hatte. Außer Yim hatte ich bloß Ina davon erzählt, und beiden vertraute ich. Übrig blieb nur Annemie. Ich hatte es während unseres letzten Telefonats beiläufig erwähnt.

»Lass mich dir erklären«, hob ich an, doch sie unterbrach mich.

»Sag mir nur, ob es stimmt.«

»Ja, aber …«

»Mehr muss ich nicht wissen. Geh jetzt ins Bett, ich will allein sein.«

Als ich in unser Schlafzimmer kam, saß Yim aufrecht im Bett.

»Man hat euch bis hier oben gehört. Fast wäre ich hinuntergegangen.«

»Das hätte das Schlimmste auch nicht verhindert«, seufzte ich, zog die Schuhe aus und kroch, ohne mich auszuziehen, unter die Bettdecke. Da erst bemerkte ich, dass es gar nicht der Streit mit meiner Mutter gewesen war, der Yim wachhielt, sondern die Zeichnung auf seinem Schoß – eine Raumplanung samt Kalkulation für ein Restaurant.

Ich sank auf das Kopfkissen. »Wahrscheinlich habe ich dir das verdorben. Nach dem Streit von eben glaube ich nicht, dass …«

Den Satz führte ich nicht zu Ende, es tat zu weh. Ich schimpfte mich selbst, und mit jedem Augenblick, der verging, wurde mir bewusster, was ich Yim angetan hatte. Nichts Geringeres als seinen Traum hatte ich zum Platzen gebracht, die größte Chance seines Lebens zerstört. Und das alles nur, um etwas abzustreiten, das zum Teil wahr war.

Ja, ich war kein einfaches Kind gewesen, und ja, ich war auch oft grundlos eifersüchtig auf Benny gewesen. Die meisten älteren Brüder spielen sich gegenüber ihrer kleinen Schwester ein wenig auf, aber das macht aus ihnen noch lange keine Monster. Es stimmte, ich konnte nicht genug Liebe bekommen und verrannte mich in die Vorstellung, dass ich ohne Benny besser dran wäre. Immer wieder sagte ich mir, dass man im Alter von sechs, sieben oder acht Jahren für seine Gefühle nicht verantwortlich, sondern deren Spielball ist. Man kann sich in diesem Alter nicht »zusammenreißen«, wie es so schön heißt. Aber ich hätte, vor allem nach all den Jahren, offener damit umgehen können. Mein Gott, was wäre schon dabei, wenn ich einräumen würde, negative Emotionen entwickelt, ja auch Fehler im Umgang mit den tragischen Ereignissen gemacht zu haben, vor allem in späteren Jahren?

In der Nähe meiner Mutter war ich ein anderer Mensch, viel irrationaler und stolzer, als ich es bei Yim, meinen Freunden und in meinem Beruf war. Vielleicht auch rachsüchtiger. Ich hatte das Gefühl, dass sie für meine verkorkste Kindheit verantwortlich war. Sie und mein Vater, ein jeder auf seine Weise. Alle beide hatten mein Selbstbewusstsein beeinträchtigt, mein Vater, indem er mich durch seinen Selbstmord, meine Mutter, indem sie mich durch ihr Desinteresse für zweitrangig erklärte. Dass ich als eigenbrötlerisch galt, in meinem Heimatort so wenige Freunde gehabt hatte und immer knapp am Sitzenbleiben vorbeigeschrammt war, legte ich lange Jahre meiner Mutter zur Last.

Andererseits stand ich da, wo ich nun einmal stand: erfolgreich in meinem Beruf, auch wenn es eine Weile gedauert hatte, glücklich verheiratet, auch wenn es eine Weile gedauert hatte, und mit einem Sohn, zu dem ich ein sehr gutes Verhältnis hatte. Es ging mir nicht schlecht, und ich hielt mich für einigermaßen charakterfest. Vielleicht hatte sie auch daran ihren Anteil, trotz allem. Wieso konnte ich nicht nachsichtiger mit ihr sein?

»Gehen wir nachher zusammen zu der Beerdigung?«, fragte Yim und riss mich aus meinen Gedanken.

Zugegeben, ich kann mir romantischere, zärtlichere Liebesbeweise vorstellen als einen solchen Satz. Aber in diesem Moment tat mir die Frage richtig gut.

»Ja, unbedingt.«

»Dann schlaf jetzt, ich wecke dich rechtzeitig.«

Auf den ersten Blick nahmen etwa dreißig Menschen an Marens Beisetzung teil. Zog man jedoch ihre fünf Schwestern, deren Ehemänner und Kinder ab, blieben nur sechs übrig. Zwei davon waren Yim und ich. Annemie und ihr Mann waren auch da, ebenso Lutz. Von Hanko dagegen keine Spur, obwohl er Marens Cousin war, doch immerhin war seine Mutter Enie erschienen.

Ich kenne zwar niemanden, der Beerdigungen mag, aber meine Abneigung dagegen war verständlicherweise enorm. Daher hielt ich mich lange im Hintergrund – und an Yim fest.

Es war ein absurdes und zugleich bejammernswertes Bild, als Marens fast fünfundzwanzigköpfige Großfamilie vor ihrem in die Erde gelassenen Sarg aufgereiht stand und nur ein paar Vereinzelte ihnen ihr Beileid bekundeten. Lutz tat das in einer Überschwänglichkeit, als hätte es ihm das Herz zerrissen. Die Hände von Marens Schwestern und Schwägern sowie von Mutter Fennweck hielt er mehrere Sekunden lang fest und blickte seinem jeweiligen Gegenüber todtraurig in die Augen. Was die Betroffenen darüber dachten, war ihnen nicht anzumerken, sie reagierten kaum darauf. Bei mir löste er damit leichte Übelkeit aus.

Annemie wollte Marens älteste Schwester Birte umarmen, und da sie sich um Maren gekümmert hatte und ihre Schwestern vermutlich gut kannte, fand ich das auch angemessen. Seltsamerweise wich Birte jedoch der Umarmung aus. Daraufhin unterließ Annemie es bei den anderen, und es blieb bei einem kurzen, unpersönlichen Händedrücken ohne Blickkontakt.

Als ich als Letzte an der Reihe war, stellte ich mich der Familie kurz vor. Die Schwestern und ich konnten uns nur schemenhaft aneinander erinnern. Allerdings wussten sie, dass ich Maren tot aufgefunden hatte und an einen Mord glaubte. Doch meine Behauptung löste bei ihnen, wie auch die ganze Zeremonie, keine sichtbaren Emotionen aus. Höflich ausgedrückt, erschienen sie mir recht stoisch. Weniger höflich ausgedrückt, kamen sie mir vor, als würden sie um einen Hofhund intensiver trauern als um ihre nahe Verwandte.

Birte ließ sich auf ein Gespräch mit mir ein, während wir alle langsam zum Friedhofstor zurückgingen.

»Ich glaube, Sie liegen ganz schön daneben«, sagte sie im Hinblick auf meine Mordtheorie. »Warum sollte man wen ermorden, der in einem Jahr sowieso tot ist? Oder noch früher? Ist doch sinnlos. Aber machen Sie, was Sie wollen. Tot ist tot, richtig? Für uns ist das abgeschlossen.«

»Na ja… Angenommen, ich habe Recht, und Maren wurde ermordet. Hätten Sie denn kein Interesse daran, dass der Mörder hinter Schloss und Riegel kommt?«

Sie atmete lange aus. »Ich sage Ihnen mal was. Maren hat uns nicht gut behandelt. Eigentlich nichts Neues. Sie war immer das schwarze Schaf der Familie, ganz früh schon. Hat das Gegenteil gemacht von dem, was meine Eltern sagten. Ihre Piercings zum Beispiel. Sie war dreizehn, als sie eines Abends mit den Dingern in Nase und Lippe nach Hause kam. Ich habe mit dreizehn die Kühe gemolken, meiner Mutter in der Küche geholfen und früh morgens die Viecher versorgt. Und sie hat nichts anderes zu tun, als sich das Gesicht zu durchlöchern. Als meine Eltern starben, hat Maren sich ausbezahlen lassen und das Geld in Südafrika verjubelt. Nach ein paar Jahren ist sie zurückgekommen und wollte, dass wir ihr helfen. Wir Deppen haben zusammengelegt, das Häuschen gekauft und es ihr geschenkt. Und was macht sie? Vererbt es nicht uns, sondern …«

Sie warf einen Blick über die Schulter, da einige der anderen uns folgten, kramte einen Brief aus der Handtasche und gab ihn mir.

In fünf schnörkellosen Zeilen erklärte Maren darin, dass sie schon vor einiger Zeit ein Testament gemacht habe, in dem sie Annemie begünstigt. Darunter stand »Entschuldigung«, dann die Unterschrift. Das war alles.

»Den hat Annemie Rötel uns gestern zugeschickt«, erklärte Birte. »Gut, sie war Marens Freundin und hat nach ihr gesehen. Aber *ich* habe dafür gesorgt, dass Maren überhaupt ein neues Dach über dem Kopf hatte. *Ich* habe alle zwei Wochen bei ihr durchgeputzt, weil sie es nicht mehr geschafft hat. *Ich* habe bei meinen Geschwistern Klamotten für sie gesammelt. Sogar Geld habe ich ihr dann und wann zugesteckt, bis …« Sie stockte.

»Ja, bis?«, hakte ich nach.

»Hören Sie, das steht doch nicht irgendwann in der Zeitung, oder? Die Kommissarin hat uns gesagt, dass Sie Reporterin sind.«

»Bin ich, aber ich interessiere mich rein privat für Maren. Ich verspreche, das wird nicht veröffentlicht.«

»Meinetwegen.« Birte senkte die Stimme. »Ich bin zufällig dahintergekommen, dass auf Marens Konto jeden Monat zweitausend Euro eingehen. Ich weiß nicht, wie lange schon, aber mindestens seit drei Jahren, so alt waren die Auszüge.«

»Und wer hat ihr dieses Geld geschickt?«, wollte ich wissen.

Inzwischen waren wir auf dem Friedhofsparkplatz angekommen, wo sich die vier anderen Westhof-Schwestern und ihre Familien auf die Fahrzeuge verteilten.

»Kommen Sie noch mit in die Kneipe?«, fragte Birte. »Wir wollten ja erst keinen Leichenschmaus ausrichten, aber das ist hier halt so.«

Ohne es zu beabsichtigen, hatte Marens Schwester den perfekten Cliffhanger geschaffen, und selbst wenn ich ein ganzes Blech mit staubtrockenem Streuselkuchen vertilgen müsste, konnte mich keiner davon abhalten, die Unterhaltung beim Trauermahl fortzusetzen.

Yim und ich fuhren im Pulk zwischen einem halben Dutzend Pick-ups und SUVs mit, quasi ein kleiner hellgrüner Heuler zwischen graubraunen Elefanten. Da die Fahrt nur ein paar Minuten dauerte, beeilten wir uns, einander zu erzählen, was wir erfahren hatten, zunächst ich im Gespräch mit Marens Schwester, dann Yim im Gespräch mit Annemies Mann.

»Marius ist einerseits angefressen«, sagte er. »Zwischen ihm und Annemie herrscht dicke Luft, das schwingt in seinen Worten deutlich mit. Warum, habe ich leider nicht herausbekommen. Natürlich habe ich ihn gefragt, wieso er neulich Abend in der Pizzeria so überstürzt aufgebrochen ist, aber was diesen Punkt angeht, war er verschlossen.«

»Und andererseits?«, erkundigte ich mich.

»Ist er angetütert.«

»Was ist er?«

»Angesäuselt, und das um zehn Uhr morgens. Aber gut, er ist Pächter einer Tankstelle«, erklärte Yim, als wären Tankstellenpächter gemeinhin um zehn Uhr morgens beschwipst.

»Was hat das mit uns zu tun?«

»Er war sehr redselig.«

»Ich dachte, er war verschlossen.«

»Nur in Bezug auf neulich Abend und den Streit, den er in der Nacht noch mit Annemie hatte. Dafür hat Marius ausführlich über Annemies Erbe gesprochen. Offenbar hat Maren ihr Testament schon vor drei Jahren gemacht, und damals war alles, was sie besaß, gerade mal dreißigtausend Euro wert. Wenn es hochkommt. Das Haus ist so baufällig, dass man es nur noch abreißen kann, das Grundstück ist für Fehmarner Verhältnisse nicht besonders groß, und die Zufahrt ist lang und holprig…Jedenfalls ist das Land inzwischen zehnmal so viel wert.«

»Wow, nicht übel. Hat das mit dem Aussichtsturm zu tun, von dem Lutz unentwegt gesprochen hat?«

»Jo. Lutz arbeitet als Key-Account-Manager für die Investoren, die den Turm, den Golfplatz und noch einiges mehr bauen wollen. Er ist quasi das Scharnier und führt die Verhandlungen.«

»Dann hat er uns also angelogen?«

»Nein, eigentlich nicht. Er hat hier anfangs wirklich nichts anderes gemacht, als seiner Mutter auf der Tasche zu liegen oder, um mit seinen Worten zu sprechen, Sabbat zu halten.

Erst vor ein paar Wochen hat er angefangen, an diesem Projekt zu arbeiten. Weiß der Himmel, wie er an die Investorengruppe geraten ist. Aber wie heißt es so schön? Kontakte sind das neue Gold.«

Ich sah Yim an. »Jedenfalls erklärt das, warum Marens Schwestern so sauer sind. Dreihunderttausend durch fünf ergibt für jeden eine erkleckliche Summe.«

»Ja, aber es kommt noch besser. Marius zufolge hatte die Investorengruppe vor, das angrenzende Land komplett aufzukaufen, und zwar zu Spitzenpreisen. Land, das zum Teil den Kohlengrubers und den Westhof-Schwestern gehört, aber zum größeren Teil den Fennwecks.«

»Hanko sahnt also mächtig ab.«

»Hätte«, korrigierte Yim. »Er hätte abgesahnt, und zwar reichlich. Marius schätzt, es ging um zwei Millionen. Dummerweise ist Marens Grundstück, das jetzt Annemie gehört, sozusagen das Herzstück. Der Turm und Teile des Golfplatzes sollten dort errichtet werden, und jetzt steht das ganze Projekt auf der Kippe.«

»Wieso denn? Wenn Annemie verkauft …«

»Deswegen weiß Marius ja so gut über alles Bescheid. Annemie will nämlich nicht verkaufen, und das passt ihm gar nicht.«

»Sie pokert?«, fragte ich.

Yim schüttelte den Kopf. »Nein, am Geld scheint es nicht zu liegen. Sie will nicht verkaufen, weil sie es Maren versprochen hat.«

»Oh«, seufzte ich halb erstaunt, halb bewundernd. Ich kannte nicht viele Durchschnittsverdiener, die wegen eines

Versprechens, das sie einer inzwischen Verstorbenen gegeben hatten, auf mehr als eine Viertelmillion Euro verzichten würden. Die andere Frage war, warum die todkranke Maren Annemie dieses Versprechen überhaupt abgenommen hatte. Immerhin hatte sie selbst nur ein paar Jahre auf diesem Land gelebt und es nicht einmal selbst erworben. Wieso interessierte es sie, was nach ihrem Tod damit passierte?

Wir waren angekommen und stiegen aus dem Cabrio. Da erst fiel mir auf, dass Lutz gar nicht mitgekommen war. So emsig und konziliant, wie er sich bisher präsentiert hatte, wunderte mich das – wenn auch nur kurz.

Ich schmunzelte. »Lutz hat wohl erst nach der Beisetzung erfahren, dass die Westhof-Schwestern das Land nicht erben. Mit seiner Trauer ist es wie mit dem Turm: eine Seifenblase, mehr nicht.«

Für eine Dorfkneipe war das Lokal nicht nur ziemlich ansehnlich eingerichtet, sondern hatte auch einen originellen Namen: *Kalkutta*. Der Wirt, als junger Mann als Matrose auf einem Teefrachter zwischen Bremerhaven und Indien unterwegs, hatte die drei kleinen Räume mit Liebe und jeder Menge Seemannsgarn dekoriert. Außer Streuselkuchen gab es noch Kröpel, in Fett gebackene und in Zucker gewälzte Hefeteigkugeln, die aussahen, als enthielte jede einzelne von ihnen die empfohlene Kalorienmenge für eine ganze Woche. Als Kind hatte Tante Thea mir die Dinger förmlich hinterhergeworfen, es gab sie sogar zum Frühstück. Stellvertretend für uns beide, erbarmte sich Yim einer Kugel.

Die Familien von Marens Schwestern saßen, wie bestellt

und nicht abgeholt, an ihren Tischen, was vermutlich daran lag, dass sie weder etwas zu feiern noch zu betrauern hatten. Maren hatte ihnen nicht viel bedeutet, das Erbe war futsch. Es war kein schöner Gedanke, schon gar nicht in dieser Stunde, aber, kriminalistisch betrachtet, hatte jeder von ihnen bis gestern ein Motiv gehabt, Maren umzubringen. Dasselbe galt für Lutz, der eine halbe Stunde zuvor auf dem Friedhof noch anteilnehmend getan hatte und nun mit Abwesenheit glänzte, wie auch für Hanko, der merkwürdigerweise gar nicht erst erschienen war. Ihnen allen war bewusst, wie wichtig Marens Grundstück für das Projekt war, und für jeden hing eine Menge davon ab. Hier dreihunderttausend, da zwei Millionen, und Key-Account-Manager wie Lutz gehen nach einem solchen Geschäftsabschluss ebenfalls mit vollen Taschen nach Hause, von seiner gnädigen Wiederaufnahme in die Gilde der Hochfinanz ganz zu schweigen.

Nur erklärte all das keineswegs die Morde an Poppy und Jan-Arne, ebenso wenig den Anschlag auf Pieter.

Während ich an meinem Kaffee nippte, hielt ich mir vor Augen, was Ina mir mitgegeben hatte. Sie hatte mich auf die Verschiedenheit der Morde im Hinblick auf ihre Durchführung und ihre mutmaßliche Motivation hingewiesen. Marens Tod war schnell eingetreten, beinahe unspektakulär, Jan-Arne war viel qualvoller gestorben. Trotzdem wollte ich nicht daran glauben, dass ich es mit mehr als einem Mörder oder einem Dreh- und Angelpunkt zu tun hatte. Der Grund dafür war einfach: Die Wahrscheinlichkeit, dass aus einer Gruppe von acht Menschen auch nur ein Einziger zum Kapitalverbrecher wird, ist denkbar gering. Zwei Täter wären geradezu eine statistische Kuriosität, es sei denn, sie wären durch Freundschaft, Liebe oder ein hohes gemeinsames Interesse eng verbandelt. Eben dies konnte ich, wenn ich alle Morde berücksichtigte, bei keiner Paarung erkennen.

Diese Tatsache machte mich fast wahnsinnig. Irgendwo gab es einen Zusammenhang, einen Initiator oder Strippenzieher, einen Sinn, Impuls oder Stein des Anstoßes, wie auch immer man es nennen wollte, bloß konnte ich ihn nicht ausmachen. Dieses Phänomen nannte ich den »toten Raum«, einen Bereich, der Einblicken und sogar Spekulationen unzugänglich ist, obwohl man ihn quasi vor Augen hat.

Das *Kalkutta* hatte einen kleinen Außenbereich, eine Veranda mit drei Tischen, wohin Birte mich ein paar Minuten nach unserer Ankunft führte. Sie hätte nicht mit mir reden müssen, es brachte ihr keinen Vorteil, aber sie schien von allen Schwestern noch am meisten Mitleid für Marens unglückliches Leben zu empfinden, trotz aller Kritik an ihr. Vielleicht fühlte sie sich als Älteste auch ein bisschen verantwortlich.

Kaum saßen wir, zündete sie sich eine Zigarette an, inhalierte tief und blies den Rauch so langsam in die Höhe, dass ich in der Zeit einen großen Schluck Kaffee trinken konnte.

»Ich habe Ihnen vorhin ja von Marens Piercings erzählt, saudumme Dinger. Die ersten hat sie sich stechen lassen, als sie dreizehn war. Das an der Nase hat sich prompt entzündet, wochenlang quälte sie sich damit herum, und meine Eltern auch. Die fanden das einfach nur schrecklich. Na ja, die Entzündung klang irgendwann ab. Zwei Jahre später hatte Maren einen Unfall auf dem Hof, nichts Tragisches, sie hat sich an einer alten Säge verletzt. Im Krankenhaus haben sie ihr Blut untersucht, und dabei kam das mit der Hepatitis heraus. Die haben sie tausend Sachen gefragt. Am Schluss stand fast hundertprozentig fest, dass die Piercings schuld waren. Daraufhin haben meine Eltern Maren ins Kreuzverhör genommen.«

Birte nahm erneut einen langen Zug Nikotin, wartete eine Sekunde und ließ sich Zeit, den Rauch wieder loszuwerden.

»Es war unser Cousin Hanko. Er hat ihr die Löcher gestochen. Toll, was? Er selbst wollte kein Piercing, hatte ja seine Tattoos. Eine Zeit lang war er Marens bester Kumpel, er war ein Jahr älter, sie hat ihm alles nachgemacht. Hanko hat dann ohne viel Tamtam alles zugegeben, na ja, dass er die Nadel von einem Klassenkameraden hatte. Ob sie sauber war, konnte er nicht mehr sagen. Gut möglich, dass er sie einfach nur kurz an seinem Shirt abgerieben hat.«

Ein älterer Gast mit roter Nase und geröteten Wangen kam vorbei und bekundete Birte sein Beileid. Er sah aus, als wäre das *Kalkutta* sein Lebensmittelpunkt. Erst danach fragte er, wer gestorben war. Als Birte es ihm sagte, überlegte er kurz und erwiderte: »Ach, die Südafrikanerin?«

Nach diesem Intermezzo zündete Birte sich gleich die nächste Zigarette an, sog, inhalierte, blies …

»Ein Arzt hat meinen Eltern gesagt, dass Hepatitis C unheilbar und auf lange Sicht tödlich … na ja, nicht sein muss, sondern sein kann. Meine Eltern haben einen Riesenstreit vom Zaun gebrochen, aber die Fennwecks sind nicht nur eine, sondern zwei Nummern größer als wir Westhofs. Und dann die Familienbande. Meine Mutter ist die Schwester von Hankos Vater. Außerdem, was wäre bei einer Klage schon herausgekommen für uns? Kostet alles nur Geld, und Schlampigkeit bei einem Jugendlichen … Nein, meine Eltern haben tausend Mark von den Fennwecks bekommen und fertig.«

Tausend Mark und fertig, wiederholte ich im Geiste. Eine vertrackte Sache, denn strafmündig sind Kinder erst mit dem vollendeten vierzehnten Lebensjahr. Zivilrechtliche Ansprüche allerdings sind auch gegen die Familien jüngerer Kinder möglich. Doch in diesem Fall – weswegen? Fahrlässige Körperverletzung? Immerhin waren die Folgen für Maren drastisch. Ich war keine Anwältin, aber ich nahm an, dass da weitaus mehr als ein brauner Schein mit drei Nullen drin gewesen wäre.

»Wir haben so gut wie gar nicht mehr darüber gesprochen. Wozu auch? Maren ging es gut, sie hat ihre Lehre als Friseurin gemacht, gearbeitet … Ich glaube, sie hat selbst vergessen, dass sie krank war. Dann war sie mit dem Holländer lange in Südafrika. Erst als sie zurückkam, ging der Stress los. Sie sah echt mies aus, hundert Wehwehchen, kein Job, kein Geld … Und auf einmal hat sie mit der alten Sache wieder angefangen. Wollte plötzlich Geld von Hanko, zehntausend Euro, aber er hat sie abblitzen lassen. Maren hatte am Anfang eine Stinkwut auf Hanko, ich kann Ihnen sagen! Die hat sich da voll reingesteigert. Wenn sie ihn zufällig auf der Straße oder mitten im Supermarkt getroffen hat, hat sie ihn vor allen Leuten beschimpft. Irgendwann haben wir ihr dann das Haus gekauft. Na ja, den Rest kennen Sie.«

»Und die zweitausend Euro, die monatlich auf Marens Konto eingegangen sind?«, fragte ich.

»Die stammen von Hanko.«

»Sie meinen, er hat ihr heimlich Geld gegeben, weil …«

»Ist doch klar, er wollte kein Gerede. In den letzten Jahren ist sie ihm aus dem Weg gegangen, angefaucht hat sie ihn nicht mehr. Aber wenn eine von uns Schwestern oder eines unserer Kinder sie zum Arzt gefahren hat, dann hat sie ordentlich über Hanko vom Leder gezogen. ›Schimpfwörter sammeln‹ haben wir die Fahrten genannt. Wenn ihm etwas zugestoßen wäre, hätte sie auf seinem Grab getanzt.«

Vielleicht macht er das nun bald auf ihrem, dachte ich.

Das war ja alles schön und gut, nur verstand ich noch nicht ganz, wieso Hanko Maren vierundzwanzigtausend Euro im Jahr gezahlt hatte. Das war auch für ihn eine ordentliche Summe, zumal er sie davor wegen zehntausend hatte abblitzen lassen. Was hätte er schon zu befürchten gehabt? Die Piercing-Geschichte war straf- und zivilrechtlich längst verjährt, und was seinen Ruf anging … Hanko war damals vierzehn Jahre alt gewesen. Was er getan hatte, war dumm und gedankenlos, herrje, aber nach dreißig Jahren nicht mehr rufschädigend. Maren hingegen war auf Fehmarn »die Südafrikanerin«, ohne Fanclub, von allen übersehen. Es wäre höchst anständig von ihm gewesen, ihr so etwas wie eine Rente zu zahlen, doch hatte ich ihn als einen solchen Menschen weder in Erinnerung noch jüngst so empfunden.

»Irgendwas hatte sie noch in petto«, sagte Birte.

»Was meinen Sie?«

»Na, ein Ass im Ärmel oder so was. Sie nannte es die Bombe. Gegen wen sie sie abwerfen wollte und ob es am Ende eher ein Stinkbömbchen geworden wäre, werden wir nie erfahren. Sie hat die Bombe immer dann erwähnt, wenn sie mal wieder einen Zwanziger von mir schnorren wollte. Mehr weiß ich nicht. So, das war's.«

»Es war sehr nett von Ihnen, mir das alles zu erzählen«, dankte ich Birte. »Würden Sie mir einen weiteren Gefallen tun? Ich möchte in den nächsten Tagen noch einmal in Marens Haus.«

»Es gehört uns nicht mehr, sondern Annemie Bertram, das habe ich Ihnen doch schon gesagt.«

»Stimmt. Wo habe ich nur meinen Kopf?«, erwiderte ich.

Während Birte ihre dritte Zigarette anzündete, stand ich auf. Ich wollte gleich danach Poppys Eltern und später Pieter im Krankenhaus besuchen.

»Die ist jetzt fein raus«, sagte Birte. »Macht den großen Reibach.«

»Dann wissen Sie es noch gar nicht? Annemie will das Haus nicht verkaufen. Das hat sie Maren wohl versprochen. Jedenfalls habe ich das gehört.«

Birte drückte die Zigarette nach nur einem Zug aus, als wolle sie eine Wanze zerquetschen. »Super, auch das noch! Dann geht uns jetzt das ganze Projekt flöten. Sieht ihr mal wieder ähnlich.«

»Wem? Maren?«

»Annemie natürlich. Wissen Sie, wie man sie bei uns nennt?«

»Bei Ihnen in der Familie?«

»Auf der Insel. Das Nächstenliebchen.«

»Aha«, kommentierte ich, da ich das Wortspiel nicht verstand. »Wessen Nächsten Liebchen ist sie denn?«

»Diese Person legt sich mit der Nächstenliebe ins Bett. Fährt zu alten Leuten, spricht mit ihnen, kauft für sie ein und kocht, wäscht die Frauen, rasiert die Männer ...«

»Es gibt schlimmere Laster, als gebrechlichen Menschen unter die Arme zu greifen.«

»Maren hat Annemie nicht als Erste etwas vererbt. Was man so hört, haben das schon einige vor ihr gemacht. Zuletzt Hedwig Kohlengruber. Bei der war sie auch immer. Fünfzigtausend, habe ich von ihrer Tochter Anke erfahren. Die kotzt genauso ab, jetzt, wo Annemie Geld und Pieter den Hof und das Land bekommt. Nur gut, dass meine Eltern schon lange unter der Erde sind, sonst hätte Annemie uns das auch noch weggenommen. Wenn Sie mich fragen, ist das asozial.«

Da war dieses Wort wieder, das schon meine Mutter benutzt hatte. Und noch ein anderes: Todesengel.

Ich verabschiedete mich von Birte, doch als ich schon fast weg war, rief sie mir noch etwas hinterher.

»Übrigens, der Schlüssel für das Sie-wissen-schon-Haus lag immer unter dem Blumentopf mit der Aloe.«

Ich hatte vor der Beerdigung mein Handy auf stumm geschaltet und es danach für eine Weile vergessen. Drei Nachrichten waren aufgelaufen: Die Werkstatt hatte mein Auto repariert, Wachtmeister Vock bedankte sich, dass er in drei Tagen einen Termin bei Ina hatte, und die Oberkommissarin Falk-Nemrodt wünschte mich zu sprechen. Sie klang zu höflich, als dass es dringend sein konnte, also hielt ich an dem Plan fest, zunächst meine Besuchsliste abzuarbeiten, als Erstes Pieter und danach Poppys Eltern.

Bei der Werkstatt angekommen, eröffnete ich Yim, dass ich allein auf Tour gehen wollte. Jemand musste ein paar Erkundigungen einziehen, was Annemies Erbschaften, Lutz' Investitionen und den Steinwurf von 1988 anging. Hierfür war es auch nötig, in Ruhe die bei mir verbliebenen Unterlagen von Jan-Arne durchzugehen, außerdem gab es einen Kollegen in meiner Redaktion, der weitere Informationen beschaffen konnte.

»Ich sage ihm Bescheid, dass du ihn anrufst und ihm erklärst, worum es geht. Er ist schnell. Wir nennen ihn Dalli. Er heißt Daniel Lietzen. Morgen Mittag um die Zeit sind wir vielleicht bedeutend schlauer.«

»Morgen Mittag um die Zeit bist du vielleicht bedeutend weniger lebendig«, konterte Yim. »Vergiss es. Ich lasse dich nicht allein herumfahren.«

»Aber du kannst nicht die Akten studieren und zugleich fahren.«

»Wir nehmen dein Auto, du fährst.«

Ich schüttelte den Kopf, »Dir wird doch schon übel, wenn du nur eine Straßenkarte im Auto lesen musst.«

»Dann kotze ich eben zum Fenster hinaus, mir egal. Aber ich bleibe bei dir.«

»Als magenkranker Zombie? Mir wird schon nichts passieren.«

»Das hat Cäsar auch gesagt, bevor er an den Iden des März ins Senatsgebäude ging.«

»Es ist doch nur eine Fahrt zum …«

»Vergiss es.«

»Wir sind viel effektiver, wenn wir …«

»Vergiss es.«

»Hat deine Platte einen Sprung?«

»Vergiss es.«

Ich konnte ihn ja verstehen. Drei tote Freunde, ein Halbtoter, vier zerstochene Reifen, eine Schlägerei. Doch gerade deswegen drückte ich auf die Tube. Der Mörder hatte eine Tat nicht vollenden können, und wenn wir nicht bald auf etwas stießen …

»Ich würde die Akten am liebsten noch einmal selbst durchforsten. Aber ich glaube, dass Pieter etwas zurückhält, und wenn er es jemandem erzählt, dann mir.«

»Selbst wenn du diese Leier noch eine Stunde weiterspielst, ich lasse dich nicht allein.«

Da hatte ich eine Idee. »Angenommen, ich finde einen Bodyguard.«

»Einen Bodyguard«, wiederholte er ungläubig.

»Ja, einen echten Profi.«

»Na klar. Wo, bitte schön, willst du den auf Fehmarn so schnell hernehmen?«

10

Glücklicherweise war Yim nicht anwesend, als sich mein professioneller Bodyguard in den Fußraum des Beifahrersitzes kauerte, kaum dass ich das Auto auf dem Parkplatz des Krankenhauses zum Halten gebracht hatte.

»Das ist der Dienstwagen der Falkin«, flüsterte Wachtmeister Sandro Vock, als ob die Oberkommissarin ihn durch mehrere Schichten Mauerwerk und Autoglas hören könnte. Dank der Aussicht, in wenigen Wochen von seiner Blutphobie geheilt zu sein, hatte er einen Urlaubstag für mich geopfert, den er eigentlich mit seiner Freundin am Strand hatte verbringen wollen. Ein Polizist an meiner Seite, auch wenn er noch recht jung war, hatte Yims Besorgnis zerstreut, und so konnte ich endlich Pieter besuchen.

»Immer mit der Ruhe«, sagte ich. »Sie können Ihren Urlaub verbringen, wo und mit wem Sie wollen, Sandro.«

»Ich möchte ihr trotzdem nicht über den Weg laufen. Macht es Ihnen etwas aus, wenn ich hier warte?«

Mit Falk-Nemrodt der Furchtbaren in der Nähe würde mir sicherlich nichts passieren, also ließ ich meinen Leibwächter im Fußraum des Autos zurück. Ich hatte gerade die Aula betreten, da bemerkte ich bereits die Oberkommissarin im Gespräch mit Annemie, etwas abseits in einer Ecke. Sie schienen intensiv miteinander zu diskutieren, wenn nicht zu streiten. Die Polizistin gestikulierte rigide mit der flachen Hand, Annemie schüttelte ebenso heftig den Kopf. Es konnte sich ebenso gut um ein Verhör handeln wie um eine Besprechung.

Ich stand einem Krankenpfleger im Weg, der einen Patienten im Rollstuhl transportierte und mich lautstark aufforderte, einen Schritt beiseite zu tun. Beim ersten Mal hatte ich ihn wohl überhört. Dadurch wurde die Falkin auf mich aufmerksam.

Während Annemie rasch und verstört in einem Gang verschwand, trat Kommissarin Falk-Nemrodt an mich heran.

»Sieh an. Möchten Sie zu Frau Rötel oder Herrn Kohlengruber?«

»Zu Pieter«, antwortete ich. »Ich hätte Sie nachher noch zurückgerufen.«

»Natürlich, was sonst?« Sie lächelte ironisch, und ich fragte mich, ob sie überhaupt auf andere Art lächeln konnte. »Sie können jetzt nicht zu ihm.«

»Warum? Verhören Sie ihn?«

»Das habe ich gerade getan. Er verbirgt etwas, Ihr Pieter.«

»Er war immer schon ein zurückhaltender Mensch. Das verwechselt man leicht mit Geheimniskrämerei.«

»Wenn Sie meinen. Die Ärzte machen gerade eine CT bei ihm und noch ein paar Tests. Morgen setzen wir die Befragung fort.«

»Denken Sie immer noch, er hätte die Morde begangen und sich gestern selbst richten wollen, wie man es im Polizeijargon so nett ausdrückt?«

»Nein, weder das eine noch das andere. Er hat ein glaubwürdiges Alibi für den Mord an Asmus, nämlich seine Schwester und ihr Mann, die nichts für ihn übrighaben. Außerdem haben wir keinerlei Hinweise auf einen Selbstmordversuch entdeckt. Das Seil, das wir bei ihm gefunden haben, war nicht um den Ast des Baums gewickelt, sagt die Spurensicherung. Demnach hätte er wohl das dritte Opfer werden sollen.«

»Das vierte«, berichtigte ich die Kommissarin, die bei Maren offensichtlich noch immer von einem Suizid ausging. »Wollten Sie mich deswegen sprechen, um mir zu sagen, dass Pieter zwar kein Mörder ist, aber etwas verbirgt?«

»Nein, ich wollte Ihnen die Akten zurückgeben, die man Ihnen aus dem Auto gestohlen hat. Wir haben sie in der Wohnung von Wachtmeisterin Popp gefunden.«

»Oh.« Poppy war also die Diebin – oder die Komplizin des Diebs. »Interessant.«

»In der Tat. Auch die Akten selbst. Wir müssen dringend darüber sprechen.«

»Worüber?«

Sie machte eine fahrige Handbewegung. »Über damals.«

Ich nickte. »Damals ist ein weites Feld.«

»Passt es Ihnen heute um … sagen wir … neunzehn Uhr?«

»Ja, gut.«

»Aber nicht auf dem Revier.«

»Warum nicht?«, fragte ich irritiert nach.

»Ich weiß Dinge, Sie wissen Dinge. Es ist besser, wenn wir zusammenarbeiten.«

»Einverstanden. Aber wieso können wir das nicht …?« Ich unterbrach mich selbst mitten im Satz, weil ich plötzlich verstand. Die Falkin wollte unsere Zusammenarbeit nicht an die große Glocke hängen, oder anders gesagt, sie war ihr peinlich. Was sie natürlich nie zugeben würde, am wenigsten mir gegenüber.

Sie sagte: »Mir gehört ein kleines Gehöft zwischen Hinrichsdorf und Todendorf.«

»Das ist nur ein paar Kilometer vom Haus meiner Mutter entfernt ... und von Marens Haus.«

»Es gibt bloß das eine auf der Strecke, Sie können es nicht verfehlen. Ich erwarte Sie.«

Mein Bodyguard Vock hatte die Zeit bis zu meiner Rückkehr damit verbracht, Indy-Car-Rennen zu fahren – virtuell natürlich. Er war so vertieft in sein Smartphone, dass das Krankenhaus hätte in die Luft fliegen müssen, bevor er gemerkt hätte, dass es noch eine Welt um ihn herum gab. Ich befand mich also in besten Händen.

»Wissen Sie, wo Poppys Eltern wohnen?«, fragte ich.

»Was?«

»Jetzt legen Sie endlich das Ding weg. Poppys Vater und ihre Stiefmutter. Waren Sie mal bei den beiden?«

»Wir sind alle paar Monate im Dienst dort vorbeigefahren, und sie ist auf einen Sprung ins Haus. Fünf Minuten, um ihren Vater zu besuchen.«

»Nicht gerade üppig.«

»Er ist nach einem Schlaganfall bettlägerig, kann nicht mehr sprechen. Sie sagte, sie hätte in ihrer Freizeit was Besseres zu tun, als einem Mann mit tropfender Nase aus *Moby Dick* vorzulesen.«

»Reizend. Die Trauer der Stiefmutter dürfte sich in Grenzen halten. Na, dann mal los.«

Dass ich Poppys Elternhaus aufsuchte, entsprang eher Verlegenheit als einer Strategie. Pieter war für die nächsten Stunden nicht ansprechbar, um Annemie und Lutz kümmerte sich Yim, und hätte ich zu Hanko fahren wollen, wäre mir mein Bodyguard vermutlich abtrünnig geworden. Zudem hätte ich nicht gewusst, was ich Hanko fragen sollte. Als heiße Spur empfand ich Poppy dennoch nicht. Für die Morde an Jan-Arne und Maren hatte sie ein Alibi, und dass sie selbst eines der Mordopfer war, machte sie noch unverdächtiger. Allerdings könnte sie etwas gewusst haben …

Staberdorf im äußersten Südosten der Insel war ein gepflegter Ort mit allem, was zur Ostseeidylle gehörte: einem Leuchtturm, einem immerhin siebenundzwanzig Meter hohen Berg, fünf Handvoll Dorfbewohnern und der gar nicht so unwahrscheinlichen Legende, dass der Maler Ernst Ludwig Kirchner, der mehrere Sommer auf Fehmarn verbracht hatte, einst am dortigen Strand zur Freikörperkultur fand.

Die Popps wohnten in einem großen, praktischen, nicht besonders gepflegten Bungalow, dessen Fassade besser hinter einer hohen Hecke oder unter Efeu verschwunden wäre. Die Bewohner hatten es vorgezogen, einen einfallslosen Kiesstreifen mit einem Dutzend Buchsbaumbüschen anzulegen, die wahrscheinlich mal Kugeln gewesen waren, inzwischen aber keiner geometrischen Form mehr glichen.

Vock stellte mich Frau Popp vor, und obwohl weder er noch ich Poppy sonderlich vermissten, drückten wir ihr unser tief empfundenes Beileid aus. Wie erwartet trug die langjährige

Stiefmutter der Toten den Verlust mit Fassung. Sie sah müde aus, doch schien mir das eher mit dem Zustand ihres Mannes und den damit einhergehenden Lebensumständen zusammenzuhängen. Abgesehen von den physischen und psychischen Bürden, die die Angehörigen von Schlaganfallpatienten zu schultern haben, kommen nicht selten auch materielle Sorgen hinzu. Soviel ich wusste, hatte Herrn Popp ein seit drei Generationen bestehendes Kaufhaus für Herrenbekleidung in Lübeck gehört, das nach und nach unter die Räder des sich verändernden Konsumverhaltens gekommen war.

»Der Physiotherapeut ist gerade bei Detlef, da habe ich immer ein bisschen Zeit, um einen Kaffee zu trinken. Mögen Sie vielleicht einen, Herr Vock? Ach ja, und Sie können auch hereinkommen, Frau …«

»Kagel. Ich war eine Jugendfreundin von …«

»Danke, dass Sie vorbeigekommen sind, Herr Wachtmeister.«

»Das ist doch selbstverständlich«, spulte er die Lüge brav ab.

Wenn mich meine Ermittlungen nicht dorthin geführt hätten, wäre ihm dieser Besuch nicht im Traum eingefallen.

Frau Popp schenkte uns am Couchtisch Kaffee ein. Sie machte auf mich den Eindruck einer gebildeten, höflichen Frau aus dem gehobenen Mittelstand, die ihren Status durch Versace-Porzellan, Sofabezüge von Laura Ashley und eine aufwändige Frisur zu unterstreichen versuchte. Dennoch kam sie nicht umhin zu bemerken, dass sie in einem Haus lebte, dem es ebenso erging wie vormals dem Bekleidungsgeschäft.

Ich konnte von Glück sagen, dass Vock bei mir war, denn

mir schenkte Frau Popp in etwa so viel Beachtung wie einem Schirmständer, also gerade genug, um nicht darüber zu stolpern. Sie sah beim Reden fast ausschließlich ihn an, und ich bezweifle, dass sie mir gegenüber ebenso offenherzig gewesen wäre. Obwohl in zivil gekleidet, behandelte sie ihn respektvoll wie einen Uniformierten, und obwohl der blutjunge Polizist nur Poppys beruflicher Partner gewesen war, umsorgte sie ihn wie einen Enkelsohn. Wäre es nicht zu weit hergeholt gewesen, hätte ich angenommen, dass sich die über siebzigjährige Frau ein ganz klein wenig in den Mann Anfang zwanzig verguckt hatte.

»Ich habe es Detlef erst vor ein paar Stunden mitgeteilt. War das falsch? Was meinen Sie dazu, Herr Vock?«

»Sandro, bitte«, bot er an und erntete dafür ein dankbares Lächeln.

»Ich habe mich vorher nicht getraut und es immer weiter hinausgeschoben. Aber morgen ist die Beerdigung … Natürlich kann er nicht daran teilnehmen, er ist in seinem Zimmer gefangen.« Sie deutete auf eine geschlossene Tür. »Nicht dass er und Freya ein enges Verhältnis gehabt hätten, das wissen Sie nur zu gut, Herr Vock. Aber Tochter ist Tochter, nicht wahr? Mögen Sie vielleicht eine Apfeltasche?«

Sie bedauerte, mir nichts anbieten zu können, da sie später noch Kondolenzbesuch erwarte und die Kuchen abgezählt seien. Ich wusste beim besten Willen nicht, was sie gegen mich hatte. Vielleicht weil ich Journalisten war, vielleicht weil sie Sandro Vock lieber für sich allein gehabt hätte … Ich beschloss, dieses Manko zu meinem Vorteil zu machen. Als sie kurz in die Küche ging, um Milch für Sandro zu holen, flüsterte ich ihm rasch ins Ohr, wie er mich unterstützen konnte.

Als sie zurückkehrte, fragte er: »Hatten Sie ein enges Verhältnis zu Popp… ich meine, zu Ihrer Stieftochter?«

»Eng … so weit würde ich nicht gehen. Nicht mal gut. Andererseits war das Verhältnis zu Freya keinesfalls schlecht, das kann man jetzt nicht sagen. Es hat nie Ärger gegeben, keine Szene oder dergleichen. Ich bin mit ihr immer ausgekommen. Fast immer.«

»Wieso fast?«, fragte er sie nach einem auffordernden Seitenblick meinerseits.

»Sehen Sie, wenn ein Mädchen so früh seine Mutter verliert und bald darauf eine Stiefmutter ins Haus schneit, und sei sie auch noch so gutwillig, ist das alles andere als leicht. Im ersten Jahr hat Freya so gut wie nicht mit mir gesprochen und mit meiner Tochter Marion auch nicht. Eines schönen Tages füllte sie Sekundenkleber in Marions Shampooflasche. Es war ein Desaster, sage ich Ihnen. Marion musste zwei Monate lang eine Kappe tragen. Detlef drohte Freya, sie ins Internat für Schwererziehbare zu schicken, sollte sie ihr Betragen nicht ändern, und seitdem war Ruhe. Fast vierzig Jahre ist das nun her.«

»Sie sind also Freundinnen geworden?«, fragte ich.

Daraufhin warf Frau Popp mir einen Blick zu, als sei ich eben erst aus heiterem Himmel auf ihrem Sofa erschienen.

»Das nun nicht gerade«, antwortete sie in Vocks Richtung. »Die Ruhe glich eher einem Waffenstillstand. Mein Mann wollte das alles nicht wahrhaben, er hat mich eine Schwarzseherin genannt, aber ich habe gespürt, dass Freya mich nicht mochte. Mehr noch, sie hat mir nie verziehen, dass ich ihren Vater geheiratet habe. So als hätte ich dadurch ihre Kindheit zerstört. Dabei habe ich mir alle Mühe gegeben, um ja nicht den Eindruck zu erwecken, ich wollte ihre Mutter ersetzen.«

»Das klingt, als wäre sie ein recht widerspenstiges Kind gewesen.«

»Sagen wir es mal so: Sie hatte ihre Gefühle einigermaßen unter Kontrolle.«

»Bei uns in der Clique galt sie als Ulknudel«, wandte ich provokant ein.

»Vordergründig, sehr vordergründig war sie das auch«, erwiderte Frau Popp in einem Tonfall, mit dem Medizinprofessoren die Diagnosen ihrer Assistenzärzte zerpflücken. »Marion ist zufällig mal auf Freyas Voodoo-Puppen gestoßen. Eine ähnelte meinem Mann, eine ihrem Klassenlehrer und eine dem Kinderpsychologen, zu dem wir sie mal geschickt hatten. Den Spaßvogel hat sie nur gespielt, ich habe das immer schon gespürt. Das war sicherlich einer der Gründe, weshalb sie uns nur selten besucht hat.«

Dieses Muster der locker-flockigen Frau, Tochter und Kollegin Poppy, die noch eine ganz andere Seite hatte, kehrte immer wieder: Sandro Vock, den sie mit seiner Blutphobie kontrollierte, den verheirateten Thilo, den sie verführte …

Ich dachte nach, was Frau Popp als Zweifel an ihrer Aussage missverstand.

»Wenn Sie mir nicht glauben, fragen Sie Freyas Ex-Ehemann, den armen Kerl.«

»Wieso armer Kerl?«, fragte ich, erneut absichtlich provokant. »Ich dachte, Poppy hätte ihn vor dem Selbstmord bewahrt und später geheiratet, und er hat es ihr vergolten, indem er sie grün und blau schlug.«

»Ich will Ihnen jetzt mal etwas sagen, wenn es Sie so brennend interessiert, Frau …«

»Kagel.«

»Andy Memel war ein abgehalfterter Boxer, der nach unten durchgereicht wurde, und als er mit achtundzwanzig Jahren im Keller angekommen war, stieg er aufs Dach, um zu springen. Es stimmt, Freya hat ihn gerettet und geheiratet. Er war emotional von ihr abhängig, was sie weidlich ausnutzte. Sie hat ihn beherrscht wie eine Tyrannin, dabei war er drei Köpfe größer als sie und hatte ein Kinn wie ein Amboss.«

»Aber ihre Prellungen … Wurde die Ehe nicht wegen häuslicher Gewalt in mehreren Fällen geschieden?«

Frau Popp lachte sarkastisch. »Doch nur weil der Richter, wie schon so viele andere Männer vor ihm, auf Freya hereingefallen ist. Er besah erst den Hünen, dann das Butterblümchen, und damit war die Sache entschieden. Es würde mich nicht wundern, wenn sie sich selbst die Treppe hinuntergestürzt hätte. Sie war ein berechnendes kleines Biest.«

»Vorhin sagten Sie, sie hätte ihre negativen Gefühle unter Kontrolle gehabt«, wandte ich ein.

»Na ja, mir und unserer Familie gegenüber. Was geht mich dieser hirnlose Boxer an? Als er merkte, an wen er da geraten war, war es längst zu spät. Der Funke der Erkenntnis hat lediglich das Stroh in seinem Kopf in Brand gesetzt. Als Letztes habe ich von ihm gehört, dass er in der Klapsmühle gelandet ist. Wenn Sie mir nicht glauben, fragen Sie Herrn Vock.«

Der Angesprochene räusperte sich und brachte schließlich ein bedeutungsvolles »Ja« hervor.

»Natürlich glaube ich Ihnen, Frau Popp«, versuchte ich einen auf lieb Kind zu machen.

»Na ja, das nehme ich jetzt mal so hin.«

»Hat sie mich in all den Jahren mal erwähnt oder Pieter, Hanko, Maren, Annemie …«

»Annemie Bertram?«

»Damals Rötel. Sie kennen sie?«

»Von ihren Besuchen bei Detlef. Sie kommt samstags gegen neun Uhr morgens, wenn sie keine Wochenendschicht hat, und hilft uns, diesen unsäglichen Bürokratiekram zu bewältigen. Außerdem bringt sie Detlef immer eine Kleinigkeit mit, so wie einem Kind ein Überraschungsei. Sie ist …«

»Ein Engel«, nahm ich das Wort vorweg.

»Ein Segen, wollte ich sagen. Engel trifft es aber auch. Ich kann mich allerdings nicht erinnern, dass ich Schwester Annemie je zusammen mit Freya gesehen hätte. Auch die anderen Namen sagen mir alle nichts. Vielleicht verraten Sie mir, was diese Fragerei eigentlich soll.«

»Tja, Ihre Stieftochter wurde ermordet …«

»Die Sache ist doch längst aufgeklärt, der Mörder sitzt im Gefängnis.«

»Thilo Fennweck? Ja, er hätte vielleicht einen Grund gehabt, aber … Hat Poppy mal ein Spiel erwähnt? Das Geheimnisspiel?«

Frau Popp erhob sich, und ihr Blick forderte mich auf, es ihr nachzumachen, was ich auch sofort tat.

»Frau …«

»Kagel.«

»Frau Kagel, Sie stellen mir die abstrusesten Fragen, die ich nicht länger beantworten werde. Tut mir leid, Herr Vock, dieses Mal hatten Sie ein schlechtes Händchen bei der Wahl Ihrer Begleitung.«

Daraufhin stand auch er auf, die Backen noch voll mit den Resten der Apfeltasche. Vermutlich hätte die entnervte Gastgeberin uns höflich zur Tür geführt, hätte der Physiotherapeut nicht in diesem Moment seine Arbeit beendet.

»Darf ich noch kurz zu Ihrem Mann?«, fragte der junge Beamte, und ich wunderte mich über diese Geste, die er jedoch sogleich erklärte. »Meine Mutter war Stammkundin in seinem Laden in Lübeck. Sie war sehr traurig, als sie hörte, dass es ihm nicht gut geht. Neulich erst hat sie gesagt, dass ich ihm Grüße ausrichten soll, wenn ich die Gelegenheit dazu habe.«

Augenblicklich zerstob Frau Popps Groll wie Asche im Wind, und sie ergriff sogar Sandro Vocks Hand, um ihn persönlich in das Zimmer zu führen. Ich wurde wieder zum Schirmständer degradiert.

Herr Popp lag in einem Spezialbett inmitten eines etwa vier mal vier Meter großen Zimmers. Es roch nach Salbe und den Bananenscheiben, mit denen er zweifellos bald gefüttert werden würde. An den Wänden und auf einigen Möbeln befanden sich zahllose Fotos von lachenden Menschen in hübschen Rahmen, deren Fröhlichkeit und Prunk in Kontrast zu dem kargen Raum standen.

Herr Popp kannte mich im Grunde nicht, denn Poppy hatte es vermieden, uns nach Hause mitzunehmen. Vielleicht hatte er dennoch eine vage Erinnerung an die »Sommerbande« seiner Tochter. Daher stellte ich mich nur kurz vor und sprach ihm mein Beileid aus. Da der Mann kaum noch in der Lage war, zu reagieren oder gar die Hand auszustrecken, trat ich einen Schritt zurück und ließ Vock die Grüße seiner Mutter überbringen.

Der Zustand dieses armen Menschen, der nur noch Haut und Knochen war, nahm mich mit. Von Fotos aus besseren Zeiten umgeben, durchlebte er nun seine letzte Phase.

Nicht lange und meine Gedanken kreisten wieder um die Todesfälle und um Pieter. Ich hatte keine hohen Erwartungen an diesen Besuch gehabt, und gemessen daran, war er gar nicht so schlecht verlaufen. Poppy war nicht nur frei von Angst und scharf auf starke Männer gewesen, die sie auf unterschiedliche Weise beherrschte, sondern hatte offensichtlich auch zwei Gesichter gehabt. Von wegen, sie hatte ihre Gefühle unter Kontrolle. Wenn ich meine Erfahrungen als Gerichtsreporterin mit dem kombinierte, was Ina über Poppy geschlussfolgert hatte, war sie nie über das Trauma ihrer frühen Kindheit hinweggekommen. Nur bestand das Trauma weniger im Tod ihrer Mutter, wie man vermuten könnte, sondern darin, dass ihr Vater wieder geheiratet hatte. In den zwei Jahren, die sie mit ihrem Vater allein verbrachte, hatte sich das kleine Mädchen meiner Meinung nach verständlicherweise auf ihn fixiert und betrachtete die zweite Eheschließung nicht nur als Diebstahl von Seiten ihrer Stiefmutter, sondern auch als Verrat von Seiten ihres Vaters. Aufzubegehren hätte ihr jedoch enorme Nachteile eingebracht, bis hin zur Verbannung, wie sie bald erfahren musste. Also vergrub sie ihre

Gefühle tief in ihrem Herzen, wo sie mächtig rumorten. Die Männer, die sie an sich band und wieder fallen ließ, egal ob ihren Ex-Mann, Luigis Bruder, seinen Schwager oder Thilo Fennweck, hatten alle etwas gemeinsam. Sie waren ähnlich kräftig gebaut, und Poppy dominierte sie.

Die Aufnahmen an den Wänden hier im Krankenzimmer zeigten ihn als ebensolchen sportlichen Mann in jüngeren Jahren.

Eher zufällig blieb mein Blick an einem der gerahmten Fotos hängen, das auf einer Kommode stand. Darauf war ein junger Mann zu sehen, ich schätzte ihn auf siebzehn oder achtzehn. Die Farbgebung sowie die Kleidung des jungen Mannes deuteten auf eine Aufnahme aus den Fünfzigern hin. Und doch hätte ich schwören können, dass sie erst in den späten Achtzigern oder frühen Neunzigern entstanden war.

Ich nahm das Foto in die Hand. Konnte ich mich derart irren? Das war doch nicht möglich.

»Wer ist das?«, fragte ich Frau Popp leise, da Vock noch immer mit dem Kranken redete, ohne dass dieser eine Reaktion zeigte.

»Das ist mein Mann Detlef, als er noch sehr jung war«, seufzte sie. »Lange bevor wir uns kennengelernt haben. Kaum wiederzuerkennen. Seit seinem Schlaganfall vor ein paar Jahren hat er fünfundvierzig Kilo abgenommen.«

»Sind Sie … ich meine, ist er das wirklich?«

Sie sah mich an, als hätte ich nicht mehr alle Tassen im Schrank.

Nein, ich irrte mich nicht. Der Jugendliche auf diesem Foto

war jemandem, den ich vor dreißig Jahren gekannt hatte, wie aus dem Gesicht geschnitten.

»Hat sich vor mir schon mal jemand nach diesem Foto erkundigt?«, fragte ich ins Blaue.

»Jetzt, wo Sie es sagen … Da war tatsächlich jemand hier. Vor ein paar Wochen. Der Mann saß im Rollstuhl.«

Auf der Rückfahrt überließ ich Vock den Fahrersitz. In meinem Kopf ratterten so viele Rädchen, dass ich mich unmöglich auf die Straße hätte konzentrieren können. Mit einem Mal führten fast alle losen, bisher labyrinthisch verworrenen Fäden, die mich irritiert hatten, zu einem Namen, zu einer Ursache, zur Tür des toten Raumes. Ein einziges Foto hatte sie aufgestoßen. Zum Vorschein kam eine von jenen Geschichten, die so alt waren wie die Menschheit und die es in Variationen mehrere Millionen Male gab. Geschichten von der besten Absicht, die auf den unvorhersehbaren Zufall trifft und von denen es hinterher immer heißt, die Katastrophe sei programmiert gewesen.

»Wohin?«, fragte Vock.

»Wie bitte?«, fragte ich abwesend.

»Wohin soll ich fahren? Zu Ihnen nach Hause?«

Ich hatte Yim versprochen, vorsichtig zu sein, und tat das Gegenteil, als ich Petersdorf als Fahrziel nannte. Zu meiner Ehrenrettung konnte ich notfalls vorbringen, dass ich Yim anzurufen versuchte und eine Kurznachricht schickte, als besetzt war. Natürlich hätte ich zur Polizei gehen können, doch noch gab es zu viele dunkle Stellen und vor allem keine Beweise. Zudem fand ich, dass die Person, die, vermutlich ohne es zu wissen, im Mittelpunkt der Geschichte stand, es verdient hatte, dass zuerst ich mit ihr sprach, bevor es jemand anderes tat.

»Was wir da eben über meine ehemalige Partnerin gehört haben …«, sagte Vock, ohne den Satz fortzuführen.

»Was ist damit?«

»Dass etwas mit ihr nicht gestimmt hat … Sie glauben, Poppy hatte etwas mit den Todesfällen zu tun?«

Ich zögerte. »Sie stellen schwierige Fragen, Sandro. Zu schwierig, um sie zu beantworten.«

Einiges von dem, was ich bisher über Poppy erfahren hatte, rückte sie in ein moralisches Zwielicht, nicht jedoch in ein juristisches. Männer zu verführen, mit ihnen Katz und Maus zu spielen, sie bei ihren individuellen Schwächen zu packen, das war zwar nicht besonders nobel, aber auch nicht verboten. Eines konnte man ihr jedoch mit Fug und Recht unterstellen: dass sie nicht zögern würde, belastende Informationen, wie etwa ein Geheimnis, zu benutzen, um jemanden zu erpressen. Vorzugsweise einen Mann. Ganz besonders einen, der ihrem Vater nicht unähnlich war, ja der ihm sogar auf unheimliche Weise ähnelte.

Ich roch die Brotsuppe schon, als wir aus dem Auto stiegen, und erlebte einen jener unnachahmlichen Momente, in denen eine schöne ferne Erinnerung durch einen Klang, ein Wort oder, wie in diesem Fall, einen Duft heraufbeschworen wird. An Mutter Fennwecks berühmten Brotsuppentagen hatte immer die Sonne geschienen, so kam es mir jedenfalls rückblickend vor. Wir hatten an einem ewig langen Tisch am

Rande des Bauerngartens gesessen, die Kirschbäume trugen schwer an ihren Früchten, und der Phlox blühte. Ganz so wird es wohl nicht gewesen sein, was aber die Beliebtheit von Enie Fennweck bei uns Kindern anging, verklärte ich nichts. Ihre Kinderliebe war ebenso legendär wie ihre Suppe.

»Riecht komisch«, sagte Vock, wobei er die Nase in die Luft reckte.

Tatsächlich war der Geruch unverwechselbar: deftiges Schwarzbrot, das Säuerliche der Buttermilch, die Süße von Trockenobst.

»Komm rein, Doro«, sagte sie, kaum dass sie die Tür auf mein Klopfen hin geöffnet hatte, ohne meinen Begleiter zu beachten. »Als hättest du es geahnt, Kind. Ich habe Brotsuppe gemacht, weiß auch nicht, warum. Und viel zu viel davon. Wer soll das denn alles essen? Thilo ist noch im Gefängnis, der hat sonst immer den halben Topf ausgelöffelt. Und meine Enkelkinder stopfen sich lieber die Backen mit Nutellabroten voll.«

Noch während sie sprach, stellte sie drei Teller auf den Küchentisch, an dem sie, wie sie erzählte, die meiste Zeit alleine saß, obwohl Haus und Hof voller Menschen waren.

»Meine Schwiegertöchter kochen selbst, die eine Mittelmeerküche, die andere Fertigzeug mit Pommes, Pommes, Pommes. Wir sitzen eigentlich nur an den Feiertagen zusammen. Das ist nicht mehr meine Zeit. Nicht mehr meine Zeit, Doro.«

Ich stellte ihr Vock vor, doch sie gab ihm nur beiläufig die Hand, schöpfte Brotsuppe auf die Teller und stellte einen Krug Wasser dazu. Wir setzten uns.

»Vielleicht«, begann ich, »sind deine Schwiegertöchter sauer, weil sie noch in den Nebengebäuden wohnen, wo es doch hier normalerweise anders gehandhabt wird.«

Enie Fennweck ging nicht darauf ein und begann zu essen. »Schmeckt sie dir?«

Die Suppe schmeckte tatsächlich so, wie sie sollte. »Lecker, das Trockenobst.«

»Hauptsächlich Rosinen und Pflaumen«, erklärte sie. »Aber ich hatte noch gedörrte Sauerkirschen vom letzten Jahr, die habe ich auch mit rein.«

Ich musste Vock mit einem strengen Blick ermuntern, nicht nur im Teller herumzurühren, sondern auch etwas zu essen, was er schließlich ohne Begeisterung tat.

Nach einer Minute, in der wir nicht viel gesprochen hatten, überwand ich mich endlich. Ich legte mein Handy auf den Tisch, rief das Foto auf, das ich im Haus der Popps gemacht hatte, und schob es Mutter Fennweck zu.

Sie betrachtete es eine ganze Weile, scheinbar ohne Regung, während die Suppe, zäh wie Leim, vom Löffel zurück auf den Teller tropfte.

Ich wagte weder zu sprechen noch sie anzusehen. Fast demütig gebeugt, rang ich unter dem Tisch mit den Händen, bis Enie Fennweck mich endlich erlöste.

»Wie heißt er?«

»Detlef Popp, der Vater der Frau, die neulich überfahren wurde. Er lebt in Staberdorf.«

Enies Kopf zitterte leicht. »Ein Mann von der Insel?«

»Ja.«

Sie lehnte sich zurück und schloss die Augen, und ich tat

es ihr nach. Vock war der Einzige, der die Situation nicht erfasste. Er hatte inzwischen Gefallen an der Suppe gefunden und löffelte sie nur so in sich hinein.

An Mutter Fennweck gewandt, murmelte ich behutsam: »Fall mir bitte ins Wort, wenn ich etwas Falsches sage.«

Sie hielt die Augen noch immer geschlossen.

»Dein Mädchenname ist Osander, und Fee war deine Schwester.«

Fee Osander war die erste der beiden ermordeten Prostituierten von Hamburg, zu deren Tod Jan-Arne ermittelt hatte. Ich stellte nur eine Vermutung an, jedoch eine begründete. Enie hatte neulich erwähnt, dass ihre Mutter ein Faible für abgekürzte, ein wenig altmodische Namen gehabt hatte. Enie kam von Iphigenie, und der Name Fee galt als Kurzform für Felicitas.

»Sie war eine …« Ich hielt inne. »Sie ist in jungen Jahren nach Hamburg gegangen, wo sie auf den … na ja, wo sie im Milieu landete.«

Enie Fennweck atmete tief durch, stützte sich mit den Ellenbogen auf dem Tisch ab und ballte die alten, zittrigen Hände zu Fäusten. Sie presste sie fest gegen die Stirn, sodass ich nicht mehr erkennen konnte, ob ihre Augen geöffnet oder geschlossen waren.

Als sie sich wieder einigermaßen gefangen hatte, blickte sie Vock an und bat ihn, uns allein zu lassen, was er sofort tat. Nachdem er die Tür geschlossen hatte, begann sie zu erzählen.

Meine Vermutungen waren richtig. Fee hatte in der Lübecker Familie Osander als gefallene Tochter gegolten, die früh mit Drogen und schweren Jungs in Kontakt kam und deren

Spur sich bald auf der Reeperbahn verlor. Irgendwann wurde sie schwanger. Viele Prostituierte werden trotz Pille irgendwann schwanger und von ihren Zuhältern zur Abtreibung genötigt. Was Fee von den meisten Kolleginnen unterschied, war die Tatsache, dass sie sich weigerte, das Kind abtreiben zu lassen. In jenen Tagen meldete sie sich bei ihrer jüngeren Schwester Enie, die längst verheiratet, jedoch kinderlos war. Bei einem Treffen im Haus der Eltern entstand der Plan, dass Fee das Kind austragen und Enie es aufziehen sollte. Ihr unstetes Leben zugunsten einer bürgerlichen Existenz aufzugeben kam für Fee nicht in Frage.

Gemeinsam verließen die beiden Schwestern den Norden für einige Monate, um bei einer entfernten Verwandten im Sauerland zu wohnen. Dort brachte Fee einen gesunden, kräftigen Jungen zur Welt, mit dem am Ende Enie als Mutter nach Fehmarn zurückkehrte.

»Es war wie ein Wunder«, erzählte sie, »als mein Körper die Milch für das Baby produzierte. Das sagte ich auch zu meinem Mann. Weil wir keine eigenen Kinder hatten und er sich deswegen schämte, war er mit der Scharade einverstanden, aber er brachte dem kleinen Hanko keine Liebe entgegen. Er war sehr hart dem Jungen gegenüber.«

Enie berichtete von Schlägen und Demütigungen, aber auch davon, dass der Knabe dem Alten einen gewissen Respekt abrang, weil er alles klaglos wegsteckte. Schon mit sieben Jahren erledigte er auf dem Hof die Arbeit eines Teenagers.

»Über eigene Kinder dachte ich damals nicht mehr nach, denn Hanko *war* mein eigenes Kind. Dann wurde ich mit Thilo schwanger.«

Was in den folgenden Monaten und Jahren geschah, hatte niemand geplant und keiner beabsichtigt. Enie erlebte die Schwangerschaft, und obwohl sie Hanko weiterhin liebte, erfasste sie eine zärtliche Hingabe für das noch ungeborene Kind, die sie bis dahin nicht kannte. Auch nach der Geburt änderte sich daran nichts. Sie liebte Hanko und Thilo gleichermaßen, nicht jedoch in der gleichen Weise. Mit aller Gewalt kämpfte sie gegen eine Ungleichbehandlung der Brüder an, oft bevorzugte sie sogar Hanko, da sein »Vater« ihn weiterhin unentwegt piesackte. Doch in den stillen Abendstunden, wenn die Kinder schliefen, saß sie an Thilos Bettchen, nicht an Hankos.

»Am Tag vor seinem dreizehnten Geburtstag erklärte mein Mann Hanko, ohne mir vorher Bescheid zu sagen, wer er wirklich war. Es war Mitte April, die ersten Obstbäume blühten, und ich hängte gerade Wäsche auf. Hanko rannte quer über den Hof und die Wiese auf mich zu und warf sich mir in die Arme. Er war fast schon erwachsen, groß und breitschultrig, aber es war das erste und einzige Mal nach der Zeit als Baby, dass ich meinen älteren Sohn weinen sah.«

Thilo war damals viel zu jung, um von dem Familiengeheimnis zu erfahren, und so blieb die Wahrheit weiterhin unter Verschluss. Erst als sich Hankos achtzehnter Geburtstag näherte, brachte Enies Mann das Thema erneut zur Sprache. Das Erbe musste geregelt werden, und der alte Fennweck hatte nicht vor, seinen illegitimen Neffen, den »Bastard einer Nutte«, wie er immer sagte, zu bedenken. Deswegen wollte er alles öffentlich machen. Zwei Wochen später kam er beim Einsturz einer baufälligen Mauer, der Ruine eines alten Kühlhauses, zu Tode.

»Du meinst, es war ein Unfall?«, fragte ich skeptisch.

Enie Fennweck öffnete die Augen und starrte mich an. »Er ist beim Einsturz dieser Mauer gestorben«, beharrte sie.

Ich nickte. »In Ordnung.«

»Hanko war zu der Zeit auf einem landwirtschaftlichen Lehrgang in Schleswig.«

»In Ordnung«, wiederholte ich.

Enie forschte in meiner Mimik nach einem Zweifel, und als sie ihn – dank meiner Selbstbeherrschung – nicht fand, blickte sie auf ihren Teller. Sie tunkte etwas Brot in die Suppenreste und stippte sie auf.

»Ich weiß«, sagte sie nach einer Weile. »Ich hätte Hanko gleich nach seinem achtzehnten Geburtstag den Hof übergeben sollen. Der Älteste bekommt den Hof, so ist das nun mal.«

Sie warf das Brotstück in die Suppe und schob den Teller von sich.

»Ich konnte es nicht. Ich verstehe es ja selbst nicht, aber jedes Mal, wenn ich mich entschieden hatte, schlief ich schlecht und wurde krank, also habe ich es wieder und wieder verschoben. Seit dreißig Jahren geht das jetzt so.«

Sie machte ein paar fahrige Gesten, die den großen Esstisch, die Küche und das Haus umschlossen, ohne sie zu Ende zu führen, und ich begriff.

Enie hatte den Konflikt, den es seit Thilos Geburt gab, nie auflösen können, und weder der Tod ihres Mannes noch die vergehende Zeit hatten daran etwas geändert. Würde sie Hanko in seine traditionellen Rechte als Ältesten einführen, ohne Thilo einzuweihen, dann kam sie sich vor, als betrüge sie das Kind, das sie geboren hatte. Würde sie dagegen Thilo bevorzugen oder ihn im Erbe mit Hanko gleichstellen, verriete sie die Tradition und in gewisser Weise auch das Kind, das sie als Erstes geliebt hatte, Jahre vor dem zweiten.

Soweit ich die Lage überblicken konnte, war Hanko der Kopf des bäuerlichen Betriebes, und Enie ließ ihn gewähren. Er traf die Entscheidungen, man schrieb schwarze Zahlen, expandierte, modernisierte, investierte … Thilo hatte nicht viel zu melden, das hatte ich selbst neulich miterlebt. Käme die Wahrheit über Hankos Geburt ans Licht, würde er mit einem Schlag alles verlieren. Vielleicht nicht unbedingt in materieller Hinsicht, da würde sich Enie sicher etwas einfallen lassen. Was aber sein Selbstverständnis anging … Er wäre nicht mehr der Chef. Und wenn Thilo es auf die Spitze triebe, könnte er Hanko sogar noch weiter verdrängen.

»Wer ist in Hankos Geburtsurkunde als Mutter eingetragen?«, erkundigte ich mich.

»Fee«, antwortete Enie. »Darauf hat mein Mann damals bestanden.«

»Habt ihr Hanko jemals adoptiert?«

Sie schüttelte den Kopf. »Nach dem Tod meines Mannes habe ich es versucht, aber Fee wollte es nicht.«

»Warum? Hatte sie Kontakt zu Hanko?«

»An Weihnachten und zu den Geburtstagen hat sie Hanko angerufen, aber er redete nicht gerne mit ihr. Je älter er wurde, umso direkter hat er ihr das auch gesagt. Aber das hat sie nicht umgestimmt. Sie meinte mal, er wäre das Beste, was sie im Leben hervorgebracht hätte. Zum Schluss war sie sehr verbittert. Verbraucht, krank und abgebrannt, ein Häufchen Elend. Sie wollte hierherziehen, zu mir auf den Hof, mit einer

Freundin, die ebenso fertig war wie sie selbst. Was das für ein Gerede gegeben hätte ... Man musste die beiden nur ansehen und wusste, was sie ihr Leben lang gemacht hatten. Ich war mal dort ... und heilfroh, als ich wieder wegkam. Aber durfte ich ihr den Wunsch abschlagen? Als Gegenleistung verlangte ich ihre Einwilligung in die Adoption, und sie war bereit dazu. Ich überlegte noch, als ... Bevor ich mich entscheiden konnte, waren sie und ihre Freundin ...«

Draußen kam es zu einem Wortwechsel, und ich hörte Sandros Stimme. Ein paar Sekunden später kam Hanko herein. In der Küche mit der niedrigen Decke wirkte er größer als im Freien – und noch bedrohlicher. Andererseits sah er elend aus, blass und sorgenvoll, geradezu gequält.

»Du schon wieder«, brummte er in meine Richtung.

»Ich habe Doro zu einem Teller Suppe eingeladen«, beschwichtigte ihn Mutter Fennweck.

In ihrer Stimme war etwas, das mir die Sorge nahm, Hanko könnte auf mich losgehen. Nicht in Gegenwart seiner Mutter, dachte ich mir. Daher gab ich Vock durchs Fenster ein Zeichen, dass alles in Ordnung sei.

»Ist die halbe Portion da draußen dein Leibwächter?«, fragte Hanko.

»Bei dreieinhalb Toten aus unserer früheren Clique schien mir das angebracht. Und du hast dich neulich ja auch nicht gerade als Kavalier erwiesen.«

»War ich nie und werde ich auch nicht mehr. Also geh lieber, bevor ich dich und deinen Toyboy hier hochkant rausschmeiße.«

Ich wechselte einen Blick mit Mutter Fennweck. Würde

sie ihm von unserem Gespräch berichten, oder sollte ich es tun? Und wie würde sie reagieren, wenn ich Hanko gegenüber offen ansprach, was ich wusste?

Bisher hatte dieses Geheimnis die beiden verbunden. Seit mehr als einem Vierteljahrhundert, seit dem Tod des alten Fennweck, waren sie damit allein. Fee zählte nicht, sie hatte weit weg gelebt, in einer anderen Welt. Ich konnte es nicht belegen, aber ich hatte das Gefühl, dass Hanko und Enie nie über all das sprachen, so als würde die Wahrheit allein durch Abwarten mit der Zeit verblassen und schließlich verschwinden.

Aus Hankos Sicht war das einleuchtend. Er hasste und verleugnete seine Herkunft. Aber Enie – wieso brauchte sie nach Fees Ermordung so viel Zeit, um über die Adoption nachzudenken? Hatte sie plötzlich Skrupel, Hanko seinem Bruder vorzuziehen? Oder hatte sie gar einen Verdacht?

Ihre jahrelange Passivität und Unentschlossenheit sowie ihre aktuelle Bereitschaft, mir alles zu enthüllen, waren für mich eindeutig Indizien dafür. Enie hatte keine Kraft, sich zu entscheiden, und wollte das Weitere in die Hände eines anderen legen, egal in wessen. Zu Lebzeiten in meine, da ich mich nun schon mal aufgedrängt hatte. Oder, falls das nicht funktionierte, nach ihrem letzten Atemzug in die Gottes.

Ich hielt Hanko das Display meines Handys unter die Augen, auf dem noch immer das Jugendfoto von Detlef Popp zu sehen war.

Unschlüssig, was er sagen oder tun sollte, blickte er zwischen seiner Mutter, dem Foto und mir hin und her.

»Euer Geheimnis hatte fast ein halbes Jahrhundert Bestand«, begann ich. »Das ist gar nicht so schlecht, wenn man bedenkt, dass du es vor Jahren schon mal ausgeplaudert hast ... Unser Spiel, Hanko. Dein Zettel. Das war ein Fehler von dir. Aber ich glaube inzwischen, wir alle haben an jenem Abend Fehler gemacht, jeder auf seine Weise.«

Mit schweren Beinen ging Hanko zur Spüle und klatschte sich Leitungswasser ins Gesicht. Ich hätte es ihm am liebsten nachgetan. In den alten Bauernhäusern mit den dicken Wänden waren die Temperaturen im Sommer oft noch erträglich, doch an diesem Tag kroch die Hitze förmlich durch jede Ritze und jede kurzzeitig geöffnete Tür ins Innere. Hanko löste seine Hosenträger, knöpfte das Hemd auf und wusch sich nun auch unter den Achseln.

Ich machte mir Sorgen um Mutter Fennweck, die zusammengesunken auf dem Küchenstuhl saß und sich nicht mehr regte, so als würde ihre leere Hülle nur noch von einem dürren Gestänge aufrecht gehalten.

Hankos Blick, als er sich umwandte, galt ihr. Das Wasser tropfte ihm von Kinn und Nase auf das geöffnete Hemd, den muskulösen, rötlich behaarten Oberkörper und den Holzboden.

»Ist das ...? Der Mann auf dem Bild, das ist mein Vater?«

Ich war davon ausgegangen, dass er das Foto kannte, denn um ihn erpressen zu können, musste Poppy ihm einen Beweis liefern. Nun aber deutete alles darauf hin, dass er das Foto zum ersten Mal sah.

»So ist es.«

»Was wirst du jetzt machen?«, wandte er sich an mich.

Das war eine verdammt gute Frage. Was wusste ich eigentlich? Ich meine, was wusste ich wirklich? Im Grunde nur, dass Hanko nicht Enies Sohn war, sondern ihr Neffe. Diese Erkenntnis, so hilfreich sie sein mochte, war umgeben von Mutmaßungen, Thesen und Vorurteilen, die mal mehr und mal weniger fundiert waren.

Höchstwahrscheinlich war Detlef Popp Hankos Erzeuger, denn die Ähnlichkeit der beiden war frappant. Um meine Annahme zu untermauern, hatte ich mich bei Frau Popp zum Abschied auch noch nach eventuellen Geschwistern und Cousins ihres Mannes erkundigt, die es jedoch nicht gab. Überdies hatte es Poppys Vater in jungen Jahren ordentlich krachen lassen, bevor er zu Lübecks Kaufhaus-König avancierte.

Fee hatte vermutlich nicht gewusst, von welchem Freier sie schwanger geworden war, auch nicht, dass dieser auf Fehmarn lebte. Dasselbe galt für Enie und Hanko. Sie waren ahnungslos. Bis eines Tages … Die Annahme war nicht weit hergeholt, dass Poppy irgendwann auf das Jugendfoto ihres Vaters gestoßen war.

Ab hier wurde es vage. Wann Poppy die Sache entdeckt hatte, war äußerst fraglich. Schon als Jugendliche? Oder erst später? Sie war vor einigen Jahren mal auf dem Hof erschienen, hatte Enie mir bei meinem letzten Besuch erzählt, um kokett am Zaun auf einen der Brüder zu warten. Hatte da die Erpressung angefangen? Oder war sie bloß in eine weitere Runde gegangen?

So wie mir Poppys Persönlichkeit von Vock, ihrer Stiefmutter und nicht zuletzt in Jan-Arnes Dossier geschildert worden war, durfte ich schließen, dass sie ihr Wissen auf irgendeine Art für sich nutzte. Geld hatte sie nicht interessiert, Macht hingegen schon. Einen Muskelprotz wie Hanko in der Hand zu haben, den leiblichen Sohn ihres abtrünnigen Vaters, dürfte ihr ein Vergnügen gewesen sein. Doch wie genau das vonstattengegangen war, blieb ungewiss. Dies offenzulegen überstieg nun wirklich meine Möglichkeiten.

»Es tut mir leid«, sagte ich. »Aber ich komme nicht umhin, die Polizei zu informieren.«

»Die Polizei?«, fragten Mutter und Sohn gleichzeitig.

Enies Verwunderung verstand ich, Hankos nicht.

»Jan-Arne ist kurz vor seinem Tod auf dieses Foto hier gestoßen, und ich vermute, dass das etwas mit seinem Tod zu tun hat.«

»Du meinst…« Enie zögerte, es auszusprechen. »Du meinst, Hanko hat…«

»Es tut mir leid, Mutter Fennweck«, bekundete ich erneut mein Bedauern. »Hanko hatte viel zu verlieren.«

»Jetzt werd mal nicht hysterisch«, sagte er in bissigem, aber nicht zornigem Tonfall. »Besser, du besprichst deine Anschuldigungen vorher mit deinem Mann… oder irgendeinem Mann. Der sieht die Dinge höchstwahrscheinlich klarer als du.«

Ich war nicht gewillt, alte Macho-Schlachten mit ihm zu schlagen.

»Oh bitte, wollen wir auf diesem Niveau weiterreden?«

»Du musst hysterisch sein, wenn du denkst, dass ich einen Rollstuhlfahrer plattmache«, konterte Hanko.

Und Mutter Fennweck sagte: »Doro, du hast eine ganz falsche Meinung von meinem Jungen. Er könnte keiner Fliege was zuleide tun.«

Das hatte ich allerdings ganz anders in Erinnerung, wie mir die Beule an meinem Hinterkopf bestätigte.

»Ich habe mir mit Thilo zusammen ein Fußballspiel angesehen«, wiederholte er das Alibi, das er seinem Bruder und damit automatisch auch sich selbst gegeben hatte.

»Ich frage mich, ob Thilo das Alibi auch dann noch bestätigt, wenn er erfährt, dass du nicht sein leiblicher Bruder bist, sondern ihn all die Jahre hinters Licht geführt hast. Eigentlich ist er der Erbe des Hofes. Nicht wahr, Mutter Fennweck?«

Enie hatte sich während unseres Disputs mehrere Pillen auf dem Tisch zurechtgelegt, die sie nun langsam und mit zittriger Hand schluckte. In der Küche war es mit einem Mal mucksmäuschenstill.

Ich sah ein, dass es für die Greisin zu viel wurde, und beschloss, Mutter und Sohn allein zu lassen.

»Es tut mir leid«, wiederholte ich. »Falls ich mich irre, wird die Polizei das herausfinden. Ein Gentest wird alle Zweifel beseitigen.«

»Was denn für ein Gentest?«, fragte Hanko.

»Ein Vergleich deiner Gene mit denen von Detlef Popp«, erklärte ich und deutete auf das Display. »Entschuldigt mich bitte, ich rufe jetzt die Oberkommissarin an und fahre danach zu Pieter. Vielleicht hat er seinen Angreifer gesehen, dann wird sich der Fall noch heute aufklären.«

»Was?«, brüllte Hanko mich unvermittelt an, packte mich an den Schultern und schüttelte mich. »Was sagst du da, du Schlampe?«

»Hanko!«, rief Mutter Fennweck ihn zur Ordnung, doch er ließ nicht von mir ab.

Sandro Vock platzte herein und erkannte, dass Hanko kurz davorstand zu explodieren.

»Komm schon, Kumpel«, sagte er. »Du wirst doch auf keine Frau losgehen. Du doch nicht. Wir kennen dich alle als anständigen Kerl, und das soll auch so bleiben, richtig?«

Vock traf offenbar den richtigen Ton, denn Hanko ließ mich umgehend los. Stattdessen ergriff er einen Stuhl, hob ihn hoch und zerschmetterte ihn auf dem Tisch, sodass sogar seine Mutter zu Tode erschrak. Danach presste er die Fäuste auf die Augenhöhlen.

Ich nutzte den Moment, um mich auf und davon zu machen.

»Was war denn das?«, murmelte ich in den Fahrtwind des geöffneten Beifahrerfensters. Ich sprach laut genug, dass Vock mich verstehen konnte, aber leise genug, dass er sich nicht als Adressat begriff. Ich hatte gerade eine Familie zerstört und fühlte mich mies. Mir war nach einem Gespräch mit Yim zumute, der den Dreh raushatte, mich selbst dann noch aufzumuntern, wenn er mir den Kopf wusch. Was würde er wohl über meinen Auftritt auf dem Fennweck-Hof sagen?

Leider telefonierte er schon wieder … oder immer noch. Der Rechercheur, an den ich Yim am Morgen vermittelt hatte, war supergut und superschnell, aber er kaute einem auch das Ohr ab, wenn man nicht aufpasste.

»Glauben Sie echt, er war's?«, fragte Vock.

»Wie? Ach so, Hanko. Tja …«

Hielt ich Hanko für einen Mörder? Zumindest passten ein

paar Bauklötzchen zusammen, angefangen vom Steinwurf Ende April 1988.

Zwei Wochen zuvor erfährt Hanko kurz vor seinem dreizehnten Geburtstag, dass er der Sohn einer Prostituierten ist. In Krisen ist er nicht besonders stabil, und Frust ist ein häufiges Motiv bei jugendlichen Straftätern. Stark genug, um einen schweren Stein auf die Brücke zu tragen und von dort auf die Autobahn zu stoßen, ist er ebenfalls.

Ein paar Jahre danach, kurz vor seiner Volljährigkeit, will sein »Vater« Hankos wahre Identität offenlegen und ihn enterben, stirbt jedoch unter einer umgestürzten Mauer, bevor es dazu kommt.

Viele Jahre später will sich seine wahre Mutter auf dem Fennweck-Hof zur Ruhe setzen, und Hanko fühlt sich in zweierlei Hinsicht bedroht. Zum einen wird er jeden Tag mit der Frau konfrontiert, die er ablehnt und hasst, weil sie das Gesicht seiner wahren Herkunft ist, zum anderen fürchtet er, dass Thilo durch sie irgendwann die Wahrheit erfährt. Als ihr Sohn genießt er Fees Vertrauen, und unter dem Vorwand, mit ihr über den Umzug auf den Hof zu sprechen, besucht er sie in Hamburg – wo er sie und ihre enge Freundin, die zweifellos eingeweiht ist, tötet.

Ja, das war eine plausible Geschichte, schön folgerichtig und hübsch zusammengebaut. Doch es gab auch einige dunkle Flecken darin, tote Räume sozusagen.

Wie passte der Tod vom Bolenda dazu? Welche Rolle spielte Poppy? Und was war mit Maren? War Hankos Cousine über seine Herkunft im Bilde gewesen? Und wenn ja, woher? War sie für ihr Schweigen bezahlt worden, wie es die

Kontoauszüge nahelegten? Warum hatte Hanko so viele Jahre gewartet, um die Mitwisserin zu beseitigen? Und aus welchem Grund sollte er über Pieter herfallen?

Ich hatte das unbestimmte Gefühl, nur einen Zipfel der Geschichte in der Hand zu halten, während sich der Großteil noch unter der Oberfläche befand.

»Das wäre was«, sagte Vock. »Nicht der Butler ist der Mörder, sondern der Bauer.« Er grinste. Für ihn war das ein Spaß.

Ich dagegen hatte gerade ein Familiendrama ausgelöst. Unmöglich, mein Wissen über Hankos Geburt für mich zu behalten, immerhin konnte es wichtig für die polizeilichen Ermittlungen sein. Mit meiner Neugier brachte ich kleine Welten zum Einsturz, und das war nichts, was ich auf die leichte Schulter nahm.

»Übrigens, sie haben Thilo Fennweck vor einer halben Stunde auf freien Fuß gesetzt«, klärte Vock mich auf. »Es besteht keine Flucht- oder Verdunkelungsgefahr. Nach allem, was Sie hier herausgefunden haben, werden die Kollegen hundertpro den Bruder verhaften. Fahren wir zum Revier?«

»Erst mal ins Krankenhaus.«

Was mir nicht aus dem Kopf ging, war Hankos Verhalten in Mutter Fennwecks Küche. Anfangs schien es, als hätte er sich einigermaßen im Griff gehabt. Auf das Foto und später auf meine Beschuldigungen hatte er verärgert, aber noch nicht jähzornig reagiert. Erst als ich im Gehen begriffen war, flippte er aus.

Wieso hat er das getan?, fragte ich mich selbst. Wieso ist er auf mich losgegangen, hat sogar die Mahnung seiner Mutter ignoriert und einen Stuhl zertrümmert? Ja, er war schon einmal gegen mich oder vielmehr Yim gewalttätig geworden, doch hatte er damals befürchtet, dass ich hinter sein Geheimnis käme. Inzwischen war die Katze doch längst aus dem Sack.

Was genau hatte ich noch mal gesagt, kurz bevor er ausgerastet war?

Ich hatte einen Anruf bei der Oberkommissarin angekündigt und außerdem die Hoffnung ausgesprochen, dass Pieter seinen Angreifer erkannt hatte, und zuvor hatte ich den Gentest erwähnt. Eines davon hatte Hanko fassungslos, ja fast wahnsinnig gemacht.

»Oh mein Gott«, stöhnte ich.

»Was ist?«, fragte Vock.

Ich sah ihn an. »Oh mein Gott.«

Zur selben Stunde – Lutz

Er hatte den BMW zur Autovermietung nach Oldenburg zurückgebracht. Es war ihm schwergefallen, beinahe so, als hätte er seinen letzten Freund verloren. Obwohl er den Wagen nur eineinhalb Wochen angemietet hatte, war ihm der Gedanke unerträglich, dass nun irgendein anderer damit herumfahren und protzen würde.

Den Weg zum Bahnhof ging er zu Fuß, obwohl es ein schwülheißer Tag und sein Anzug fast durchgeschwitzt war. Ein Taxi war nicht mehr drin. In seinem Portemonnaie von Dolce & Gabbana befanden sich noch ein Zehner und ein

Fünfer sowie ein paar kleinere Münzen – das war alles. Seine gesamte Habe. Mehr war nicht übrig von seinem Leben.

Er war so in Gedanken versunken, dass ihn beinahe ein Lieferwagen an der roten Fußgängerampel überfahren hätte. Der Fahrer beschimpfte ihn, woraufhin er den Fahrer einen Idioten nannte, es wurde gehupt und ein Mittelfinger in die Höhe gestreckt, dann trennten sich ihre Wege wieder.

Nach wenigen Metern warf er sich das Sakko über die Schulter, schob die andere Hand in die Hosentasche und schlenderte lässig den Bürgersteig entlang. Fast jeder, der ihn beobachtet hätte, würde ihn für einen erfolgreichen, stilbewussten Mann halten, für einen Juwelier vielleicht oder den Filialleiter einer Bank. Den wenigsten würde auffallen, dass der Anzug an den Ellenbogen bereits ein wenig abgenutzt war, dass die Schuhe nur teuer aussahen und Lutz keine Uhr trug. Ähnlich wie der BMW verschwanden seit einiger Zeit die Dinge aus seinem Leben. Sie landeten in Päckchen, in denen er sie an jene Leute schickte, die sie im Internet erstanden hatten, oder bei einem Pfandleiher in Lübeck. Sofern sie ihm nicht der Mann seiner Mutter stahl, wie etwa die Manschettenknöpfe, die Lutz einst als »Mann des Monats« in Singapur erhalten hatte und die inzwischen sicherlich in Bier, Zigaretten und Kartoffelchips eingetauscht worden waren.

Hatte ihn früher jemand nach seiner Mutter gefragt, lautete seine Antwort stets, dass sie schon seit langer Zeit tot sei. Oh, das tut mir leid, lautete die gängige Standardreaktion, und sein Standardgedanke dazu war stets gewesen: Wäre es doch bloß so. In Kindertagen, als er vierzig Wochen im Jahr bei seinem Vater lebte, hatte er sich in seiner Fantasie eine

Mutter konstruiert. Sie war eine elegante Erscheinung, sprach mehrere Sprachen und hatte ein sanftes Wesen. Sie lächelte mild, lachte niemals laut, rauchte nicht und trank höchstens ab und zu ein Glas Champagner. Sie war brünett, bevorzugte dezente Kleidung und hörte gerne Opern außer die von Verdi und Puccini, die ihr zu tragisch waren. Wenn er dann in den Ferien die Frau besuchte, die ihn tatsächlich geboren hatte, staunte er jedes Mal aufs Neue darüber, wie sein Vater sie hatte heiraten können und nicht die Frau, die er sich ausgedacht hatte.

Am Bahnhof angekommen, zog er ein Ticket und belegte den letzten freien Sitzplatz. Es war einiges los auf dem Bahnsteig, viele Berufspendler, dazu ein paar Schüler. Als Kind auf Fehmarn, war Lutz nie mit dem Zug nach Oldenburg oder Lübeck gefahren, sondern immer mit dem Taxi. Zusätzlich zu den einhundert D-Mark Taschengeld pro Woche hatte sein Vater ihm stets noch fünfhundert Mark Urlaubsgeld mitgegeben, das er mit vollen Händen ausgegeben hatte, meist für nutzlose Dinge. Regelrecht überschüttet worden war er mit Geld.

Eine Stimme aus dem Lautsprecher kündigte die Einfahrt der »Vogelfluglinie« an, das war der Zug über Burg nach Puttgarden.

Bei dem Wort zuckte Lutz zusammen und musste dann lächeln: Vogelfluglinie. Das war wirklich passend.

Während seiner Kindheit hatte ihn sein Vater nicht nur mit Moneten, sondern auch mit Parolen zugeballert, was alles möglich sei und wie man es erreichen könne. Sein alter Herr hatte ihm all die Jahre gewissermaßen eingetrichtert, dass er fliegen könne, um ihn nach dem BWL-Studium mit vierundzwanzig am Schlafittchen zu packen, aus dem Fenster des Penthouse zu halten und loszulassen. Von da an war Lutz auf sich gestellt. Sein Vater kümmerte sich nur noch um seine jüngeren Kinder von den Ehefrauen zwei bis vier, und der Kontakt zu ihm brach fast völlig ab. Fand er doch einmal statt, war er lieblos und unpersönlich.

Lutz fand einen guten Job, und was noch wichtiger war: Er fand Chefs, die ihn förderten und ihm ebenfalls sagten, dass er zaubern und fliegen könne. Er glaubte ihnen, wie schon seinem Vater. Als er einmal Mist baute, packten sie ihn am Schlafittchen, hielten ihn aus dem Fenster, lösten den Griff… Und er stellte bestürzt fest, dass er weder ein Zauberer noch ein Vogel war, sondern ein Mondsüchtiger, ein Schlafwandler auf dem Dach, ohne den geringsten Flugmuskel.

Ganz unten ist es verdammt einsam, dachte er. Vielleicht war er deshalb nach Fehmarn gegangen und nicht nur, weil er dort einen Schlafplatz im Bügelzimmer seiner Mutter bekam. Er war dort als Kind stets willkommen gewesen. Gut, vielleicht hatte er die Jungen und Mädchen von der Insel manchmal von oben herab behandelt. Gut, vielleicht hatten sie ihn nicht besonders gemocht. Aber sie hatten ihn akzeptiert. Niemand hatte ihn fallen lassen.

Die Geschichte vom Sabbatjahr war im Grunde die Fortsetzung der Illusionen, die er schon sein ganzes Leben lang errichtete. Er hatte Schulden und war geächtet, das war die ungeschminkte Wahrheit, und ohne Kontakte ließ sie sich nicht korrigieren. Er war, wie man das in seinen Kreisen nannte, in der Hölle festgefroren. Der Fehmarn-Deal war seine letzte

Chance gewesen, ihr zu entkommen, eine heruntergelassene Strickleiter des Himmels. Er war so nah dran gewesen …

Dann war alles schiefgegangen. Zuerst Jan-Arne, der beim Schnüffeln für eine ganz andere Story auf den bevorstehenden Deal gestoßen war und ihn öffentlich machen wollte. Lutz hatte ihn noch nie leiden können, diesen linksalternativen, Gitarre spielenden Moralisten, der Geld verachtete und als Kind nicht mal für zehn D-Mark bereit gewesen war, Lutz die Schuhe zuzubinden. Na gut, das mit den Schuhen war übertrieben gewesen. Aber Jan-Arne hatte eben schon immer etwas gegen ihn gehabt, weshalb Lutz sich irgendwann dazu hatte hinreißen lassen, bei dem Geheimnisspiel jenen Zettel zu schreiben, auf dem stand, dass er jemanden, nämlich Jan-Arne, eines Tages in die Pfanne hauen würde. Verrückt, dass es nun genau andersherum gekommen war. Doch nicht nur Jan-Arne, auch Maren hatte sich quergestellt, bloß um Hanko eins auszuwischen. Doro mischte sich auf einmal auch noch ein, ebenso Annemie und Pieter. Als hätten sie sich alle gegen ihn verschworen und wollten ihn, der schon die oberste Sprosse berührte, in die Hölle zurückstoßen.

»Okay, das war's«, murmelte er, stand auf, drängelte sich an den Wartenden auf dem Bahnsteig vorbei und warf sich vor den einfahrenden Zug.

11

Pieter saß fast aufrecht im Bett und daddelte auf seinem Handy herum, als ich eintrat. Allerdings war es nicht dem Zufall geschuldet, dass wir allein waren, obwohl noch drei weitere Betten im Raum standen. Der Polizist, der vor der Zimmertür Wache stand, war der Beweis, dass man Pieter als bedroht einstufte und die anderen Patienten weder verunsichern noch in Gefahr bringen wollte.

»Schön, dich zu sehen«, hauchte er wie eine erfahrene Whiskydrossel.

»Mit der Stimme kannst du eine Karriere als Rockstar starten«, sagte ich. »Sonst geht es dir gut?«

Er nickte und ergriff meine Hand. »Danke, Doro.«

»Wie Yim sagen würde, wenn er jetzt hier wäre: Da nicht für.«

Der Druck seiner Finger verstärkte sich, und seine Augen strahlten mich einen Moment lang an, bevor er die Berührung löste.

»Bekommen die Ärzte deine Stimme wieder hin?«, fragte ich.

»Ich werde heute Abend schon entlassen, soll aber noch ein, zwei Wochen möglichst wenig reden.«

»Das dürfte dir ja nicht schwerfallen«, witzelte ich und ließ den Blick kurz durch das steril-nüchterne Krankenzimmer schweifen.

Er legte das Handy beiseite, faltete die Hände im Schoß und senkte den Blick. Eine Weile unterhielten wir uns darüber, wie Janine mit der Situation umging. Sie hatte keinen Urlaub bekommen, um Pieter besuchen zu können. Krankmachen sei nicht ihr Ding, erklärte er mir stolz und fügte hinzu, dass sie sehr besorgt um ihn sei.

Als wir den Smalltalk einvernehmlich beendeten und eine Weile schwiegen, war uns beiden bewusst, dass ein paar unangenehme Dinge angesprochen werden mussten.

»Pieter, du weißt, was ich dich als Nächstes fragen werde?«

Sein Blinzeln war die Bestätigung. Wieder versank er in den Anblick seiner Hände und ließ sich viel Zeit mit der Antwort.

»Ich weiß nicht, wer es war«, flüsterte er, sah mich flüchtig an und fügte dann hinzu: »Wirklich nicht.«

»In Ordnung, ich glaube dir. Aber du weißt, warum?«, hakte ich nach.

»Ich habe Lutz und Hanko ein Geschäft vermiest, weil ich meine Einwilligung zurückgenommen habe, ihnen das geerbte Land zu verkaufen. Janine und ich wollen den Hof bewirtschaften.«

Ich sah ihm in die Augen, und es war wie damals, als er und ich die Gedanken des jeweils anderen zu lesen vermochten.

»Da ist definitiv noch etwas anderes, oder?«

»Das ist nicht so leicht«, flüsterte er.

»Was genau ist nicht so leicht?«

Er zögerte. »Die Wahrheit.«

»Nun gut, aber die einzige Alternative, die die Menschheit bisher dazu gefunden hat, ist die Lüge. Und auf lange Sicht sind Lügen noch viel schwerer zu tragen als die Wahrheit.«

Wieder sah er mich an, traurig, verletzlich und dankbar, wie jemand, der etwas erhielt, um das er gebettelt hatte. Auf einmal kamen mir die dreißig Jahre, die seit den Fehmarner Zeiten vergangen waren, wie ein einziger Tag vor. Mir war, als wäre es gestern gewesen, dass er mich so angesehen hatte, etwa wenn wir eine Nachhilfestunde erfolgreich beendeten, wenn ich ihm aus der *Schatzinsel* vorlas oder ihn gegenüber irgendeinem Rüpel mit einer schlagfertigen Bemerkung verteidigte. Je länger ich über den jungen Pieter nachdachte, desto mehr kam es mir vor, als wäre er auf eine tiefgründige Art unglücklich gewesen, irgendwie unzufrieden mit sich selbst, weil er so schüchtern, gehemmt und langsam im Denken war. Als Einzige hatte ich damals diesen vermeintlichen Schwächen etwas Positives abgewonnen, nur deshalb waren wir so gute Freunde geworden. Es musste ihn ungemein getroffen haben, dass ich unseren Pakt so mir nichts, dir nichts hatte auslaufen lassen.

»Ich habe über uns nachgedacht«, begann ich und gewann damit sofort seine Aufmerksamkeit. »Findest du nicht auch, dass wir in den gemeinsamen Sommern von früher wie Bruder und Schwester waren? So empfinde ich es zumindest. Oder war es bei dir mehr, besser gesagt, war deine Liebe …? Na ja … begehrlicher?«

Er schmunzelte und wirkte dabei erneut so unbeholfen, so unschuldig verlegen, dass ich mich unwillkürlich an den Jungen von damals erinnerte.

»Das Wort habe ich schon lange nicht mehr gehört. Vielleicht in einem alten Film oder so.«

Er streckte die Hand aus, und kurz sah es so aus, als wollte er meine Wange streicheln. Doch Pieter wäre nicht Pieter, wenn er es getan hätte. Stattdessen sank die Hand zurück in seinen Schoß, als wäre ihr die Puste ausgegangen.

»Nein, du hast das schön beschrieben. Wie Bruder und Schwester. Ich glaube, so war es.«

»Wenn ich aufmerksamer gewesen wäre«, sagte ich. »Wenn ich mutiger gewesen wäre … Ich hätte einen lieben Bruder in meinem Leben brauchen können.«

»Und ich eine liebe Freundin. Das hätte mir viel bedeutet«, sagte er mit fester Stimme.

»Du hast mir nie geschrieben.«

»Ich hatte es ein paarmal vor, aber auf dem Hof war immer so viel zu tun. Später dann die Tischlerlehre. Außerdem schreibe ich nicht gerne.«

»Zum Schluss hattest du eine Eins in Deutsch«, erinnerte ich ihn.

»Außerdem wusste ich, dass Jan-Arne an dir dran ist.«

»Woher?«

»Bevor ich ins Wendland ging, habe ich ihm Tschüss gesagt. Er war ein feiner Kerl, der Beste von uns allen.«

»Das war er.«

»Da hat er mir erzählt, dass er dir einen Liebesbrief geschrieben hat.«

»Das hat er erzählt?« Ich war bass erstaunt.

»So ziemlich jedem von uns. Ich habe ihn oft um sein Selbstbewusstsein beneidet, vor allem weil es total natürlich war und nicht so aufgeblasen wie das von Hanko. Jedenfalls hat er von dir keine Antwort bekommen, und da habe auch ich den Mut verloren. Ich dachte, wenn mir dasselbe passiert wie Jan-Arne, geht die Welt unter.«

»Meine Mutter hat Jan-Arnes Briefe abgefangen und vernichtet.«

»Oh. Das solltest du klarstellen, bevor du abfährst. Das Letzte, was Jan-Arne mir damals zum Abschied sagte, war, dass seine Mutter stinksauer auf dich ist. Rede mit ihr.«

Ich dankte ihm für den Rat. Diese Begegnung verlief viel unbefangener als unsere letzte ein paar Tage zuvor. Für seine Verhältnisse war Pieter geradezu aufgekratzt. Es mochte damit zusammenhängen, dass er dem Tod noch mal von der Schippe gesprungen war. Oft machen Menschen nach so einem Erlebnis erst einmal dicht, doch da genau das Pieters Normalzustand war, verhielt es sich bei ihm vielleicht entgegengesetzt.

»Lass uns weiterhin so offen zueinander sein«, bat ich ihn. »Der Ich-liebe-jemanden-Zettel vom Geheimnisspiel stammt nicht von dir, wie du behauptet hast. Der war von Jan-Arne, nicht wahr?«

Nach einigem Zögern nickte Pieter. »Auf jeden Fall war er nicht von mir«, gestand er. »Tut mir leid, dass ich dich angelogen habe.«

»Ich habe eine Ahnung, warum du es getan hast. Wenn ich es richtig überblicke, bleibt nur ein Zettel übrig, den du geschrieben haben kannst.«

Er begann, mit Daumen und Zeigefinger der rechten Hand an der Handfläche der linken herumzupulen, wie immer, wenn er nervös oder verlegen war.

»Du weißt, wer den Bolenda umgebracht hat.«

Ohne mich anzusehen, nickte er.

»Hast du es der Kommissarin erzählt?«

Ohne mich anzusehen, schüttelte er den Kopf.

»Warum nicht? Hast du etwas Strafbares getan?«

Ohne mich anzusehen, zuckte er mit den Schultern. »Ich weiß es nicht.«

So kam ich nicht weiter. Mehr und mehr verfiel Pieter in sein früheres Muster, im weiten Bogen um die Dinge »herumzuschweigen«, wie ich es nannte. Ich musste ihn ein bisschen unter Druck setzen und zugleich seine Freundin bleiben.

»Also, ich werde diesen Raum nicht verlassen, ohne dass du mir sagst, was du über den Tod vom Bolenda weißt. Schlimm genug, dass ich dich halbtot in meinen Armen gehalten habe. Ich möchte nicht auch noch an deinem Grab stehen. Zumindest das bist du mir schuldig.«

Er griff nach der Tasse mit dem kalten Kamillentee, in der ein Strohhalm steckte, und nuckelte gedankenversunken daran. Als ich schon dachte, er würde nie wieder ein Wort sprechen, begann er zu erzählen und stellte mir als Erstes eine Frage.

»Wusstest du, dass ich als Junge mit André befreundet war?«

»Mit André Bolenda? Nein. Er war zehn Jahre älter als du.«

»Na und?«

Das war die passende Gegenfrage. Vom Altersunterschied abgesehen, hatten die beiden bei näherer Betrachtung viel gemeinsam gehabt. Jeder auf seine Weise, fielen sie aus der Rolle, waren Einzelgänger. Hier der kontaktscheue, verdruckste Pieter, den viele belächelten. Dort der Inselvagabund André Bolenda, ein wandelndes Geheimnis, der nicht wenige Menschen allein durch sein Auftreten nervös machte, obwohl ihm keine einzige Straftat, ja noch nicht einmal eine verwerfliche Handlungsweise vorgehalten werden konnte. Es sei denn, man würde eine ungewöhnliche Existenz bereits als anrüchig ansehen. So wie ich die Lage einschätzte, waren sie beide einsam gewesen, weil die Welt mit ihnen nicht umgehen konnte, und hatten sich ihre eigenen Welten geschaffen. Der Ältere eine innere, die für ihn nicht weniger real war als jene, durch die sein Körper sich bewegte, und der Jüngere, indem er sein Zuhause und das für ihn vorgegebene Leben verlassen und sich als tischlernder Eremit ins Wendland verzogen hatte.

»Ich war zehn Jahre alt und André zwanzig, als er mitten durchs Kornfeld spazierte, direkt auf mich zu«, flüsterte Pieter mit brüchiger Stimme. »Es war Spätsommer, kurz vor der Ernte. Die Gerste stand so hoch, dass sie mir bis zum Scheitel reichte, also duckte ich mich. Angst hatte ich nicht, aber er war mir irgendwie unheimlich. Zu der Zeit war mir fast jeder Fremde unheimlich, und fremd waren alle, die nicht innerhalb unseres Gartenzauns lebten. Kurz darauf stand er vor mir, sah auf mich hinunter und ich zu ihm hinauf. Er grinste breit, breitete die Arme aus und ließ sich rücklings ins Korn fallen, einfach so, wie ein Clown. Ich mochte ihn sofort, weil er etwas für mich getan hatte. Er wollte mich aufmuntern, und das war ihm gelungen.«

»Wieso hast du mir das nie erzählt?«

»Ich glaube, ich wollte meine Freundschaft zu ihm nicht

teilen. Immerhin musste ich dich schon mit den anderen aus der Clique teilen. Nur meine Mutter wusste, dass ich mich ab und zu mit André traf. Hätte mein Vater davon erfahren, er hätte mir eins hinter die Löffel gegeben. Eher zwei oder drei.«

»Was habt ihr denn so gemeinsam unternommen?« Ich war wirklich neugierig.

»Manchmal habe ich ihn wochenlang nicht gesehen. Irgendwann tauchte er dann einfach auf, meist, wenn er sicher sein konnte, dass ich allein war. Zusammen zogen wir los.«

Pieter schilderte mir, wie der Bolenda ihm eine ganz neue Welt gezeigt hatte. Eine Welt, die ihn seit seiner Geburt schon umgab und die er trotzdem – wie die meisten Menschen – nur sehr oberflächlich wahrnahm. Zwei Stunden lagen sie in der Nähe eines Fuchsbaus schweigend auf der Lauer, bevor die Fähe mit den Jungen erschien. Sie beobachteten einen Ameisenhaufen, das Entstehen einer Quellwolke oder den Jagderfolg eines Eisvogels. Zeit spielte dabei nie eine Rolle. Der Bolenda malte ein Bild vom nördlichen Binnensee, wobei er nur Farben verwendete, die er selbst aus Spinat, Löwenzahn oder Nussschalen hergestellt hatte. Pieter sah ihm oft stundenlang dabei zu. Sie sammelten Wiesenkräuter, aus denen der Bolenda einen Tee kochte. Pieter revanchierte sich, indem er dem deutlich älteren Freund das Schwimmen beibrachte.

»Es war eine gute Zeit, eigentlich die beste meines Lebens«, beendete Pieter die Auflistung der gemeinsamen Unternehmungen.

Mir war es unangenehm, die fast lyrischen Erinnerungen durch eine prosaische Frage zu stören.

»Aber dann ist etwas geschehen«, sagte ich. »Was?«

Pieter sog an dem Strohhalm, bevor er seufzte und den Kopf schüttelte. Er stellt den Becher weg und richtete sich noch ein wenig mehr im Bett auf.

»Das Ungeheuer ist in Andrés Leben getreten.«

Ich erwartete, dass er weitersprach, erinnerte mich dann jedoch daran, dass man das von Pieter nicht erwarten durfte. Daher ließ ich ihm die Zeit, die er brauchte, um seine Gedanken zu sortieren und sie in die passenden Worte zu kleiden. Allerdings war mir da bereits aufgefallen, dass er deutlich mehr redete als jemals sonst, und das, obwohl ihm die Kehle brannte.

»André hat damals mit seiner Mutter in dem alten Haus gewohnt«, sagte Pieter schließlich.

»Das später Maren gehört hat.«

»Ja. Eines Tages, als seine Mutter nicht da war und er ein paar Arbeiten im Freien erledigte, spürte er mit einem Mal, dass noch jemand in der Nähe war. Er warf einen Blick über die Schulter …«

Pieter schluckte, und ich auch.

»Weißt du, Doro, er hat mir die Szene später haarklein beschrieben. So war er. Er konnte über einen winzigen Augenblick tausend Worte verlieren.«

»Wen hat er gesehen?«

»Ein Mädchen. Kannst du bitte nach der Schwester klingeln, ich brauche einen frischen heißen Tee.«

Ich kam der Bitte nach und sah ihn gleich danach auf eine Weise an, die ihn unmissverständlich aufforderte, das Ganze nicht so spannend zu machen.

»Es war die Art, wie sie sich über den Lattenzaun gelehnt hat, die Arme locker übereinander, das Kinn auf den Händen, ein Bein auf der unteren Latte. Sie trug einen knielangen Rock und lächelte ihn an, aber nicht so, wie Mädchen in dem Alter normalerweise lächeln, sondern viel erwachsener, irgendwie zweideutig.«

»Willst du mir damit sagen, dass der Bolenda sich in das Mädchen verknallt hat?«

»Er hat mir geschworen, dass nichts passiert ist. Aber er … er war von ihr fasziniert. Du musst das verstehen, Doro, er hat vorher noch nie … Er hatte nie eine Freundin. ›Es waren ihre Augen‹, hat er immer wieder zu mir gesagt. ›Es waren ihre Augen.‹«

Pieter sprach jetzt schneller. Man merkte, wie sehr er darum bemüht war, seinen früheren Freund nicht in schlechtes Licht zu rücken.

»André hat sie nicht angerührt. Er hätte es mir gesagt, wenn es anders gewesen wäre. Und dieses Mädchen wusste das genau. Sie hat ihn sich ausgesucht, ganz gezielt, um etwas zu tun, etwas Böses. Sie hat ihn um einen Gefallen gebeten, und er konnte nicht Nein sagen, denn ihn hatte noch nie jemand um einen Gefallen gebeten, schon gar nicht so ein hübsches Mädchen. Und von jetzt auf gleich steckte er mittendrin in der Scheiße.«

»Was war das für ein Gefallen?«

Die Schwester kam und nahm seine Bitte nach einem weiteren Tee entgegen. Bevor sie wieder ging, ermahnte sie mich, dass Pieter nicht viel sprechen dürfe. Ich log sie an und behauptete, dass ich die meiste Zeit redete.

»Aber nur noch zehn Minuten«, raunte sie.

»Pieter, wir haben nicht mehr viel Zeit«, sagte ich, nachdem die Schwester gegangen war. »Was war das für ein Gefallen?«

»Sie hat ihn gebeten, einen großen Stein in einen Handkarren zu hieven. Dann machte sie mit ihm für den nächsten Tag eine Uhrzeit und einen Treffpunkt aus, wo er ihr helfen sollte, den Stein abzuladen.«

»Neunzehnhundertachtundachtzig«, sagte ich. »Eine Autobahnbrücke.«

»Ja, genau.«

»Und das Mädchen war Poppy.«

Er stutzte. »Woher …?«

Die Schwester brachte den Tee, und während sie die Becher austauschte, ordnete ich die Neuigkeiten. Enie Fennweck hatte mir erzählt, dass Poppy vor einigen Jahren auf dem Hof erschienen war und in derselben Pose, mit der sie als frühreifes Mädchen den Bolenda bezirzt hatte, auf einen ihrer Söhne gewartet hatte.

Als wir wieder alleine waren, fragte ich: »Poppy hat den Bolenda also dazu überredet, den Stein auf die Brücke zu transportieren?«

Pieter nickte traurig.

»Ihn auf das Geländer zu heben?«

Pieter nickte.

»Und dann mit ihm zusammen den Stein …«

»Er hat das nicht verstanden, er hat es erst kapiert, als der Stein auf dem Auto aufschlug«, sagte Pieter mit zitternder Stimme. Tränen standen in seinen Augen, als er flüsterte: »André war danach völlig fertig. Zwei Monate lang ist er nicht mehr zu mir gekommen, und ich wusste nicht, was los war. Bis ich eines Tages die Schule schwänzte und zu seinem Haus ging. Ich merkte sofort, dass etwas nicht stimmte. Er war völlig verändert, überhaupt nicht mehr fröhlich. Er lief sogar vor mir weg. Eine ganze Woche lang suchte ich ihn, bis mein Alter herausfand, was ich da treibe, und mir Hausarrest aufbrummte. Dass ich die Schule schwänzte, war ihm egal. Er sagte immer: ›Hauptsache, du kannst rechnen, weil ein Bauer, der nicht rechnen kann, wie ein Seemann ist, der nicht schwimmen kann.‹ Aber dass ich meine Freizeit mit einem Kopfkrüppel verbrachte … So hat er André genannt. Kopfkrüppel. Dabei hatte er nur eine andere Art, die Dinge zu sehen. Er war nicht dümmer als du und ich. Er war einfach anders. Nein, eigentlich war er woanders.«

»Wann hast du erfahren, was passiert ist?«

»Zwei Monate später. André stand plötzlich auf dem Feld neben dem Traktor, mit dem ich Saat ausbrachte. ›Steig auf‹, sagte ich zu ihm, da setzte er sich neben mich und erzählte mir alles, während die Maschine einen Höllenlärm machte. Er glaubte wohl, dass, wenn nur ich die Schande hörte, nicht aber der Wind …«

Pieter begann zu weinen. Es bedurfte keiner weiteren Nachfrage, um zu verstehen, wie sehr er an seinem Freund gehangen hatte. Seinem einzigen Freund außer mir.

Natürlich nahm Pieter dem Bolenda weder den Steinwurf übel noch sein anschließendes Schweigen über die Tat. Welcher Polizist hätte schon geglaubt, dass ein kleines Mädchen an der Tat beteiligt gewesen war, sie sogar initiiert hatte? Wer hätte André Bolenda, den jedermann als Spinner bezeichnete, denn zugebilligt, verführt worden zu sein? Mit Sicherheit wäre er ins Gefängnis oder in eine Nervenheilanstalt gewandert, wer weiß für wie viele Jahre. Verständlich, dass der junge Pieter das Geheimnis für sich behalten hatte.

Bis zum Tag des Geheimnisspiels.

»Wie hast du es all die Jahre ertragen, Poppy zu begegnen?«, fragte ich.

»Ich habe sie ja nur in den sechs Wochen im Sommer gesehen, wenn du da warst. Es war schwer, aber ... du hast so viel Zeit mit ihr und den anderen verbracht und so wenig mit mir allein, da habe ich es eben in Kauf genommen.«

»Und ich Idiotin habe dich auch noch genötigt, mit uns herumzuziehen.«

»Du wusstest es ja nicht. Niemand wusste es, nicht mal Poppy.«

»Sie hat nicht herausgefunden, dass du über alles im Bild bist? Vielleicht hat sie es an deinem reservierten Verhalten ihr gegenüber abgelesen?«

Er wischte sich die Tränen von den Wangen und lächelte sogar ein bisschen, als er erwiderte: »Wem gegenüber habe ich mich denn nicht reserviert verhalten?«

Ich gab ihm Recht und gleich darauf ein Taschentuch.

»In ein paar Minuten wird die Schwester mich rauswerfen. Daher schnell noch eine letzte Frage.«

Er nickte. »Den Zettel habe natürlich ich geschrieben. Ich war betrunken, und es musste irgendwie raus.«

»Das ist mir klar, nur ... Wen hast du damals nun eigentlich beschuldigt? Ich meine, du hast ja nicht geschrieben, dass du weißt, wer damals den Stein von der Brücke geworfen und zwei Menschen umgebracht hat. Du hast dich auf Bolendas Ermordung bezogen.«

»Es ist doch sonnenklar, dass sie ihn ermordet hat.«

»Poppy?«

»Natürlich Poppy«, sagte er fast ärgerlich.

»Erstens: wieso? Und zweitens: wie?«

»Was meinst du damit?«

»Drei Jahre vergehen, über den Steinwurf redet kein Mensch mehr, und die Polizei hat den Fall längst zu den Akten gelegt. Wieso sollte Poppy den Mann umbringen, der ihr damals geholfen hat?«

Pieter bekam bei der Frage fast Schnappatmung, und ich bat ihn, sich zu beruhigen und einen Schluck Tee zu trinken, was er beides tat. Es nahm ihn sichtlich mit, auch nach so langer Zeit noch. So viele Jahre waren vergangen, in denen er das Geheimnis mit sich herumgeschleppt hatte, die Bürde, von der Tat zu wissen, und die noch größere Bürde, sein Wissen nie preisgegeben zu haben.

Warum eigentlich? Das war eine spannende Frage, die ich ihm auch noch stellen musste.

»Poppy hat noch einmal etwas von André verlangt«, erklärte Pieter. »Die ganze Szene wiederholte sich. Sie kam bei ihm zu Hause vorbei und lehnte wieder am Zaun, noch kesser als drei Jahre vorher. Wenn er ihr nicht noch mal helfen würde, dann ginge sie zur Polizei und würde wegen des Steinwurfs auspacken, drohte sie ihm. Er kam danach gleich zu mir und sagte, dass er ihr nicht noch einmal helfen wolle. Er sagte auch, dass sie abgrundtief böse sei. Ich werde das nie vergessen. Er hat sie ein bildschönes Monster genannt, das er liebe und hasse. Genau das waren seine Worte. Ich glaube, er wollte dem ein Ende machen, jedenfalls hat er so etwas angedeutet. Zwei Tage später war er tot.«

»Wobei hätte er ihr denn helfen sollen?«

»Das hat er mir nicht erzählt. Ich habe aber auch nicht danach gefragt. Ich habe ihn nie etwas gefragt, was er nicht von sich aus preisgeben wollte.«

»Na schön, aber nach seinem Tod hast du nichts gegen das bildschöne Monster unternommen, obwohl du vermutet hast, dass Poppy dahintersteckte.«

»Was hätte ich denn tun sollen? Etwa zur Polizei gehen und behaupten, dass sie was damit zu tun hatte? Denen erklären, ich hätte das von André, dem toten André, dem bekloppten André? Ich hatte keinen einzigen Beweis. Alles nur Gerede von einem Vagabunden, den die Behörden sowieso auf dem Kieker hatten. Und was, wenn Poppy von meinen Anschuldigungen erfahren hätte? Wäre ich dann der Nächste gewesen? Nicht dass ich Angst vor ihr gehabt hätte, so schwach und hilflos war ich nun auch wieder nicht.«

»Aber?«

»Dir ist bestimmt schon aufgefallen, dass an meiner Geschichte etwas unlogisch ist.«

Ich nickte. Als der fünfundzwanzigjährige und nicht gerade kraftlose Bolenda damals gefesselt, gequält und ertränkt wurde, war Poppy ein fünfzehn Jahre altes Mädchen gewesen, mit Oberarmen wie Bambusstöcken. Selbst Jahre später in der Polizeischule war sie nicht in der Lage gewesen, sich an einem Seil hochzuziehen. Unter keinen Umständen hätte sie den Bolenda alleine bezwingen können.

»Da ist noch jemand im Spiel. Hast du eine Ahnung, wer?«, hakte ich nach.

Pieter verneinte.

»Hast du nach deiner Ankunft auf der Insel mit irgendjemandem über all das gesprochen? Oder eine Andeutung gemacht?«

Pieter verneinte erneut. »Na ja«, schränkte er ein. »Jan-Arne ist zur Beerdigung meiner Mutter gekommen. Er wollte meine Handynummer, und mir war sofort klar, was er vorhatte. Ich gebe zu, ich war ein bisschen besorgt, weil ich mir nicht sicher war, ob ich dichthalten würde.«

»Wozu denn noch dichthalten?«, fragte ich ihn leicht ungehalten. »Wieso hast du der Kommissarin nicht erzählt, was du eben mir gesagt hast? Du bist ein wichtiger Zeuge, du hast von staatlicher Seite nichts zu befürchten. Außerdem ist Poppy tot.«

»Ja, eben!«, rief er.

Plötzlich verstand ich. Pieter hatte für den Abend von Poppys Tod kein Alibi. Er hatte seine Teilnahme an dem Treffen in der Pizzeria kurzfristig abgesagt, vermutlich weil er erfahren hatte, dass Poppy kommen wollte. Seine Verlobte war abgereist, mit seiner Schwester verstand er sich nicht sonderlich gut, also hatte er den Abend allein verbracht. Einem wie ihm, der auf einem Bauernhof aufgewachsen und handwerklich begabt war, würde es nicht schwerfallen, ein Auto aufzubrechen, es kurzzuschließen und … Er wäre als Verdächtiger im Mordfall Poppy durchaus geeignet. Sogar ein Motiv hatte er: späte Rache für den Tod seines Freundes André Bolenda.

Ich konnte ihm daraus keinen Vorwurf stricken. Sobald er den Mund aufmachte, steckte er in der Klemme.

»Und du hast wirklich keine Ahnung, wer ihr Kumpan war? Vermutlich war es derselbe, der dich gestern überfallen hat.«

Wir wechselten einen langen Blick, bis er sagte: »Ich kann nur raten, und das will ich nicht.«

Während Vock mich nach Hause fuhr, ließ ich mir alles, was ich von Pieter erfahren hatte, noch einmal durch den Kopf gehen. Ich entdeckte keinen Fehler, keinen einzigen Widerspruch in der Geschichte. Dass er und André Bolenda befreundet gewesen waren, dass Poppy den Bolenda benutzt hatte und ihn später loswerden wollte – all das passte zusammen. Poppy war nicht diejenige, für die wir sie gehalten hatten, war es wohl nie gewesen. Jan-Arne hatte das in seinem Profil festgehalten, meine Freundin Ina es aufgegriffen. Poppy war die treibende Kraft hinter den Verbrechen, davon ging ich inzwischen aus. Der Steinwurf war das erste gewesen, ein unreifer Akt der Aggression, man könnte auch sagen des gewaltsamen Druckausgleichs. Sie hatte jemanden für die Tat benutzt, der ihr körperlich weit überlegen war, jemand, der vom Alter her fast ihr Vater hätte sein können, um ihn nur wenige Jahre später unter Zuhilfenahme einer weiteren Person zu beseitigen.

Nahtlos schloss sich ein weiterer Gedanke an. Einer Polizistin in Uniform würden Prostituierte durchaus den Rücken zukehren. In dem Fall würden sie keine Gefahr für Leib und Leben wittern, was bei Freiern eher wahrscheinlich war. Einzig für Marens Tod konnte Poppy nicht verantwortlich sein, da sie zur Tatzeit im Dienst war – und natürlich auch nicht für ihren eigenen.

Ja, Pieter hätte einen Grund, die Mittel und Gelegenheit gehabt, Poppy zu töten, und das bereitete mir Sorgen. Andererseits schleppte er sein Motiv seit bereits dreißig Jahren mit sich herum. Er hätte Poppy viel leichter vor fünf, fünfzehn oder fünfundzwanzig Jahren umbringen können, als er noch im Wendland wohnte. Und warum hätte er Maren etwas antun sollen?

Von jetzt an galt es, Poppys anonymen Helfer zu überführen, und vieles deutete auf Hanko hin. Dass sie ihn wegen seiner Herkunft in der Hand hatte, war in meinen Augen das geringste Argument. Weit bedeutsamer war Hankos Reaktion, als ich ihm Detlef Popp als seinen leiblichen Vater genannt hatte. Er war durchgedreht, und zwar aus gutem Grund, denn er hatte viele Jahre lang, ohne es zu wissen, mit seiner Halbschwester geschlafen.

Poppy hatte es geliebt, physisch starke Männer zu kontrollieren und zu benutzen, im Fall vom Bolenda mittels ihrer körperlichen Reize, im Fall ihres Ex-Mannes unter Ausnutzung seiner emotionalen Schwäche. Letztendlich hatte sie alle beide vernichtet. Dieser Logik folgend, hatte sie auch mit ihrem Liebhaber und Komplizen ein böses Spiel getrieben, vielleicht das grausamste von allen.

Ich sah es regelrecht vor mir.

Poppy verführt Hanko, als die beiden noch Teenager sind. Er ist genau ihr Typ. Vielleicht merkt sie anfangs nicht, warum sie auf ihn steht und dass er ihrem Vater ähnelt. Als der Bolenda seine Mittäterschaft bei dem Steinwurf offenlegen will, macht sie Hanko zu ihrem Komplizen bei einem Verbrechen. Gut möglich, dass er denkt, es gehe nur um eine Abreibung, und ehe er sich's versieht, steckt er mittendrin in einem Mord, so wie der Bolenda Jahre zuvor. Von nun an sind die beiden eine Schicksalsgemeinschaft, halten ihre Beziehung jedoch geheim. Als Poppy eines Tages herausfindet, dass Hanko der Sohn ihres Vaters ist, behält sie es für sich. Für sie, die ihren Vater im Grunde bestrafen und gleichzeitig von ihm geliebt werden will, ist das wie ein Geschenk des Himmels. Dass sie und Hanko sich Ehepartner suchen, ändert an ihrer Beziehung nichts. Wann immer Hanko versucht, sich von ihr zu lösen, führt sie ihr gemeinsames Verbrechen ins Feld.

Es bereitet Poppy das allergrößte sadistische Vergnügen, ihren Halbbruder zu gängeln und zugleich Sex mit ihm zu haben. Als wäre das der Farce noch nicht genug, treibt sie es auf die Spitze, indem sie Hanko noch enger an sich bindet. Sie tötet – sei es mit oder ohne sein Wissen – seine leibliche Mutter sowie deren Freundin und Vertraute.

Eines Tages, vor nicht allzu langer Zeit, wird Hanko ihrer überdrüssig. Natürlich könnte sie ihn plump erpressen und so in die Daueraffäre zurückzwingen, aber wo blieben da der Reiz und die Gefahr? Stattdessen verführt sie Thilo, spielt mit ihm in gewohnter Manier und bringt Hanko dadurch ins Schwitzen. Ein Wort von ihr zu Thilo im Hinblick auf Hankos Herkunft, und aus dem gegängelten Bruder wird der einzige Sohn und damit Erbe des reichen Fennweck-Hofes.

Ein weiterer Umstand kommt Poppy zu Hilfe: Jan-Arne

schnüffelt in Hankos Vergangenheit herum und kommt der Wahrheit gefährlich nahe. Daher müssen die beiden nach vielen Jahren einen weiteren gemeinsamen Mord begehen, und diesmal handelt auch Hanko in voller Absicht.

Von diesem Punkt an wurde meine Rekonstruktion der Ereignisse nebulöser. Es gab einfach zu viele Variablen. Warum war Jan-Arne in die Falle getappt? Und wem? Poppy hatte ein Alibi, nämlich Vock, und Hanko ebenfalls: seinen Bruder. Was war mit Maren? Wer hatte die Akten aus meinem Auto gestohlen? Hatte sich Hanko zu guter Letzt doch noch aus Poppys Krallen befreit, indem er sie tötete? Oder hatte sie Thilo abserviert, der sich daraufhin rächte?

Ich hatte zu wenige Fakten, um den Fall zu lösen, aber zu viele, um sie noch länger für mich zu behalten.

Mein Treffen mit Kommissarin Falk-Nemrodt stand zwar unmittelbar bevor, allerdings fielen mir bereits die Augen zu, und für schlaflose Nächte war ich einfach zu alt. Daher beschloss ich, die Verabredung auf den nächsten Vormittag zu verschieben, und schickte ihr eine Nachricht. Vielleicht hatte Yim ja noch etwas in Erfahrung gebracht, aber offen gestanden wollte ich eigentlich nur noch ins Bett und zwölf Stunden am Stück schlafen.

»Sind Sie weitergekommen?«, fragte Vock mich, während er den Wagen über die Landstraße steuerte.

»Ein gutes Stück. Zwar fehlen mir noch ein paar Puzzleteile, aber ich bin sicher, dass die Oberkommissarin den Fall auf Basis meiner Recherchen in den nächsten Tagen abschließen kann. Handschellen und Verhörräume bewirken manchmal Wunder.«

Ich döste eine Minute vor mich hin, genoss den Fahrtwind, der mir übers Gesicht strich, und den Duft der gemähten Wiesen.

Unvermittelt bog Vock scharf in einen Feldweg ein, der zwischen zwei Maisfeldern entlangführte. Die Pflanzen standen meterhoch, sodass wir binnen Sekunden abseits von allem waren.

Ich öffnete die Augen. »Was tun Sie da?«

Mein erster Gedanke war, er müsse wohl austreten.

Erst als er heftig auf die Bremse trat, den Motor abstellte und mich mit mahlenden Wangenknochen ansah, fiel bei mir der Groschen.

12

Yim hatte eine gute Nase, die ein Koch auch braucht, wenn er etwas auf sich hält. Darauf, Desillusionierung und Frustration zu riechen, war er zwar nicht explizit trainiert, dennoch schien beides dem Tankstellenpächter Marius Bertram ebenso zu entströmen wie die Rotweinfahne seinem Mund. Das Büro von Annemies Mann sah aus, als hätte er die Möbel in einem Sozialkaufhaus erstanden. Kein Stück passte zum anderen, und das völlige Fehlen persönlicher Gegenstände verstärkte die Abneigung noch, die Yim für diesen Raum und ein wenig auch für dessen Besitzer empfand.

Wenn ich hier sechzig Stunden in der Woche zubringen müsste, hätte ich wohl ebenfalls einen Weinvorrat in der Schreibtischschublade, dachte er.

Aber er wollte gerecht sein. Immerhin war er selbst schon einmal an dem Punkt gewesen, an dem Marius gerade stand: Midlifecrisis, berufliche Sackgasse, keine Kinder, kein Feuer mehr. Es hätte ihn genauso erwischen können, und dass es nicht passiert war, hatte er allein Doro zu verdanken. Sie hatte nicht nur zu ihm gehalten, sondern ihn immer und immer wieder spüren lassen, dass sein Traum vom perfekten Restaurant nur verschoben und nicht für alle Zeiten beerdigt war. Jedes seiner Angebote, den Beruf zu wechseln, hatte sie kategorisch zurückgewiesen. Durch Taten, nicht nur durch Worte, zeigte sie ihm jeden Tag, dass sie ihn liebte, und wie wenig selbstverständlich das war, stand ihm nun als lebendiges Beispiel gegenüber.

Marius trug noch die Kleidung von Marens Beerdigung am Vormittag, allerdings waren die Hemdsärmel unsauber nach oben geschoben, die Krawatte hing schief wie ein Galgenstrick, der Gürtel war zu lose und das Hemd an zwei Stellen herausgerutscht. Statt die Halbschuhe anzubehalten, wäre er besser mal auf Gummistiefel umgestiegen, und die Brille hätte er auch mal wieder putzen können. Der Rotweinfleck im Mundwinkel war da nur noch das berühmte i-Tüpfelchen.

»Setz dich doch«, sagte Marius. »Was kann ich für dich tun? Oder wolltest du nur mal schauen, wie eine Tankstelle von innen aussieht?«

Wenn Yim darauf etwas gesagt hätte wie: »Sehr beeindruckend«, hätte er vermutlich grinsen müssen und zudem nur Marius' Lust auf mehr Rotwein bestärkt. Er wollte sowieso nicht lange um den heißen Brei herumreden. Um den Kummerkasten für sein Gegenüber zu geben, kannte er den Mann nicht lange genug, und für Smalltalk blieb keine Zeit.

»Wie du vielleicht weißt, sucht Doro den Mörder von Jan-Arne.«

»Ja.«

»Und den von Maren.«

»Ja.«

»Und von Poppy.«

»Deswegen bist du hier?«

»Ja, genau. Ich könnte jetzt wie eine Kugel auf dem Roulettetisch dreißig Mal kreisen, bevor ich auf den Punkt komme. Doro würde vielleicht so vorgehen. Aber ich mache mir Sorgen um sie, ernsthafte Sorgen, und bevor es zu einem Showdown kommt, falle ich lieber mit der Tür ins Haus. Wie du weißt, hat Annemie in den letzten zehn Jahren vierzehn Erbschaften angetreten.«

»Ja, und?«

»Nicht mal die Kirche wird so häufig bedacht.«

»Was hat das mit mir zu tun?«, fragte Marius.

Yim hatte gerade angedeutet, dass die Todesfälle und die Anzahl von Annemies Erbschaften in einem Zusammenhang stehen könnten. Gewissermaßen hatte er sie als Mörderin ins Spiel gebracht, und ihr Mann fragte allen Ernstes, was das mit ihm zu tun habe.

»Sie war bei Jan-Arne, kurz bevor er starb. Bei Hedwig Kohlengruber, kurz bevor sie starb. Bei Maren, kurz bevor sie starb. Sie war bei den Popps …«

»Ja, und bei so ziemlich jeder beschissenen Seele hier auf der Insel, bevor sie ins Himmelreich aufgestiegen ist«, fiel ihm Marius gallig ins Wort. »Sie ist überall, verstehst du? Bei jedem, dem es irgendwie dreckig geht.« Er holte eine Rotweinflasche hervor, knackte den Schraubverschluss und füllte ein Wasserglas bis zum Rand. »Du sprichst von vierzehn Erbschaften? Warum fährt Annemie dann einen popeligen Clio, hm? Warum kann ich nicht mal eine Waschanlage bauen? Wieso leben wir auf zweiundsiebzig Quadratmetern? Warum fahren wir nie in den Urlaub? Weil meine Frau …«

Yim zuckte zurück, denn Marius war laut geworden. Er mäßigte seine Stimme und legte die frei werdende Aggressivität in den rechten Zeigefinger, mit dem er wieder und wieder auf die Tischplatte klopfte.

»Weil sie jeden verfluchten Euro, den sie erbt, an irgendwelche wohltätigen Organisationen spendet. Weil sie jede freie Minute an Kranke und Sterbende, Depressive und Behinderte verschenkt. An keiner verlausten Katze kann sie vorbeigehen, ohne ihr einen Napf mit Futter unter die Nase zu schieben. Sie hat immer einen Vorrat an Katzenfutter im Auto, das muss man sich mal vorstellen. Ist das normal? Nennst du das normal? Die beiden einzigen Lebewesen unter der Sonne, für die sie keinen Napf und auch sonst nichts übrighat, sind ihre Mutter und ich. Unser Abend neulich in der Pizzeria, ja! Das war der erste gottverdammte Abend seit neun Wochen, an dem wir mal wieder ausgegangen sind.«

Wieder war er laut geworden und mäßigte sich erneut, nur dass die Aggressivität diesmal in die Krawatte floss, die er sich vom Hals riss und in die Ecke schleuderte. Yim beobachtete ihn, ohne einen Ton zu sagen.

»Und jetzt erbt sie ein Grundstück, das ein Vermögen wert ist. Ein Vermögen! Und was macht meine Frau? Sie weigert sich, es zu verkaufen, weil sie es dieser abgetakelten hepatitischen Fregatte Maren versprochen hat. Einer Toten. Einer Toten mit fünfundzwanzig Piercing-Löchern in der Fresse. Die in ihrem Leben nichts, aber auch gar nichts hingekriegt hat.«

Yim sah zu, wie er das Wasserglas Rotwein in einem Zug leertrank und sich sogleich das nächste einschenkte.

»Ich lasse mich scheiden. So sieht's aus. Ich weiß es erst seit einer Stunde, du kommst also gerade recht, um mit mir zu feiern. Schluck Wein gefällig?«

Yim winkte ab.

»Auch gut.« Marius trank. »Da gibt es doch diesen … Zugewinn, oder wie das heißt. Annemie muss das Grundstück verkaufen, um mich auszuzahlen. Ist doch so, oder?«

»Ich kenne mich mit Scheidungen nicht aus«, sagte Yim so teilnahmslos wie möglich, um diesen Spinner nicht zu provozieren.

»Wenn wir kurz auf Jan-Arne zurückkommen könnten«, begann er, wurde aber unterbrochen.

»Jan-Arne, gutes Stichwort, das ist auch so eine Sache. Annemie hat diesem Penner über schwere Zeiten hinweggeholfen. Meinetwegen. Aber als es ihm besser ging, habe ich ihr gesagt, dass damit Schluss sein muss. Alten Weibern die Hand zu tätscheln ist das eine, aber zweimal in der Woche mit einem ledigen gleichaltrigen Mann Eiscreme zu schlecken … Rollstuhl hin oder her. In der Körpermitte scheint bei ihm noch alles funktioniert zu haben. Annemie hat mir versprochen, dass sie nicht mehr zu ihm geht, zu diesem miesen Arsch. Und dann erfahre ich zufällig …« Er senkte die Stimme und trank, ehe er noch mal bekräftigte: »Ich lasse mich scheiden und kassiere dieses Zugewinndingsda.«

Ein paar Minuten später war Yim wieder draußen und atmete gute Tankstellenluft. Was man als Aushilfsdetektiv so alles erlebt, dachte er und machte sich auf den Rückweg.

»Ich habe Sie angelogen«, sagte Vock.

Angespannt, beinahe verkrampft, saß er auf dem Fahrersitz und umklammerte mit beiden Händen fest das Lenkrad, so als müsse er sich daran festhalten, um nicht das Gleichgewicht zu verlieren. Die Ärmel hatte er bis zu den muskulösen Oberarmen hochgekrempelt. Ich weiß nicht warum, aber zum ersten Mal, seit ich ihm begegnet war, nahm ich ihn so richtig wahr. Wahrnehmen im Sinne von: über ihn nachdenken. Im Grunde wusste ich nur, dass er ein junger Polizist mit Blutphobie war, der das Pech gehabt hatte, mit einer, gelinde gesagt, ungewöhnlichen Kollegin Streife zu fahren. Mehr hatte ich über ihn bisher auch gar nicht wissen wollen.

Dabei interessiere ich mich grundsätzlich für die Verhaltensweisen von Menschen und bemühe mich stets, sie zu lesen, zu verstehen und zu interpretieren. Trotzdem tat ich dies bei den einen intensiver und bei den anderen nicht. Abgesehen davon, dass ich ihm ein paar Informationen hatte entlocken wollen, hatte ich Sandro Vock bisher ehrlicherweise als eher uninteressant eingestuft. Zunächst war er für mich ein unerfahrener, nicht sonderlich souverän auftretender Beamter gewesen, dem ich bei einem Problem helfen konnte, indem ich ihn an Ina Bartholdy vermittelte. Im Verlauf des gemeinsam verbrachten Tages war er als Persönlichkeit geradezu dahingeschmolzen wie Speiseeis in der Junisonne, und das, obwohl er als mein Beschützer agieren sollte. Mein Eindruck beruhte auf leidigen Kleinigkeiten: das ständige Herumdaddeln auf dem Handy, das virtuelle Indy-Car-Rennen, die kindische Angst, von der Oberkommissarin gesehen zu werden. Überdies trug er Flipflops. Ein Bodyguard in Flipflops, also ehrlich! Ernst nehmen konnte ich Sandro Vock nun wirklich nicht.

Das änderte sich schlagartig, seit wir auf dem Feldweg neben einer kaum befahrenen Landstraße zwischen zwei

Maisfeldern im Auto saßen und er mir, sichtlich erregt, eine Lüge gestand. Etwas an seinem Verhalten ließ mich an eine tickende Zeitbombe denken.

»Ich … fand es sehr nett von Ihnen, dass Sie mit Herrn Popp gesprochen haben«, sagte ich.

Natürlich passte diese Bemerkung überhaupt nicht zur Situation, aber ich wollte ihm unbedingt etwas Positives sagen, und mir fiel auf die Schnelle nichts anderes ein.

Er sah mich durchdringend an, doch ich war nicht in der Lage zu erkennen, ob er meine Absicht durchschaute.

Das machte mich nervös, und ich stammelte: »Ich glaube übrigens nicht … Ich meine, Ihre Kollegin hatte mit dem ganzen Schlamassel wahrscheinlich nichts zu tun. Damit will ich sagen, dass Poppy vielleicht eine komplizierte Person war, aber sie … war unschuldig.«

»Sie meinen die Morde?«, fragte er.

»Äh, ja … die Morde. Mein Besuch bei den Popps war eine Sackgasse.«

»Und das Foto?«

»Welches Foto?«

»Das Sie so interessiert hat.«

»Ach das … Ich …«

Sein Blick wurde noch ein bisschen durchdringender. »Sie haben es abfotografiert.«

»Nur um es meiner Mutter zu zeigen. Sie sammelt alte Porträtfotos und …«

Ich quatschte völligen Mist zusammen, während ich die Umgebung nach einem Fluchtweg absuchte – so diskret, wie das vom Beifahrersitz aus möglich war. Wenn ich jetzt ausstieg und losrannte, würde mich Sandro Vock nach zehn Schritten einholen. Einzig die Flucht ins Maisfeld versprach Rettung, wenn überhaupt.

Langsam streifte ich mir die Pumps von den Füßen.

»Und Poppy war Ihrer Meinung nach ...«, sagte er langsam.

»... absolut unbeteiligt«, vollendete ich den Satz, während ich die Hand unauffällig zum Türgriff schob.

»Das ist nicht Ihr Ernst.«

»Aber ja doch! Ich habe mich da in etwas verrannt.«

Just in dem Moment, als ich die Tür aufstoßen wollte, kam er mir zuvor. Er stieg aus, ging vorne um den Wagen herum und öffnete die Beifahrertür. Ernst blickte er auf mich herunter und streckte mir die Hand entgegen.

»Sie wollten doch aussteigen, oder?«, fragte er.

»Sie sind ein besserer Beobachter, als ich dachte.«

Ich legte meine Hand in seine, und er half mir hinaus.

Ganz dicht standen wir beieinander, und ich rechnete schon damit, dass er mich jeden Moment packen würde, als er seelenruhig sagte: »Sie liegen falsch, was Poppy betrifft.«

Ich schnappte nach Luft. »Tue ich das?«

»Poppy war nicht unbeteiligt. Ich glaube auch nicht, dass Sie das wirklich glauben.«

»Doch, ich ...«

»Sie sagen das doch bloß, weil Sie mir nicht vertrauen. Und wissen Sie was? Damit haben Sie verdammt Recht.«

Als Yim von seinem Tankstellenausflug zurück nach Alt-Petri kam, saß seine Schwiegermutter in einem Liegestuhl im Garten, gleich neben dem Lavendel, den er gepflanzt hatte. Mit dem Glas Limonade in der Hand sah sie von Weitem aus, als würde es ihr gut gehen, doch sie konnte ihn nicht täuschen. Die Zerwürfnisse der letzten Tage hatten ihr zugesetzt, wie man an den Augenringen erkannte, die selbst das weiche Licht des blauen Sonnenschirms nicht zu übertünchen vermochte. Allerdings war sie einer von jenen Menschen, die sogar auf einem untergehenden Schiff noch feststellten, was für ein herrlicher Tag das doch sei. Deshalb tat er so, als ginge es ihr so prächtig, wie sie den Anschein zu erwecken versuchte.

»Zitronenlimonade ist genau das, was ich jetzt brauche«, sagte er und setzte sich neben sie auf den zweiten Liegestuhl.

Die Pause würde ihm guttun. Der Rechercheur, den Doro ihm vermittelt hatte, rief alle Viertelstunde an oder schickte ihm eine neue Kurznachricht mit Informationen zu Lutz, Annemie, dem Fall Bolenda, der Oberkommissarin Falk-Nemrodt und gefühlt einem halben Dutzend weiterer Themen. Echt erstaunlich, was der Mann alles in Erfahrung brachte. Yim war froh, nicht selbst auf der Liste der Verdächtigen zu stehen. Wenn Dalli es bloß verstehen würde, die Informationen zu bündeln, statt sie immer nur in Happen zu liefern, die auf eine Kuchengabel passten …

Kaum hatte Yim an der Limonade genippt, meinte Renate: »Du hast noch nicht Ja gesagt.«

Das war der zweite Grund, weshalb er sich zu ihr gesellte. Ihm war klar, dass sie über ihr Angebot, ihn finanziell beim Aufbau eines neuen Restaurants zu unterstützen, noch einmal sprechen mussten. Und es war ihm lieber, wenn das in Doros Abwesenheit geschah. Er wusste, dass er von Doro eine *carte blanche* hatte. Sie würde seine Entscheidung mittragen, egal wie diese aussehen mochte. Diese Einstellung war Fluch und Segen zugleich. Welcher Mann wünschte sich nicht den bedingungslosen Rückhalt seiner Ehefrau? Andererseits geriet er damit zwischen die Fronten im Streit von Mutter und Tochter. Nähme er das Angebot an, wäre er seiner Schwiegermutter zu großem Dank verpflichtet. Lehnte er es ab, würde Doro sich Vorwürfe machen. Beides hätte ungeahnte Konsequenzen, und zwar für mehrere Jahre.

»Wir haben noch nicht über die Konditionen gesprochen«, wich er daher einer konkreten Antwort aus.

»Was bist du, ein levantinischer Händler? Erbsen können wir später zählen. Jetzt geht es darum, eine klare Aussage zu machen.«

So sahen also Verhandlungen mit Renate Kagel aus. Pistole auf die Brust, sag Ja oder Nein, tot bist du so oder so. Sie würde nicht mit der Wimper zucken, weder bei einer Zustimmung lächeln noch bei einer Ablehnung die Nase rümpfen. Mit der Limonade würde sie ihren Triumph ebenso hinunterschlucken wie ihren Groll.

»Zum Beispiel hast du mir noch nicht gesagt, wo dieses Schmuckstück von einem Restaurant überhaupt ist«, wich er erneut aus.

»Selbstverständlich am Meer. Oder denkst du, dass Fischrestaurants im Hochgebirge gut gehen?«

»Nicht in Berlin?«, fragte er. Seltsamerweise war er gar nicht auf die Idee gekommen, es könnte woanders als dort liegen. In Berlin lebte er, seit er Ende der Siebziger Jahre als kleines Kind dorthin gekommen war.

»Dein letztes Fischrestaurant war in Berlin, und wir wissen, was damit passiert ist. Meinst du nicht auch, dass du es beim zweiten Mal anders machen solltest als beim ersten?«

»Anders schon, aber …«

»Es ist in Wismar«, fiel sie ihm ins Wort.

»Wismar! Puh, das wäre eine gewaltige Umstellung, von der Hauptstadt in eine Kleinstadt am Meer zu ziehen.«

»Einen Tod muss man nun mal sterben. Wismar ist mehr als akzeptabel. Jede Menge Flair, Strände, Kultur, Touristen … Und wo Doro künftig ihre Artikel schreibt, ist doch egal. Als Gerichtsreporterin ist sie ohnehin im ganzen Land unterwegs.«

Endlich war er gefallen, der Name jener Person, um die sich alles drehte, der ganze Plan ebenso wie dieses Gespräch. Dass Renate ein leerstehendes Lokal in Wismar ausfindig gemacht und als passend erachtet hatte, war kein Zufall. Die mecklenburgische Kleinstadt lag weit genug von Fehmarn entfernt, um den Eindruck zu vermeiden, sie wolle ihre Tochter zu sich holen oder in die wirtschaftlichen Belange ihres Schwiegersohns eingreifen, aber nah genug, um sich mal schnell zu besuchen.

Yim war nicht so sehr von sich eingenommen zu glauben, er habe seine Schwiegermutter innerhalb von drei Tagen so sehr von sich überzeugt, dass sie ihm eine Wagenladung Geld hinterherwarf. Ihr ging es um Doro. Keine Foltermethode der Welt könnte ihr dieses Geständnis abringen, doch die Krux der ganzen Angelegenheit lag darin, dass genau das nötig wäre, damit Renate ihr Ziel erreichte.

»Du kannst mir ein Restaurant schenken«, sagte er. »Du

kannst mich auch auf deine Seite ziehen oder die räumliche Distanz zu Doro verringern. Aber solange du nicht auch die emotionale Distanz zwischen euch verkleinerst, wirst du die Qual nur erhöhen, statt sie zu lindern.«

»Keine Ahnung, wovon du redest, mein Schwiegersohn. Mir geht es ums Geschäft«, behauptete sie mit unbeteiligter Miene.

»Es geht überhaupt nicht ums Geschäft. Und wenn du nicht stacheliger als jeder Igel wärst, dann würdest du das auch einsehen. Ich war heute schon einmal sehr direkt zu jemandem und bin in der richtigen Stimmung, bei dir weiterzumachen. Du verletzt Doro, und nebenbei auch mich, wenn du ihr die Schuld an allem gibst, was in deinem Leben schiefgelaufen ist.«

»Meine Tochter hat mein Leben …«, setzte sie gereizt an.

Doch Yim fiel ihr energisch ins Wort. »Das Leben«, rief er, »besteht nur zu einem kleinen Teil aus den Dingen, die dir widerfahren, und zum größten Teil aus deiner Reaktion darauf.«

»Du wirst jetzt doch nicht etwa anfangen wollen, Konfuzius oder Dschingis Khan zu zitieren?«

»Jeden Tag verlieren tausende Frauen auf der Welt ein Kind. Sie verlieren es an den Hunger, an die Malaria, an Giftschlangen, den Straßenverkehr oder, na ja, an einen Mörder. Jeden Tag verlieren tausende Frauen ihren Ehemann. Wenn die alle ihr Leben und das ihrer Mitmenschen ruinieren würden, wäre die Erde ein unerträglicher Ort.«

»Die Erde ist ein unerträglicher Ort!«, schrie sie Yim an.

»Ja, für dich, weil du sie dazu gemacht hast.«

»Wie kannst du es wagen, mich zu verurteilen, du dahergelaufener …«

Renate schluckte das Wort im letzten Moment herunter, doch Yim erriet es.

»Dahergelaufener was? Chinese?« Er machte eine Pause. »Keine Sorge, ich bin nicht sauer. Du machst mit mir nur gerade dasselbe wie seit Jahren mit Doro. Eigentlich magst du mich. Aber sobald du jemanden magst, meldet sich der giftige grüne Kobold in dir, den du seit dreißig Jahren fütterst, und zwar mit dem einzigen Zeug, das ihn überleben lässt: der Gemeinheit. Dein Kobold hasst Nettigkeiten, er hasst Sympathie, er hasst Vergebung und überhaupt alles, was das Leben ein bisschen besser macht. Du hast die Wahl, Renate, ob du deinen Lebensabend mit deiner Familie und einigen Freunden verbringen willst oder mit diesem zerstörerischen Kobold. Und was dein Angebot angeht… Ich lehne es ab. Wenigstens zum jetzigen Zeitpunkt.« Damit stand er auf und wandte sich zur Tür.

»Das Angebot hat den heutigen Tag als Verfallsdatum, und ich lege es ganz bestimmt nicht auf Eis«, rief Renate.

»Irrtum«, sagte Yim. »Es war schon eiskalt, als du es gemacht hast. Ich gehe jetzt.«

»Ja, geh nur, du undankbarer Stoffel. Dämlicher Sprücheklopfer!«, schrie sie, fegte das Limonadenglas vom Tisch und stützte ihr Gesicht in die Hände.

»Nein, bitte geh nicht«, sagte Ludwina, die gerade aus dem Haus in den Garten trat. »Ich habe alles mit angehört.«

»Haben Sie keine Bratwürste mit Sauerkraut zu kochen?«, keifte Renate sie an.

Diesmal blieb Ludwina ganz ruhig. Sie ließ sich auf den Stuhl sinken, auf dem Yim kurz zuvor gesessen hatte, und sah ihre Mitbewohnerin eindringlich an.

»Gestern, als ich einkaufen wollte, bin ich spontan zu Annemie gefahren. Ich habe sie gefragt, ob sie… Nein, ich habe sie angebettelt, dass sie mir hilft, von hier wegzukommen. Ein kleines Zimmer irgendwo…« Ludwina schluckte. »Sie hat abgelehnt. Dann hat sie gesagt, dass sie mir ihre Kindheit niemals verzeihen wird. Dass ich ihren Vater geschlagen hätte. Dass er meinetwegen so früh gestorben wäre. Dass sie sich immer für mich geschämt hätte. Und dass ich es verdiene, unglücklich zu sein.«

Weder Yim noch Renate wagten, etwas zu sagen, als Ludwina sich die Tränen aus den Augen wischte.

»Ihr Glück ist, Renate, dass Sie eine Tochter haben, die Sie noch nicht verteufelt hat. Aber wenn Sie so weitermachen, verlieren Sie auch noch den letzten Menschen, der für Sie einen Platz in seinem Herzen frei gelassen hat. Na ja, den vorletzten. Mich gibt es ja auch noch. So, und jetzt machen Sie mit mir, was Sie wollen.«

»An dem Abend, als der Journalist im Rollstuhl überfahren wurde, da waren wir nicht die ganze Zeit zusammen, Poppy und ich«, sagte Vock und blickte verlegen zu Boden. »Es stimmt, wir sind Streife gefahren, und wir hatten diesen Streit zu schlichten, von dem ich Ihnen erzählt habe, in der Hafenkneipe in Burg. Eine Schlägerei. Sie verlief schlimm… blutig.«

»Verstehe«, sagte ich. Zu mehr war ich nicht in der Lage. Ich hatte das Gefühl, meine Knie wären aus Butter.

Wir standen immer noch zwischen den Maisfeldern. Die Luft war von zahllosen Staubteilchen durchsetzt, die beim

Einatmen in der Kehle brannten, und meine Stirn glühte von der Sonne und der Aufregung.

»Ein Typ hatte einem anderen die Nase poliert. Poppy hat alles Notwendige geregelt und mich danach ins Krankenhaus gefahren. Ich hätte fast gekotzt.«

»Verstehe«, sagte ich erneut und ließ mich zurück auf den Beifahrersitz gleiten. Eben noch hatte ich geglaubt, Vock wolle mir an den Kragen, und jetzt legte er ein lammfrommes Geständnis ab. Mir war heiß und kalt zugleich. Und elend.

»Etwa eine Stunde lang war Poppy allein, ich weiß nicht, wo sie sich in der Zwischenzeit herumgetrieben hat. Als sie mich wieder abholte, bot sie mir an, dass wir die ganze Sache einfach vergessen. Ich fand das spitze von ihr. Ich meine, wenn sie das gemeldet hätte, dann … Und sie hat noch mehr getan. Wenn ein Polizeibeamter während des Dienstes zur Behandlung ins Krankenhaus muss, wird das dem Revier angezeigt. Poppy hat es irgendwie geschafft, dass das neulich Nacht nicht passiert ist. Der Name der Krankenschwester, die mich behandelt hat, war Annemie Bertram. Poppy sagte mir, ich wäre bei ihr in den besten und diskretesten Händen. Und vorhin, als wir bei Popps waren, ist dieser Name wieder gefallen.«

Die Sache wurde immer größer und verworrener.

»Weiter«, sagte ich.

»Kaum saß ich wieder im Streifenwagen, kam die Meldung von einem Verkehrsunfall mit Fahrerflucht oben im Norden der Insel. Das war Jan-Arne Asmus. Wir fuhren sofort hin, aber die Johanniter waren schon vor Ort.«

Er legte seine Arme auf das Autodach und vergrub das

Gesicht darin. Eine Weile schwiegen wir. Ich musste mich von einem Schreck erholen und er von der Wahrheit.

»Erzählen Sie mir das, weil Sie es für möglich halten, dass Poppy … dass sie Jan-Arne überfahren hat? Poppy könnte in der Zeit, in der Sie behandelt worden sind, auch eine Tüte Pommes gegessen, Musik gehört, telefoniert oder einfach nur in der Nase gebohrt haben.«

Vock richtete sich wieder auf und ging ein paar Schritte herum. Der Feldweg war staubig von der seit Tagen anhaltenden Trockenheit, und die Sonne brannte unbarmherzig nieder.

»Das dachte ich auch zuerst. Aber der Mann, der den Streit in der Hafenkneipe provoziert hat, ist derselbe, der jetzt beschuldigt wird, Poppy ermordet zu haben.«

»Thilo Fennweck?« Ich dachte nach. »Sie meinen, er wollte sich an der Polizistin rächen, die …«

Vock schüttelte heftig den Kopf. »Nein, nein, das war ganz anders. Poppy hat die Streithähne nur verwarnt, die von jetzt auf gleich wieder ganz friedlich waren. Keiner von beiden wollte Anzeige erstatten, und Poppy hat noch nicht einmal einen Bericht dazu geschrieben. Sie sagte mir, je schneller wir den Vorfall vergessen, umso sicherer für mich. Sonst käme am Ende doch noch alles raus.«

Ich wechselte einen Blick mit Vock. Wir dachten beide dasselbe: eine abgekartete Sache. Poppy hatte Thilo Fennweck zu der kleinen Kneipenschlägerei angestiftet. Und wozu dieser ganze Aufwand? Alles nur, um Vock für eine Stunde los zu sein und dennoch ein perfektes Alibi zu haben. Wäre Poppy nicht überfahren worden, hätte Vock niemals Verdacht geschöpft.

Fennweck hatte inzwischen zugegeben, ein außereheliches Verhältnis mit Poppy gehabt zu haben. So etwas sprach sich in Polizeikreisen schnell herum. Vock hatte eins und eins zusammengezählt und wandte sich nun an mich, da seine berufliche Zukunft auf dem Spiel stand. Weniger wegen der Blutphobie, sondern weil er seine Vorgesetzten hintergangen und eine Mordermittlung behindert hatte.

Er kam auf mich zu und ging vor mir in die Hocke. In seinen Augen glomm ein verzweifelter Hoffnungsschimmer.

»Wir wissen nicht, ob Poppy es wirklich war«, sagte er. »Vielleicht hat sie den Journalisten gar nicht überfahren.«

Ich zögerte, ihm beizupflichten, musste es schließlich aber tun. Tatsächlich gab es dahingehend bisher keinen Beweis. Dem Reifenprofil nach zu schließen, war Jan-Arne nicht von einem Streifenwagen überrollt worden, sondern von einem SUV.

»Wenn Sie herausfinden, dass es jemand anderes war«, sagte er, oder besser bat er mich.

»Wieso haben Sie mich überhaupt eingeweiht, Sandro?«, wollte ich wissen. »Sie hätten mir gar nichts erzählen müssen, trotzdem haben Sie es getan.«

Statt in der Hocke zu bleiben oder aufzustehen, ließ er sich kraftlos auf den Hosenboden fallen. Da saß er nun vor mir, beinahe wie ein Kind, mit staubigen Hosen, Flipflops und schuldbewusster Mimik.

»Mir lässt das keine Ruhe. Benutzt worden zu sein, verstehen Sie? Ich will nicht, dass Menschen sterben, nur weil ich feige bin. Ich will nicht, dass Poppy mich über ihren Tod hinaus benutzt.« Er sah mich einen Moment lang an, dann fügte er hinzu: »Mann, sehen Sie scheiße aus. Blass wie ein Leichentuch.«

Ich nickte. »Ich kann Ihnen gar nicht sagen, Sandro, wie froh ich bin, dass Sie so ein anständiger und ehrlicher Typ sind.«

Er verstand mich nicht, und ich beließ es dabei.

Zu Hause spürte ich gleich, dass während meiner Abwesenheit etwas vorgefallen war, doch ich überließ es Yim, ob er es mir umgehend oder erst am nächsten Tag erzählen wollte. Er entschied sich für Letzteres, wohl auch, weil ich erschöpft wie ein tausendjähriges Nachtgespenst aussah. Also berichtete ich ihm in aller Kürze von den wichtigsten Ereignissen des Tages, er tat dasselbe. Seiner Meinung nach war Annemie weder ein Todesengel noch eine Erbschleicherin, sondern einfach nur eine selbstlose Frau mit einem stark ausgeprägten Helfersyndrom. Und Lutz das Gegenteil davon.

Um acht Uhr abends sank ich ins Bett, nachdem ich es geschafft hatte, vor meiner Mutter zu fliehen, die aus dem Wohnzimmer nach mir rief. Obwohl ich die Familie der Fennwecks erschüttert, Poppy als fiesen Vamp entlarvt, Todesängste ausgestanden und etliche Neuigkeiten zu verarbeiten hatte, schlief ich ein, kaum dass meine Wange das Kopfkissen berührte.

Um zwei Uhr einundzwanzig wachte ich auf, körperlich erfrischt, aber nervös bis in die Fingerspitzen. Der Steinwurf von der Brücke, der Tod vom Bolenda, die Ermordung Jan-Arnes – für all das hatte ich eine plausible Erklärung samt Täter gefunden. Krankhaft verstört, wie sie war, hatte Poppy das erste Verbrechen begangen, ihren Mitwisser Bolenda in einer zweiten Tat zusammen mit ihrem neuen Komplizen Hanko beseitigt, für diesen wiederum seine Mutter und deren Freundin beseitigt und viele Jahre später den Menschen umgebracht, der alles aufzudecken drohte. Motivlage und Abfolge der Taten waren geradezu klassisch.

Wofür ich jedoch immer noch keine einleuchtende These hatte, waren die Tode von Maren und vor allem von Poppy selbst. Natürlich hatte Hanko zumindest theoretisch ein Motiv, die Frauen umzubringen, da sie beide von seiner Herkunft wussten. Aber irgendetwas störte mich noch daran, und ich hätte kein gutes Gefühl gehabt, der Polizei am nächsten Tag eine unausgegorene Theorie zu unterbreiten. Aufschieben ließ sich die Sache andererseits aber auch nicht mehr.

Neben mir schlief Yim völlig ruhig. Ich habe unsagbares Glück, einen Ehemann zu haben, der nicht schnarcht. Eine Weile lang lag ich ganz nahe bei ihm, unsere Gesichter berührten sich fast.

Um zwei Uhr siebenundvierzig stand ich auf, zog mich an und verließ kurz darauf den Raum.

13

Marens Haus war bei Nacht ein noch einsamerer und deswegen beunruhigenderer Ort als am Tag, wenn man wenigstens entfernte Häuser oder Windräder sah und die Möwen einem Gesellschaft leisteten. Um drei Uhr in der Früh war nichts weiter zu hören als der laue Wind, der gelegentlich eine Böe über die flache Insel schickte. Schon auf der Zufahrt überkamen mich dräuende Urängste, wie sie einen an gewissen Orten überfallen. Die zu beiden Seiten des Weges wuchernde Schlehenhecke, die im Sonnenschein hübsch anzusehen war und hübsche Lichtspiele produzierte, wirkte in der Dunkelheit wie ein Versteck für etwas, das man sich nicht vorstellen mochte, und daher umso bedrohlicher.

Wegen der Schlaglöcher fuhr ich nur Schrittgeschwindigkeit, dennoch schüttelte es mich zweimal kräftig durch. Kein Wunder, dass Maren so selten Besuch bekommen hatte. Für die zweihundert Meter brauchte ich mehrere Minuten, und als ich endlich ausstieg, war mir leicht übel.

Ich atmete tief durch und blieb noch eine Weile beim Auto stehen. In der Luft lag jene kühle Feuchtigkeit, die sich bereits auf die Gräser niederzulassen begann und meine Füße in den Sandalen benetzte. Ein in weiter Ferne blinkendes Licht, vermutlich von einem Windrad oder Strommast, war das einzige Zeichen menschlicher Zivilisation.

Kaum erkannte ich in der finsteren Nacht die Konturen des Hauses, das sich unmittelbar vor mir erhob. Ich schaltete die Scheinwerfer meines Wagens wieder an, deren breite Lichtkegel auf die Fassade und die Haustür fielen. Mit der Taschenlampe meines Handys leuchtete ich einmal um mich herum. Ich erkannte die dichten, zwei Meter hohen Hecken, dazwischen den Fahrweg, ein paar junge Bäume, das Gras, das Haus. Ein paar Meter lief ich zurück in die Richtung, aus der ich gekommen war, trat zwischen die Schlehen, wandte mich um und blickte erneut auf das angestrahlte Haus.

Ich schreckte ein Tier auf, dem Alarmruf nach eine Amsel, die wiederum mich erschreckte. Der Vogel flatterte in die Nacht, und einen Augenblick später herrschte wieder absolute Stille. Ich begann, nach dem Blumentopf mit der Aloe zu suchen, unter dem der Schlüssel liegen sollte, wie mir Birte verraten hatte. Es klappte auf Anhieb. Dass das Haus inzwischen Annemie gehörte, hielt mich nicht davon ab, den Schlüssel ins Schloss zu stecken und umzudrehen.

Der Geruch im Innern war mir auf unangenehme Weise vertraut – zu gut war mir die Mischung aus altem Staub und feuchten Socken von meinem ersten traurigen Besuch noch in Erinnerung. Ich versuchte, das Licht anzumachen, doch anscheinend war der Strom bereits abgestellt worden.

Was mich interessierte, war nicht im Erdgeschoss zu finden, weshalb ich mich sogleich der Treppe ins Obergeschoss zuwandte. Sie knarzte bei jedem Schritt, so als wolle sie den Benutzer vor der nächsten Stufe warnen. Das Geländer war rau, an einigen Stellen war das Holz wie angenagt, und ich musste aufpassen, mir keinen Splitter einzufangen. Mit dem

Smartphone in der anderen Hand, leuchtete ich den Weg nach oben aus.

Das Alter und der Verfall des Hauses waren im ersten Stock noch stärker zu spüren als unten, wo Maren wenigstens den Weberknechten Einhalt geboten hatte. Die Spinnen besiedelten große Teile der Decke und vor allem der Mauerritzen, von denen es etliche gab. Die Tapete schimmelte, die Auslegeware war verschlissen.

Vom Flur, der kaum größer war als eine Tischtennisplatte, gingen drei Türen ab, hinter denen ich ein Bad sowie die früheren Schlafzimmer von Frau Bolenda und ihrem Sohn vermutete. Einer der Räume war vermutlich zu Marens Schlafzimmer geworden. Ich öffnete die jedoch nicht, da sich das Objekt meiner Neugier ein Stockwerk höher befand.

Die Treppe zum Speicher war noch enger, noch maroder als der Rest des Hauses, was mich von der ersten Stufe an mehr ängstigte als die Nacht und die Einsamkeit. Wenn das Ding einstürzt, dachte ich, findet mich so schnell kein Mensch. Doch war das, was ich dort oben zu entdecken hoffte – oder vielmehr nicht zu entdecken hoffte –, stärker als der Wunsch, den Rückzug anzutreten.

Das Schicksal meinte es gut mit mir, und ich gelangte wohlbehalten auf den Speicher. Es gab dort keine Tür, vielmehr lag er in seiner ganzen chaotischen Unübersichtlichkeit offen vor mir. Das Übliche eben, jede Menge Gerümpel und der Muff von Jahrzehnten.

Zunächst wandte ich mich nach links, zu dem kleinen Fenster, durch das Maren in den Tod gestürzt war. Ganz gleich, ob sie sich selbst getötet oder ob jemand nachgeholfen hatte, sie musste sich extrem gebückt oder gar hingekniet haben. Da Maren nicht die Schlankeste gewesen war, hatte sie gerade so durch die ungefähr sechzig mal sechzig Zentimeter große Öffnung gepasst. Hätte sie, warum auch immer, den Kopf aus dem Fenster gestreckt und jemand hätte ihr von hinten einen Stoß oder Tritt verpasst …

Doch warum war sie überhaupt mit einer weiteren Person auf den Speicher gegangen? Was hatte sie dort oben gewollt?

Ich wandte mich wieder dem Gerümpel zu, das sich bis unters Dach stapelte, also etwa einen Meter sechzig hoch. Ich musste den Kopf leicht einziehen, um nicht an einen der Balken zu stoßen. Als Erstes fielen mir jede Menge vergilbter Dokumente, deren Schrift verblasst war, in die Hände. Teilweise waren sie in altdeutscher Schrift verfasst, weshalb ich sie im Schein meiner Handylampe nicht zu lesen vermochte. Den Namen Bolenda konnte ich zwar einige Male entziffern, mehr aber auch nicht.

Ich stieß auf mit dickem Staub überzogene Fotos vom Haus, von einer dreiköpfigen Familie unter Kirschbäumen, vor der Haustür, vor dem Hintergrund weiter Felder. Eines zeigte André Bolenda als Kind auf der Zufahrt. Ich erkannte ihn an der wild gelockten Frisur, obwohl ich ihm zu dem Zeitpunkt, als das Foto gemacht worden war, noch nicht begegnet war. Ich war damals noch nicht einmal geboren gewesen. Die Schlehenhecken waren niedriger, das Haus intakter, ansonsten war alles gleich.

Ein paar Schritte weiter stieß ich mich an einer Nähmaschine von 1928, auf der ein antiker Bettwärmer aus Metall stand. Hier hatte kürzlich jemand Staub gewischt. Der zusammengerollte Teppich gleich daneben war völlig zerfressen, und die alte WC-Garnitur hätte ich nur mit Gummihandschuhen angefasst.

Ein unverwechselbares Geräusch nahm binnen eines Lidschlags meine ganze Konzentration in Anspruch, das Knarren von Holz, ein Schritt auf der Treppe, so schwer, dass derjenige, der ihn tat, seine Anwesenheit nicht versteckte. Musste er auch nicht. Ich konnte nirgendwohin. Mit Ausnahme des Fensters, aus dem Maren in die Tiefe gestürzt war, gab es keinen Fluchtweg. Zu allem Übel hatte mein Handy keinen Empfang, und eine Waffe besaß ich nicht.

Das Knarzen wurde lauter, die Schritte näherten sich. In meiner Not legte ich mir den Bettwärmer zurecht, ein lächerliches Mittel zur Selbstverteidigung, doch immerhin fast so schwer wie eine Bowlingkugel.

Mit der Taschenlampe leuchtete ich zum Kopf der Treppe, wo nur Augenblicke später eine Gestalt erschien.

Eine Stunde zuvor - Annemie

Sie mochte die Krankenhauskapelle im vierten Stock, eine Insel der Ruhe inmitten eines aufgewühlten Meeres, umgeben von Korridoren voller Leid und Agonie, die ihr Arbeitsplatz waren. Die Kapelle war meditativer als viele ihrer Pendants in anderen Kliniken, die eher an einen Seminarraum erinnerten. Es war darin gerade so dunkel, dass man die Schönheit der diskret von hinten beleuchteten Glasmalerei bewundern konnte: die Sterbeszene Jesu auf dem Hügel Golgatha. Die vorherrschenden Rot- und Blautöne zogen den Blick magisch an und tauchten den Raum zugleich in ein unwirkliches, beinahe jenseitiges Licht.

Annemie verbrachte viel Zeit in diesem stets zugänglichen Kleinod, ja sie hatte sich sogar angewöhnt, wichtige Entscheidungen dort zu treffen, mit niemand anderem als der Mutter Gottes als geistiger Beraterin. Ihretwegen kam sie dorthin, nicht wegen Jesus, auch wenn er auf dem Bild ganz groß und Maria nur ganz klein zu sehen war. Typisch, allein der Ökumene geschuldet. Als getaufte Protestantin hatte Annemie es eine Weile mit Jesus versucht, aber er war ihr zu kompliziert, zu intellektuell. Der Gottvater ging gar nicht, der war unentwegt am Prüfen oder Strafen. Und an den Heiligen Geist dachte sie so gut wie nie. Übrig blieb Maria, Protestantin hin oder her. Ihre Gnade war bedingungslos, ihr Trost unmittelbar, geradezu körperlich. In ihrem Anblick fand Annemie jene Stille, die ihr sonst nicht vergönnt war.

Wie so oft saß sie da und zählte. Sie zählte die Menschen, denen sie ein Lächeln geschenkt, eine Freude bereitet, eine Hoffnung gegeben hatte. An diesem Tag waren es sechzehn gewesen. Als sie noch als Operationsschwester gearbeitet hatte, half sie unermüdlich mit, unzähligen Menschen das Leben zu erleichtern oder gar zu retten. Doppelt zählten jene, die sie außerhalb ihrer Schichten besuchte, rein privat, und denen sie stets ein offenes Ohr lieh. »Fehmarns Kummerkasten«, so hatte ein dankbarer Patient sie einmal genannt. Er war mutterseelenallein gestorben, verlassen von allen Menschen außer von ihr. Natürlich gab es auch die Zweifler und die Böswilligen, die hinter ihrem Tun eine tückische Machenschaft vermuteten und sie »Nächstenliebchen« oder dergleichen nannten. Doch für solche Menschen hatte sie nichts als Mitleid übrig. Für Marens Schwestern zum Beispiel, die Annemie bei der Polizei wegen Erbschleicherei angezeigt hatten, weswegen sie sich sogar vor der Oberkommissarin hatte rechtfertigen müssen. Bedauernswerte Menschen, von denen sie sich jedoch nicht beirren ließ.

In Annemies Leben kam es nur auf eines an: stetig die Zahl der Menschen zu vergrößern, in deren Leben sie ein wenig Licht brachte. Denn jede Stimme zählte. Ganz am Anfang hatte sie mal gedacht, dass ein Dutzend reichen müsste, dann waren es hundert geworden, im Laufe der Jahre sogar tausende … Ein gewaltiger Chor, die jene zwei Stimmen übertönen sollten, die Annemie anklagten: jene von Ann-Charlotte Silberhan und ihrem Sohn Max. Doch immer, wenn Annemie glaubte, sie zum Schweigen gebracht zu haben, drangen sie erneut zu ihr durch. Nur in der Kapelle gaben sie Ruhe.

Wie ihr Leben wohl verlaufen wäre, wenn sie sich an jenem Apriltag im Jahr 1988 nicht hätte von Poppy bequatschen lassen, ein bisschen *fun* zu haben? Idiotischerweise hatte sie sich zunächst sogar geadelt gefühlt, weil Poppy sie zu einem gemeinsamen Freizeitvergnügen aufgefordert hatte. Denn ihre Eltern, der alkoholabhängige Vater und vor allem ihre ewig schimpfende, krakeelende Mutter, hatten den Ruf der Familie ruiniert, und Annemie wurde in einem fort gehänselt. Ihre beiden älteren Brüder wussten sich mit Fäusten zu verteidigen, Annemie dagegen nahm ihr Schicksal klaglos hin. Nicht schön, seine ganze Kindheit hindurch als »Assi-Brut« betitelt zu werden.

Ehe sie sich's versah, stand sie auf dieser Brücke, und der Stein fiel in die Tiefe, direkt auf den erdbeerroten Kleinwagen. Sie hatte nicht viel dazu beigetragen, dass es so weit kam, dafür war sie viel zu schwach. Doch immerhin – sie war dabei gewesen und hatte mitgeholfen. Und sie hatte geschwiegen, all die Jahre.

Die Toten dagegen schwiegen nicht.

Annemie sank auf die Knie, Maria fest im Blick, um für die Seelen von Ann-Charlotte und Max Silberhan zu beten. Sie kannte sich gut genug, um zu wissen, dass sie letzten Endes für sich selbst betete. Und zwar nicht nur wegen der fatalen Dummheit, sich zur Mordkomplizin gemacht zu haben, sondern weil sie in all den Monaten und Jahren danach weiter mit Poppy befreundet gewesen war und sich deswegen noch nicht einmal mies gefühlt hatte. Irgendwie hatte sie sich eingeredet, endlich akzeptiert zu werden. Erst drei Jahre später, als der Bolenda getötet wurde, wandte sie sich am Ende des Sommers von Poppy ab.

In gewissen Abständen sahen sie sich, bedingt durch die Arbeit, im Krankenhaus, aber sie trafen sich nie privat. Es hatte sich seltsam angefühlt, Poppy neulich beim Italiener wiederzusehen, aber nicht so seltsam, wie es hätte sein sollen. Fast war es ihr gelungen, nicht mehr an ihre gemeinsame Vergangenheit zu denken.

Poppy war nun tot. Falls Annemie gedacht hatte, dass das irgendetwas ändern würde – hatte sie das überhaupt gedacht? –, dann wusste sie nun, dass dem nicht so war. Sie fühlte sich so verantwortlich wie eh und je, mit dem einzigen Unterschied, dass nun außer ihr nur noch eine einzige Person die Wahrheit über den 19. April 1988 kannte. Aber war das von Bedeutung?

Entscheidungen waren dieser Tage und Nächte viele zu treffen, etwa ob und wie es mit ihrer Ehe weitergehen sollte, was mit Marens Haus zu tun sei, ob und wie man Doro daran hindern konnte, in der Vergangenheit herumzustochern.

Als Annemie die Kapelle nach einigen weiteren Minuten der Stille verließ, waren alle Entscheidungen getroffen.

14

Die Umrisse der Gestalt, die ich im Licht der schwächer werdenden Taschenlampe meines Handys schemenhaft erblickte, wiesen auf niemanden hin, den ich kannte. Eine kompakte Figur, fast schon bullig, ein breites Gesicht, lockige Haare. Ich hatte die Frau noch nie zuvor gesehen, aber aufgrund der Beschreibung, die Yim mir von ihr gegeben hatte, konnte ich raten.

»Sie sind es«, sagte ich, »Frau Bolenda?«

Die Gestalt kam langsam auf mich zu. In ihren Augen zu lesen war nicht einfach. Da lag so viel drin: Wut, Hass, Verzweiflung. Zugleich hatte es den Anschein, als wäre all das von einer riesigen Leere umgeben, in die ihre Augen zurückfallen würden, sobald die anderen Gefühle ausgelebt und erloschen wären.

»Andé«, sagte sie. »Habe mit Andé hier gewohnt.«

»Ich weiß«, sagte ich und legte meine Hand an den Bettwärmer.

»Andé war ein lieb Junge. Andé war gut.«

»Das glaube ich auch.«

»Du hast Andé totgemacht, ja?«

»Nein«, widersprach ich. »Nein, das stimmt nicht. Ich habe ihn nur tot aufgefunden.«

»Jemand hat Andé totgemacht. Jemand von euch.«

»Von uns? Von der Clique? Ja, das könnte sein. Poppy vielleicht. Wahrscheinlich Poppy. Ich werde es der Polizei sagen, und dann …«

»Nein, nicht Polizei. Die Polizei glaubt nichts. Nicht Polizei. Ich mache selbst.«

»Was machen Sie selbst?«, hakte ich nach.

»Ich mache selbst tot.«

Ich steckte das Handy in die Hosentasche, wodurch es auf dem Speicher schlagartig finster wurde. Dann zog ich mich mit dem schweren Bettwärmer einige Schritte zurück.

Ihr Atem war zu hören, schwer und rasselnd, der Atem einer kranken, einsamen Frau in ihren letzten Lebensjahren.

Wie in Zeitlupe schob sie sich voran, ihre verschlissenen Schuhe kratzten über den staubigen Holzboden. Dagegen setzte ich einen Schritt nach dem anderen zurück, in dem Wissen, dass das höchstens noch eine Minute gut gehen und ich dann mit dem Rücken an der Wand kleben würde.

Es dauerte keine Minute. Ich stolperte über etwas und fiel rücklings hin, wobei ich das Glück hatte, mit dem Kopf an etwas Weiches zu stoßen.

Als mich plötzlich das Licht einer Taschenlampe aus einer erhöhten Position blendete, stellte ich fest, dass der Bettwärmer mir nun nicht mehr helfen würde. Ein Wurf aus dieser Lage, und ohne ausholen zu können, würde so gut wie nichts bringen.

»Ich habe Ihren Sohn nicht umgebracht«, beschwor ich Frau Bolenda. »Ich habe ihn ja kaum gekannt, nie ein Wort mit ihm gewechselt. Ich gebe zu, dass ich ihn immer ein bisschen komisch fand, und das tut mir auch leid, aber ich hätte ihm nie etwas angetan. Warum auch? Er war ein lieber Junge. Es war Poppy, da bin ich mir fast sicher. Ich habe nachgeforscht. Poppy, also Freya Popp, sie war … verrückt. In gewisser Weise, irgendwie …«

»Nein«, unterbrach sie mich, wobei ich ihr Gesicht nicht sehen konnte. »Nein.«

Von dem Moment an brachte ich keinen Ton mehr heraus. Ich hätte die Frau in ein Gespräch verwickeln, ablenken oder anbetteln sollen. Ich hätte es mit Anschreien versuchen können. Aber es gelang mir nicht, auch nur ein Piepsen oder Quietschen hervorzupressen. Dasselbe galt für meinen Körper. Immerhin hatte ich es nur mit einer alten Frau zu tun, wenn auch einer beleibten, und ich hatte bisher keine Waffe bei ihr entdeckt. Ein Tritt gegen ihr Schienbein …

Es ging nicht. Ich lag da wie gelähmt, obwohl ich in vergleichbaren Situationen schon wehrhafter gewesen war.

»Nein«, wiederholte sie.

Aus der Dunkelheit hinter ihrer Taschenlampe, die sie mir unmittelbar vor die Nase hielt, schob sich eine fleischige Hand in meine Richtung, mit abgekauten Fingernägeln und melierter, zweifarbiger Haut. Die Hand bedrohte mich nicht, sie war offen.

Behutsam ergriff sie meinen Oberarm und half mir dabei, auf die Beine zu kommen.

»Nein, du nicht«, sagte sie und schaltete die Taschenlampe aus. »Deine Augen sind gut. Du hast meinen Andé nicht totgemacht.«

So standen wir eine ganze Weile dicht beieinander, ohne uns

zu sehen. Nur unser Atem berührte uns noch ganz schwach. Ich spürte den ihren an meinen Wangen und Lippen, ich hörte, wie sie rasselnd nach Luft schnappte, und konnte nachempfinden, wie die alte Frau langsam in jene Leere zurückglitt, in der sie all die Jahre gelebt hatte.

Die Furcht fiel von mir ab.

»Sie sind hierhergekommen, mitten in der Nacht, um Ihren Sohn zu spüren?«, fragte ich.

Frau Bolenda brauchte drei Atemzüge, um darauf zu antworten. »Mein Haus. Die Bank mir weggenommen. Aber hier mein Zuhaus. Hier mein Andé. Unten sein Zimmer. Er war ein lieb Junge.«

»Ganz sicher. Ich wünschte, ich hätte ihn besser gekannt.«

Ich ließ ein paar Sekunden verstreichen, dann suchte ich in der Finsternis ihre Hand. Ich fand und ergriff sie.

»Haben Sie Jan-Arne Asmus … Haben Sie ihn totgemacht?«

Sie schwieg. Nur ihre Hand, die in meiner lag, krampfte sich ein wenig zusammen, und ich fragte mich, ob es klug gewesen war, ihr diese Frage zu stellen.

Irgendwann fragte sie: »Du glaubst?«

Ich musste nicht lange überlegen. »Nein«, sagte ich.

Sofort löste sich die Spannung ihrer Finger.

»Was ist mit Maren, der dieses Haus gehört hat, und mit Poppy?«

Durch das geöffnete Fenster drang das entfernte Jaulen eines Hundes, der zwei weitere ansteckte.

»Du glaubst?«, fragte sie, und ich antwortete in gleicher Weise.

Nun stand nur noch ihre Antwort aus – sowie meine letzte Frage.

Doch bevor es dazu kommen konnte, fiel unten eine Tür ins Schloss. Kurz darauf hörten wir Schritte, dann knarrte die Treppe, und ich hastete zur Speichertür, um sie anzulehnen. Frau Bolenda folgte mir und blieb abrupt stehen, als vom Stockwerk unter uns ein diffuses Licht heraufdrang. Es war kaum genug, um das geöffnete Fenster oder die Schemen des Gerümpels um uns herum zu erkennen. Dennoch reichte es aus, damit Frau Bolenda und ich das Funkeln in den Augen der jeweils anderen wahrnehmen konnten.

»Du weißt, wer?«, fragte sie.

»Ich glaube, ja«, antwortete ich.

Eine Stunde zuvor – Hanko

Die Brüder saßen am Küchentisch im Haupthaus, während im Zimmer nebenan ihre Mutter im Sterben lag. Das behauptete sie jedenfalls. Sie hatte sich am späten Abend mit den Worten dorthin zurückgezogen, dass sie sterben werde und dass sie nicht wünsche, die Notärztin oder sonst wen zu sehen. Keiner der beiden wäre auf die Idee gekommen, ihre Anordnung zu missachten, und zwar gerade weil sie ihnen, seit sie erwachsen waren, nie mehr etwas befohlen, ja nicht einmal nahegelegt hatte. Ihre Auffassung, so altüberliefert wie ihre Kücheneinrichtung, lautete: Gestandene Männer brauchen das Gequatsche der Mutter am allerwenigsten, zumal das sowieso nur Ärger mit der Schwiegertochter gibt. Nun aber brach sie die selbst aufgestellte Regel, da, wie sie sagte, nichts so persönlich ist wie der eigene Tod.

Hanko und Thilo saßen einfach nur da, im Licht der scheußlichen, viel zu grellen Deckenlampe, und schwiegen sich an. Viel hatten sie nie miteinander gesprochen, meist ging es um funktionale Dinge, die den Hof betrafen, wer wann was erledigen sollte und so weiter. So als ob sie Kollegen wären. Wobei die Rollen zwischen Chef und Stift klar verteilt waren. Über Gefühle zu sprechen wäre so ungewöhnlich gewesen wie über die Eishockeyergebnisse, da sich keiner der beiden für diesen Sport interessierte. Auch ihre jeweiligen Familien waren so gut wie nie Thema. Gab es mal Zoff, ließen die Brüder ihre Ehefrauen oder Kinder es untereinander austragen, und nur wenn es hart auf hart kam, einigten sie sich unter vier Augen auf einen Deal, der ihnen für sich selbst der bequemste erschien, und dann war Ruhe im Karton.

»Noch ein Bier?«, fragte Hanko, nachdem sie an die zwei Stunden nichts als das Ticken der Wanduhr vernommen hatten und gelegentlich ein Stöhnen aus dem Sterbezimmer der Mutter. Einer von ihnen steckte dann jedes Mal kurz den Kopf in den Raum und zog ihn gleich wieder heraus. Gelegentlich holten sie ihre Handys hervor, so als ob um drei Uhr nachts Kurznachrichten zu erwarten wären.

»Wenn ich ein Bier will, hole ich es mir selbst«, entgegnete Thilo.

Hanko wunderte sich kurz über den Tonfall. Wenn ihn ein Kneipenbruder oder sonst ein Stinkstiefel mal so anfuhr, zuckte er mit keiner Wimper. Aber Thilo …

»Hey, mir geht es genauso dreckig wie dir, ja?«, sagte er.

»Ein bisschen dreckiger sollte es dir schon gehen«, gab Thilo zurück. »Deinetwegen liegt sie schließlich da drin.«

»Arschloch.«

»Selber Arschloch. Warum bist du neulich Abend zu mir gekommen, um dir das Fußballspiel im Fernsehen anzusehen? Zum ersten Mal in über zwanzig Jahren.«

»Da ist man mal nett zu seinem Bruder …«

»Du bist nicht mein Bruder, das steht seit heute fest, also nenn mich gefälligst nicht so.«

»Miese kleine Kröte! Lusche! Wer hat den Hof denn aufgebaut, hä? Ich und sonst keiner.«

»Mein Vater. Und sein Vater. Und alle Fennwecks davor. Was hast du denn aus dem Hof gemacht? Solaranlagen auf die Scheunendächer gepackt und eine Biogasanlage hingestellt, alles Ökoschwachsinn. Wir sind verschuldet bis zur Oberlippe.«

»Ich gehe eben mit der Zeit. Und wenn das Geschäft mit dem Konsortium zustande gekommen wäre …«

»Wäre, wäre, Ostseefähre. Wegen deiner Spinnereien verlieren wir vielleicht alles. Wenn dann noch rauskommt, in was für Schmierereien du verwickelt bist! Mama hat mir vorhin alles erzählt. Mit der eigenen Schwester schlafen, bäh.«

Hanko packte Thilo über den Tisch hinweg am Kragen, doch als der ihn nur furchtlos angrinste, ließ er wieder von ihm ab.

Im Nebenzimmer stöhnte die Mutter.

»Du hast auch mit ihr geschlafen«, erwiderte Hanko.

»Na und? Sie hat sich an mich rangemacht, weil du sie

nicht mehr wolltest. Warum eigentlich nicht? Hat sie von dir etwas verlangt, das du nicht liefern wolltest? Einen Mord vielleicht?«

»Wer ist ihr denn hinterhergerannt wie einer läufigen Hündin, sogar bis in die Pizzeria, weil er nicht genug von ihr kriegen konnte?«

»Ich darf das. Ich bin bloß verheiratet. Wenn ich so was mache, dann zwinkern mir meine Kumpels zu. Aber du bist ihr Bruder. Als mich neulich im Verhörraum bei der Polizei diese oberkommissarische Zicke befragt hat und mir Mama heute erzählt hat, was vorhin hier los war, mit dieser Journalistin und so, da habe ich zwei und zwei zusammengezählt.«

»Du und zusammenzählen? Wäre mir neu, dass du auch nur zwei Gedanken verbinden kannst, du Bräskopf.«

»Du hast gewusst, was Poppy vorhat, und dir deswegen bei mir ein Alibi verschafft. Und dann hast du sie mit meinem Auto zerquetscht, weil du eifersüchtig warst oder weil …«

Hanko stieß einen Lacher aus, der selbst in seinen Ohren nicht echt klang. »Auf dich, oder was?«

»Oder weil du deine Mitwisserin loswerden wolltest. Sie hätte vielleicht verraten, wer sie wirklich ist.«

»Siehst du, das kommt dabei heraus, wenn Thilo Fennweck das verrostete Räderwerk seines Gehirns anwirft.«

Im Nebenzimmer stöhnte die Mutter.

»Was soll's? Ich muss mir über die Zusammenhänge nicht den Kopf zerbrechen«, sagte Thilo.

»Welchen Kopf auch?«

»Das erledigt schon die Polizei oder diese Journalistin. Und wenn nicht die, dann unsere Nachbarn, die anderen Landwirte, deine Kneipenfreunde und auch sonst jeder auf dieser Insel. Bald wird es ein Dutzend Gerüchte über dich, Poppy, Jan-Arne und was weiß ich wen noch geben. Die Leute werden beim Bierchen über dich reden, in der Halbzeitpause auf dem Sportplatz oder auf dem Supermarktparkplatz.«

Hanko schlug mit der Hand auf den Tisch. »Du Schwein, du fette Sau, ich mach dich fertig.«

»Seit vierzig Jahren machst du mich fertig, von Anfang an hast du mich wie eine Null behandelt. Jetzt bin ich mal dran. Ich zahle dir jede Gemeinheit heim, jede einzelne, und glaub ja nicht, ich hätte eine vergessen.«

Wieder stöhnte im Nachbarzimmer die Mutter, doch diesmal hörte es sich irgendwie anders an. So anders, dass Hanko und Thilo alle beide die Köpfe durch den Türspalt steckten. Es dauerte etwa eine halbe Minute, bis sie sich ansahen und Hanko begriff, dass er von diesem Moment an kein Fennweck mehr war.

Thilo schubste ihn beiseite und stürmte ins Zimmer, um den Puls der reglos auf dem Bett liegenden Greisin zu fühlen. Dann schloss er ihr die Augen und bekreuzigte sich. Schließlich wandte er sich zur Tür um, an der Hanko noch immer stand.

»Ich lasse einen Gentest machen. Danach bin ich das einzige Kind dieser Frau, und du bist nichts weiter als ein Hamburger Hurensohn. Als Nächstes werfe ich dich und deine gesamte Brut aus dem Haus und von der Insel.«

Hanko erstarrte. Gleichzeitig spannten sich sämtliche Muskeln in seinem Körper an, und einen Moment lang wusste er nicht, in welche Richtung sich die Spannung entladen würde.

Sie entlud sich nach innen. Er stürmte aus dem Haus, setzte sich ins Auto und fuhr in den Morgen, der am Horizont bereits graute.

15

»Ich hatte gestern schon so ein seltsames Gefühl«, sagte ich in Richtung der Treppe, wo sich vor dem anthrazitfarbenen Quadrat des Fensters eine Silhouette abzeichnete. »Nennen wir es lieber eine Ahnung. Irgendetwas stimmte nicht, nur wusste ich nicht, was. Deswegen bin ich mitten in der Nacht hierhergefahren, um ein paar Details zu überprüfen. Zufällig habe ich Frau Bolenda getroffen.«

Ich klopfte mir den Schmutz von der Kleidung, den ich mir bei meinem Sturz eingefangen hatte – eine bewusste Demonstration von Gelassenheit, die ich keineswegs empfand. Frau Bolenda atmete laut neben mir.

»Diverse Details«, konkretisierte ich, »über die schon größere Lügner als du gestolpert sind. Ein Zaun. Ein kokett in Pose gestelltes Bein. Eine alte Nähmaschine.« Vorsichtig fuhr ich über das entstaubte antike Stück. »Wie geleckt … na ja, fast.« Ich lächelte. »Maren hat die Maschine offensichtlich kurz vor ihrem Tod geputzt. Weißt du, ich habe mir schon die ganze Zeit gesagt, dass Maren niemals mit Frau Bolenda auf den Speicher gegangen wäre. Nichts für ungut, Frau Bolenda. Auch nicht mit Hanko, denn den hasste sie inzwischen wie die Pest, und da sie etwas gegen ihn in der Hand hatte … Sie hat es als Bombe bezeichnet. Damals, als Jugendliche, war sie ganz dicke mit ihrem Cousin Hanko, ließ sich von ihm sogar Piercings stechen. Und er war dumm genug, ihr in einem schwachen Moment von seiner Herkunft zu erzählen. Sein Fehler, ihr Vorteil. Sie hat ihr Wissen viele Jahre später, als das Verhältnis längst abgekühlt war, weidlich ausgenutzt. Was ist die Quintessenz daraus? Mit jemandem, den man erpresst, sollte man nicht alleine auf den Dachboden gehen.«

Ich hob den massiven Bettwärmer auf und stellte ihn auf die Nähmaschine zurück, genau dorthin, wo er am Tag von Marens Tod gestanden hatte. Die beiden anderen Menschen im Raum gaben keinen Mucks von sich.

»Für die kranke Maren«, erzählte ich weiter, »waren diese Gegenstände zu schwer, um sie ins Erdgeschoss zu transportieren. Deshalb hat sie sie nur geputzt. Warum nur? Mal angenommen, eine Person, die sie mochte und der sie vertraute, hätte sich für die beiden Gegenstände interessiert und ihr angeboten, sie ihr abzukaufen. Vielleicht wollte die Person die Sachen auch für sie im Internet anbieten, zusammen mit einigen anderen antiken Haushaltswaren aus ihrem eigenen Bestand, zum Beispiel einen Bohnenschneider.«

Ich wusste nicht, wie viel Frau Bolenda von dem verstand, was ich da sagte. Von dem Moment an, da eine weitere Person auf der Bildfläche erschienen war, wirkte sie auf mich stark verunsichert. Nun aber drehte sie langsam die Taschenlampe in Richtung der Gestalt. Der Lichtpunkt mäanderte über den Boden zu den Sandalen und über die blond behaarten Beine, die Jeansshorts und das rote T-Shirt bis zum Gesicht.

Frau Bolenda riss die Augen auf und wich einen Schritt zurück.

»Keine Sorge«, sagte ich, »er wird Ihnen nichts tun. Nicht wahr, Pieter?«

Yim wurde von einem Erdbeben geweckt. Zumindest glaubte er das für etwa drei Sekunden, bis er merkte, dass jemand an ihm rüttelte wie an einem Automaten, der die bereits bezahlte Ware nicht herausrückte.

»Aufwachen! Yim, stehen Sie endlich auf. Doro ist weg.«

»Was ist los?«, fragte er schlaftrunken.

»Brauchen Sie es auf Chinesisch? Doro ist weg!«

»Aber wo …? Mist, das sieht ihr ähnlich.«

»Sofern Sie sie nicht in der Bettritze vermuten, stehen Sie nun besser auf, Sie Schlafmütze. Wir müssen sie suchen.«

Während er sich um Doro sorgte und hastig in die Klamotten des vergangenen Tages schlüpfte, hatte er noch genügend Zeit, um zu bemerken, dass seine Schwiegermutter ihn wieder siezte. Aber das war eine absolute Nebensache in dieser Krise.

»Nicht dass Sie denken, ich hätte Freude daran, das Ehebett meiner Tochter zu kontrollieren. Mir ist nur aufgefallen, dass Doros Wagen nicht an seinem Platz steht. Sie parkt nämlich immer vor der Gartentür, was ich nicht leiden kann. Man muss sich dann nämlich immer so hindurchquetschen. Ich wollte einen frühmorgendlichen Spaziergang machen, um …«

»Und wenn Sie im Nachthemd bei Vollmond über den Asphalt tanzen, das ist mir schnuppe.«

»Tut mir leid, ich rede immer so viel, wenn ich nervös bin«, entschuldigte Renate sich.

Nur dann?, fragte er sich, ließ die Bemerkung jedoch unkommentiert.

Unten wartete bereits Ludwina auf sie, im grässlichsten Outfit, das man sich vorstellen konnte.

»In Ordnung«, sagte Yim. »Wie ich Doro kenne, ist sie zu einem Platz gefahren, an dem sie Antworten zu finden hofft. Zum Beispiel an einen Tatort.«

»Inzwischen gibt es mehr Tatorte auf Fehmarn als Bushaltestellen«, erwiderte Renate.

»Ihr beide fahrt zu der Stelle, wo Jan-Arne zu Tode gekommen ist, und dann weiter zu Poppy. Traut ihr euch das zu? Es ist vielleicht nicht ganz ungefährlich.«

»Das soll wohl ein Witz sein. Ludwina könnte Bud Spencer umhauen«, warf Renate ein.

»Hören Sie damit auf«, schimpfte Ludwina.

»Nicht lange schnacken«, sagte Yim. »Ich fahre zu Marens Haus und dann weiter zum Hof der Kohlengrubers. Haben alle ihre Handys dabei? Auf geht's.«

Er benutzte das Navi, da er nur ungefähr wusste, wo sich Marens Haus befand. Den Anweisungen der weiblichen Stimme folgend, kam er zügig voran, zumal ihn die Geschwindigkeitsbegrenzungen ausnahmsweise wenig interessierten. Auf den Straßen war ohnehin nichts los. Er ließ das Seitenfenster herunter und fuhr an krähenden Hähnen, zirpenden Grillen und rauschenden Windrädern vorbei.

Als das Navi ihn direkt zu einer wegen Bauarbeiten abgesperrten Straße führte, schlug er auf das Lenkrad ein.

Nicht mal das bekam er noch hin.

»Das ist der Mann«, sagte ich, an Frau Bolenda gewandt, »der als Fünfzehnjähriger mitgeholfen hat, Ihren Sohn ums Leben zu bringen.«

Ich drehte mich zu Pieter um, der eine Taschenlampe senkrecht aufstellte. Der Lichtkegel leuchtete die Speicherdecke an, wodurch das Gerümpel in dem vollgestellten Raum in einen diffusen weißlichen Schein getaucht war.

»Und das, Pieter, ist die Frau, die versucht hat, dich zu bestrafen. Ist doch so, Frau Bolenda? Doch wir lassen das jetzt. Keiner tut dem anderen etwas an, verstanden?«

»Mir war klar, dass du früher oder später dahinterkommen würdest«, sagte er, und seine Stimme klang fast wie damals, schüchtern und zaghaft, gar nicht wie die eines Mörders. »Vorhin war ich so weit, dir alles zu erzählen. Ich habe vor dem Haus gewartet, auf den Mut gewartet zu klingeln. Und dann bist du plötzlich herausgekommen.«

»Es hat eine Weile gedauert, alles zu verstehen«, sagte ich. »Aber deine Beschreibung von dem Tag, an dem Poppy deinen Freund André vermeintlich überredet hat, für sie einen Stein zur Autobahnbrücke zu transportieren ... Dieses Ereignis hat tatsächlich stattgefunden, mit dem einzigen Unterschied, dass sie nicht ihn, sondern dich dazu gebracht hat. Du hast die Begebenheit für deine Verhältnisse unglaublich lebendig und ausführlich erzählt. Der Fuß auf dem Lattenzaun, der kurze Rock, das Kinn auf den verschränkten Händen und dazu deine Erschütterung beim Erzählen. Das hat mich stutzig werden lassen. Entscheidend für meine Erkenntnis war jedoch etwas anderes.«

Ich ging auf ihn zu und sah die wässrigen Reflexionen in

seinen Augen. Als Pieter meinen mitleidigen Blick bemerkte, wandte er das Gesicht ab. Ich nahm ein paar der Fotos von dem Stapel, den ich beim Betreten des Speichers bemerkt hatte, und blätterte sie durch.

»André Bolenda hat damals mit seiner Mutter in diesem Haus gelebt, als deinem Bericht nach die junge Poppy hier aufkreuzte. Doch gibt es auf diesen Bildern keine Anzeichen dafür, dass das Grundstück der Bolendas jemals umzäunt war. Vorhin habe ich eigens die Zufahrt abgesucht, da war ebenfalls nichts. Den Hof deiner Eltern jedoch, deinen Hof, den umgibt ein Lattenzaun. Und du bist schon mit zwölf Jahren Traktor gefahren. Es war ein Leichtes für dich, einen Stein über halb Fehmarn hinweg zur Autobahnbrücke zu transportieren, ohne dass dein Vater oder wer auch immer etwas davon mitbekommt.«

Ich wollte ihm die Fotos reichen, doch hielt er den Blick abgewandt, also fasste ich sanft seinen Arm. Nach einer Weile sah er mich an.

»Ansonsten glaube ich dir jedes Wort«, sagte ich. »Poppy war ein kesses Mädchen, und du warst ein introvertierter Junge, der nicht widerstehen konnte, ihr auch ein wenig zu gefallen. War sonst noch jemand dabei?«

»Annemie«, flüsterte er. »Deswegen habe ich mir ja auch nichts dabei gedacht. Was können die kleine Poppy und die harmlose, brave Annemie schon mit einem großen Stein anfangen?«

Ich seufzte. »Als du realisiert hast, was ihr da getan hattet, war es zu spät. Dein Vater hätte dich grün und blau geschlagen, wenn du zur Polizei gegangen wärst. Nicht einmal mir hast du dich ein paar Monate später in den Ferien anvertraut. Nur deinem Freund André. Und auch das nicht sofort, sondern erst Jahre später, als Poppy dich aufforderte, bei irgendeiner anderen Schandtat mitzumachen. Du hast dich geweigert, sie hat dich erpresst. Du hast André eingeweiht, Poppy hat es irgendwie erfahren …«

»Ich Depp habe es ihr sogar selbst gesagt«, fiel er mir ins Wort. »Dass André mir geraten hat, zur Polizei zu gehen. Dass ich meine Schuld loswerden muss. Stattdessen habe ich sie dadurch noch größer gemacht.« Für seine Verhältnisse redete er sehr schnell.

»Poppy hat alle Register gezogen. Sie kam mir überhaupt nicht beunruhigt vor. Sie zuckte bloß mit den Schultern und sagte, dass sie mir mit links alles in die Schuhe schieben würde, dass ich ins Gefängnis käme oder in eine Jugendstrafanstalt, irgendein Camp für schwer Erziehbare, wo mich die anderen Jungs ungespitzt in den Boden rammen würden. Und dann hat sie ihre übliche Masche wieder abgezogen: nettes Lächeln, leicht geneigter Kopf und dazu ihr neckischer Blick, die ganze Palette. Wir regeln das, hat sie gesagt. Ich spreche mit deinem Freund, hat sie gesagt. Bring ihn zum Finsterwasser, aber sag ihm nichts von mir. Er soll an der alten Trauerweide warten. Bleib bei ihm, und wenn ich komme, lass dir nichts anmerken, bis ich es dir sage. Ehrlich, ich habe nicht kapiert, was sie vorhatte. Nenn mich einen Arsch mit Ohren oder einen Vollidioten. Ich dachte, wir klären das. Aber dann hat Poppy sich von hinten angeschlichen und so einen komischen breiten Gurt um André geschlungen, und ehe er oder ich etwas tun konnten, war er an dem Baumstamm gefesselt. Sie hat ihm einen Knebel in den Mund gestopft, und ich … ich …«

Er ging auf Frau Bolenda zu, die dastand, ohne sich zu regen oder etwas zu sagen.

»Ich war völlig durcheinander«, sagte er zu ihr, und seine Stimme überschlug sich fast. »André war mein Freund, aber Poppy hat … Sie hat mich irgendwie verhext. Ich meine nicht wirklich verhext. Aber sie hat bei mir irgendeinen Knopf gedrückt, denn ich … Ich stand nur daneben und habe mich nicht getraut dazwischenzugehen. Am Anfang jedenfalls. Dann wollte ich André losbinden, aber sie hat mich einfach weggeschubst. Klar, ich hätte sie aufhalten können, so richtig aufhalten. Aber dann bin ich einfach weggelaufen. Ich wollte Hilfe holen. Jedenfalls glaube ich, dass ich Hilfe geholt hätte. Poppy rannte hinter mir her, holte mich ein und stellte mir ein Bein, setzte sich auf meinen Brustkorb. Sie lachte, sie streichelte mich, sie streichelte mich überall und gab mir einen Kuss. Dann sagte sie: ›Nein, das machst du nicht. Wetten, du verrätst mich nicht. Und wenn doch, dann kommt alles heraus, was du damals gemacht hast.‹ Danach ist sie zurückgegangen, einfach so, und ich bin dort liegen geblieben, auf der Wiese neben dem Wald, neben dem Finsterwasser, die ganze Zeit. Als ich endlich zu der Trauerweide zurückging, da lag André schon tot am Ufer. Poppy hat ihn mit einem Knüppel bewusstlos geschlagen und dann ertränkt. Zuerst dachte ich, dass sie weg ist, aber sie stand, an einen Baum gelehnt, da, lächelte mich an und sagte: ›Ein Wort, egal zu wem, und ich schiebe dir das in die Schuhe. Du wirst deines Lebens nicht mehr froh.‹«

So überwältigend Pieters Wortschwall gewesen war, so abrupt endete er.

Die Stille danach war so beklemmend, wie ich es zuvor nie erlebt hatte. Zwei verzweifelte Menschen, die tatsächlich ihres Lebens nicht mehr froh geworden waren, blickten sich in die geröteten Augen. Die Mutter des Opfers und der Komplize der Täterin standen zu beiden Ufern desselben Ereignisses und krankten an derselben Tragödie.

Pieter beugte sich langsam zu der alten Frau hinunter und lehnte die Stirn gegen ihre Schulter, woraufhin sie den schweren Arm hob und ihn auf Pieters Hinterkopf legte.

»Andé hat dich sehr gemocht«, sagte sie. »Du warst sein Freund, sein einziger Freund.«

»Ja, und ausgerechnet ich habe ihn verraten«, schluchzte er. »Ich war so schwach, so verdammt schwach. Jeden einzelnen verdammten Tag habe ich seitdem an ihn gedacht. André ist in meinem Kopf, in meinem Herzen, überall.«

Sie nickte. »Jetzt, wo du gesagt hast die Wahrheit, er hat dir vergeben.«

»Hat er das?«, fragte Pieter unter Tränen.

»Ja, ich weiß es.«

Frau Bolenda löste sich langsam von Pieter und schlurfte an mir vorbei zur Treppe.

Ich konnte sie nicht gehen lassen, ohne ihr noch eine letzte Frage zu stellen. »Woher wussten Sie, dass Pieter mit dem Tod Ihres Sohnes zu tun hatte?«

»Andé mir gesagt, sein Freund eine Dummheit gemacht. Er muss helfen. Am nächsten Tag er war tot. Und dann Pieter war weg, ohne bei mir gewesen zu sein. Ich habe gewartet dreißig Jahre und mehr, um zu rächen meinen Andé.«

»Sie haben noch nie die Insel verlassen, oder?«, fragte ich.

Sie schüttelte den Kopf. »Immer hier gewesen, immer. Festland mir macht Angst. Gewartet habe ich so viele Jahre. Ich wollte nur hören die Wahrheit. Nur darum ich bin gegangen zu Pieter nach seiner Rückkehr. Aber als ich ihn da gesehen, ich … ich wollte ihn machen tot, so wie sie haben Andé totgemacht. Aber ich sehr froh, dass ich nicht gemacht tot.«

Damit ging sie fort, und Pieter und ich schwiegen, bis ihre schweren Schritte verhallt waren. Vielleicht war sie an jenem grauenden Morgen zum letzten Mal in dem Haus gewesen, in dem sie ihren Sohn großgezogen hatte. Aber wenn es so sein sollte, dann hatte es wenigstens einen versöhnlichen Abschluss gegeben.

Ich musste Pieter gegenüber keine Worte darüber verlieren, wieso er Fehmarn sehr bald nach André Bolendas Ermordung verlassen hatte und Tischler im Wendland geworden war. Er wollte weg von Poppy, um zu verhindern, dass so etwas noch einmal geschah. Nur selten besuchte er seitdem die Insel, und kaum war er da, war er auch schon wieder weg. Doch dann, Jahrzehnte später, starb seine Mutter, unglücklicherweise genau zu der Zeit, als Jan-Arne mit seinen Recherchen gut vorankam.

Poppy hatte keine Skrupel gehabt, Jan-Arne umzubringen, doch kam sie nicht an ihn heran, ohne sein Misstrauen zu wecken, daher griff sie zu einem Trick.

»Poppy war noch einmal bei dir, kurz nach deiner Ankunft, oder?«, fragte ich.

Er nickte. »Es war, als wäre die Zeit stehen geblieben. Sie stand wieder am Zaun, den Fuß auf der untersten Latte, und säuselte meinen Namen. Irgendwer hatte ihr von Janine erzählt, vermutlich meine Schwester, denn Poppy sagte: ›Was würde wohl passieren, wenn deine Freundin erfährt, dass du drei Menschen auf dem Gewissen hast?‹«

So wie er mir Janine beschrieben hatte, war mir klar, dass ihre Beziehung das nicht überlebt hätte, die erste und einzige wirkliche Beziehung, die Pieter je zu einer Frau gehabt hatte.

Poppy verlangte von ihm, Jan-Arne anzurufen, zu einem Treffen zu überreden und vorzugeben, ihm ein Geständnis machen zu wollen. Da Jan-Arne Pieter nicht misstraute und der Köder zu verlockend für ihn war, kam er zu dem einsam gelegenen Treffpunkt, wo Poppy ihn kaltblütig überfuhr.

»Mehr war es nicht. Ein Anruf, weiter nichts. Ich war an dem Abend mit meiner Schwester zusammen.«

»Und Maren?«, unterbrach ich ihn verärgert, weil er seine Rolle bei diesem Mord so klein machte. »Bei einem Anruf ist es in ihrem Fall nicht geblieben. Du hast sie glauben lassen, dass du ihr ein paar Antiquitäten abkaufst. Vermutlich hat sie sich wahnsinnig auf deinen Besuch gefreut.«

»Poppy hat gesagt, dass ich das machen muss«, verteidigte er sich. »Wenn nicht, würde sie ...«

»Würde sie Janine alles erzählen, ich weiß.«

»Ohne Janine kann ich nicht leben.«

»Ach, aber mit einem Mord kannst du leben, ja? Du hast Maren unter einem Vorwand besucht, sie auf den Dachboden gelockt und irgendwie dazu gebracht, sich aus dem Fenster da drüben zu lehnen. Und dann hast du ... Mein Gott, Pieter, du hast sie umgebracht.«

In dem kleinen Viereck des Fensters zerbrach die Nacht,

und eine pudrige Wolke war oben in orangefarbenes, unten in silbriges Licht getaucht.

»Maren war todkrank«, sagte er. »Sie hat es mir selbst gesagt, als wir Kaffee getrunken haben. Dass bald alles vorbei sein würde. Ich glaube, wenn sie eine glückliche Frau gewesen wäre, hätte ich es nicht tun können.«

»Das hast du dir ja fein zurechtgelegt«, fuhr ich ihn an. »Du stehst also immer nur dabei. Du transportierst Steine, guckst dumm aus der Wäsche, machst Anrufe und schubst Leute aus dem Fenster, um ihnen etwas Gutes zu tun. Sag mal, spinnst du? Du bist ein Mörder, ein Fallensteller, und ein Feigling bist du auch!«

Meine ganze Wut brach sich in diesen wenigen Sätzen Bahn. Schlimmer noch als die Wut war jedoch die Enttäuschung. Mehr als mein halbes Leben lang war Pieter für mich so etwas wie ein Held gewesen. Nun gut, ein eigentümlicher, ein schweigsamer, ein verklemmter Held. Einer, an den ich voll guter Gefühle dachte, manchmal sogar voll Sehnsucht. Er war mein Freund, mein Bruder und ein ganz kleines bisschen sogar meine Jugendliebe gewesen.

Alle diese Bilder zerbrachen in jener Stunde, und der Held lief Gefahr, zum Hanswurst zu werden, zum dümmlichen Gehilfen einer paranoiden Dragonlady. Etwas in mir wollte diese Verwandlung verhindern, daher versuchte ich in Pieters Augen etwas von der alten spröden Anziehungskraft zu finden, die er auf mich immer ausgeübt hatte.

»Bitte«, flehte ich ihn an. »Bitte nenn mir einen Grund, weshalb ich nicht auch das letzte bisschen Achtung vor dir verlieren sollte.« Ich vermochte mir nicht vorzustellen, was das sein könnte. Natürlich war mir bewusst, dass er nicht der aktive Part in diesem tödlichen Drama gewesen war. Und ich verstand auch, dass er Janine nicht verlieren wollte. Doch gerade diese Kraftlosigkeit nahm mich gegen ihn ein. Frau Bolenda mochte ihm vergeben haben, ich war dazu nicht in der Lage.

»Poppys Tod«, sagte er.

»Was ist damit?«

»Das war ich.«

Ein paar Atemzüge lang verschlug es mir die Sprache, halb vor Überraschung, halb aus Verwirrung. Ich war bis dahin davon ausgegangen, dass entweder Hanko oder Thilo für Poppys Tod verantwortlich waren. Außerdem wollte mir nicht einleuchten, wieso Pieter glaubte, ein weiteres Mordgeständnis könnte meine Meinung über ihn heben.

»Du hast dich für das gerächt, was Poppy dir angetan hat«, sagte ich. »Ich verstehe dich zwar, aber das macht nichts besser. Es fügt deinen falschen Entscheidungen nur eine weitere falsche Entscheidung hinzu.«

»Ich habe es nicht aus Rache getan«, widersprach er mir ruhig, fast leise, so wie ich es von früher von ihm kannte. »Am Tag danach, nach Marens Tod, da ist Poppy noch einmal bei mir vorbeigekommen.«

»Was wollte sie diesmal?«

»Deinen Tod.«

Mir war, als wäre ein Böller in meinem Magen explodiert, und ich musste mich auf den verschlissenen Teppich setzen, um nicht einzuknicken.

Ein Blick in Pieters Augen, und ich wusste, dass er die

Wahrheit sagte. Es ergab auch Sinn. Poppy hatte Jan-Arnes Papiere aus meinem Auto gestohlen, sie hatte also gewusst, dass ich seinen Part übernahm, und sie war erst richtig in Fahrt gekommen. Jan-Arne, Maren, warum nicht auch gleich noch Doro, die neugierige Nervensäge? Nur hatte sie sich, dank Pieter, dieses eine Mal verrechnet. Statt meiner war sie selbst in die Grube gefallen.

Gewissermaßen hatte Pieter mir das Leben gerettet. Lag es an meiner Sentimentalität, an meinen Erinnerungen oder dem Wunsch, Pieter vergeben zu können? Ich wusste es nicht, aber ich kam nicht umhin, in seiner letzten Tat ein Zeichen von Liebe zu entdecken. Für Jan-Arne und Maren hatte er Poppy nicht umgebracht …

»Tu's nicht«, murmelte er, und ich wusste genau, was er meinte. »Ich fahre morgen zu Janine, und wenn du nicht willst, musst du mich nie wiedersehen. Egal, wie du dich entscheidest, leb wohl, kleine Doro.« Er ging zur Treppe, wandte sich noch einmal um und wiederholte: »Bitte, tu's nicht.«

16

Zehn Minuten später saß ich allein auf den baufälligen Stufen vor dem Hauseingang und sah zu, wie sich die Welt um mich herum erhellte und erwärmte, während es in meinem Innern immer dunkler und kälter wurde.

Durfte ich überhaupt in Erwägung ziehen, seiner Bitte nachzukommen? Allein das verstieß bereits gegen ein halbes Dutzend ethischer und moralischer Gesetze, die sich die Gesellschaft und ich mir selbst gegeben hatten. Seiner Bitte zu entsprechen hätte obendrein eine konkrete Verletzung juristischer Gesetze bedeutet.

Was den ersten Punkt anging, war es schon zu spät. Ich dachte bereits daran, ob ich es tun sollte. Natürlich empörte sich zunächst alles in mir gegen einen solchen Gedanken. Als Journalistin, als deutsche Bürgerin, als Mensch hatte ich die verdammte Pflicht, mein Wissen der Polizei mitzuteilen.

Pieter ist ein Mörder, sagte ich mir. Er hat Jan-Arne ins offene Messer laufen lassen. Er hat Maren aus dem Fenster gestoßen. Er ist und bleibt ein Mörder.

Er ist aber auch dein Lebensretter, entgegnete ein anderer Teil in mir, der nicht Journalistin, Bürgerin und Mensch war, sondern ein Individuum mit speziellen Erinnerungen, speziellen Gefühlen und der Fähigkeit zur persönlichen Abwägung.

Du würdest jetzt nicht hier auf dieser Treppe sitzen und den Sonnenaufgang erleben, hätte er sich nicht gegen Poppy aufgebäumt, dachte ich. Spät zwar, doch nicht zu spät für dich.

Aber was ist mit Jan-Arne? Er wird dich aus dem Grab heraus anschreien, wenn du die Wahrheit für dich behältst. Was ist mit Maren? Wenn sie hätte sterben wollen, hätte sie das selbst in die Hand nehmen können, tödliche Krankheit hin oder her. Und was ist mit Ann-Charlotte und Max Silberhan?

Kann man einem Zwölfjährigen vorwerfen, dass er der kriminellen Energie einer gestörten Gleichaltrigen zum Opfer fällt? Angenommen, Pieter wäre dein zwölfjähriger Sohn, käme verstört nach Hause und würde sagen: »Ein Mädchen hat mich dazu angestiftet, einen Stein von einer Brücke auf die Straße zu werfen. Jetzt sind zwei Menschen tot. Mal ehrlich, würdest du mit ihm zur Polizei gehen? Und was, wäre er nicht zwölf, sondern fünfzehn Jahre alt? Oder achtzehn?

Poppy hätte statt Annemie und Pieter auch mich fragen und mit einem Ausflug aufs Festland locken können. So nach dem Motto: Und dann gibt es da noch so einen Stein, einen magischen. Was es damit auf sich hat, werdet ihr dann schon sehen. Ja, mich hätte es genauso treffen können. Hätte ich das meiner Mutter gebeichtet? Eher nicht. Oder? Ich weiß es nicht, aber eher nicht.

Ein falscher Spielkamerad, eine Riesendummheit, und das Leben wäre ganz anders verlaufen.

Es stimmte, Pieter war schwach gewesen, sehr schwach sogar. Aber war er so anders als ich damals? Wir hatten alle beide nach Zuneigung, Zugehörigkeit und Anerkennung gesucht. Statt an Annemie, Lutz, Jan-Arne und die anderen hätte ich auch an eine Clique kiffender Halbstarker geraten können, die sich mit Klauen, Abhängen und Abzocken die Zeit vertrieben. Was dann? Ich wäre eine Weile mitgelaufen, da bin ich mir fast sicher.

Ja, wärst du wohl, bist du aber nicht. Nur ein Zufall? Ist es wirklich so einfach? Ein Zufall bestimmt über dein Leben?

Na schön, aber was ist mit allem, was nach dem Steinwurf passiert ist? Mal angenommen, nicht Poppy, sondern Pieter hätte in meinem Beisein etwas Schlimmes getan – hätte ich ihn verraten, noch dazu mit der gemeinsamen kriminellen Vorgeschichte? Vielleicht wäre ich auch weggelaufen, zuerst vom Finsterwasser und dann von der Insel. Und weiter angenommen, ich wüsste genau, dass er dreißig Jahre später alles meinem Mann zu erzählen droht, und Yim wäre alles, was ich habe – würde ich mich dann nicht auch in diesen Sumpf hineinziehen lassen?

Ich hörte ein Motorengeräusch, das Quietschen eines beanspruchten Fahrwerks auf dem unebenen Grund und schließlich die Hupe des geliehenen Cabrios. Als ich auf Yim zuging, erkannte ich sofort, dass unter seiner Erleichterung, mich wohlauf zu sehen, Groll schwelte.

»Ich habe mich trotz Navi zweimal verfahren«, entschuldigte er sich. »Sonst wäre ich schon vor einer halben Stunde hier gewesen. Mach das nie wieder, Doro. Wozu gibt es Zettel und Kopfkissen und Kurznachrichtendienste?«

»Mir geht's gut, wie du siehst.«

»Na ja«, erwiderte er zweifelnd. »Du wirkst auf mich nicht,

als hättest du Antworten gefunden. Eher so, als wären Fragen dazugekommen. Komm, erzähl es mir unterwegs, ja?«

Ich hatte keine Lust, mit ihm gemeinsam nach Hause zu fahren und später noch einmal zurückkommen zu müssen, um den zweiten Wagen abzuholen. Plötzlich empfand ich einen enormen Widerwillen gegen dieses Haus und alles, was darin geschehen war. Aber es gab noch einen weiteren Grund, Yims Vorschlag abzulehnen. Ihn in den nächsten Minuten einzuweihen, was ich bei einer gemeinsamen Fahrt zweifellos tun würde, wäre einer Vorentscheidung gleichgekommen. Denn Yim hat aus der Geschichte seiner Familie gelernt. Er weiß, was es bedeutet, ein schreckliches Geheimnis, das einen geliebten Menschen betrifft, viele Jahre mit sich herumzuschleppen. Bei ihm sind es Vater und Mutter. Bei mir wäre es Pieter. Yim würde mir dringend raten, zur Polizei zu gehen, und sollte ich seinen Rat ablehnen, läge das immer wie eine schwere Decke über uns.

Das Gleiche galt jedoch für das Geheimnis, zumindest was mich anging.

»Verdammt noch eins«, fluchte ich auf der Rückfahrt in meinem Wagen vor mich hin.

Obwohl ich mich in einem Dilemma befand, gab ich Pieter nicht die Schuld daran. Ich verstand ihn einfach zu gut, das war das Problem. In Kindertagen hatten sich unsere Gedanken oft gestreift, und auch wenn wir von unterschiedlichem Temperament waren, hatten wir das übereinstimmende Gefühl, miteinander verbunden zu sein, ohne dass es je eines Wortes bedurft oder auch nur ein Wort dafür gegeben hätte.

Zu Hause angekommen, war ich noch zu keinem Resultat

gekommen. Eine Weile war ich abgelenkt, weil meine Mutter und Ludwina, die Yim von unterwegs benachrichtigt hatte, darauf bestanden, uns ein Frühstück zu servieren. Ein Wunder geschah, denn ich bekam keinen einzigen Vorwurf zu hören. Im Gegenteil, die beiden Damen waren voll des Lobes über die Schönheit ihrer frühmorgendlichen Fahrt über die Insel.

Sie tischten Yim und mir auf, was das Herz begehrt, und obwohl ich keinen Hunger verspürte, aß ich brav mein Müsli. Keiner fragte mich, warum ich zu nachtschlafender Zeit aus dem Haus geschlichen war. Ludwina erhielt einen Anruf von einer Klatschbase, und als sie zurückkam, war sie kein bisschen weniger hungrig, dafür aber sichtlich betroffen.

»Nun ist die Kacke am Dampfen«, begann sie zu erzählen. »Enie Fennweck ist letzte Nacht gestorben, und der Hanko ist auf und davon, keiner weiß, wohin und warum. Und Annemie hat sich entschlossen, Marens Haus und das Land zu verkaufen.«

»Da wird Lutz sich aber freuen«, sagte ich.

»Eher nicht«, widersprach Ludwina. »Er hat sich gestern vor einen Zug geworfen.«

Ich schob die Schale mit dem Rest des Müslis von mir und wechselte einen Blick mit Yim, wobei wir uns länger in die Augen sahen, als ich es vorgehabt hatte. Er stutzte kurz, fragte aber nicht nach.

»Das tut mir schrecklich leid, Doro«, sagte meine Mutter. »Wenn ich irgendetwas tun kann …«

»Hm?«, fragte ich abwesend.

»Wegen Lutz. Vielleicht den Nachbarn kondolieren.«

»Oh ja, das wäre lieb, danke dir. Übrigens«, ich ergriff Yims Hand, »es ist vielleicht nicht der richtige Zeitpunkt, aber … Doch, es ist der richtige Zeitpunkt. Ich finde, ihr solltet dieses Restaurant übernehmen, falls das noch aktuell ist.«

Yim und meine Mutter drucksten herum.

»Tja, Schatz, also … das Restaurant ist in Wismar.«

»Oh«, stöhnte ich und hörte mich nur einen Atemzug später sagen: »Ein Fischrestaurant am Meer ist bestimmt stimmungsvoller und erfolgversprechender als in Berlin.«

»Das gibt's ja nicht«, warf meine Mutter ein. »Doro, wir sind einer Meinung. Wann hat es das denn zuletzt gegeben?«

»Als wir beide fanden, dass meine Zöpfe abgeschnitten werden müssen, glaube ich.«

Meine Mutter, Yim und Ludwina lachten, nur mir war nicht danach zumute. Mit dem Restaurant hatte das allerdings nichts zu tun.

»Bist du dir sicher, Schatz?«, fragte Yim.

»Ja, ganz sicher. Eigentlich wollte ich schon immer mal am Meer leben. Und auf die Weise werde ich mehr Fisch zu essen bekommen, das ist gesund.«

Was dann geschah, war nur durch die innere Anspannung zu erklären, die ich seit Stunden nicht loswurde. Ich fing an zu weinen, und sosehr ich mich auch bemühte, ich konnte die Tränen nicht aufhalten.

»Tut mir leid, es hat nichts mit dem Restaurant zu tun, das müsst ihr mir glauben. Ich habe nur … Ich habe in den letzten Tagen so viele kaputte Familien gesehen oder Familien, die ich kaputt gemacht habe. Die Fennwecks, Lutz und seine Mutter, Ludwina und Annemie … und Maren, die einsam gestorben ist. Ich will einfach nicht, dass es mir mit meiner Familie auch so geht. Mama, ich habe sicherlich viel falsch gemacht und auch schlimme Sachen gesagt.«

Ich hatte mit nichts gerechnet, denn ich weinte ja nicht aus Kalkül. Aber selbst wenn ich es getan hätte, wäre ich niemals auf die Idee gekommen, dass meine Mutter in mein Schluchzen einstimmen, mehr noch, die Schuld auf sich laden würde. Sie stand sogar auf und umarmte mich, und um das Maß vollzumachen, nannte sie mich Liebling. Gegenseitig versicherten wir uns, was für selbstsüchtige, törichte, schroffe Menschen wir doch waren.

Irgendwann wischten wir uns die Tränen von den Wangen, und meine Mutter sagte: »Nicht auszuhalten, das ist ja wie bei den Waltons.«

Um elf Uhr hatte ich den Termin bei Oberkommissarin Falk-Nemrodt, den ich am Tag zuvor verschoben hatte, und Yim ließ es sich nicht nehmen, mich zum Revier zu fahren. Er war total aufgekratzt wegen des Restaurants, was mir sehr recht war, da er abgelenkt war und dem, was mich beschäftigte, nicht weiter nachspürte. Ich hatte ihn glücklich gemacht, einerseits, um ihn glücklich zu wissen, aber zu einem gewissen Teil auch, um mich freizukaufen. Nicht von ihm, sondern von meiner Schuld. Jedenfalls kam es mir so vor. Yim würde mein Vorhaben, einen Mörder zu verschonen, weder verstehen noch billigen, und indem ich ihm etwas Gutes tat, entlastete ich mich.

Doch wie sollte ich mich von Jan-Arne freikaufen, wie von Maren? Das war kaum möglich.

Ich redete mir ein, dass Marens irdisches Leiden ein Ende hatte und Pieter Jan-Arne nicht selbst getötet hatte. Natürlich waren das billige Ausreden, argumentative Kartenhäuser, die beim ersten Lufthauch in sich zusammenfielen.

Um mein Gewissen zu beruhigen, sagte ich mir, dass ich das, was Pieter und Janine füreinander empfanden, und die Pläne für ihr gemeinsames Leben nicht zerstören wollte. Doch was war mit den Leben derer, die unschuldig gestorben waren?

Letzten Endes befand ich, dass ich kaum Beweise für Pieters Schuld hatte. Natürlich hatte ich schon vor seinem Geständnis gewusst, dass er schuldig ist, und zwar seit ich die Widersprüche in seiner Erzählung bemerkt hatte, was das Haus und die Begegnung mit Poppy betraf. Ein Corpus Delicti war das allerdings nicht, nur laue Luft. Würde man ihm nachweisen können, dass er Maren getötet hatte? Wie denn? Seine DNS könnte auch von dem nächtlichen Besuch einige Stunden zuvor stammen. In Thilos Auto, mit dem Poppy überfahren worden war, hatten die Ermittler keine brauchbaren Spuren gefunden, und was den Anruf bei Jan-Arne anging, war Pieter klug genug gewesen, ihn von einem öffentlichen Telefon aus zu führen. Selbst wenn ich ihn für die Morde an André Bolenda sowie Mutter und Sohn Silberhan mitverantwortlich machen würde, war seine Beteiligung daran noch schwerer zu beweisen als bei den übrigen Verbrechen. Leider zählte auch dieses Argument nicht viel, denn letztendlich war es nicht an mir, sondern an den Ordnungsbehörden, die Beweislage zu beurteilen.

Von all diesen windigen Gründen, ihn nicht zu verraten, blieb nur ein einziger übrig, der stichhaltig war. Wenn ich Pieter den Ermittlern ans Messer lieferte, käme unweigerlich auch der Überfall von Frau Bolenda auf ihn zur Sprache. Das war eindeutig ein Mordversuch gewesen, und bei so einem Delikt käme die arme alte Frau mit einer Bewährungsstrafe sicherlich nicht davon – bei allem Verständnis für ihre Lage. Im besten Fall würde man sie in eine psychiatrische Klinik einweisen.

Dies alles ging mir durch den Kopf, während Yim nicht müde wurde, mir von seinen Konzepten für das Restaurant in Wismar vorzuschwärmen. Wir sprachen über Sitzmöbel, Fenstergrößen, Stilelemente, Küchengeräte und Fische, und es grenzte an ein Wunder, dass ich die Unterhaltung überhaupt bestreiten konnte. Yim schien tatsächlich nicht zu merken, dass ich eigentlich ganz woanders war.

Er setzte mich vor der Polizeistation ab, und wir verabredeten ein Café als Treffpunkt.

Mit einer dünnen Mappe in der Hand, betrat ich das Gebäude. Sie enthielt eine knappe, aber wahrheitsgetreue Zusammenfassung dessen, was ich über all die Verbrechen vom Steinwurf bis zu Poppys Ermordung wusste. Ich hatte sie eine Stunde zuvor rasch notiert, als mich mein schlechtes Gewissen plagte.

Vielleicht war es den anderen Opfern gegenüber ungerecht, aber ich kam einfach nicht von Jan-Arne los. Seinen Tod ungesühnt zu lassen wäre ein Frevel, von dem ich mich nie ganz erholen würde. Genauso viele Vorwürfe würde ich mir jedoch machen, wenn ich Pieters Träume zerstörte.

Die Oberkommissarin kam mir entgegen, als sie mich sah.

»Es gibt eine Wendung in dem Fall«, sagte sie. »Ihr Freund Hanko Fennweck. Nach der Aussage seines Bruders haben wir ihn wegen zweier Morde, die vor einigen Jahren in Hamburg stattfanden, mit Haftbefehl gesucht.«

»Das ist ein Fehler«, warf ich ein und brachte die Kommissarin dazu, die Arme vor der Brust zu verschränken, als wäre sie eine furchteinflößende Türsteherin.

»Ach ja?« Sie hob eine Augenbraue.

»Ja. Ich denke, dass Ihre Kollegin Freya Popp die beiden Morde begangen hat. Das gehörte wohl zu dem üblen Spiel, das sie mit Hanko und einigen anderen getrieben hat. So machte sie die Männer von sich abhängig. Nachträglich hat Hanko zwar erfahren, was Poppy getan hatte, aber den Auftrag hat er ihr wahrscheinlich nicht gegeben, geschweige denn die Taten selbst begangen.«

»Sie trumpfen hier ganz schön auf, wissen Sie das? Wenn Sie nichts dagegen haben, glauben wir, dass Fennweck auch bei den Morden an Asmus, der Westhof und den anderen die Finger im Spiel hatte. Aber wir werden die Ermittlungen wohl demnächst einstellen.«

»Warum, wenn ich fragen darf?«

»Sie dürfen. Man hat Hanko Fennweck vor einer Stunde tot aus dem Meer gefischt, mit einem Alkoholpegel von zwei Komma drei im Blut. Seine Jolle wird noch vermisst, vermutlich ist sie beim Zusammenstoß mit einem Trawler gesunken.«

Für einige Sekunden schloss ich die Augen. Ich war müde und hatte die Nase gestrichen voll von Toten, all den Toten von Fehmarn.

»Was haben Sie da?«, fragte sie und deutete auf die Mappe, die ich mir unter den Arm geklemmt hatte.

»Nichts, nur einen Artikel für mein Magazin«, wiegelte ich

ab. »Würden Sie die Unterlagen, die mir aus dem Auto gestohlen wurden, bitte an das Ehepaar Asmus schicken? Das wär's dann, auf Wiedersehen.«

Ich hätte es mir leicht machen können, nun, da die Polizei einen Toten zum Mörder auserkoren hatte. Hanko hatte nichts getan, er hatte keinen einzigen der Morde begangen, nur davon gewusst. Doch kann man Tote nicht verleumden, und selbst wenn ich die Mappe der Oberkommissarin übergeben hätte, wäre vermutlich nichts dabei herausgekommen.

Allerdings hatte ich schon beim Betreten des Gebäudes die Entscheidung getroffen, Pieter davonkommen zu lassen, und zwar aus einem einzigen Grund. Das Motiv war so stark, dass ich nichts dagegensetzen konnte, sofern ich mich nicht selbst zerstören wollte. Hätte ich Pieter ans Messer geliefert, wäre das so gewesen, als hätte ich meinen Bruder ein zweites Mal verraten und verloren.

»Das ging ja schnell«, sagte Yim, als ich wenige Minuten später in dem Café vor ihm stand. »Alles in Ordnung? Was hast du erfahren?«

Ich küsste ihn.

»Bitte versprich mir etwas. Lass uns heute, nein ein ganzes Jahr lang nicht mehr über die letzten Tage sprechen.«

Er sah mich lange an. Ich merkte, dass sich eine Frage auf seinen Lippen zu formen begann und wie sie sich wieder auflöste. Als hätte ich ihn um eine belanglose Kleinigkeit gebeten, nickte er und aß anschließend von dem Eis, das vor ihm auf dem Tisch stand.

»Danke«, sagte ich, auf eine Weise, die ihn erkennen ließ, dass es sich dabei um mehr als eine nett gemeinte Floskel handelte.

Im Laufe unserer Ehe war Yim zu meinem wichtigsten Ratgeber geworden, zu einem Kompass und einem echten Partner. Er war schlicht nicht mehr wegzudenken aus meinem Leben. Deswegen tat es auch so weh, ein Geheimnis vor ihm zu haben.

»Da nicht für«, sagte er und blinzelte schelmisch.

Ich ergriff seine Hand. »Doch«, sagte ich. »Genau dafür.«